FATAL INVASION – WIR GEHÖREN ZUSAMMEN

FATAL SERIE 13

MARIE FORCE

ÜBER DAS BUCH

Der bestialische Mord an einem Ehepaar erschüttert die Nachbarschaft in einem von Washingtons exklusivsten Wohnvierteln. Die einzigen Augenzeugen sind die Kinder der Opfer, fünfjährige Zwillinge. Selbst für Lieutenant Sam Hollands Verhältnisse ist das ein ungewöhnlicher Fall - und als sie die beiden Waisen kurzerhand mit zu sich nach Hause nimmt, riskiert sie nicht nur ihre Karriere, sondern auch ihr Herz.

Während Sam und ihr Mann, Vizepräsident Nick Cappuano, sich für die kleinen Zeugen einsetzen, kämpft ihr Kollege Sergeant Tommy "Gonzo" Gonzales mit seinen eigenen Dämonen. Seine nicht enden wollende Trauer und Verzweiflung über den Tod seines Partners spitzen sich auf unvorstellbare Weise zu und bedrohen Gonzos Stellung in der Abteilung ebenso wie die Beziehung zu seiner Verlobten Christina.

Wieder einmal hat Sam alle Hände voll zu tun, ihre Freunde zu schützen und die brutalen Täter dingfest zu machen ...

Originaltitel: Fatal Chaos © 2018 HTJB, Inc.

Copyright für die deutsche Übersetzung: © 2021 Oliver Hoffmann

Lektorat: Ute-Christine Geiler, Birte Lilienthal, Agentur Libelli GmbH

Deutsche Erstausgabe

ISBN: 978-1952793257

Dieses buch ist nur für Ihren persönlichen Gebrauch lizenziert. Es darf nicht weiterverkauft oder -verschenkt werden. Wenn Sie dieses Buch mit einer anderen Person teilen wollen, erwerben Sie bitte eine weitere Kopie für jede Person, die es lesen soll. Wenn Sie dieses Buch lesen, es aber nicht für Ihren alleinigen Gebrauch gekauft worden ist, kaufen Sie bitte eine eigene Version. Vielen Dank, dass Sie die Arbeit des Autors respektieren.

Alle Rechte vorbehalten. Kein Teil dieses Buches darf ohne Zustimmung der Autorin nachgedruckt oder anderweitig verwendet werden.

Die Ereignisse in diesem Buch sind frei erfunden. Die Namen, Charaktere, Orte und Ereignisse entspringen der Fantasie der Autorin oder wurden in einen fiktiven Kontext gesetzt und bilden nicht die Wirklichkeit ab. Jede Ähnlichkeit mit lebenden oder toten Personen, tatsächlichen Ereignissen, Orten oder Organisationen ist rein zufällig.

MARIE FORCE ist ein eingetragenes Markenzeichen beim United States Patent & Trademark Office.

Übersetzt von Oliver Hoffmann
Cover: Kristina Brinton
Buchdesign und Satz: E-book Formatting Fairies

Die Fatal Serie
One Night With You – Wie alles begann (Fatal Serie Novelle)
Fatal Affair – Nur mit dir (Fatal Serie 1)
Fatal Justice – Wenn du mich liebst (Fatal Serie 2)
Fatal Consequences – Halt mich fest (Fatal Serie 3)
Fatal Destiny – Die Liebe in uns (Fatal Serie 3.5)
Fatal Flaw – Für immer die Deine (Fatal Serie 4)
Fatal Deception – Verlasse mich nicht (Fatal Serie 5)
Fatal Mistake – Dein und mein Herz (Fatal Serie 6)
Fatal Jeopardy – Lass mich nicht los (Fatal Serie 7)
Fatal Scandal – Du an meiner Seite (Fatal Serie 8)
Fatal Frenzy – Liebe mich jetzt (Fatal Serie 9)
Fatal Identity – Nichts kann uns trennen (Fatal Serie 10)
Fatal Threat – Ich glaub an dich (Fatal Serie 11)
Fatal Chaos – Allein unsere Liebe (Fatal Series 12)
Fatal Invasion – Wir gehören zusammen (Fatal Serie 13)
Fatal Reckoning – Solange wir uns lieben (Fatal Serie 14)
Fatal Accusation – Mein Glück bist du (Fatal Serie 15)
Fatal Fraud – Nur in deinen Armen (Fatal Serie 16)

1

„Das ist ein klassischer Fall von ‚Sei vorsichtig mit dem, was du dir wünschst'." Nick legte einen Stapel gefalteter Hemden in einen Koffer, der bereits Socken, Unterwäsche, Sportklamotten und mehrere Jeans enthielt. Nur Nick konnte auf die Idee kommen, schon sechs Tage vor seinem Abflug nach Europa am nächsten Sonntag, dem Tag nach Freddies und Elins Hochzeit, zu packen. „Das ist die Lektion, die uns das lehrt."

„Bloß jemand, der total pingelig und eindeutig in der Analphase stecken geblieben ist, packt eine Woche vor einer Reise." Sam saß am Fußende des Bettes und sah ihm mit wachsender Sorge beim Packen zu. „Drei verdammte Wochen. Als du das letzte Mal so lange weg warst, habe ich fast den Verstand verloren, und jetzt ist nicht mehr viel zum Verlieren übrig."

„Dann begleite mich doch", schlug Nick zum hundertsten Mal vor, seit der Präsident ihn gebeten hatte, diese diplomatische Reise zu übernehmen, um die Regierung mit einem Besuch bei einigen der engsten Verbündeten des Landes zu repräsentieren. Da Präsident Nelson sich in mehr als einer Hinsicht noch von den kriminellen Machenschaften seines Sohnes erholen musste, war angefragt worden, ob er nicht seinen beliebten Vizepräsidenten schicken könne.

Sam ließ sich rückwärts aufs Bett fallen. „Nick, ich kann nicht. Ich muss arbeiten und mich um Scotty kümmern, und Freddie hat zwei Wochen für seine Flitterwochen frei, und ... Ach, es geht einfach nicht." Zu Hause würde kein Nick auf sie warten, und bei der Arbeit gäbe es keinen Freddie. Die nächsten paar Wochen würden eindeutig fürchterlich werden.

„Doch, du kannst." Nick stützte sich mit den Armen auf dem Bett über ihr ab. Aus dieser Perspektive konnte sie ungehindert seine muskulöse Brust bewundern. „Du hast mehr Urlaubstage übrig, als du je nutzen kannst, und du hast tatsächlich das Recht, diesen Urlaub auch zu nehmen. Shelby, dein Vater und Celia, deine Schwestern und der Secret Service können sich um Scotty kümmern. Wir könnten sogar Mrs Littlefield bitten, ihn am Wochenende zu besuchen."

Die Frau, die vor der Adoption die Vormundschaft für ihren Sohn gehabt hatte, würde sicher gern wieder einmal etwas Zeit mit ihm verbringen, aber Sam wollte ihn nicht so lang allein lassen. Trotzdem machte sie der Gedanke krank, drei endlose Wochen ohne Nick auskommen zu müssen. Seine Reise in den Iran früher im Jahr war die reinste Folter gewesen, zumal sie auch noch mehrmals verlängert worden war.

„Warum musstest du Nelson auch sagen, dass du als Vizepräsident nicht nur eine Galionsfigur sein willst?" Spielerisch boxte sie ihm gegen die Brust. „Solange er dich ignoriert hat, war alles in bester Ordnung."

Er küsste sie auf die Lippen und dann auf den Hals. „Du bist so was von süß, wenn du schmollst."

„Krasse Polizistinnen schmollen nicht."

„Meine schon, wenn sie ihren Kopf nicht durchsetzen kann, und das ist total süß."

Sie betrachtete ihn finster. „Krasse Polizistinnen sind nicht süß."

„Meine schon." Er zog eine Spur aus heißen Küssen über ihren Hals und bat: „Komm mit, Samantha. London, Paris, Rom, der Vatikan, Amsterdam, Brüssel, Den Haag. Schau dir mit mir die Welt an."

Sam war noch nie in Europa gewesen, hatte allerdings immer schon mal dorthin gewollt und war ernsthaft in Versuchung geführt, einfach auf all ihre Pflichten zu pfeifen.

„Überleg mal." Er knabberte an ihrem Ohrläppchen und rieb

sich aufreizend an ihr. „Drei Wochen abseits vom Wahnsinn von D. C. Du weißt, du willst es. Gonzo kann dich bei der Arbeit vertreten, und es ist sowieso nicht viel los."

Es hatte seit über einer Woche keinen Mord mehr gegeben, was bedeutete, rein statistisch gesehen würde bald einer geschehen, und das war ein weiterer Grund, zu Hause zu bleiben.

„Sag das nicht, sonst beschreist du es nur."

„Komm mit. Scotty schafft das. Wir werden jeden Tag mit ihm videochatten und bringen ihm Geschenke mit. Alle anderen, die ihn lieben, werden sich vorbildlich um ihn kümmern." Er küsste sie wieder auf den Hals, knöpfte ihr die Bluse auf und schob sie beiseite. „Du würdest die englische Königin treffen."

Sam stöhnte. Sie liebte die Königin – auch eine krasse Frau.

„Außerdem den Papst. Im Übrigen bräuchtest du dafür neue Klamotten – und Schuhe. Jede Menge Schuhe."

„Hör auf." Sie wandte das Gesicht ab, um seinem Kuss auszuweichen. „Du kämpfst unfair."

„Weil ich möchte, dass meine Frau mich auf eine Reise begleitet, wie ich sie vielleicht bloß einmal im Leben machen werde. Ich brauche dich, Samantha."

Er wusste genau, dass sie ihm nichts abschlagen konnte, vor allem wenn er sagte, er brauche sie. „Na schön, ich komme mit! Aber nur, wenn es Scotty recht ist und ich das bei der Arbeit durchkriege."

Ihr Mann nickte. „Versteht sich. Wir werden jede Menge Spaß haben."

„Werden wir uns denn überhaupt irgendwelche Sehenswürdigkeiten anschauen können?"

Er richtete sich auf, um weiterzupacken. „Dafür werde ich schon sorgen."

„Äh, entschuldige mal ..."

„Was ist denn?"

„Deine Überredungsversuche haben gewisse Bedürfnisse bei mir geweckt."

Ein träges Lächeln breitete sich langsam auf seinem Gesicht aus und machte ihn zum sinnlichsten Mann der Welt – ja des ganzen Universums. „Braucht meine Frau ein bisschen Zuwendung?"

Sie zog sich die Bluse aus und öffnete den Frontverschluss ihres BHs. „Mehr als nur ein bisschen."

„Dagegen müssen wir etwas unternehmen." Er trat ans Fußende des Bettes, packte die Beine ihrer Yogahose und streifte sie ihr ab.

„Schließ ab."

„Scotty schläft."

„Schließ ab, oder es läuft überhaupt nichts." Solange es in ihrem Haus von Secret-Service-Mitarbeitern nur so wimmelte, konnte sich Sam bei unverschlossener Tür nicht entspannen.

„Hier läuft gleich definitiv etwas, aber wenn es dich glücklich macht, schließe ich ab."

„Es macht mich glücklich, und das wiederum wird dich glücklich machen." Sie spreizte die Beine, damit er etwas zu sehen bekam, wenn er vom Abschließen der Tür zurückkehrte, und wurde belohnt, als in seinen schönen haselnussbraunen Augen die Lust auflodete angesichts dieses Beweises, wie bereit sie für ihn war.

„Du kleine Hexe", murmelte er.

„Ich weiß überhaupt nicht, wovon du redest."

„Natürlich nicht", sagte er lachend und legte sich auf sie, um ihr einen Vorgeschmack darauf zu geben, wie sich drei Wochen gemeinsamer Überseeaufenthalt gestalten könnten.

∼

AM NÄCHSTEN MORGEN BEIM FRÜHSTÜCK INFORMIERTEN SIE SCOTTY über die Neuigkeit. „Hör mal", begann Nick zögernd, „was würdest du davon halten, wenn Mom mit mir nach Europa fliegt?"

Der dreizehnjährige Scotty, ein echter Morgenmuffel, zuckte die Achseln. „Ist mir recht."

„Wirklich?", fragte Sam. „Du hättest nichts dagegen? Shelby, Tracy und Angela würden auf dich aufpassen, genau wie Opa Skip und Celia. Wir dachten, vielleicht könnte auch Mrs Littlefield an einem oder zwei Wochenenden herkommen, wenn sie Zeit hat."

„Klar, das klingt gut."

Sam sah Nick an, der ob der mangelnden Reaktion ebenso

verblüfft zu sein schien wie sie. Sie hatten zumindest damit gerechnet, dass Scotty fragen würde, ob er auch mitkönne.

„Ist alles in Ordnung?", wollte Sam von ihrem Sohn wissen.

„Mhm." Er aß sein Müsli auf und erhob sich, um die Schale in die Spüle zu stellen. „Ich mach mich dann mal für die Schule fertig."

„Okay, Kumpel", antwortete Nick.

„Da ist etwas im Busch", erklärte Sam, sobald Scotty die Küche verlassen hatte.

„Absolut. Er hat nicht mal gefragt, ob er schulfrei kriegen kann, um mitzukommen."

„Ist mir auch aufgefallen."

„Wir müssen versuchen, ihn vor der Abreise dazu zu bringen, mit uns zu reden – aber nicht ausgerechnet morgens", meinte Nick.

„Ich werde Shelby bitten, Spaghetti zum Abendessen zu kochen. Das stimmt ihn immer gnädig." Sams Handy klingelte, und als sie die Nummer der Zentrale erkannte, stöhnte sie. „Verdammt. Du hast es tatsächlich beschrien!" So viel zum Thema Urlaub ohne einen Gedanken an die Arbeit. Sie nahm den Anruf entgegen. „Holland."

„Lieutenant, in Chevy Chase hat es heute Nacht gebrannt." Die Frau in der Zentrale meinte damit den Stadtteil im Nordwesten der Stadt, in dem ein früherer US-Präsident, mehrere Botschafter und andere wohlhabende Menschen lebten. „Wir haben zwei Tote am Schauplatz des Brandes", sagte sie und nannte Sam die genaue Adresse. „Die Feuerwehr hat die Mordkommission angefordert."

„Haben die irgendwelche Gründe dafür genannt?"

„Nein, Ma'am."

„Okay, ich bin unterwegs." Zum Glück hatte sie bereits geduscht und sich angezogen, bevor sie Scotty geweckt hatten. „Bitte rufen Sie Sergeant Gonzales und Detective Cruz an. Sie sollen mich dort treffen."

„Jawohl, Ma'am."

Mit einem befriedigenden Knallen ließ Sam ihr Handy zuschnappen. Dieses Geräusch war einer der vielen Gründe, warum sie niemals auf ein Smartphone umsteigen würde.

„Du kannst aber trotzdem mitkommen, oder?", fragte Nick und klang auf befriedigende Weise unsicher.

Sam trat zu ihm an den Tisch und küsste ihn. „Ich werde heute mit Malone reden, vielleicht klappt es ja."

„Halt mich auf dem Laufenden."

∼

EIN TELEFONKLINGELN WECKTE CHRISTINA BILLINGS AUS TIEFEM Schlaf. Ihr zweijähriger Sohn Alex war die ganze Nacht immer wieder aufgewacht, weil ihn eine fiebrige Erkältung quälte, und sie war hundemüde. Ihr Verlobter Tommy hatte durchgeschlafen und hörte offenbar auch sein Handy nicht. In einer Stunde musste er bei der Arbeit sein, normalerweise wäre er längst auf den Beinen.

„Tommy." Sie stieß ihn sanft an, doch er rührte sich nicht. „Tommy! Dein Handy."

Er wurde langsam wach und blinzelte rasch.

„Das Handy, Tommy. Geh ran, bevor Alex aufwacht." Der Junge brauchte genau wie sie mehr Schlaf, sonst würde dies ein sehr langer Tag werden.

Tommy schnappte sich das Handy vom Nachttisch.

Christina sah das Wort „Zentrale" auf dem Display.

„Gonzales."

Sie bekam nicht mit, was die Frau in der Zentrale sagte, aber sie hörte, wie Tommy einen zustimmenden Laut von sich gab, ehe er auflegte. Er schloss die Augen, während er das Telefon weiter umklammert hielt.

Christina fragte sich, ob er wohl wieder einschlafen würde, obgleich er zur Arbeit gerufen worden war. Sie wollte ihn gerade darauf ansprechen, als er aufstand und in die Dusche ging.

Neun Monate zuvor war sein Partner A. J. Arnold direkt vor Tommys Augen erschossen worden. Nach einer langen Depression hatte sich Tommy im Sommer allem Anschein nach etwas erholt. Aber diese Erholung hatte den Herbst nicht überstanden.

Nachdem im letzten Monat sein neuer Partner Cameron Green zum Team gestoßen war, hatte Christina beobachtet, wie er wieder in seiner Trauer versank. Er hatte bei Camerons Begrüßung die richtigen Dinge gesagt und getan, glitt seither jedoch wieder in eine Depression ab, und sie hatte keine Ahnung, wie sie ihm helfen oder auch nur an ihn herankommen konnte. Selbst wenn er neben ihr im Bett lag, schien er meilenweit entfernt zu sein.

In den seltenen Augenblicken, in denen sie allein war, stellte sie sich manchmal ein Leben vor, dessen Mittelpunkt nicht Tommy und Alex waren. Christina liebte beide heiß und innig, aber sie war sich nicht sicher, wie lange sie diese distanzierte, in sich gekehrte Version des Mannes noch ertragen konnte, dem sie ihr Herz geschenkt hatte. Eigentlich hätten sie längst verheiratet sein sollen, nur war das wie alles andere aufgeschoben worden, um Platz für Tommys überwältigende Trauer zu machen. Seit Monaten hatten sie nicht mehr über ihre Hochzeit gesprochen. In der Zwischenzeit hatte sie sich um Alex und alles andere gekümmert, während Tommy in einer Endlosschleife arbeitete, zum Schlafen nach Hause kam und wieder zur Arbeit fuhr.

Sie sprachen nur über Alex. Zu zweit oder gar als Familie unternahmen sie nie etwas. Sie hatten schon so lange nicht mehr miteinander geschlafen, dass sie sich an das letzte Mal kaum erinnern konnte. Christina war noch nie so unglücklich gewesen. Es musste sich etwas ändern – und zwar bald. Sonst würde sie darüber nachdenken müssen, ob diese Beziehung ihr noch guttat, und diese Entscheidung wollte sie nicht treffen müssen.

Nur der Gedanke, Tommy an diesem persönlichen Tiefpunkt zu verlassen, von Alex ganz zu schweigen, hatte sie bisher daran gehindert, einen Schlussstrich zu ziehen. Sie liebte diesen kleinen Jungen von ganzem Herzen. Christina hatte ihre Karriere als Nicks Stabschefin aufgegeben, um mit ihm zu Hause zu bleiben, und hatte eigentlich gehofft, inzwischen schon ein eigenes Kind zu haben. Sie dachte an den Anfang ihrer Beziehung mit Tommy. Damals, als sie beide bis über beide Ohren ineinander verliebt gewesen waren, hätte sie sich nie vorstellen können, einmal das Gefühl zu haben, für ihn so etwas wie ein Möbelstück zu sein, das immer da war, wenn er irgendwann abends beschloss, heimzufahren.

Christina hatte bisher niemandem von ihren Problemen erzählt. In ihrem Innersten hoffte sie, sie würden das alles irgendwie wieder hinkriegen, und das Letzte, was sie jetzt brauchte, war, dass ihre Freunde und ihre Familie sauer auf ihn wurden – was sie zweifellos wären, wenn sie wüssten, wie schlimm es um ihre Beziehung stand.

Ihre Eltern hatten an ihrer Entscheidung gezweifelt, einen tollen Job aufzugeben, um zu Hause zu bleiben und sich um das Kind ihres Freundes zu kümmern, zumal sie mehr Geld verdient hatte als er. Aber als Alex in ihr Leben getreten war, war sie bereit gewesen, aus dem politischen Hamsterrad auszusteigen, und hatte diese Entscheidung bisher nie bereut. Zumindest nicht, bis Tommy quasi aus ihrer Beziehung ausgestiegen war.

Am Wochenende waren sie zu Freddies und Elins Hochzeit eingeladen, und sie würde so tun müssen, als sei in ihrer Beziehung alles in Ordnung, obwohl das Gegenteil der Fall war. Sie war nicht sicher, ob sie ihren Freunden schon wieder überzeugend etwas vorspielen konnte. Tommy war einer von Freddies Trauzeugen, sie würde also den Großteil des Tages allein sein, während er für seinen Freund da war.

Sie war mit ihrem Latein am Ende und hatte schon mehr als einmal darüber nachgedacht, mit Alex fortzugehen, obgleich sie dazu rein juristisch gesehen kein Recht hatte. Sie hatte Alex nach der Ermordung seiner Mutter adoptieren wollen, aber auch das hatten sie bisher nicht geschafft. Was würde Tommy wohl tun, wenn sie ihn verließ und seinen Sohn einfach mitnahm? Die Polizei rufen? Sie lachte verbittert. Vermutlich würde er es nicht einmal bemerken.

Tommy trat aus dem Bad und ging zum Kleiderschrank, in dem er dank ihr saubere Kleidung vorfand. Fragte er sich je, wie die da reinkam? Er zog Jeans und ein schwarzes T-Shirt an, dann schloss er die Nachttischschublade auf, in der er seine Dienstmarke, seine Waffe und seine Handschellen aufbewahrte.

Christina sah zu, wie er wie jeden Tag die Waffe in das Holster an seiner Hüfte und dann die Handschellen und die Dienstmarke in die Gesäßtasche seiner Jeans schob. Mit angehaltenem Atem wartete sie, ob er sich verabschieden oder auf ihre Seite des Bettes kommen würde, um ihr einen Abschiedskuss zu geben, wie er es vor der Katastrophe getan hätte, doch wie so oft in letzter Zeit wandte er sich einfach ab und verschwand.

Eine Minute später hörte sie, wie sich die Wohnungstür hinter ihm schloss.

Nachdem er weg war, lag sie noch lange im Bett und starrte an die Decke, während ihr Tränen über die Wangen rannen. Viel länger würde sie das nicht mehr aushalten.

2

Sam traf als Erste aus ihrem Team am Brandort ein, wo die eine Hälfte eines Hauses in einem der exklusivsten Viertel der Hauptstadt ein Raub der Flammen geworden war.

„Was haben wir hier?", fragte Sam den Brandinspektor, der sie am Absperrband erwartete.

„Zwei Leichen im Erdgeschoss, beide an Händen und Füßen mit Kabelbindern gefesselt."

Damit war der Tod dieser beiden Menschen ihr Problem.

„Wissen wir, um wen es sich handelt?"

Er zog seine Notizen zurate. „Die Gerichtsmedizinerin wird die Identität offiziell feststellen müssen, aber das Haus gehört Jameson und Cleo Beauclair. Ich habe noch nicht recherchieren können, wer die beiden sind."

„Sind wir sicher, dass außer den beiden niemand im Haus war?", erkundigte sich Sam.

„Das ist bisher unklar. Als wir kurz nach vier hier eintrafen, brannte die Westseite des Hauses, wo wir später die Leichen gefunden haben, lichterloh. Wir haben uns zunächst auf das Löschen konzentriert. Feuerwehrleute durchsuchen derzeit den Rest des Hauses, das ursprünglich über neunhundert Quadratmeter Wohnfläche hatte."

„Gibt es Spuren von Brandbeschleunigern?"

„Bisher nicht, doch wir ermitteln auch erst seit einer Stunde. Das ist noch die Frühphase."

„War die Gerichtsmedizinerin schon hier?"

„Nein."

„Kann ich mal reinschauen?"

„Da drin ist es weiter ziemlich heiß, aber ich kann Ihnen die wichtigsten Sachen zeigen. Schön wird das allerdings nicht."

Sam folgte ihm vom Bürgersteig über den Weg zur früheren Eingangstür. An den rauchenden Trümmern des Hauses erkannte sie die Grundstruktur des völlig ausgebrannten Gebäudes. In der Luft hing der ekelhafte Gestank von Rauch und Tod.

„Da sind sie", sagte der Brandinspektor und deutete auf den Boden neben einem rußgeschwärzten steinernen Kamin, wo nebeneinander zwei verkohlte Leichen lagen.

Sam schluckte die Galle runter, die ihr hochkam. In ihrem Beruf gab es nichts Schlimmeres als Brandopfer. Obwohl es das Letzte war, was sie tun wollte, trat sie näher heran, fotografierte die Leichen und ihre Umgebung und wandte sich dann an den Brandinspektor. „Sollte ich mir sonst noch etwas anschauen?"

„Im Moment nicht."

„Informieren Sie mich fortlaufend über alle neuen Erkenntnisse."

„Natürlich."

Er entfernte sich, um seine Ermittlungen fortzusetzen, während Sam nach draußen ging und gierig die frische Luft einsog, die grässlichen Bilder noch immer lebhaft vor Augen. Als sie den Straßenrand erreichte, fuhr gerade der Van der Gerichtsmedizin vor. Sie wartete, um kurz mit Dr. Lindsey McNamara zu sprechen.

Die große, hübsche Gerichtsmedizinerin band ihr langes rotes Haar zu einem Pferdeschwanz zusammen, während sie zu Sam kam.

„Brandopfer", unterrichtete Sam sie schaudernd.

„Dir auch einen guten Morgen."

„Mit Kabelbindern an Händen und Füßen gefesselt."

„Na, dann legen wir mal los", seufzte Lindsey. „Das Haus sieht aus, als wäre es ein echter Palast gewesen."

„Laut Brandinspektor über neunhundert Quadratmeter."

„Du kriegst meine Identifikation der Toten und meinen Bericht, so schnell es geht."

„Vielen Dank. Ich weiß das zu schätzen." Sam klappte ihr Handy auf und rief Malone an. „Ich bin am Schauplatz des Brandes in Chevy Chase."

„Was haben Sie?"

„Zwei Tote, an Händen und Füßen gefesselt, was mich zu dem Schluss bringt, dass hier ein Hausfriedensbruch aus dem Ruder gelaufen ist. Ich brauche so schnell wie möglich die Spurensicherung."

„Gut, ich rufe Haggerty an und schicke ihn und seine Leute los."

„Sie sollen alles durchkämmen, was das Feuer nicht vernichtet hat, und zwar bald, bevor hier noch mehr Spuren zerstört werden. Hier wimmelt es nur so von Feuerwehrleuten."

„Alles klar. Wie gehen Sie weiter vor?"

„Ich rede jetzt mit den Nachbarn, um herauszufinden, wer hier gewohnt hat, bis Lindsey die beiden identifiziert hat."

„Halten Sie mich auf dem Laufenden."

Sam klappte das Handy zu und begab sich zu ihrem Wagen, um sich damit zu befassen, wer Jameson und Cleo Beauclair gewesen waren und wer sie wohl gefesselt hatte, ehe ihr Haus angezündet worden war. Wenn es sich bei den Leichen denn überhaupt um die Beauclairs handelte. Solche Fälle waren anfangs oft verwirrend, doch sie musste mit den bis jetzt vorliegenden Informationen arbeiten.

Ihr Partner Detective Freddie Cruz traf ein, als Sam ihr Auto erreichte, das sie einen Block vom Tatort entfernt abgestellt hatte.

„Ich schätze, es wäre zu viel verlangt gewesen, wenn unsere mordfreie Phase bis nach meiner Hochzeit angedauert hätte", begrüßte er sie.

„Scheint so. Wir haben zwei Leichen im Erdgeschoss des Westflügels, an Händen und Füßen gefesselt."

„Wissen wir, wer sie sind?"

„Wir wissen, wem das Haus gehört, sind aber nicht hundertprozentig sicher, dass es sich bei den Opfern um die Hausbesitzer handelt", antwortete sie und nannte ihm die Namen, die ihr der Brandinspektor gegeben hatte. „Lass uns an ein paar Türen klopfen und dann zum Hauptquartier zurückfahren und schauen, was Lindsey uns bis dahin schon erzählen kann."

„Gut, legen wir los."

„Hast du was von Gonzo gehört?"

„Bisher nicht."

„Er kann ja nachkommen."

∼

SCHMERZ WAR WIE WASSER. ER DRANG IN JEDE LÜCKE EIN, BIS ES nichts anderes mehr gab. Er wurde allgegenwärtig, und wer solche Schmerzen litt, tat buchstäblich alles, damit sie aufhörten. Er traf sich sogar mit einem vorbestraften Verbrecher, um das Einzige zu kaufen, was für ein paar Stunden Linderung verhieß. Der Schmerz gewann immer. Immer.

Der Verkauf ging so schnell und reibungslos über die Bühne, dass er praktisch abgeschlossen war, bevor er begonnen hatte. Für einen zufälligen Beobachter hätte es ausgesehen, als wären zwei Männer, die sich lange nicht getroffen hatten, einander auf der Straße begegnet und hätten sich freundlich begrüßt, inklusive Handschlag.

Danach hatte Gonzo, was er brauchte, um die nächsten paar Tage zu überstehen. Er stieg ins Auto, nahm sofort eine Pille und spülte sie mit einem Kaffeerest vom Vortag hinunter. Dann verstaute er die restlichen Pillen in der Innentasche seiner Jacke. Er legte den Hinterkopf gegen die Kopfstütze und wartete mit zusammengebissenen Zähnen, bis die unablässige Qual, die ihn nichts anderes empfinden ließ als Schmerz, abklang.

In den letzten paar Wochen war ihm aufgefallen, dass es immer länger dauerte, bis die Pillen wirkten. Er brauchte etwas Stärkeres. Der Arzt, den er aufgesucht hatte, nachdem er sich bei der Festnahme eines Verdächtigen im Sommer den Rücken verrenkt hatte, hatte ihm nach dem vierten Rezept nichts mehr verschreiben wollen, also deckte er seinen Bedarf über andere Kanäle.

Sein Handy summte und vermeldete, dass eine Textnachricht von Cruz gekommen war.

Verlassen den Tatort und fahren zum Hauptquartier. Zwei Tote bei Brand in Chevy Chase, an Händen und Füßen gefesselt. Widerlich. Brandopfer waren die schlimmsten. Wenn er noch ein wenig wartete, würde er sich die verkohlten Opfer im Leichenschauhaus nicht ansehen müssen. Sie würden sie ohnehin anhand ihrer Gebissabdrücke identifizieren müssen, es würde also eine ganze Weile keine neuen Informationen geben. Er konnte für ein paar Minuten die Augen zumachen, dann würde er wieder fit sein.

~

NACHDEM SAM UND FREDDIE NICHTS ERREICHT HATTEN, WEIL DIE Nachbarn ihnen auf ihr Klingeln hin nicht öffneten, kehrten sie ins Hauptquartier zurück, das sie über den Eingang der Gerichtsmedizin betraten. Ehe sie in Lindseys Labor gingen, legte Sam ihrem Partner die Hand auf den Arm und hielt ihn zurück. „Das wird übel. Lass dir ruhig kurz Zeit, wenn du möchtest."

„Ich bin so bereit dafür, wie ich nur sein kann."

„Verschwinde einfach, wenn es dir zu viel wird. Ich hab dafür vollstes Verständnis."

Mit grimmiger Miene nickte er und atmete einmal tief durch, um sich zu beruhigen.

Egal, wie viele Jahre man in diesem Job tätig war, manche Dinge wurden einfach nicht leichter, und der Anblick von Leichen, besonders von Brandopfern, stand ganz oben auf der Albtraumliste von Dingen, die man nicht so leicht vergessen konnte.

Beim Gedanken daran drehte sich Sam der Magen um, aber irgendjemand musste es ja tun. In dem Moment, in dem die beiden Menschen, die sich jetzt in der Rechtsmedizin befanden, in ihrer Stadt umgebracht worden waren, waren sie zu ihrer Angelegenheit geworden, und sie würde sich mit aller Kraft für sie einsetzen.

Im Namen der Gerechtigkeit machte Sam den entscheidenden Schritt nach vorn, der die automatische Tür zum Leichenschauhaus aufgleiten ließ, wo Dr. Lindsey McNamara die

Leichen nebeneinander auf zwei Untersuchungstischen liegen hatte.

Sam versuchte, nicht so genau hinzusehen. „Was hast du für uns, Doc?"

Lindsey runzelte konzentriert die Stirn, während sie sich über die Toten beugte. Sie waren bei ihr in guten Händen. „Noch nichts. Es wäre hilfreich, wenn du ihren Zahnarzt finden könntest."

„Wir kümmern uns darum." Sam blickte zu Freddie und bedeutete ihm, er solle sich um die Odontogramme kümmern. Sie hatten eine Mailingliste, mit der sie auf einen Schlag alle Zahnärzte in der Hauptstadt darüber informieren konnten, dass sie auf der Suche nach Patientenakten waren. Hoffentlich würde einer davon den Namen der Beauclairs erkennen und sich rasch bei ihnen melden. Eine eindeutige Identifizierung war in einem solchen Fall der erste Schritt.

Freddie eilte aus dem kalten, antiseptisch riechenden Raum, um die Mail zu verschicken.

„Sie waren mit Kabelbindern gefesselt, die mit ihrer Haut verschmolzen sind." Lindsey deutete auf die wachsartigen Überreste der Kabelbinder, während Sam gegen ihren Würgereiz ankämpfte. „Beide trugen Eheringe. Die eine Leiche ist männlich, die andere weiblich."

Sam fragte nicht, woher sie das wusste. „Sonst noch was?"

„Bisher nicht, aber ich habe ja auch gerade erst angefangen."

„Okay. Melde dich bei mir, wenn du fertig bist."

„Mach ich doch immer." Lindsey sah zu Sam hoch. „Die Jungs werden also drei Wochen lang außer Landes sein, ja?" Ihr Verlobter Terry O'Connor war Nicks Stabschef.

„Jap."

„Ich ertrage den Gedanken nicht, drei Wochen ohne ihn zu sein", stöhnte Lindsey. In jedem anderen Beruf wäre es vermutlich seltsam gewesen, Frauenthemen zu erörtern, während man neben den verkohlten Überresten zweier Menschen stand, die vor vierundzwanzig Stunden noch gelebt hatten. In ihrem gehörte es zum Alltag. „Was bin ich bloß für ein albernes Weibsbild geworden!"

„Du bist eben eine Frau, die ihren Kerl liebt."

„Das tue ich tatsächlich", seufzte sie. „Er ist noch nicht mal weg, und ich vermisse ihn bereits. Vielleicht können wir uns ab und zu mit einem Mädelsabend die Zeit vertreiben."

„Ich, äh, habe gestern mehr oder weniger zugestimmt, Nick zu begleiten, wenn ich so viel Urlaub kriege."

„Na so was! Mensch, jetzt bin ich neidisch. Ich würde auch gern mitkommen."

„Warum tust du es nicht?"

„Ich spare mir meine Urlaubstage für die Hochzeit und die Flitterwochen auf. Wir haben endlich einen Termin gefunden."

„Oh, das sind ja tolle Neuigkeiten. Wann?"

„Nächsten August, auf der Farm seiner Eltern in Leesburg."

„Das wird großartig."

„Ich kann's kaum erwarten. Shelby wird mir helfen, die Hochzeit zu planen. Ich hoffe, das ist okay."

„Natürlich." Sams und Nicks Assistentin Shelby Faircloth war eine der angesagtesten Hochzeitsplanerinnen der Hauptstadt gewesen, ehe sie nach der Planung ihrer Hochzeit die Stelle bei ihnen angetreten hatte. Sie hatte ihre Agentur zwar noch, war aber eigentlich nicht mehr ins Tagesgeschäft involviert. „Sie ist die Beste der Besten."

„Deshalb wollte ich sie ja auch. Eure Hochzeit war die schönste, bei der ich je war."

„Ja, die war toll, oder?" Sam konnte kaum glauben, dass das bereits anderthalb Jahre zurücklag. „Ich muss wieder an die Arbeit. Schick mir so schnell wie möglich deinen Bericht."

„Alles klar."

Sam verließ die Gerichtsmedizin und folgte dem Gang, der zum Großraumbüro der Mordkommission führte, wo die Detectives Cruz, Green und McBride über den Brand, die Opfer und die nächsten Ermittlungsschritte diskutierten. „Wo ist Gonzo?"

„Noch nicht da", erklärte Cruz und schaute sie beunruhigt an.

„Ruf ihn an."

„Hab ich schon. Er geht nicht ran."

Was zur Hölle ...? Es sah ihrem Sergeant nicht ähnlich, nicht an einem Tatort aufzutauchen und sich nicht mal zu melden, wenn er sich verspätete. Sie betrat ihr Büro, schloss die Tür und rief Christina an.

„Hi, Sam", meldete diese sich tonlos. „Was gibt's?"

„Ich suche Gonzo. Hat er heute Morgen den Anruf wegen des Mordes gekriegt?"

„Er ist vor einer Stunde weg", antwortete Christina besorgt. „Ist er noch nicht da?"

„Nein."

„Aber wo könnte er sein? Er ist wenige Minuten nach dem Anruf der Zentrale aufgebrochen."

„Keine Ahnung, doch wir versuchen, ihn zu finden. Ich sage dir Bescheid, wenn wir etwas von ihm hören, und es wäre schön, wenn du das ebenfalls tätest."

„Natürlich, Sam. Ich ... Tommy, er ist ..."

Sam wartete darauf, dass Christina ihren Satz beendete.

„Schon gut. Wir reden ein andermal." Ehe Sam etwas erwidern konnte, unterbrach Christina die Verbindung.

Was war das denn gewesen? Sam hasste es, wenn Menschen ihre Sätze nicht beendeten. Nichts nervte sie mehr. Na ja, mal abgesehen von Empfangsdamen, die zu verhindern versuchten, dass sie zu Leuten gelangte, mit denen sie im Rahmen ihrer Ermittlungen sprechen musste.

Sie dachte an die Verzweiflung, die sie in Christinas Stimme gehört hatte, und die Tatsache, dass Gonzo an diesem Morgen nicht da war, wo er sein sollte, ganz zu schweigen davon, wie abgelenkt und „daneben" er in den letzten Wochen gewirkt hatte. Sie nahm die Spange aus ihrem langen Haar, mit der sie es gewöhnlich bändigte, wenn sie arbeitete, und fuhr mit den Fingern hindurch, während sie überlegte, wie sie mit der Sache mit Gonzo umgehen sollte.

Schließlich griff sie nach ihrem Festnetztelefon, rief Detective Cameron Green an und bat ihn, in ihr Büro zu kommen. Als er anklopfte und den Kopf hereinstreckte, winkte sie ihn zu sich.

„Schließen Sie die Tür."

„Was gibt's?"

Sie mochte den adretten blonden Mann, der seit dem Labor Day ihr Team verstärkte. Er gab einen hervorragenden Ersatz für ihren ermordeten Kollegen ab. Der Rest des Teams trug zwar meist Jeans, doch Cameron erschien täglich im Anzug zur Arbeit. Das machte ihn in mehr als einer Hinsicht attraktiv. „Ich habe eine heikle Frage." Sie deutete auf ihren Besucherstuhl.

Er setzte sich und sagte: „Okay."

„Was für einen Eindruck macht Gonzo in letzter Zeit auf Sie?"

„Äh, denselben wie immer. Schätze ich."

„Ich weiß, ich bringe Sie in eine unangenehme Lage, indem ich Sie nach Ihrem Partner und Sergeant frage, aber er ist heute noch nicht aufgetaucht und hat sich auch nicht gemeldet, was ihm überhaupt nicht ähnlichsieht, und, nun ja ... ich mache mir Sorgen um ihn. Wieder mal."

„Tja, ich habe ihn davor ja nicht gekannt, bin also nicht sicher, was bei ihm normal ist."

Der Verlust eines Teammitglieds im Dienst unterteilte das Leben in „davor" und „danach". „Klar", seufzte sie.

„In letzter Zeit wirkte er allerdings ein wenig ... zerstreut, könnte man wohl sagen." Cameron wählte seine Worte mit Bedacht, weil es nicht gerade karriereförderlich war, mit der Leiterin der Mordkommission über mögliche Probleme seines Partners zu sprechen, der gleichzeitig sein direkter Dienstvorgesetzter war.

„Was meinen Sie damit?"

Nach einer langen Pause antwortete Cameron: „Wenn es Ihnen recht ist, würde ich es gerne bei ‚zerstreut' belassen."

„Natürlich."

„Ich hoffe, Sie verstehen das. Es war nicht einfach, den Platz seines verstorbenen Partners einzunehmen, und ..."

„Schon gut. Ich verstehe." Partner hielten einander auf der Straße und privat den Rücken frei. Jemanden zu bitten, mit einer Vorgesetzten über seinen Partner zu sprechen, war zumindest heikel. „Danke für das Gespräch."

„Wenn ich mir noch eine Bemerkung erlauben dürfte ..."

„Bitte. Was immer Sie auf dem Herzen haben."

„Ich habe Ihnen doch erzählt, dass ich im Bestattungsunternehmen meiner Familie gejobbt habe, als ich jünger war."

Sam nickte. Seine Verbindungen zur Firma Greenlawn

Funeral Homes waren ihnen erst jüngst bei einer Ermittlung sehr gelegen gekommen.

„Eine meiner Aufgaben dort war es, alles für die Hinterbliebenen-Selbsthilfegruppen vorzubereiten, die sich in unserem Veranstaltungsraum getroffen haben. Dazu gehörte auch, dafür zu sorgen, dass sie immer genügend Kaffee und Kekse hatten, weswegen ich gelegentlich das eine oder andere mitgehört habe, was dort gesprochen wurde. Ich erinnere mich an einen Mann, der seinen kleinen Sohn bei einem Unfall verloren hatte. Er hat gesagt, alle warteten ständig auf Anzeichen dafür, dass es ihm wieder besser ginge, dabei würde der Schmerz mit jedem Tag nur schlimmer."

Sam nahm diese Information auf und erschrak. Vielleicht ging es ihrem engen Freund und Kollegen auch immer schlechter statt besser, ohne dass es ihr aufgefallen war.

„Cruz hat heute Morgen erwähnt, dass Arnolds Tod jetzt genau neun Monate her ist. Vielleicht hat das etwas mit Gonzos seltsamem Verhalten zu tun?"

Sam hatte plötzlich einen Kloß im Hals. Arnold war vor genau neun Monaten getötet worden, und der Neue musste sie daran erinnern? „Könnte sein", brachte sie hervor. „Ich weiß Ihre Erkenntnisse wirklich zu schätzen."

„Ich behalte ihn im Auge. Versuchen Sie, sich keine Sorgen zu machen."

„Danke." Greens Rat war gut gemeint, doch Sam fragte sich, wie das überhaupt gehen sollte. Außerdem überlegte sie, ob Gonzo das Team tatsächlich drei Wochen lang leiten konnte, während sie mit Nick unterwegs war.

Sie klappte ihr Handy auf und versuchte erneut, Gonzo zu erreichen, landete aber nur auf der Mailbox.

Jetzt machte sie sich offiziell Sorgen.

∼

Ein lautes Geräusch riss Gonzo aus dem Tiefschlaf. Er öffnete die Augen und stellte fest, dass er sich in seinem Auto befand, das er in einer Seitenstraße abgestellt hatte, und ein uniformierter Kollege vom Metro PD durch das Fenster auf der Fahrerseite zu ihm hereinsah.

Gonzo griff in die Tasche, um seine Dienstmarke herauszuholen, und schaute plötzlich in den Lauf der Waffe des anderen Beamten. Langsam nahm er die Hände hoch.

Die Tür wurde aufgerissen. „Schön die Hände oben behalten und aussteigen. Und keine schnellen Bewegungen."

„Ich bin Polizist wie Sie und im Dienst. Lassen Sie mich Ihnen meine Marke zeigen." In Washington gab es über viertausend Polizisten, da konnte man nicht jeden kennen, aber die meisten Kolleginnen und Kollegen wussten, dass er der Typ war, dessen Partner keinen halben Meter von ihm entfernt erschossen worden war.

„Zeigen Sie her", forderte der junge Streifenpolizist, der immer noch die Waffe auf ihn gerichtet hatte.

Gonzo zog das Lederetui aus der Gesäßtasche und klappte es auf, um dem Mann die goldene Marke zu präsentieren, für die er so hart gearbeitet hatte, auch wenn sie ihm im Moment völlig egal war.

Der Streifenpolizist steckte seine Waffe wieder weg. „Entschuldigung, Sergeant, doch als Sie nach etwas gegriffen haben, musste ich annehmen, dass es sich um eine Waffe handelt."

„Ich verstehe."

„Ist alles in Ordnung mit Ihnen?"

„Ich hab einen Infekt und habe mir mal eine kurze Auszeit gegönnt. Es wäre mir recht, wenn Sie das nicht in einem Bericht erwähnen würden."

„Geht mir umgekehrt genauso." Die Waffe auf einen vorgesetzten Beamten zu richten war nicht gerade gut für die Karriere, selbst wenn es berechtigt gewesen war.

„Abgemacht."

„Ich hoffe, Sie fühlen sich bald besser."

„Das hoffe ich auch." *Und zwar am besten sofort.* Gonzo stieg wieder ein und blickte auf die Uhr am Armaturenbrett. „Heilige Scheiße", flüsterte er, als ihm klar wurde, dass er zwei Stunden geschlafen hatte. Er sah auf sein Handy und stellte fest, dass er jede Menge Anrufe von Cruz, Christina und Sam verpasst hatte.

„Verdammt." Er legte den Gang ein, gab Gas und krachte prompt in ein vorbeifahrendes Fahrzeug.

Hart schlug er mit der Handfläche aufs Lenkrad, stieß eine Reihe von Flüchen aus und stieg dann aus, um nachzuschauen, wie schlimm es war, ohne auf den Schmerz in seinem Arm zu achten.

3

„Die Spurensicherung ist auf dem Weg nach Chevy Chase", vermeldete Captain Malone, als er Sams Büro betrat. „Was brauchen Sie sonst noch?"

Sie band sich ihr Haar zu einem Pferdeschwanz zusammen, drehte ihn und steckte ihn hoch, während sie dem Captain das wenige, was sie bis jetzt wussten, berichtete. „Cruz", rief sie.

Er erschien an der Tür. „Du hast gebrüllt?"

„Wie weit sind wir mit den Zahnärzten?"

„Ich habe von etwa drei Vierteln eine Rückmeldung. Bisher nichts."

„Was haben wir hinsichtlich der Opfer?", fragte Malone.

„Wir gehen nach wie vor davon aus, dass es sich um die Bewohner des Hauses handelt, sonst nicht viel", antwortete Cruz. „Sie sind online praktisch nicht aktiv, was heute sehr selten ist."

„Irgendetwas muss es doch geben", beharrte Sam.

„Wir haben bisher nichts gefunden."

„Probieren wir es noch mal bei den Nachbarn."

„Klingt gut."

„Gib mir fünf Minuten", bat Sam.

Nachdem Cruz sich entfernt hatte, wandte sie ihre Aufmerksamkeit wieder dem Captain hinzu. „Ich wollte eigentlich Urlaub beantragen, aber jetzt, wo wir einen neuen Fall haben, bin ich mir nicht mehr sicher."

„Wenn Sie meinen, wir kämen ohne Sie nicht klar, Lieutenant, kann ich Sie beruhigen."

„Sie kämen ohne mich nicht so gut klar wie mit mir, das können Sie nicht leugnen."

„Ich wäre nie so dumm, die Wahrheit zu leugnen. Von wie viel Zeit reden wir?"

„Nick möchte, dass ich ihn auf seiner Europareise begleite." Halblaut fügte sie hinzu: „Drei Wochen."

Malone riss die grauen Augen auf. „Drei Wochen?"

„So viel Urlaub steht mir zu." Sie hatte, bevor sie Nick geheiratet hatte, nur wenige freie Tage genommen, sodass sich einiges angesammelt hatte.

„Mir ist klar, dass Sie mehr Urlaub übrig haben als so ziemlich jeder andere Gesetzeshüter dieser Stadt."

„Dann sollte es doch eigentlich kein Problem darstellen, wenn ich einen Teil davon nehme, oder?"

„Wären Sie rechtzeitig für Stahls Prozess zurück?", fragte er.

Bei der Erinnerung daran, dass sie bald gegen ihren früheren Lieutenant würde aussagen müssen, bekam Sam einen Schweißausbruch, und ihr wurde leicht übel, deshalb schob sie den Gedanken schnell beiseite. „Mehr als rechtzeitig."

„Lassen Sie mich das mit meinen Vorgesetzten klären, ich melde mich wieder bei Ihnen. Ich vermute, Sie würden Sergeant Gonzales solange die Leitung der Mordkommission übertragen?"

Sam zögerte eine Sekunde. Was auch immer mit Gonzo los war, sie würde es vor ihrer Abreise ergründen. Sie sah zu Malone hoch und antworte: „Das hatte ich vor."

Cruz erschien wieder an der Bürotür. „Gonzo hatte einen Verkehrsunfall. Mit ihm ist so weit alles okay, mit seinem Auto auch, aber der Wagen, den er gerammt hat, ist ziemlich hinüber. Er kümmert sich gerade darum und wird gleich hier sein."

„Alles klar." Sam fragte sich, ob dahinter mehr steckte. „Schick ihm eine Textnachricht. Er soll nach Chevy Chase kommen, und sag auch Green und McBride Bescheid, dass wir sie dort brauchen."

„Wird erledigt."

Sam schnappte sich ihr Funkgerät und die Autoschlüssel. „Sonst noch was, Captain?"

Sie hatte den Eindruck, als hätte er noch etwas auf dem Herzen, wahrscheinlich zum Thema drei Wochen Urlaub, doch er schüttelte den Kopf.

„Dann bis später."

~

Das einzig Störende in der schönen Wohngegend der Beauclairs war die schwarze Ruine ihres abgebrannten Hauses. In den meisten Stadtbezirken lockten Löscharbeiten Schaulustige an. Nicht so in Chevy Chase. Eine einzelne Frau mit einem Hund an der Leine stand an dem gelben Flatterband und wischte sich die Tränen aus dem Gesicht. Sie hatte Sportklamotten an und trug ihr blondes Haar als Pferdeschwanz.

„Entschuldigen Sie", sprach Sam die Frau an, während sich Freddie mit den Feuerwehrleuten unterhielt.

Die Frau blickte Sam an und riss die Augen auf, als sie sie erkannte. Das geschah für Sams Geschmack viel zu häufig, seit Nick Vizepräsident geworden und sie noch stärker ins öffentliche Interesse gerückt war als ohnehin schon. Sam hasste diese zusätzliche Aufmerksamkeit, doch sie hatte sich daran gewöhnt. Mehr oder weniger.

„Sie sind ..."

Sam ignorierte die Erwähnung der Tatsache, dass sie die Gattin des Vizepräsidenten war, und fiel der Frau ins Wort: „Haben Sie die Familie gekannt, die hier gewohnt hat?"

Sie nickte. „Sind sie alle tot?"

„Wer sind denn ‚alle'?"

„Jameson, Cleo, Alden und Aubrey. Jameson hat noch einen älteren Sohn, Elijah, aber der ist auf dem College."

Sam zog ihr Notizbuch aus der Gesäßtasche und schrieb sich die Namen auf. „Wie alt sind Alden und Aubrey?"

„Die beiden sind fünfjährige Zwillinge."

Sam winkte Green heran und sagte so leise, dass nur er es hören konnte: „Informieren Sie den Brandinspektor darüber, dass wir im Haus auch fünfjährige Zwillinge vermuten."

Green verzog das Gesicht, nickte und ging davon, um ihre Anweisung umzusetzen.

„Wie heißen Sie?", fragte Sam die Frau.

„Lauren Morton. Ich wohne im nächsten Block. Meine Kinder spielen häufiger mit Alden und Aubrey."

„Wie gut kennen Sie die Eltern?"

„Jameson kenne ich praktisch gar nicht. Er arbeitet viel, aber Cleo kenne ich über die Kinder." Lauren sah Sam an, und wieder traten ihr Tränen in die Augen. „Sind sie ..."

„Wir haben zwei erwachsene Opfer, doch keine Kinder gefunden."

Lauren nickte und wischte sich die Tränen ab. „War es ein Unfall?"

„Das wissen wir noch nicht." Sam konnte und wollte keine Einzelheiten nennen, solange das möglicherweise die Ermittlungen gefährdete. „Wissen Sie, was sie beruflich gemacht haben?"

„Er war international tätig. Cleo hat immer gesagt, er arbeite praktisch pausenlos, und ich weiß, dass er viel gereist ist, denn dann war sie mit den Kindern allein. Sie arbeitet nicht, ist aber ehrenamtlich im Kindergarten der Zwillinge tätig."

„Welcher Kindergarten ist das?"

„Die Northwest Academy in der Connecticut."

Sam schrieb auch das auf. „Wissen Sie, wo der ältere Sohn studiert?"

„Princeton, glaube ich."

Sie mussten Jamesons Sohn finden, um die schreckliche Aufgabe hinter sich zu bringen, ihn nach der eindeutigen Identifizierung über den Tod seines Vaters und seiner Stiefmutter zu informieren. „Würden Sie mir bitte Ihren vollen Namen samt Adresse und Telefonnummer aufschreiben?", bat Sam und reichte ihr Notizbuch und Stift.

„Wozu?"

„Für den Fall, dass ich noch Fragen habe."

„Ich habe Ihnen alles gesagt, was ich weiß."

„Ich bin gerne gründlich, wenn es Ihnen also nichts ausmacht ..."

Lauren starrte eine Sekunde lang auf das Notizbuch, ehe sie es zögernd entgegennahm und die von Sam erbetenen

Informationen eintrug. „Mein Mann mag es nicht, wenn ich mich in Probleme in der Nachbarschaft einmische."

„Das hier kann man ja wohl kaum als Problem bezeichnen. Für mich fällt das unter Nachbarschaftstragödie. Hatte Mrs Beauclair noch andere Freundinnen in der Nachbarschaft?"

„Ein paar."

„Bitte schreiben Sie mir deren Namen, Adressen und Telefonnummern auf."

Lauren schaute die Nummern in ihrem Handy nach und notierte für Sam drei Namen mit den zugehörigen Informationen.

„Sie werden denen aber nicht sagen, dass Sie ihre Namen von mir haben, oder?"

„Nein."

„Oh, gut. Ich würde mich da lieber raushalten."

Ehrlich jetzt?, hätte Sam am liebsten geantwortet. *Da sind Menschen eines gewaltsamen Todes gestorben, und das ist Ihr größtes Problem?*

„Warum befassen Sie sich mit dem Brand?", erkundigte sich Lauren, nachdem sie das Notizbuch zurückgereicht hatte. „Ich dachte, Sie wären bei der Mordkommission."

„Bin ich."

„Oh, das bedeutet also ..."

„Dass wir in alle Richtungen ermitteln."

„Verstehe."

Nein, tun Sie nicht. „Können Sie mir sonst noch etwas über die Familie erzählen, das uns bei unseren Ermittlungen vielleicht weiterhilft?"

„Ich habe gehört, sie hat gestern ihre Haushälterin entlassen", erklärte Lauren. „Cleo hat sie des Diebstahls bezichtigt. Die Haushälterin arbeitet schon seit Jahren bei ihnen und war meiner Haushälterin zufolge ob dieses Vorwurfs sehr verletzt."

„Kennen Sie Ihren Namen?"

„Ihr Vorname ist Milagros. Den Nachnamen weiß ich nicht."

Sam vermerkte sich auch das. Ein besseres Motiv hatte sie bisher nicht gehört, und der zeitliche Ablauf passte. „Was wissen Sie über Cleos Vergangenheit?"

„Nicht viel. Nur dass sie ursprünglich aus dem Westen stammt.

Sie hat nie gesagt, von wo genau. Über ihr Leben vor der Zeit in D. C. hat sie nicht gesprochen."

„Fanden Sie das nicht merkwürdig?"

Lauren zuckte die Achseln. „Menschen sind manchmal eigen. Das gilt für mich genauso. Ich schnüffle nicht irgendwo herum, wo meine Freundinnen nicht wollen, dass ich meine Nase hineinstecke."

„Hat sie sich je besorgt über ihre Sicherheit oder die Sicherheit ihrer Familie geäußert?"

„Nein, nichts dergleichen. Zumindest nicht mir gegenüber."

Sam reichte ihr eine Visitenkarte. „Wenn Ihnen noch etwas Relevantes einfallen sollte, rufen Sie mich an. Da steht auch meine Handynummer drauf."

„Mach ich."

„Danke für Ihre Zeit." Sam ging zu Freddie hinüber, der sich gerade mit einem anderen Nachbarn unterhielt. „Irgendwas Neues?", fragte sie, nachdem sie gewartet hatte, bis der Mann sich entfernt hatte.

„Nein, er hat sie nicht gekannt. Er war nur neugierig, wer da in den Leichenwagen geladen worden ist."

Es erstaunte Sam immer wieder, dass Tragödien derart die Gaffer anlockten. „Ich werde nie verstehen, warum jemand ein Interesse daran hat, das Leben anderer Menschen in Schutt und Asche zerfallen zu sehen."

„Ich schätze, sie fühlen sich dann besser, was ihr eigenes Leben angeht."

„Wahrscheinlich hast du recht. Ich habe die Namen einiger Nachbarinnen, die die Familie gekannt haben. Schauen wir mal, ob sie daheim sind."

Sie liefen anderthalb Blocks weit bis zu der Adresse, unter der sie laut Lauren eine gewisse Janice McMillian finden würden.

„Ich versuche mir vorzustellen, wie es wohl wäre, es mir leisten zu können, in einem solchen Haus zu leben", sagte Freddie. „Wir haben uns den falschen Beruf ausgesucht."

„Das begreifst du erst jetzt?"

Er lachte. „Wir haben uns aus vielerlei Gründen den falschen Beruf ausgesucht, nicht zuletzt, weil wir es uns nie werden leisten können, in so einer Gegend zu leben."

„Das mag sein, aber keiner dieser Menschen könnte tun, was wir Tag für Tag tun – und vertrau mir, sie sind verdammt froh, dass wir diese Dinge für sie erledigen."

„Da hast du sicher recht." Er betätigte die Türklingel, die wie Kirchenglocken klang. „Willst du mich nicht darauf hinweisen, dass reiche Menschen bessere Klingeln haben als unsereiner? Das sagst du doch sonst immer."

„Ich möchte auf keinen Fall vorhersehbar werden." Freddie spähte durch das Fenster neben der Tür und klingelte erneut. „Gott bewahre – du und vorhersehbar."

Eine Frau in Dienstmädchenuniform öffnete die Tür. „Kann ich Ihnen helfen?"

Sam zeigte ihr ihre Dienstmarke. „Lieutenant Holland und Detective Cruz. Wir möchten zu Mrs McMillian. Ist sie da?"

Die Frau starrte Sam an, offenbar verblüfft darüber, dass die Ehefrau des Vizepräsidenten vor der Tür ihrer Arbeitgeber stand.

„Hallo?", sagte Sam und wedelte mit der Hand vor dem Gesicht der Frau herum. „Mrs McMillian. Ist sie zu Hause?"

„Augenblick." Die Angestellte schloss die Tür und entfernte sich.

„Ich kann nicht fassen, dass sie uns in der Zwischenzeit nicht Tee und Gebäck angeboten hat", spottete Sam.

„Hier sind es die Leute nicht gewohnt, dass plötzlich die Polizei vor der Tür steht."

„Schwer zu glauben, dass wir uns in derselben Stadt befinden wie sonst."

Eine schlanke blonde Frau erschien an der Tür, ebenfalls in Sportkleidung. War das der neue Dresscode für Damen der gehobenen Gesellschaft? „Ich bin Janice McMillian. Sie wollten mich sprechen?"

Sam und Freddie zeigten erneut ihre Dienstmarken, während Sam sie vorstellte. „Dürfen wir kurz reinkommen?", fragte sie dann.

„Natürlich", antwortete die andere, doch in dem Wort schwang eine gehörige Portion Zögern mit.

Wahrscheinlich eine weitere Nachbarin, die mit der Tragödie, die sich ein Stück weiter abgespielt hatte, nichts zu tun haben wollte.

„Was kann ich für Sie tun?", fragte sie, nachdem sie sie in eines dieser schicken, makellosen Zimmer gebracht hatte, in denen reiche Menschen Gäste empfingen.

„Sie kennen die Familie Beauclair?"

„Ja. Meine Kinder und die Zwillinge sind ungefähr gleich alt. Sie spielen miteinander. Ich war am Boden zerstört, als ich von dem Brand gehört habe. Das ist so eine schreckliche Tragödie."

„Ja", pflichtete Sam ihr bei.

„Sind sie alle ..."

„Wir haben zwei erwachsene Opfer gefunden, sie aber bisher nicht abschließend identifiziert. Die Kinder suchen wir noch."

Tränen traten Janice in die blauen Augen.

„Wie gut kannten Sie die Beauclairs?"

„Er war geschäftlich viel unterwegs. Daher habe ich ihn bloß oberflächlich gekannt, Cleo hingegen deutlich besser. Wir sind beide Hausfrauen und haben uns vor ungefähr zwei Jahren im Park kennengelernt. Unsere Kinder sind etwa gleich alt, und wir haben uns sofort gut verstanden."

„Was wissen Sie über sie als Mensch?", erkundigte sich Sam.

„Nur, dass sie sehr an ihren Kindern und ihrer Familie hing."

„Wo stammte sie her?"

„Ich ... ich weiß nicht. Darüber haben wir nie gesprochen. Unsere Gespräche haben sich zumeist um unsere Kinder gedreht, um Fahrdienste zu irgendwelchen Veranstaltungen und dergleichen."

„Was für einen Eindruck hatten Sie von der Ehe der Beauclairs? Waren die beiden glücklich?"

„O ja. Sie hat den Boden unter Jamesons Füßen angebetet. Die beiden haben einander so geliebt – zumindest war das mein Eindruck bei den wenigen Gelegenheiten, wo ich sie zusammen gesehen habe."

Sam notierte sich das.

„Sie hat sich nur manchmal beklagt, dass er geschäftlich so viel unterwegs sein musste. Wenn er auf Reisen war, hat sie ihn sehr vermisst. In seiner Nähe ist sie regelrecht aufgeblüht. Nach einem nachbarschaftlichen Weihnachtsfest letztes Jahr hat mein Mann gemeint, sie seien ihm vorgekommen wie frisch verheiratet, weil sie die ganze Nacht Händchen gehalten haben."

„Kannten Sie ihre Haushälterin?" Sam warf einen Blick auf ihre Notizen. „Eine Frau namens Milagros?"

„Ja, ich bin ihr mal begegnet. Ich habe gehört, sie haben sie gestern entlassen."

„Kennen Sie Milagros' Nachnamen oder Adresse?"

„Nein, aber ich kann mal meine Haushälterin fragen."

„Holen Sie sie doch kurz her, wenn es Ihnen nichts ausmacht", bat Sam.

„Warum?", erwiderte Janice perplex.

„Weil ich Sie darum bitte."

Die Frau war es eindeutig nicht gewohnt, dass man so mit ihr sprach, und ihr Missvergnügen zeigte sich deutlich an ihren zusammengepressten Lippen. „Moment."

„Das hat ihr nicht gepasst", murmelte Freddie.

„Ihr Pech. Ich will die Reaktion der Haushälterin sehen, wenn wir nach Milagros fragen."

„Das ist mir klar, und dir auch, aber sie ist genervt, weil du ihr in den Umgang mit ihrem Personal reinredest."

„Mir egal."

Janice kam mit ihrer Haushälterin wieder.

„Ihr Name, Ma'am?", erkundigte sich Sam.

Sie schaute zu Janice, die nickte. „Luisa Sanchez."

„Kennen Sie Milagros, die Haushälterin der Beauclairs?", erkundigte sich Sam.

Luisa, die dunkles Haar und hübsche braune Augen hatte, nickte. „Ich kenne sie. Sie haben sie gefeuert."

„Das wissen wir bereits von einer der anderen Nachbarinnen. Haben Sie eine Ahnung, wo wir sie finden können?"

Luisa sah wieder Janice an.

„Wenn Sie wissen, wo sie ist, müssen Sie mir das sagen", drängte Sam.

„Sagen Sie es ihr", befahl Janice streng. „Unverzüglich."

„Ich – ich will ihr keinen Ärger machen. Sie hat keine Aufenthaltserlaubnis."

„Ihr Einwanderungsstatus interessiert mich nicht. Wir müssen mit ihr darüber reden, was bei den Beauclairs passiert ist."

„Sie hätte ihnen niemals etwas getan. Milagros hat sie geliebt. Die haben *ihr* wehgetan."

„Das reicht, Luisa", fuhr Janice ihre Angestellte an.
„Ich brauche ihre Adresse", erklärte Sam.
„Die habe ich in meiner Handtasche in der Waschküche."
„Dann holen Sie sie, aber schnell", verlangte Janice scharf.

Luisa eilte davon, während Sam, Freddie und Janice in verlegenem Schweigen nebeneinanderstanden, bis sich Janice räusperte.

„Wir wollen keinen Ärger."

„Den wollten die Beauclairs sicher auch nicht." Sam hatte keinerlei Mitleid mit dieser privilegierten, verwöhnten Frau, die nur an sich dachte, obgleich ihre Freundin und deren Mann wahrscheinlich tot und ihre Kinder verschwunden waren.

Luisa kam mit einem Zettel zurück, auf den sie Milagros' Adresse geschrieben hatte.

„Danke", sagte Sam. „Bitte informieren Sie sie nicht, dass Sie mit uns gesprochen haben."

„Das wird sie nicht", versprach Janice. „Können wir sonst noch etwas für Sie tun?"

„Im Augenblick nicht." Sam reichte ihr ihre Visitenkarte. „Wenn Ihnen noch etwas Wichtiges einfällt, melden Sie sich bitte bei mir."

Janice wollte etwas antworten, unterbrach sich dann aber.

„Was auch immer Sie wissen, sollten Sie uns besser jetzt sagen", drängte Sam, „bevor wir herausfinden, dass Sie uns etwas vorenthalten haben. Damit machen Sie sich unter Umständen strafbar."

Janice schluckte schwer. „Ich bin nicht sicher, ob es relevant ist."

„In dieser Phase der Ermittlung ist jedes Detail relevant."

„Ich mochte Cleo sehr. Sie war nett", erklärte Janice zögernd. „Doch ich erinnere mich, dass ich Monate nach unserer ersten Begegnung zu meinem Mann gesagt habe, dass ich sie eigentlich überhaupt nicht kannte. Sie hat nicht viel von sich preisgegeben, wenn Sie wissen, was ich meine. Unsere Gespräche sind immer oberflächlich geblieben."

„Interessant." Sam notierte sich das, um später darüber nachzudenken. „Hatte sie weitere Freundinnen, die Sie kennen?"

„Ein paar der anderen Mütter aus der Nachbarschaft." Sie

nannte die Namen, die Sam bereits von Lauren erhalten hatte. „Sie hat außerdem ehrenamtlich im Kindergarten der Zwillinge ausgeholfen."

„Hat sie je erwähnt, sie hätte Angst vor etwas oder jemandem?"

„Nicht, dass ich wüsste, aber ich bezweifle, dass sie mir so etwas anvertraut hätte. So war sie nicht."

„Wissen Sie von jemandem, dem sie sich anvertraut hätte?"

„Mir fällt niemand ein, dem sie besonders nahegestanden hätte."

„Danke für diese Information. Wir wissen es zu schätzen, dass Sie sich Zeit für uns genommen haben."

„Ich hoffe, sagen zu dürfen, dass mein Mann und ich Sie und Ihren Mann sehr bewundern."

„Das ist nett von Ihnen", meinte Sam, überrascht von dem völlig neuen Tonfall. Vielleicht hatte die Erwähnung strafrechtlicher Konsequenzen sie geknackt. „Danke."

„Wir hatten gehofft, Nelson würde zurücktreten."

„Tatsächlich sind wir froh, dass er das nicht getan hat", erwiderte Sam mit ausdruckslosem Gesicht.

Janice lachte. „Das kann ich mir denken. Ich verstehe nicht, warum jemand dieses Amt anstrebt. Es ist irgendwie undankbar."

„Ja."

„Haben Sie keinen Personenschutz vom Secret Service?"

Sam schüttelte den Kopf und legte die Hand auf ihre Dienstwaffe. „Ich kann gut auf mich selbst aufpassen." An der Haustür wandte sie sich ein letztes Mal an die andere Frau. „Danke noch mal für Ihre Hilfe."

„Die Familie war wirklich nett. Ich bin erschüttert, dass ihnen so etwas widerfahren ist."

„Rufen Sie mich an, wenn Ihnen noch etwas einfällt."

„Natürlich."

Draußen drehte sich Sam zu Freddie um. „Erster Eindruck?"

„Es bringt vermutlich nichts, mit den anderen Freundinnen zu reden, wenn sie alle persönlichen Beziehungen so oberflächlich gehalten hat."

„Sehe ich genauso. Ich wüsste allerdings gern, warum sie das getan hat. Meiner Erfahrung nach teilen Frauen eher zu viel als zu wenig miteinander."

Freddie grinste. „Du musst es ja wissen."

„Nein, im Ernst. Frauen reden über *alles* miteinander. Es ist seltsam, dass sie das nicht getan hat."

„Nur falls es dir bisher nicht aufgefallen ist ... *Du* tust das auch nicht."

„Ich spreche von normalen Frauen, nicht von toughen Polizistinnen."

„Verstehe, da hast du natürlich recht. Wie immer verneige ich mich vor deiner Weisheit, Lieutenant."

„Hör auf, mir Honig um den nicht vorhandenen Bart zu schmieren. Trotz deiner begrenzten Erfahrung mit Frauen weißt du genau, wovon ich rede."

Freddie verdrehte erwartungsgemäß die Augen. Sie liebte es, ihn damit aufzuziehen, dass er die erste Frau heiraten würde, mit der er geschlafen hatte. Er antwortete dann immer, ihm sei Qualität eben wichtiger als Quantität.

Elin machte ihn glücklich, und das reichte Sam.

„Was nun?", fragte er, als sie in Sams Wagen stiegen.

„Wir schauen im Kindergarten der Zwillinge in der Connecticut Avenue vorbei."

„Kann ich meinen Smoking abholen, wenn wir ohnehin schon in der Gegend sind?"

„Keine privaten Erledigungen im Dienst", erinnerte sie ihn streng und lenkte den Wagen Richtung Connecticut Avenue.

„Aber es ist wirklich ganz in der Nähe." Er rieb sich den immer leeren Bauch. „Außerdem ist es fast Mittagszeit."

„Na schön. Wenn es sein muss."

„Es ist das Einzige, was mir Elin für diese Woche aufgetragen hat."

„Wenn es um Hochzeiten geht, kommt ihr Männer immer ziemlich einfach davon. Ihr taucht zur verabredeten Uhrzeit in einem dämlichen Anzug auf und lasst euch trauen."

„Heute schwelgst du echt wieder in Klischees. Bitte nimm zur Kenntnis, dass ich an der Planung der Hochzeit bis ins letzte Detail beteiligt war."

„Warst du nicht."

„Wohl! Ich habe alles mitentschieden."

„Nachdem sie schon Tausende von Möglichkeiten aussortiert hatte."

„Das weißt du doch gar nicht."

Sam warf ihm einen vernichtenden Blick zu. „Du heiratest bald und hast noch so viel über Frauen zu lernen, junger Padawan. Sie plant diesen Tag gedanklich, seit sie alt genug ist, um das Wort ‚Hochzeit' zu kennen. Du hast nicht geholfen, die Hochzeit zu planen. Nein, du hast lediglich Entscheidungen zugestimmt, die längst gefällt worden waren."

Mit finsterer Miene entgegnete er: „Ich heirate diese Woche. Du könntest mal eine Woche lang ein bisschen weniger gemein zu mir sein, zumal du ja meine Trauzeugin bist."

„Inwiefern bin ich gemein?"

„Bist du eben. Ich habe geholfen, wann immer sie mich darum gebeten hat."

„Freddie, ich nehme dich doch bloß auf den Arm. Sei nicht so empfindlich. Sonst macht es keinen Spaß."

„Wem?"

„Mir natürlich."

„Natürlich dreht sich alles auch in der Woche meiner Hochzeit ausschließlich um dich."

„Äh, klar."

Er lachte prustend. „Wenigstens bist du konsequent."

„Ich bin sehr stolz darauf, konsequent und vorhersehbar zu sein – meistens."

„Sam, ich kann immer noch nicht glauben, dass Nick es uns ermöglicht, an einem so unglaublich coolen Ort zu heiraten. Elin und ich haben andauernd das Gefühl, uns zwicken zu müssen, um uns zu vergewissern, dass wir nicht nur träumen, wir würden im Naval Observatory getraut", gestand er. Er sprach vom offiziellen Wohnsitz des Vizepräsidenten.

„Ja, er ist ziemlich super, und er braucht das Gebäude nicht, es gehört also ganz euch." Als Nick Vizepräsident geworden war, waren sie in ihrem eigenen Zuhause geblieben, vor allem, um in unmittelbarer Nähe von Sams querschnittsgelähmtem Vater zu sein, der drei Häuser weiter lebte.

„Das war so ein nettes Angebot", sagte Freddie.

„Es hat ihn sehr gefreut, euch das ermöglichen zu können. Das Observatory ist eine schöne Location für eine Hochzeit."

„Definitiv. Wir sind unglaublich froh darüber. Ich wünschte nur, es wäre endlich Samstag."

„Der wird schneller da sein, als du denkst."

4

Sam bog links in die Auffahrt zum Kindergarten ein, wo sie neben einem bemannten Wachhäuschen halten mussten. „Wow. Schau dir das an. Die haben tatsächlich einen Torwächter?"

„Hier besuchen die Enkel des Präsidenten und die Sprösslinge anderer wichtiger Persönlichkeiten den Kindergarten."

„Woher weißt du das?"

„Ich lese Zeitung. Du nicht?"

„Immer seltener, seit mein Mann die täglichen Schlagzeilen beherrscht." Am Wachhäuschen zeigte Sam ihre Dienstmarke. „Lieutenant Holland, Detective Cruz, MPD."

„Was können wir für Sie tun, Ma'am?", fragte der Wachmann, dem bei ihrem Anblick beinahe die Augen aus dem Kopf fielen.

„Wir möchten gerne mit der Kindergartenleitung sprechen."

„Darf ich fragen, worum es geht?"

„Dürfen Sie, aber ich werde es Ihnen nicht sagen. Bitte lassen Sie uns durch."

„Einen Moment bitte." Er betrat wieder das Häuschen und griff zum Telefon.

„Setz Wachmänner auf die Liste der Leute, die mich nerven."

„Kommen die noch vor den Empfangsdamen oder erst danach?"

„Danach. Deutlich danach. Empfangsdamen sind eine eigene Kategorie."

Freddie tat, als notiere er sich das. „Okay, hab ich."

Sam liebte es, wie er auf ihre Späße einging. Mit ihm machte die Arbeit deutlich mehr Spaß als mit ihrem früheren Partner. „Darf ich dich was fragen?"

„Was denn?" Er hatte gelernt, im Umgang mit ihr vorsichtig zu sein, und das gefiel ihr.

„Gonzo."

„Was ist mit ihm?"

„Kann er den Laden am Laufen halten, wenn ich mir ein paar Wochen freinehme?"

„Warum denn nicht?"

Sam wählte ihre Worte mit Bedacht. Da sie nicht sicher war, ob ihre Sorge begründet war, wollte sie Freddie, vor allem in der Woche seiner Hochzeit, nicht unnötig belasten. „Nur so. Ich wollte bloß mal fragen."

„Er kommt mir fit vor. Ja, die Sache hat ihn verändert, doch damit war wohl zu rechnen."

„Ja." Sam sah aus dem Fenster und stellte fest, dass der Wachmann immer noch telefonierte. Sie lehnte sich auf die Hupe.

Er bedachte sie mit einem finsteren Blick.

Sie hupte erneut. Dann rief sie aus dem Fenster: „Sie verschwenden meine Zeit, und Menschen, die meine Zeit verschwenden, nerven mich."

„Sie möchten sie nicht nerven", ergänzte Freddie.

„Ich fahre gleich einfach durch dieses Tor."

„O ja, mach", freute sich Freddie. „Wetten, dass du dich nicht traust?"

Sam musterte das Tor und fragte sich, ob es sich lohnte, möglicherweise den speziell ausgestatteten BMW zu beschädigen, den ihr Nick geschenkt hatte. Sie wollte gerade Gas geben, da öffnete es sich. „Schade."

Freddie brach in Gelächter aus.

Sam fuhr die Auffahrt hoch zu einem großen, efeuüberwucherten Steingebäude. „Das ist ein Kindergarten?"

„Ein Kindergarten für Reiche."

„Aaah, das erklärt es." Sie parkte in der Feuerwehrzufahrt vor dem Haupteingang und stieg aus.

„Ma'am, hier können Sie nicht stehen bleiben", sagte der

Wachmann aus dem Häuschen, der ganz außer Atem war, weil er ihnen hinterhergeeilt war.

„Zu spät." Sam nahm immer zwei Stufen auf einmal und wurde erneut aufgehalten – diesmal von einer verschlossenen Tür mit Gegensprechanlage. Sie hielt ihre Dienstmarke vor die Überwachungskamera über der Tür und klingelte dreimal. „Lieutenant Holland, MPD. Lassen Sie mich auf der Stelle rein, oder ich nehme alle Personen im Gebäude fest."

„Den Papierkram erledigst du dann aber selbst", brummte Freddie.

Sam klingelte noch dreimal, und die Tür öffnete sich mit einem Klicken. „Meine Fresse", fluchte sie, als sie eintraten. Sie standen in einem großen Büroraum, in dem mehrere Mitarbeiterinnen sie anstarrten, als seien sie Außerirdische.

„Wer hat hier das Sagen?", fragte Sam.

Alle Anwesenden blickten zu einer älteren, streng wirkenden Frau, die aussah, als hätte sie die letzten fünf Jahre an einer besonders sauren Essiggurke gelutscht. „Was wollen Sie?", erkundigte sie sich in einem Tonfall, der vor Verachtung troff.

Sam ging zu ihr hinüber. „Über einen Brand mit Todesfolge im Haus der Familie Beauclair sprechen. Soweit ich weiß, besuchen die Zwillinge der Familie hier den Kindergarten."

Bei diesen Worten verlor das Gesicht der Frau etwas von seiner Strenge. „Die Kinder ..."

Sam senkte die Stimme, sodass nur sie sie hören konnte. „Haben wir noch nicht gefunden. Wir nehmen an, dass die Eltern verbrannt sind. Können wir uns irgendwo ungestört unterhalten?"

„Ja, natürlich. Hier entlang."

Tote pflegten Türen zu öffnen. Sam und Freddie folgten der Frau über einen Gang in einen eleganten Raum, der eher wie ein viktorianisches Wohnzimmer wirkte als wie ein Büro. „Kann ich Ihnen Kaffee oder Tee anbieten?"

„Nein, danke", lehnte Sam ab, ehe Freddie Ja sagen konnte. Dies war schließlich kein Höflichkeitsbesuch. „Wie lautet Ihr Name?"

„Beatrice Reeve."

„Wer sind Sie?"

„Die Kindergartenleitung."

„Kennen Sie die Familie Beauclair?"
„O ja. Cleo und die Kinder sind ein wichtiger Teil unserer Gemeinschaft. Dies ist ihr erstes Jahr hier, und wir haben sie sehr gern. Die Zwillinge sind überaus wohlerzogen, und es ist einfach eine Freude, sie bei uns zu haben. Die Kinder sind doch nicht ..."
„Das wissen wir noch nicht. Was können Sie uns über Cleo Beauclair erzählen?"
„Sie ist freundlich und hilfsbereit und eine wunderbare Mutter. Dieses Jahr hat sie viel Zeit in unsere Einrichtung investiert. Die meisten Mütter setzen ihre Kinder ab und gehen wieder, aber sie verbringt den Tag hier und hilft uns, bis die Kinder wieder abgeholt werden."
„Ist das außergewöhnlich?"
„O ja. Ausgesprochen außergewöhnlich. Verstehen Sie mich nicht falsch – viele unserer Eltern engagieren sich hier auf freiwilliger Basis, doch nur wenige schenken uns so viel Zeit wie Cleo. Wie Cleo es tat. Ist sie wirklich tot?"
„Wir wissen es noch nicht sicher. Haben Sie Mr Beauclair gekannt?"
„Ich bin ihm einmal begegnet, als sie sich vor der Anmeldung ihrer Kinder die Einrichtung angesehen haben."
„Kommen wir noch mal zum freiwilligen Engagement von Mrs Beauclair zurück", mischte sich Freddie in die Befragung ein. „Hat sie jeden Tag hier verbracht, an dem ihre Kinder hier waren, oder nur manche?"
„Jeden. Wir waren für ihre Hilfe so dankbar. Es gibt immer etwas zu tun."
„Wie viele Tage pro Woche sind die Kinder denn hier betreut worden?", wollte Freddie wissen.
„Fünf. Sie waren in der Gruppe, die jeden Tag von acht bis dreizehn Uhr da ist."
Freddie notierte sich das.
„Ich hoffe, Sie melden sich, wenn wir Ihnen irgendwie helfen können." Ms Reeve reichte beiden ihre Visitenkarte.
„Danke", antwortete Sam und revanchierte sich mit ihrer. „Das ist sehr freundlich. Ich würde auch gern direkt durchgewinkt werden, falls ich noch mal wiederkommen muss."
„Warum sollte das erforderlich werden?"

„Schwer zu sagen. Aber Sie sollten Ihren Zinnsoldaten am Tor anweisen, mich und Mitglieder meines Teams ungehindert durchzulassen. Wir machen unsere Arbeit. Wenn man das erleichtert, wissen wir das sehr zu schätzen."

„In Ordnung."

„Ich hoffe es." Sie wandte sich an Freddie: „Fahren wir."

Auf dem Rückweg zum Hauptquartier fragte sie: „Was denkst du?"

„Ich habe keine Kinder, doch ich finde es seltsam, dass Cleo jeden Tag zusammen mit ihren Zwillingen im Kindergarten verbracht hat."

„Sehr seltsam. Das sagt mir, sie hat befürchtet, ihnen könne etwas zustoßen, wenn sie nicht auf sie aufpasst. Wovor hatte sie Angst? Das möchte ich wissen."

„Ja, das wüsste ich auch gern. Vergiss nicht, wir müssen noch beim Smokingverleih vorbei."

„Schon klar."

Freddies Handy klingelte, und er warf einen Blick aufs Display. „Wo wir gerade von der zukünftigen Mrs Cruz sprechen", bemerkte er und grinste wie ein Honigkuchenpferd. „Da muss ich ran. Hey, Babe." Er hielt inne. „Elin? Elin! Was zur Hölle ...?"

„Was ist?", erkundigte sich Sam.

„Sie hat irgendwie panisch meinen Namen gesagt, dann ist die Verbindung abgebrochen."

„Ruf sie zurück."

Das tat er.

Sam hielt ein Auge auf die Straße gerichtet und das andere auf ihn.

„Die Mailbox ist direkt drangegangen."

„Wo ist sie heute?"

„Daheim. Sie hat diese Woche frei."

Sam sah in den Seitenspiegel, wendete und fuhr in Richtung Woodley Park, wo Freddie und Elin wohnten. Sie schaltete das Blaulicht ein und gab Vollgas.

„Du glaubst doch nicht ..."

„Vorsicht ist besser als Nachsicht."

„Ja, du hast recht", stimmte er ihr zu. Er hatte eindeutig Mühe, ruhig zu bleiben. „Es geht ihr gut. Natürlich geht es ihr gut."

„Orte ihr Handy."

Freddies Finger glitten über das Display seines Smartphones, während Sam über eine Kreuzung raste und sich im Geiste für eine Kollision wappnete, die sie mit knapper Not vermieden. Seit sie ein paar Wochen zuvor seitlich gerammt worden war, rechnete sie jedes Mal damit, wenn sie im Dienst eine rote Ampel überfuhr.

„Es ist aus." Die drei Worte klangen völlig panisch. „Sam!"

„Durchatmen. Tief durchatmen. Wir sind in wenigen Minuten da."

Sie wussten beide, dass auch in wenigen Minuten viel passieren konnte. „Mach Meldung."

„Was soll ich denn melden?"

„Lass sie Verstärkung zu dir nach Hause schicken. Für den Fall, dass wir sie brauchen."

Er schien zu erstarren, als er darüber nachdachte, wofür sie sie möglicherweise brauchen könnten.

„Freddie! Ruf schon an!"

Er tat es, und sie hörte in jedem seiner Worte Angst, als er Verstärkung zu seiner gemeinsamen Wohnung mit Elin beorderte.

Sie schlängelten sich durch den Verkehr, überfuhren rote Ampeln und waren im Handumdrehen in Woodley Park.

„Da vorne links", wies Freddie sie an. „Das ist kürzer."

Sam folgte seiner Anweisung, bog mit quietschenden Reifen ab und umklammerte das Lenkrad fester, um nicht die Kontrolle über den Wagen zu verlieren. Die zehn Minuten Fahrt fühlten sich wie eine Ewigkeit an. Sie wollte sich gar nicht vorstellen, wie es Freddie gehen musste. Vor dem Haus, in dem die gemeinsame Wohnung lag, trat Sam auf die Bremse und sprang aus dem Auto, sobald es zum Stehen gekommen war.

Freddie war schneller als sie und schloss mit zitternden Händen die Haustür auf. Es klappte erst beim zweiten Versuch, und Sam wollte ihm gerade den Schlüsselbund aus der Hand nehmen, da schwang die Tür auf.

Das Erste, was Sam sah, waren Blut auf dem Boden und auf der Treppe und ein Handy auf der untersten Stufe. Sie blockierte den Türschnapper, damit andere Beamte ungehindert das Gebäude betreten konnten.

„Das ist ihr Handy!"

„Nicht anfassen!" Sam schob Freddie Richtung Treppe, und er nahm immer drei Stufen auf einmal.

Sam eilte ihm ins zweite Obergeschoss nach, wo die Tür zur Wohnung der beiden weit offen stand. Sam packte Freddie am Arm, damit er nicht einfach hineinstürmte, und zog ihre Waffe.

„Freddie", flüsterte sie und deutete auf die andere Seite des Eingangs. Sie beobachtete, wie er sich zusammenriss, um vorschriftsmäßig vorzugehen und nicht unvorbereitet in ein möglicherweise laufendes Verbrechen hineinzustürmen. Sie sah, dass es ihm kaum gelang, wie ein Polizist zu denken und nicht wie der Mann, der die Frau liebte, mit der er gemeinsam in dieser Wohnung lebte.

„Los", zischte sie und ließ ihm den Vortritt, während sie die Rückendeckung übernahm. Sie hoffte nur, dass die Verstärkung bald eintreffen würde.

Sie erwartete ein Albtraum aus Blut – es war auf dem Boden, dem Sofa und dem Küchentresen, und auf dem Boden lag ein blutverschmiertes Messer.

Freddies Knie gaben nach.

Sam packte ihn, sonst wäre er umgefallen.

„Elin", entfuhr es ihm.

„Setz dich." Sie schob ihn auf einen Stuhl, während sie ins Schlafzimmer weiterging, wo alles in Ordnung war. Sam kehrte ins Wohnzimmer zurück und steckte ihre Waffe weg.

„Was zur Hölle ...?" Die nackte Angst in Freddies Gesicht weckte Panik in Sam. Wo zum Teufel war Elin?

„Vergiss nicht: nichts anfassen." Sam forderte ein zweites Mal, noch dringlicher, Verstärkung an und rief dann Malone an, um ihn ins Bild zu setzen.

„Da ist überall Blut, und sie ist nirgends zu sehen?", fragte der nach.

„Richtig, und auf dem Küchenboden liegt ein blutiges Messer. Sie hat Freddie angerufen und seinen Namen gesagt, dann ist die Verbindung abgerissen. Wir haben ihr Handy im Hausflur am Fuß der Treppe gefunden, es aber nicht angefasst."

„Ich bin gleich da."

Sam klappte ihr Handy zu und versuchte, Freddie zuliebe ruhig zu bleiben.

„Was soll ich denn jetzt machen?", fragte er und erhob sich. „Ich muss doch irgendwas tun."

„Wir werden sie finden. Einfach weiteratmen. Vielleicht gibt es eine völlig logische Erklärung."

„Das glaubst du genauso wenig wie ich, also erzähl nicht solchen Mist." Er beugte sich vor und stützte die Hände auf die Knie. Dann richtete er sich auf. „Ich folge der Blutspur."

Während er das tat, klopfte Sam bei den Nachbarn. Die ersten drei waren nicht zu Hause. An der vierten Tür öffnete eine ältere Frau, die überrascht aufschrie, als sie Sam sah. Im Hintergrund dröhnte der Fernseher.

„Sie sind die Frau des Vizepräsidenten! O mein Gott! Ich bin so ein Riesenfan Ihres Mannes!" Mit leiser, verführerischer Stimme setzte sie hinzu: „Er ist so attraktiv und sexy."

Sam zeigte ihr ihre Dienstmarke, was die Frau wie erhofft zum Schweigen brachte. „Haben Sie in der letzten Stunde irgendetwas auf dem Korridor gehört? Mein Partner lebt drei Wohnungen weiter, ist eben heimgekommen, und dort ist alles voll Blut."

„O nein! Nein, ich habe nichts gehört, weil mein Fernseher so laut ist, damit ich etwas mitkriege. Das ist so ein netter junger Mann, und die beiden haben einander so lieb. Sie sind wundervoll. Ist sie ..."

„Wir wissen noch gar nichts. Wenn Sie nichts gehört haben, gehe ich mal wieder."

Ehe die Frau weitersprechen konnte, entfernte sich Sam und rief im Gehen Gonzo an. Er nahm beim zweiten Klingeln ab.

„Hey, tut mir leid wegen heute Morgen. Da ist auf einmal alles schief..."

„Gonzo!"

„Was ist los?"

„Du musst sofort zu Cruz kommen. Elin ist verschwunden, und hier ist alles voller Blut."

„*Was?* Wieso das denn?"

„Wir haben keine Ahnung. Sie hat ihn angerufen, mit panischer Stimme seinen Namen gesagt, und dann ist die Verbindung abgebrochen. Wir haben das Handy und jede Menge Blut im Foyer gefunden."

„Ich bin unterwegs."

„Bring die Kavallerie mit, Gonzo. Wir müssen sie finden."

„Alles klar. Wir sind auf dem Weg."

Sam eilte zur Treppe, die Freddie gerade wieder hochkam, wobei er dem Blut auf den Stufen auswich. „Und?"

„Die Blutspur endet auf dem Bürgersteig. Sie ist in ein Fahrzeug gestiegen."

Sam dachte kurz darüber nach. „Kennst du die PIN ihres Handys?"

„Ja."

„Hol es. Pack es in einen Beweisbeutel, und dann sehen wir uns ihre letzten Aktivitäten an."

Er eilte die Treppe runter und war innerhalb weniger Sekunden wieder da. Vorsichtig, um nichts in der Wohnung anzufassen oder beiseitezuschieben, schloss Freddie das im Beweisbeutel befindliche Handy an ein Ladegerät an. „Es ist leer. Ich liege ihr schon die ganze Zeit damit in den Ohren, dass sie sich ein neues Handy besorgen soll. Bei dem hier ist der Akku kaputt. Aber sie hatte mit der Hochzeit und allem so viel zu tun."

Beim letzten Wort versagte ihm die Stimme, und er senkte den Kopf.

Sam legte ihm die Hand auf den Rücken und wünschte, sie könnte ihn irgendwie trösten. „Versuch, nicht das Schlimmste anzunehmen. Noch nicht."

Er betrachtete das blutige Messer auf dem Boden und das Blut auf der Küchentheke und den Fliesen. Dann sah er sie mit gequältem Blick an. „Willst du damit sagen, du würdest nicht durchdrehen, wenn du heimkämst und deine Wohnung so vorfinden würdest?"

„Doch, würde ich, und ich verstehe deine Reaktion, aber Elin ist klug und einfallsreich und ..."

„Sie blutet. Stark."

Die beiden standen neben dem Handy und warteten, bis es genug geladen war, dass man es einschalten konnte.

Einige Minuten später hörten sie Schritte auf der Treppe, und Sam rannte zur Tür und begrüßte Gonzo, Green, McBride und Malone. Sie bemerkte, dass auch die vier die Blutspur auf der Treppe sorgfältig umgangen hatten. Sie wirkten ebenso erschüttert, wie Sam sich fühlte.

„Heilige Scheiße", flüsterte Gonzo, als er das Blut überall in der Wohnung sah.

Der Schock klang ab, und Sams Gehirn arbeitete endlich wieder. Vom Standpunkt einer Polizistin aus machte es einen Riesenunterschied, wenn ein enger Freund oder ein geliebter Mensch betroffen war. „Wir vermuten, dass es sich um Elins Blut handelt. Freddie hat festgestellt, dass sie draußen auf dem Bürgersteig in ein Fahrzeug gestiegen ist. Ich möchte, dass ihr jedes Krankenhaus in der Stadt anruft und fragt, ob sie dort ist. Außerdem muss jemand überprüfen, ob von ihrem Handy aus ein Anruf in der Notrufzentrale eingegangen ist. Freddie! Wie lautet ihre Nummer?"

Er nannte sie, und Jeannie notierte sie sich.

„Wir kümmern uns darum", versicherte sie ihm. „Wir werden sie finden, Freddie."

Freddie nickte. „Danke."

Gonzo trat zu ihm, legte ihm die Hand auf die Schulter und sprach leise mit seinem Freund. Was er sagte, ließ Freddie Tränen in die Augen treten. Gonzo umarmte ihn. „Wir werden sie finden."

Freddie nickte erneut und wischte sich die Tränen ab. Durch die Plastiktüte hindurch drückte er den Einschaltknopf des Handys, aber es geschah nichts. „Komm schon!"

„Gib ihm noch ein paar Minuten", meinte Sam, die genauso gut wie er wusste, dass jede Sekunde zählte und dass Minuten in solchen Zeiten wie Stunden erschienen.

Während Freddie weiter das Handy anstarrte und darauf wartete, dass es ausreichend geladen war, ging Sam zu Malone hinüber.

Die Hände in die Hüften gestützt, sah er sich gründlich in der stilvoll möblierten Wohnung um. Sam war es unangenehm, dass sie noch nie hier gewesen war. Wenn sie sich privat trafen, dann üblicherweise bei ihr und Nick zu Hause, weil das für ihren Mann einfacher war. Nach der Hochzeit mussten sie Freddie und Elin unbedingt einmal besuchen.

„Was zur Hölle ist hier los, Sam?"

„Keine Ahnung. Ich wünschte, ich wüsste es."

Jeannie, die wie die anderen zum Telefonieren auf den Gang

hinausgetreten war, streckte den Kopf herein. „Kein Notruf von ihrer Nummer."

„Okay", antwortete Sam entmutigt. Sie hatte gehofft, Elin hätte Hilfe gerufen und wäre von einem Kranken- oder Streifenwagen abgeholt worden. Apropos Streifenwagen ... „Wo zum Teufel bleiben die Kollegen? Wir haben vor zwanzig Minuten Verstärkung angefordert."

„Drüben im Penn Quarter hat es eine Massenkarambolage gegeben", erklärte Malone. „Mit zehn Fahrzeugen."

„Was, wenn wir hier auf einen Bewaffneten gestoßen wären oder ein laufendes Verbrechen gestört hätten?"

„Dankenswerterweise war das nicht der Fall."

Eine weitere angespannte Viertelstunde verging, in der die Detectives telefonierten, während Sam versuchte, Freddie vor dem Durchdrehen zu bewahren.

Vom Gang her erklang ein lauter Ruf.

Green erschien an der Tür. „Sie ist in der Notaufnahme des GW! Sie hat sich so unglücklich in die Hand geschnitten, dass sie aufgrund der starken Blutung nicht auf das Eintreffen eines Notarztes warten wollte und mit dem Taxi zum Krankenhaus gefahren ist."

Freddie schlug mit bebenden Schultern die Hände vors Gesicht. „Gott sei Dank."

Sam trat zu ihm, umarmte ihn und hielt ihn fest, bis er sich wieder im Griff hatte. „Okay. Ich bringe dich hin."

„Ich dachte ..."

„Hör zu, es geht ihr gut. Es geht ihr *gut*. Beziehungsweise es wird ihr nach ein paar Stichen wieder gut gehen, zumindest vermute ich das. Komm. Fahren wir."

Sam legte ihm eine Hand auf den Rücken und schob ihn zur Tür.

„Danke, Leute", sagte er zu seinen Kolleginnen und Kollegen. „Ich weiß das wirklich zu schätzen."

„Nichts zu danken", antwortete Jeannie stellvertretend für alle. „Wir freuen uns, dass es sich so geklärt hat."

„Könnt ihr ..." Sam machte eine Kopfbewegung in Richtung der Wohnung.

„Ja, klar", erwiderte Jeannie. „Wir beseitigen das."

„Danke." Sam wandte sich an Malone. „Wir haben mit der Leiterin des Kindergartens der Beauclair-Zwillinge gesprochen. Die Mutter hat sie dort nie allein gelassen. Sie hat jeden Tag als Ehrenamtliche gearbeitet, wenn sie dort waren. Wir reden von fünf Tagen die Woche."

„Das ist viel", bemerkte Malone.

„Ich habe auch die Adresse der jüngst entlassenen Haushälterin der Beauclairs." Sie reichte ihm die Seite aus ihrem Notizbuch. „Schicken Sie Green und McBride dahin."

„Alles klar. Wir übernehmen das. Bleiben Sie bei Cruz, solange es nötig ist."

„Wir sehen uns im Hauptquartier." Sie begleitete Freddie nach unten und bemerkte, dass er als gut ausgebildeter Profi noch immer nicht in die Blutspuren auf der Treppe trat. „Die anderen räumen hier auf."

„Das müssen sie nicht. Ich mache das, wenn wir heimkommen."

„Sie wollen aber helfen."

„Was glaubst du, wie lange es dauert, bis mein Herz wieder normal schlägt?"

„Schon eine Weile."

„Ich habe an jeden Verbrecher denken müssen, den ich je festgenommen habe, jede Auseinandersetzung, die ich im Rahmen meines Berufs je hatte. Die Liste der Leute, die sich an mir rächen wollen könnten, ist lang."

„Nicht so lang wie meine."

„Lang genug, um mein Leben zu ruinieren." Sie stiegen in Sams Auto. „Wir ziehen in ein Gebäude mit besseren Sicherheitsvorkehrungen um. Wenn wir einen Portier hätten, wäre das nie passiert."

„Stimmt, aber könnt ihr euch das leisten?"

„Nein, ich kann es mir allerdings noch weniger leisten, Elin zu verlieren. Ich hatte eine Dreiviertelstunde Zeit, mir ein Leben ohne sie vorzustellen, und ich werde jeden Preis dafür zahlen, ihre Sicherheit zu gewährleisten."

„Da kann ich dir keinen Vorwurf machen. Gottverdammt, das war echt furchterregend."

„Absolut."

Dass er ihre Ausdrucksweise nicht kritisierte, verriet ihr, wie aufgewühlt er noch war. Diese Angst, diesen Schock würden sie beide eine ganze Weile mit sich herumschleppen.

5

Freddies Hände zitterten noch immer, als er und Sam eine Viertelstunde später das George Washington University Hospital erreichten.

Sam fuhr zum Eingang der Notaufnahme. „Geh schon rein. Ich such einen Parkplatz."

„Danke."

Er stieg rasch aus und eilte zur Rezeption, wo die Schwester ihn erkannte. „Sie ist nicht hier. Wir haben sie schon eine ganze Weile nicht mehr gesehen."

Er brauchte einen Augenblick, um zu begreifen, dass sie von Sam sprach, die häufig hier behandelt werden musste. „Meine Verlobte ist vorhin mit einem Schnitt in der Hand hergekommen. Elin Svendsen?"

„Oh, ja. Ich wusste nicht, dass sie Ihre Verlobte ist. Hier entlang."

Freddie hätte sie am liebsten korrigiert. Elin war nicht nur seine Verlobte. Sie war seine Welt, und bei dem Gedanken, dass er sie verloren haben könnte, hatte sich der Rest seines Lebens vor ihm ausgebreitet wie ein eisiges Ödland.

Er folgte der Schwester einen Gang entlang und hörte schon bald Elins Stimme. Sie schien nach ihm zu fragen. Die Schwester deutete auf eine Tür, und Freddie eilte an ihr vorbei in das Zimmer, wo er Elin in einem Bett vorfand, so blass, dass ihr

Gesicht fast die gleiche Farbe wie die Laken hatte. Ihre Augen waren zwar rot und vom Weinen verquollen, doch er hatte sie noch nie so schön gefunden.

„Freddie!" Während ein Arzt sich um ihre linke Hand kümmerte, streckte sie ihm die rechte hin.

Er nahm sie und beugte sich über die Bettumrandung, um sie zu küssen.

„Sie müssen still halten", ermahnte der Arzt sie.

Elin verzog das Gesicht. „Das tut weh."

Freddie konnte nichts sagen und sich nicht bewegen, er atmete nur ihren Duft ein. Er wollte wissen, was passiert war, fand allerdings nicht die richtigen Worte.

„Freddie."

„Ja, hier bin ich, Baby."

Sie keuchte vor Schmerz auf.

„Sorry", entschuldigte sich der Arzt. „Wir werden Ihre Hand jetzt lokal betäuben und dann nähen. Die Betäubungsspritze wird das Schlimmste sein, danach werden Sie keinen Schmerz mehr spüren, auch nicht die Einstiche. Bereit?"

Elin richtete ihre ängstlich geweiteten hellblauen Augen auf Freddie.

„Konzentrier dich auf mich", verlangte Freddie. „Schau mich an."

Beim ersten Einstich der Spritze traten ihr Tränen in die Augen.

Er wünschte, er könnte ihr den Schmerz abnehmen. Freddie barg ihren Kopf an seiner Brust und strich ihr durch das weißblonde Haar, spürte, wie sie sich bei jeder weiteren Injektion in die Handfläche anspannte.

„So, das war die Letzte", verkündete der Arzt.

Elin entspannte sich ein wenig. „Ich kann nicht glauben, dass mir das passiert ist! Ausgerechnet diese Woche!"

„Was genau *ist* denn passiert?"

„Ich wollte mit dem Messer das Preisschild von einer Kerze entfernen, bin abgerutscht und habe mir dabei die Hand aufgeschnitten. Dann habe ich versucht, dich anzurufen, aber mein Akku war leer. Irgendwann ist mir das Handy dann runtergefallen. Was für eine Katastrophe!"

„Du hast ja keine Ahnung."
„Was meinst du damit?"
„Nach deinem abgebrochenen Anruf sind Sam und ich zu uns nach Hause gefahren, um nachzusehen, was los ist, und da war überall Blut – im Flur, auf den Stufen, in der Wohnung. Dein Handy lag am Fuß der Treppe auf dem Boden, und unsere Wohnungstür stand offen. Du kannst dir gar nicht vorstellen, was mir alles durch den Kopf gegangen ist, vor allem nachdem ich das blutige Messer auf dem Küchenboden entdeckt hatte."

„Es tut mir so leid, Freddie", flüsterte sie und hatte wieder Tränen in den Augen. „Du hast gesagt, ich soll mir ein neues Handy besorgen, aber ich hatte so viel zu tun. Das Blut ist nur so gespritzt. Beinahe wäre ich ohnmächtig geworden. Also bin ich auf die Straße gerannt und habe ein Taxi angehalten. Der Typ hat mich angeschrien, weil ich sein Auto vollgeblutet habe, doch ich wusste nicht, was ich sonst hätte tun sollen."

„Du hast genau das Richtige getan – du bist schnell zum Krankenhaus gefahren."

„In der Tat", stimmte der Arzt zu, der gerade die Wunde nähte. „Sie haben viel Blut verloren."

„Wir heiraten am Samstag", erklärte Elin. „Können Sie dafür sorgen, dass ich das nicht mit einem großen, hässlichen Verband tun muss?"

„Das kriegen wir hin. Keine Sorge."

Elin seufzte erleichtert.

„Du darfst mich nie wieder so erschrecken, hörst du?", meinte Freddie und schaute voller Dankbarkeit in ihr wunderhübsches Gesicht. „Du hast mich zehn Jahre meines Lebens gekostet."

„Mich auch", stellte Sam fest, die gerade zu ihnen trat. „Wie geht es unserer Patientin denn?"

„Sie wird schon wieder", lächelte Freddie und küsste Elin auf die Stirn.

„Gott sei Dank", sagte Sam.

„Ja", pflichtete ihr Freddie bei. „Gott sei Dank."

~

Nachdem sie das blutige Chaos in Cruz' Wohnung beseitigt hatten, fuhr Cameron Green mit Jeannie McBride in den Südosten der Stadt, um die frühere Haushälterin der Beauclairs zu befragen.
„Das sah echt schlimm aus", bemerkte er nach längerem Schweigen.
„O Mann, ja. Man mag sich gar nicht ausmalen, was er gedacht haben muss, als er nach Hause gekommen ist und das vorgefunden hat."
„Ich will gar nicht daran denken. Der Arme. Gott sei Dank geht es ihr gut."
„Ausgerechnet in der Woche vor ihrer Hochzeit muss so etwas passieren", seufzte Jeannie.
„Zum Glück gilt auch hier: Ende gut, alles gut." Er blickte sie an. „Darf ich dich etwas fragen?"
„Natürlich."
„Lieutenant Holland hat mich heute Morgen zu sich gerufen und auf Gonzo angesprochen. Ihr war klar, in was für eine Bredouille sie mich damit gebracht hat, aber sie wollte wissen, ob er mir in letzter Zeit seltsam vorkommt."
„Was hast du gesagt?"
„Vielleicht ein bisschen. Ich bin nicht sicher, ob ich ihn schon gut genug kenne, um das beurteilen zu können, deshalb wollte ich deine Meinung hören."
„Seit Arnolds Tod steht er völlig neben sich. Wenn du ihn vorher gekannt hättest, wüsstest du, was ich meine. Er ist ein ganz anderer Mensch – woraus ich ihm keinen Vorwurf machen kann." Nach einer langen Pause fügte Jeannie hinzu: „Was Arnold widerfahren ist, war schrecklich, und Gonzo konnte nur danebenstehen und zusehen, wie sein Partner stirbt – und das, nachdem Arnold ihm nach einem Streifschuss das Leben gerettet hatte. Ohne Arnolds geistesgegenwärtiges Handeln wäre Gonzo verblutet."
„Oh, verdammt. Mir ist die Narbe an seinem Hals aufgefallen, ich wusste allerdings nicht, wo er die herhat."
„Ein Teil von mir war überrascht, dass er nach Arnolds Ermordung überhaupt wieder zur Arbeit gekommen ist. Er war so traumatisiert, dass ich mich gefragt habe, ob er wohl kündigen würde, aber er hat Cruz gegenüber geäußert, das

könne er sich nicht leisten, weil er eine Familie zu ernähren habe. Anders als für Will ist Aufgeben für ihn daher keine Option."

„Hat Will nicht einen coolen neuen Job im Sicherheitsgewerbe?"

„Ja."

„Vielleicht wäre das nach allem, was Gonzo durchgemacht hat, auch für ihn das Beste."

„Möglich, doch ich fände es sehr bedauerlich, wenn er aus dem Team ausscheidet. Wir sind wie eine Familie, und dann haben wir erst A. J. und dann Will verloren. Es war ein hartes Jahr."

„Hast du dich je gefragt, wie lange Lieutenant Holland trotz des Amtes ihres Mannes ihren Beruf weiter wird ausüben können?"

„Sie behauptet immer, daran werde sich nichts ändern. Nick weiß schließlich, wie viel ihr der Job bedeutet."

Camerons Handy leitete sie zu der Adresse, die Sam ihnen gegeben hatte. „Das ist es", sagte er und deutete auf ein Wohngebäude, das schon bessere Tage gesehen hatte. Er hielt davor im Parkverbot.

Jeannie und er nahmen die Außentreppe zum ersten Obergeschoss.

„War das mal ein Motel?", fragte er.

„Möglich."

Vor Apartment 2F stellten sie sich links und rechts neben die Tür, bevor er anklopfte und „Polizei" rief. Er hielt die Dienstmarke an den Spion, während er horchte, ob von drinnen Lebenszeichen zu hören waren. Zunächst herrschte nur Stille.

„Was wollen Sie?", fragte dann eine ängstliche Frauenstimme.

„Wir müssen mit Ihnen über Familie Beauclair sprechen."

„Ich habe sie nicht bestohlen, Sir! Ich liebe sie! Ich würde sie nie bestehlen."

„Darum geht es nicht. Würden Sie uns bitte reinlassen?"

Eine Reihe von Schlössern wurde geöffnet, und hinter der Tür kam eine hübsche junge Frau mit verweintem Gesicht zum Vorschein. „Ich war es nicht. Das schwöre ich bei Gott." Sie sprach zwar mit starkem spanischen Akzent, aber ihr Englisch war perfekt. Sie begann zu schluchzen. „W... werden Sie mich festnehmen?"

„Dürfen wir kurz reinkommen und uns in Ruhe mit Ihnen unterhalten?", fragte Cameron.

„Zeigen Sie mir Ihre Dienstmarken noch mal."

Sie hielten die goldenen Marken hoch. Nachdem sie sie genau in Augenschein genommen hatte, trat die Frau einen Schritt zurück und ließ sie einen sauberen, hübsch eingerichteten Raum betreten, in dem es eine Küchenecke, eine Sitzgruppe und einen Fernseher gab. Sie hatte es sich in dem verwohnten Gebäude gemütlich gemacht.

„Ms Cortez, ich muss Ihnen leider mitteilen, dass das Haus der Beauclairs letzte Nacht niedergebrannt ist."

Sie keuchte auf. „Die Babys! Meine Aubrey, mein Alden! Bitte sagen Sie mir ..."

„Derzeit wissen wir nicht, wo die Kinder sind. Wir haben jedoch zwei erwachsene Opfer gefunden. Bisher sind sie noch nicht zweifelsfrei identifiziert."

Man konnte ihr Schluchzen nicht anders bezeichnen denn als herzzerreißend. „O nein, nein, nein. Nicht meine Familie." Sie schlang die Arme um sich und wiegte sich schluchzend vor und zurück.

„Es tut uns leid", murmelte Jeannie.

„Die beiden waren so nett", stieß Milagros hervor. „Ich hatte gehofft, sie würden herausfinden, wer den Schmuck gestohlen hat, damit ich wieder dort arbeiten könnte. Ganz ehrlich, ich habe sie und ihre süßen Kinder geliebt. Oh, Elijah! Mr Beauclair hat einen älteren Sohn. Hat ihm jemand Bescheid gesagt?"

„Wir sind dabei", antwortete Cameron.

Milagros ließ sich aufs Sofa fallen. „Ich kann das nicht glauben."

„Ms Cortez", begann Cameron, „wenn ich fragen darf – wann haben Sie Ihren Job verloren?"

„Gestern Nachmittag." Sie wischte sich weitere Tränen ab. „Cleo ... Sie hat gesagt, aus der Schatulle auf ihrer Kommode fehle Schmuck, und da nur ich Zugang dazu hätte, müsse ich das gewesen sein. Ich habe versucht, das richtigzustellen, aber sie wollte nicht hören. Sie hat gesagt, ich müsse sofort meine Sachen nehmen und gehen. Ich konnte es gar nicht glauben. Eben hatten wir uns noch unterhalten wie jeden Tag, und im nächsten Augenblick war sie so kalt und herzlos."

Cameron sah Jeannie an und fragte sich, ob diese das ebenso seltsam fand wie er. „War sie normalerweise nicht so zu Ihnen?"

„O nein. Wir waren Freundinnen – zumindest dachte ich das. Wenn sie mit den Zwillingen vom Kindergarten heimgekommen ist, haben wir jeden Tag zusammen heiße Schokolade getrunken und Kekse gegessen, und Aubrey und Alden haben uns erzählt, was sie an diesem Tag gelernt hatten."

Sie sprang auf, lief zum Kühlschrank und kehrte mit einer Handvoll bunter Bilder zurück, die sie ihnen hinhielt, als könnten die Zeichnungen beweisen, wie nahe sie der Familie gestanden hatte. „Die haben die Kinder für mich gemalt. Ich habe auch ihre Kindergartenfotos." Sie deutete auf die gerahmten Bilder neben ihrem Fernseher. „Die Beauclairs sind meine Familie." Neue Tränen traten ihr in die Augen und rannen ihr über die Wangen.

„Ms Cortez", erklärte Cameron, der beschlossen hatte, ihr reinen Wein einzuschenken, „es ist durchaus möglich, dass Mrs Beauclair Sie gefeuert hat, um Ihnen das Leben zu retten."

Sie keuchte. „Was?"

„Hat jemand das Haus betreten, ehe sie Sie entlassen hat?"

Sie dachte einen Augenblick darüber nach, dann riss sie die Augen auf. „Ich war im Badezimmer neben der Waschküche. Da hat es geklingelt, und Mrs Beauclair hat gerufen, sie werde selbst aufmachen." Ihre Hände zitterten. „Als sie zurückkam, hat sie ... O mein Gott. Es war noch jemand im Haus, deshalb hat sie mich weggeschickt!" Sie brach wieder in Schluchzen aus. „Sie hat mich nicht gefeuert, weil ich sie bestohlen hatte. Das war nicht der Grund."

„Nein, Ma'am", flüsterte Cameron.

„Wann hat es geklingelt?", fragte Jeannie.

„Das muss gegen halb fünf gewesen sein. Die Kinder waren zum Spielen oben."

„Wann ist Mr Beauclair normalerweise nach Hause gekommen?"

„Frühestens um sieben, aber an diesem Abend hat sie ihn eher zurückerwartet. Es war nämlich ihr Hochzeitstag. Sie wollten essen gehen, deshalb war ich doppelt überrascht, als sie mir vorgeworfen hat, sie bestohlen zu haben, und mich rausgeworfen hat. Ich hätte den Abend über auf die Kinder aufpassen sollen."

„Wissen Sie, wo sie reserviert hatten?"

Sie nannte ein Fünf-Sterne-Restaurant in Georgetown, von dem Cameron schon gehört hatte. Er schrieb sich den Namen auf, weil er anrufen wollte, um nachzufragen, ob die Beauclairs abgesagt und möglicherweise einen Grund genannt hatten.

„Noch etwas", fügte er hinzu. „Können Sie mir verraten, ob die Beauclairs eine Alarmanlage im Haus hatten?"

„Ja, sie war über Nacht immer eingeschaltet."

„Wurde sie extern überwacht?"

„Darüber weiß ich nichts."

Das müssen wir überprüfen, dachte Cameron und machte sich dazu ebenfalls eine Notiz. An Jeannie gewandt erklärte er: „Ich melde das mal." Er erhob sich, ging nach draußen, rief in dem Restaurant an und verlangte den Geschäftsführer zu sprechen, der ihm bestätigte, dass die Beauclairs am Vorabend nicht erschienen waren und ihre Reservierung auch nicht storniert hatten.

„Waren sie Stammgäste?", fragte Cameron.

„Sie kamen mindestens zweimal im Monat", erwiderte der Geschäftsführer.

„Ist es außergewöhnlich, dass sie nicht angerufen haben, um abzusagen?"

„Sehr. Sie waren immer überaus höflich. Ist etwas passiert?"

„Gestern Abend hat es bei ihnen gebrannt."

„O nein! Geht es ihnen gut?"

„Die Frage darf ich Ihnen im Augenblick nicht beantworten."

„Wir werden für sie und ihre Familie beten."

„Danke für die Hilfe."

„Ich wünschte, ich hätte mehr tun können."

Cameron beendete das Gespräch und rief Malone an, um ihn über ihre Fortschritte zu informieren.

„Damit wissen wir, wann jemand ins Haus gekommen ist", sagte Malone. „Sie halten die Haushälterin nicht für verdächtig?"

„Nein. Sie hat die Familie geliebt und war am Boden zerstört, als sie entlassen wurde. Als wir ihr erzählt haben, dass Mrs

Beauclair ihr wahrscheinlich das Leben gerettet hat, indem sie sie rausgeworfen hat, hat sie sich die Augen ausgeheult."

„Gute Arbeit, Detective. Danke für das Update."

„Die gute Arbeit haben Lieutenant Holland und Detective Cruz gemacht. Die beiden haben die Haushälterin aufgespürt. Wir haben sie lediglich befragt. Gibt es etwas Neues über Cruz' Verlobte?"

„Lieutenant Holland hat angerufen. Ms Svendsen muss genäht werden, aber es geht ihr gut."

„Gut. Wir sind gleich wieder zurück. Dann müssen wir herausfinden, wer die Alarmanlage der Beauclairs überwacht hat."

„Bis gleich."

6

Als Sam ins Hauptquartier zurückkehrte, war es fast drei. Sie hatte Freddie und Elin heimgebracht und versprochen, später noch einmal vorbeizuschauen. Ein neuer Tag, eine neue Krise. Das war ihr Leben. Doch diese hatte sie gründlich mitgenommen, vor allem so wenige Tage vor der Hochzeit. Sie hatte gewusst, sie musste für Freddie stark sein, aber bis sie Elin gefunden hatten, hatte sie das Schlimmste befürchtet.

Im Rahmen ihres Berufs stießen sie auf alle möglichen Menschen, die versuchten, sich an Polizisten zu rächen, indem sie ihre Familie ins Visier nahmen. Dankenswerterweise beschützte der Secret Service Nick und Scotty, doch Freddie, Gonzo und die anderen hatten keinen Personenschutz für ihre Lieben. Der Gedanke, dass jemandem aus dieser Gruppe aufgrund seines Jobs etwas passieren könnte, war unerträglich.

Sie hatte zwei Minuten allein im Büro, um sich zu sammeln, dann stand Captain Malone im Türrahmen.

„Klopf, klopf", sagte er.

„Hey."

„Wie geht es ihr?"

„Gott sei Dank schon besser."

„Dass das ausgerechnet in der Woche vor ihrer Hochzeit passieren muss!"

„Das habe ich auch gerade gedacht", pflichtete ihm Sam bei.
„Wir hatten beide solche Angst, jemand hätte sie entführt."
„Ich auch."
„Es gibt nicht gerade wenig Drecksäcke, die uns gerne leiden sehen würden."
„Nein." Er setzte sich auf ihren Besucherstuhl und teilte ihr mit, was Green und McBride von der Haushälterin und dem Geschäftsführer des Restaurants erfahren hatten.
„Cleo hat sie da rausgeschafft, weil sie wusste, es würde Ärger geben. Wer immer da im Haus war, muss die ganze Zeit eine Waffe auf sie gerichtet gehalten haben, während sie die Haushälterin loswurde."
„Zweifellos, sonst hätte sie die Frau angewiesen, Hilfe zu holen. Green hat gemeint, als Nächstes sollten wir herausfinden, welche Firma für die Alarmanlage der Beauclairs zuständig ist."
„Die Beauclairs waren so reich, dass sie sich zweifellos das Beste vom Besten geleistet haben."
FBI Special Agent in Charge Avery Hill klopfte an Sams offene Tür. „Entschuldigen Sie die Störung", sagte er mit seinem weichen South-Carolina-Akzent.
„Ich wünschte, ich könnte behaupten, ich würde mich freuen, Sie zu sehen, Agent Hill."
Avery lächelte. Das tat er in letzter Zeit häufig. Seit er und Shelby sich wieder versöhnt und ihre Beziehung gekittet hatten, wirkte er unverkennbar erleichtert und weniger angespannt. „Es ist mir wie immer eine Freude, Lieutenant. Aber was die Beauclairs angeht ... die gehören uns."
„Bitte?"
„Sie stehen unter dem Schutz des FBI. Beziehungsweise standen. Ist bereits bestätigt, dass es sich bei den Leichen aus dem Haus um die beiden handelt?"
Von der Verwicklung des FBI in den Fall überrascht, warf Sam Malone einen Blick zu. Der schüttelte den Kopf. „Noch nicht", entgegnete er. „Wir haben Probleme, die Odontogramme zu finden."
Avery hielt einen Umschlag hoch. „Ich habe sie."
Sam starrte ihn lange an. „Sind Sie bereit, die mit uns zu teilen?"

„Wenn Sie sich als kooperationsbereit erweisen, sicher. Wir brauchen einander."

Sam wollte seine Hilfe nicht, wohl aber diese Odontogramme. „Definieren Sie ‚Kooperation'."

Avery musterte sie finster. „Wir kooperieren bei der Lösung eines Falles, der uns beide betrifft."

„Was heißt das?"

„Ich fürchte, diese Information darf ich Ihnen – genau wie die Odontogramme, die Sie brauchen – erst geben, wenn ich sicher bin, dass wir uns über die von mir angestrebte Kooperation einig sind."

Sam setzte sich auf ihren Stuhl und schaute zur Decke. „Genau deswegen hasse ich das FBI so."

„Ich dachte, wir wären gute Freunde", meinte Avery mit einem Anflug von Humor, der ihn nur noch attraktiver wirken ließ.

Ja, sie fand ihn attraktiv, trotz allem, was sie hatte durchmachen müssen, weil er für sie das Gleiche empfand. In einem anderen Leben wäre sie vielleicht an ihm interessiert gewesen. In diesem allerdings war sie glücklich verheiratet und nur an *einem* Mann interessiert. Dankenswerterweise schien Avery seine Schwärmerei – oder wie auch immer man es bezeichnen wollte – um seinetwillen, ihretwillen und um Shelbys willen in den Griff bekommen zu haben. Als guten Freund hätte sie ihn trotzdem nicht bezeichnet. Sie hatte bestenfalls gelernt, ihn zu ertragen.

„Genug", mischte sich Malone ein. „Wir werden nett zueinander sein und herausfinden, wer diese Leute getötet hat. Geben Sie uns die Odontogramme, und wir erzählen Ihnen, wie sie gestorben sind. Dann können Sie uns berichten, warum sie unter dem Schutz des FBI standen und wie es sein kann, dass sie trotzdem tot sind."

Avery verzog das Gesicht. „Autsch." Er reichte Sam den Umschlag.

Sie nahm den Hörer ihres Schreibtischtelefons ab und rief Lindsey an. „Ich habe Odontogramme", verkündete sie, nachdem die Gerichtsmedizinerin sich gemeldet hatte. „Hol sie dir."

„Bin schon unterwegs", entgegnete Lindsey.

„Besprechungsraum", sagte Sam zu Hill. „Dann können Sie es uns allen auf einmal erzählen."

Avery wandte sich ab und verließ das Büro.

„Muss ich wirklich schon wieder nett zu ihm sein?", erkundigte sich Sam bei Malone.

„Definitiv."

„Mit Ihnen kann man gar keinen richtigen Spaß haben."

„Ich weiß. Das ist meine Aufgabe. Eines Tages werden Sie Captain sein, und dann werden Sie die Riesenspaßverderberin sein."

„Wirklich? Glauben Sie, ich werde mal Captain?"

„Das ist nur eine Frage der Zeit, Lieutenant. Natürlich muss ich vorher in Rente gehen und Ihnen den Platz frei machen."

„Denken Sie nicht mal dran. Ich mag alles genau so, wie es ist, und möchte gar nicht Captain werden. Im Augenblick zumindest. Sir."

Er lachte schnaubend. „Keine Sorge. Ich bleibe noch ein Weilchen genau da, wo ich bin. Aus irgendeinem merkwürdigen Grund macht es mir Spaß, hier zu sein."

„Wagen Sie es nicht, mich mir selbst zu überlassen. Ich brauche rund um die Uhr eine erwachsene Aufsichtsperson, wie Sie besser wissen als jeder andere."

„Das stimmt wohl."

Lindsey tauchte an der Tür auf. „Was stimmt?"

„Dass Lieutenant Holland rund um die Uhr eine erwachsene Aufsichtsperson benötigt."

Lindseys Lippen verzogen sich, als sie sich bemühte, sich ein Lachen zu verkneifen.

„Schon gut", meinte Sam. „Lach ruhig. Ich habe es ja selbst gesagt."

Das tat Lindsey dann auch ausgiebig.

„Lachkrämpfe sind jetzt nicht unbedingt erforderlich", murmelte Sam, trotz allem von der Reaktion ihrer Freundin belustigt, und reichte ihr den Umschlag mit den Odontogrammen.

„Wo kommen die her?"

„Ein kleines Geschenk unserer Freunde beim FBI", entgegnete Sam.

„Wir haben Freunde beim FBI?", fragte Lindsey und hob überrascht die Brauen.

„Agent Hill hat sie uns überlassen und uns darüber hinaus davon in Kenntnis gesetzt, dass die Beauclairs unter ihrem Schutz standen."

„Oje", antwortete Lindsey.

„Ganz genau. Und jetzt muss ich nett zu ihm sein und ‚kooperieren'. Dabei spiele ich schon seit der Grundschule nicht gern mit anderen Kindern."

„Ein Problem, das sich im Erwachsenenalter nicht gegeben hat", scherzte Malone.

„Was soll ich sagen?" Sam grinste. „Ich bin für meine Beständigkeit bekannt." Sie wandte sich an Lindsey. „Lass es mich wissen, wenn die Leichen eindeutig identifiziert sind."

„Mach ich." Lindsey ging die Autopsie fortsetzen.

„Bringen wir es hinter uns", meinte Sam zu Malone und folgte ihm aus ihrem Büro und in den Besprechungsraum, in dem Gonzo, Green und McBride bereits mit Hill warteten.

„Schließen Sie bitte die Tür, Lieutenant", bat Hill.

Sam tat es und lehnte sich dagegen, um ihm zu signalisieren, dass die Bühne ihm gehörte. Sie sah sich die Fotos der Opfer im lebenden und im toten Zustand an, die jemand ans Whiteboard gehängt hatte. Im weiteren Verlauf der Ermittlungen würden sie dort ihre Ergebnisse sammeln.

Hill ging zum Computerterminal, steckte einen USB-Stick ein, betätigte ein paar Tasten, und auf dem Monitor erschien eine PowerPoint-Präsentation.

Hm, dachte Sam. *Ich wusste gar nicht, dass wir das können.*

„Was ich Ihnen gleich anvertrauen werde, sind geheime Informationen, die Sie entsprechend vertraulich behandeln müssen. Nichts davon darf an die Öffentlichkeit dringen." Hill betätigte eine Fernbedienung, und auf dem großen Monitor erschien das Bild eines attraktiven Mannes Mitte bis Ende dreißig.

„Jameson Beauclair, eigentlich Jameson Armstrong, Geschäftsführer der APG Group, einer ehemaligen Tech-Firma mit Sitz im Silicon Valley. APG hat Software hergestellt, die im Bereich Warenwirtschaft, Transport und Großhandel weit verbreitet war." Hill klickte sich durch Fotos, die die Verpackung der Software sowie Armstrong mit anderen Personen bei einer Feier zum Börsengang seiner Firma zeigten.

„Ihr Börsengang vor vier Jahren war ein Riesenerfolg, sie haben in den ersten sechs Monaten mehr als fünf Milliarden gemacht. Armstrong und APG waren Weltspitze." Weitere Folien zeigten Artikel aus der Presse, in denen die Firma häufig als neuestes Lieblingskind des Silicon Valley bezeichnet wurde.

Sam überflog sie und wartete auf die große Enthüllung.

„Ein Jahr nach dem Börsengang beschlich Armstrong der Verdacht, dass Duke Piedmont, das P in APG, im Vorfeld des Schritts an die Börse Insidergeschäfte betrieben hatte, indem er potenziellen Investoren Informationen zugespielt hatte, um den Aktienpreis in die Höhe zu treiben. Armstrong saß in der Zwickmühle. Hätte er diese Information öffentlich gemacht, hätte dies möglicherweise die Firma und den Ruf aller drei Partner zerstört. Schweigen hingegen konnte langfristig dazu führen, dass sie alle vor Gericht landen würden, wenn irgendwann die Wahrheit ans Licht käme. Schauen Sie sich diese Fotos von Armstrong an, die im Lauf von sechs Monaten aufgenommen wurden."

Hill klickte sich durch die Fotos, und Sam konnte Armstrong praktisch beim Altern zusehen. Sein dunkles Haar ergraute. Sein strahlendes Lächeln wich einem gequälten, angestrengten Gesichtsausdruck, und seine Augen ...

„Moment mal." Sie trat dichter an den Bildschirm heran, um genauer in diese Augen zu blicken, die von tiefer Qual sprachen. „Wow. Die Veränderung ist ja krass."

Hill rief die nächste Folie auf. „Das ist Duke Piedmont", bemerkte er und deutete auf das Bild eines attraktiven jungen Mannes mit blondem Haar und Siegerlächeln, der auf dem Foto von der Feier des Börsengangs neben Armstrong stand. „Die beiden waren Zimmerkameraden in Stanford und haben vor fast fünfzehn Jahren gemeinsam die Firma gegründet. Allen Berichten zufolge war Armstrong das technische Genie und Piedmont der Finanzguru. Dave Gorton, der dritte Partner, brachte das Wissen über Warenwirtschaft, Inventarisierung und Großhandel mit. Eine Weile lang schrieben die drei eine typische amerikanische Erfolgsgeschichte. Sie erkannten einen Bedarf, fanden eine

Lösung dafür und verdienten Milliarden. Dann hat einer von ihnen den Hals nicht vollgekriegt." Er klickte sich durch eine Reihe von Folien, die Piedmont bei diversen gesellschaftlichen Anlässen zeigten, immer im Mittelpunkt und immer mit einem breiten, jovialen Lächeln.

„Piedmont geriet vor vier Jahren in unser Visier, nachdem eine Reihe persönlicher Aktienverkäufe die Börsenaufsicht auf den Plan gerufen hatte. Ihre und unsere Ermittler überzeugten Armstrong vor zweiundzwanzig Monaten, gegen seinen Partner auszusagen, woraufhin Piedmont abgetaucht ist."

„Haben Sie eine Ahnung, wohin er verschwunden ist?", fragte Green.

Hill schüttelte den Kopf. „Er gilt als flüchtig. In dieser Zeit hat sich Armstrong hiervon", antwortete Hill und rief noch einmal das Foto des fröhlich lächelnden Mannes auf, „in das hier verwandelt." Er zeigte erneut die grauhaarige Version desselben Mannes. „Er hat eine komplette interne Untersuchung durchgeführt, die weit mehr Straftaten als nur Insiderhandel ans Tageslicht gebracht hat. Piedmont hatte sich mit dem organisierten Verbrechen eingelassen, war bis über beide Ohren in verschiedene kriminelle Aktivitäten verstrickt und stand im Verdacht, mindestens zwei Morde an Menschen begangen zu haben, die seinen Plänen im Weg gestanden hatten. Als Piedmont erfuhr, dass Armstrong ihn verpfiffen hatte, schickte er Jameson von einem nicht nachverfolgbaren Account eine Mail, in der er ihm mitteilte, er werde ihn drankriegen, und wenn es das Letzte wäre, was er je täte. Er schrieb, Jameson – und seine Familie – sollte von jetzt an in beständiger Angst vor ihm leben. Das führte zu der Erkenntnis, dass Familie Armstrong weit weg vom Silicon Valley unter Schutz gestellt werden musste."

„Ich werde nie verstehen, wie jemand Milliarden verdienen und trotzdem nicht zufrieden sein kann", warf Jeannie ein.

„Das habe ich auch gerade gedacht", pflichtete ihr Green bei. „Was braucht ein Mensch, um glücklich zu sein?"

„Armstrong hat uns Piedmont auf dem sprichwörtlichen Silbertablett serviert", fuhr Hill fort. „Er hat monatelang Firmenunterlagen und Server durchwühlt und durchgesehen, hat zwölf, vierzehn, manchmal sechzehn Stunden am Tag gearbeitet, bis er das Gefühl hatte, Piedmonts Aktivitäten seit der Gründung von APG komplett nachvollziehen zu können. Es war ein sehr umfangreiches Dossier."

„Dürfen wir es uns anschauen?", fragte Sam.

„Sam, ich erzähle Ihnen gerade alles, was ich kann."

„Ich dachte, wir würden zusammenarbeiten?", beschwerte sie sich. „Schon gut – ich sehe schon, worauf das hinausläuft."

„Sam, ich habe Ihnen die benötigten Odontogramme besorgt, oder?"

„Mehr kriegen wir nicht? Den Rest müssen wir selbst rausfinden?"

„Ich liefere Ihnen ausführlich die Gründe dafür, dass Armstrong unter dem Schutz des FBI stand. Diese Information hatten Sie vor einer Stunde noch nicht."

„Wenn Sie sagen, er stand unter dem Schutz des FBI", fragte Jeannie, „reden wir dann vom Zeugenschutzprogramm?"

„Technisch betrachtet nicht", erwiderte Hill. „Das wäre uns zwar lieber gewesen, aber Armstrong weigerte sich, alles, wofür er so hart gearbeitet hatte, aufzugeben, nur weil sich sein Partner in einen verlogenen, betrügerischen Drecksack verwandelt hatte. In Zusammenarbeit mit der Börsenaufsicht und dem FBI haben Armstrong und Gorton ihre Firma liquidiert und die Aktien zu Dumpingpreisen verkauft. Ihre Investoren haben Verluste erlitten, doch dieses Risiko geht man nun mal ein, wenn man spekuliert. Angeklagt haben wir nur Piedmont. Armstrongs persönliche Besitztümer blieben bei unseren Ermittlungen außen vor, er konnte also unter falschem Namen in einem Fünf-Millionen-Dollar-Haus in Chevy Chase leben, seine Kinder in einen privaten Elitekindergarten schicken und mit seiner Frau und den Zwillingen in einem ähnlichen Stil wie in Kalifornien weiterleben."

„Wusste irgendjemand, wo sie waren?", erkundigte sich Green.

Sam bemerkte, dass Gonzo auf den Monitor starrte, sich aber nicht am Gespräch beteiligte.

„Wir glauben, die Familien der beiden wussten Bescheid", antwortete Hill, „sonst allerdings niemand. Nach der Schließung von APG haben sie in aller Stille die Stadt verlassen."

„Das würde erklären, warum die Beauclairs nicht in den sozialen Medien aktiv sind", sagte Jeannie.

„Richtig", bestätigte Hill. „Wir haben ihnen klargemacht, wie wichtig es ist, die Füße still zu halten, bis wir Piedmont haben."

„Wie weit sind Sie damit?", wollte Malone wissen.

„Ich wünschte, ich könnte behaupten, wir stünden dicht vor seiner Verhaftung, aber das ist nicht der Fall. Er hat sich buchstäblich in Luft aufgelöst, was uns zu der Annahme führt, dass er entweder Hilfe hatte oder sein Untertauchen schon eine Weile geplant hatte. Er verfügt über die erforderlichen Mittel, um für den Rest seines Lebens unentdeckt zu bleiben."

„Welche Schutzmaßnahmen hatten Sie für die Beauclairs ergriffen?", fragte Green.

„In ihrem Haus gab es eine professionelle Alarmanlage inklusive Notrufknöpfen, die beide um den Hals trugen. Wir glauben, der Eindringling hat ihre Medaillons als solche erkannt und sie ihnen abgenommen. Ich habe mich bei der Sicherheitsfirma erkundigt und erfahren, dass die Anlage wie üblich gestern Morgen ausgeschaltet, am Abend jedoch nicht wieder reaktiviert worden war. Personenschützer im Haus waren von beiden abgelehnt worden, und weil das System gestern tagsüber nicht aktiv war, gibt es aus der fraglichen Zeit keine Aufzeichnungen."

„Besteht die Möglichkeit, dass die Morde und der Brand nichts mit Piedmont und den Geschehnissen in der Firma zu tun haben?", wollte Cruz wissen.

„Das bezweifle ich sehr", war Hills Antwort.

„Das FBI glaubt also, Piedmont hat sie getötet?", vergewisserte sich Malone.

Hill nickte. „Oder er hat jemanden damit beauftragt, damit Armstrong in dem Prozess, der in Abwesenheit des Angeklagten vorangetrieben wurde, nicht gegen ihn aussagen konnte."

„Ist damit nicht auch der andere Partner, Gorton, in Gefahr?", fragte Sam.

„Er steht seit heute Morgen unter Polizeischutz, doch er war nicht der entscheidende Faktor bei dem Prozess gegen Piedmont. Das war Armstrong. Ohne ihn wird es nicht zu einer Verurteilung wegen Insiderhandels kommen, aber wir haben noch genug andere Munition gegen Piedmont."

„Ich verstehe nicht, warum jemand sich die Mühe macht, mit seiner Familie umzuziehen und seinen Namen zu ändern, statt gleich ins Zeugenschutzprogramm zu gehen", warf Jeannie ein.

„Von den ermittelnden Beamten im Fall Armstrong habe ich erfahren, dass seine Frau das ausgeschlossen hat. Sie konnte den Gedanken nicht ertragen, ihre Eltern und Schwestern nie wiederzusehen."

„Auch wenn sie damit ihr Leben in Gefahr gebracht hat?", wunderte sich Sam.

„Offenbar."

„Wie hätte Piedmont oder sonst jemand sie finden sollen?", fragte Gonzo. „Armstrong hatte seinen Namen geändert und war in eine andere Stadt gezogen, hatte eine neue Adresse. Ich gehe mal davon aus, dass beide neue Sozialversicherungsnummern, Ausweise, Führerscheine und so weiter hatten. Ihre Verwandten werden dem Kerl, dessentwegen sie untergetaucht waren, ja wohl nicht verraten haben, wo er sie finden würde. Also wie ist ihm das gelungen?"

„Wir glauben, Piedmont hat Armstrong über seine Geschäftskontakte aufgespürt", sagte Hill. „Armstrong lebte hier zwar unter dem Namen Jameson Beauclair, hat aber weiter mit der von ihm entwickelten Software Geld verdient."

Sams Handy klingelte, und sie nahm einen Anruf des Brandinspektors entgegen. „Holland."

„Wir haben die Beauclair-Kinder gefunden", erklärte er. „Lebend."

7

Sam rief Erica Lucas von der Special Victims Unit an und bat sie, ihr mit den Beauclair-Kindern zu helfen und bei ihnen die DNA-Probe zu nehmen, die das Kriminallabor brauchen würde, um die DNA von Familienmitgliedern am Tatort auszuschließen. Lindsey konnte mittels dieser Proben von den Kindern auch die Identifikation ihrer Eltern abschließen.

„Wir treffen uns im Krankenhaus", sagte Erica.

Der Brandinspektor hatte Sam berichtet, dass die Kinder, die man schlafend hinter Kleidungsstücken verborgen in einem Schrank im Obergeschoss gefunden hatte, unversehrt zu sein schienen, dass man sie aber ins Krankenhaus bringen würde, um sie untersuchen zu lassen, ehe man sie dem Jugendamt übergab. Offenbar waren sie erst bei einer zweiten Durchsuchung des Hauses entdeckt worden.

„Wie steht es mit der Benachrichtigung des älteren Sohnes Elijah, der in Princeton aufs College geht?", fragte Sam Hill.

„Dazu sind wir noch nicht gekommen."

„Das muss dringend erledigt werden."

„Ich frage mal nach, wer das übernehmen kann."

„Was wird jetzt aus den Kindern?" Sam konsultierte ihre Notizen. „Alden und Aubrey. Haben die beiden Verwandte, die sie aufnehmen können?"

„Das wird uns der ältere Sohn sagen können."

„Beeilen Sie sich. Die Kinder sind sicher traumatisiert und brauchen ihre Familie – wenn sie sich an ihre Verwandten überhaupt noch erinnern."

„Ich kümmere mich darum."

„Halten Sie uns über alles auf dem Laufenden, was diesen Fall angeht."

„Sie uns auch, Lieutenant."

Sam wandte sich von ihm ab und betrat das Großraumbüro. „Gonzo, du kommst mit mir. McBride und Green, besorgt mir alles, was ihr über APG, Jameson Armstrong, die Familie Armstrong, Piedmont, Gorton und den Börsengang finden könnt. Und ich meine *alles*."

„Schon dabei", bestätigte McBride. „Lieutenant, wäre es dir recht, wenn wir die Haushälterin informieren würden, dass wir die Kinder gefunden haben? Sie schien sehr an ihnen zu hängen."

„Ja, bitte tu das." Sam machte sich auf in Richtung des Ausgangs durch die Gerichtsmedizin und warf einen Blick über die Schulter, um sich zu vergewissern, dass Gonzo ihr folgte. Er hatte die Hände in den Jeanstaschen und stapfte mit gesenktem Kopf hinter ihr her.

„Zunächst das Wichtigste", sagte sie und machte einen Abstecher in die Gerichtsmedizin, um kurz bei Lindsey vorbeizuschauen. „Was hast du für mich, Doc?"

„Ich bin nicht ganz sicher. Ich arbeite noch an der Obduktion, doch die Odontogramme des männlichen Opfers passen nicht ganz genau. Ihm fehlen ein paar Zähne."

Sam zuckte zusammen bei dem Gedanken, der Mann könnte die Zähne bei dem Überfall vor dem Brand verloren haben. „Kannst du mir sagen, ob das erst vor Kurzem passiert ist?"

„Ich arbeite daran."

„Gut. Dann lassen wir dich jetzt weiterarbeiten. Ruf mich an, wenn du mehr weißt."

Lindsey sah nicht von ihrer Obduktion auf. „Du erfährst es als Erste."

„Furchtbar", meinte Gonzo und atmete draußen ein paarmal tief durch. „Brandopfer sind am schlimmsten."

„Ja. Und das war mein dritter Besuch bei ihnen."

„Tut mir leid, dass ich heute Morgen zu spät dran war. Kommt nicht wieder vor."

„Was genau ist eigentlich passiert?", erkundigte sie sich, als sie in ihrem Wagen Richtung GW fuhren.

„Hat Cruz dir nicht erzählt, dass ich einen Unfall hatte? Ich bin aus einer Parklücke gefahren und habe seitlich einen Wagen gerammt, der in meinem toten Winkel gewesen sein muss. Es hat Ewigkeiten gedauert, bis die Polizei eingetroffen ist."

„Der Streifenwagen, den wir zu Cruz' Wohnung gerufen haben, ist überhaupt nicht aufgetaucht."

„Das geht gar nicht. Gut, dass das mit Elin keine größere Sache war."

„Sehe ich genauso. Ich habe es auch Malone gegenüber erwähnt." Sie blickte zu ihm. „Ist bei dir alles in Ordnung?"

„Warum fragst du?"

„Du wirkst in letzter Zeit ... ein bisschen ... als stündest du neben dir."

„Weil ich zu spät gekommen bin, findest du, ich stünde neben mir?"

„Es geht nicht nur um das eine Mal. Ich hab mit Christina gesprochen ..."

„Wann?"

„Als ich sie heute Morgen angerufen habe, um zu fragen, wo du bleibst."

„Was hat sie gesagt?"

„Nichts, aber ich hatte das Gefühl, sie meint auch, dass etwas nicht stimmt."

„Sie sollte ihre Nase besser nicht in meine Angelegenheiten stecken."

Verblüfft sah Sam ihn an, richtete den Blick dann jedoch schnell wieder auf die Straße. Wenn sie nicht im Auto gewesen wären, wäre sie versucht gewesen, ihn anzustarren. War das derselbe Tommy Gonzales, der sich zwei Jahre zuvor Hals über Kopf rettungslos in Nicks Kollegin verliebt hatte? Als er dann erfuhr, dass er, ohne es zu wissen, Vater eines Sohnes war, hatte sie zu ihm gehalten – obwohl sie erst ganz frisch zusammen gewesen waren. Sie hatte ihren Job aufgegeben, um sich um seinen Sohn zu kümmern, und hatte wieder zu ihm gehalten, als die Mutter des

Kindes ermordet worden und Gonzo kurz unter Verdacht geraten war, und dann ein drittes Mal, als sein Partner erschossen worden war und er in der Folge unter Depressionen gelitten hatte.

Christina war nicht gerade Sams Lieblingsmensch, aber sie hatte sicher Besseres verdient, als dass er der Auffassung war, sie solle sich um ihre eigenen Angelegenheiten kümmern und die Nase nicht in seinen Job stecken. Sam machte sich im Geiste eine Notiz, Gonzos Unfallbericht mal näher unter die Lupe zu nehmen.

„Heute ist es neun Monate her", begann Sam.

„Was?"

„Arnolds Tod."

Sam spürte, wie Gonzo sich am gesamten Körper versteifte, als hätte sie ihn geschlagen, ein Beweis dafür, dass das Thema bei ihm noch immer ein wunder Punkt war.

Natürlich. Wenn ihr das passieren würde, was Gott, der Herr, verhüten möge, würde sie niemals darüber hinwegkommen, Cruz auf so schreckliche Weise zu verlieren. Sie ertrug schon die bloße Vorstellung nicht. Wahrscheinlich müsste sie unter diesen Umständen ihren Job an den Nagel hängen und sich etwas anderes suchen, damit die Trauer sie nicht aufzehrte.

„Ich weiß, es ist schwer", flüsterte sie.

„Einen Scheiß weißt du."

„Bitte?", fragte sie und verkniff sich die wütende Antwort, mit der sie ihn am liebsten daran erinnert hätte, dass sie seine Vorgesetzte war – obgleich er eigentlich keine Erinnerung daran hätte brauchen dürfen.

„Du hast mich schon verstanden. Erspar mir die Plattitüden, Sam. Sie helfen mir nicht – und tu nicht so, als wüsstest du, wie es mir geht, denn du hast keine Ahnung."

Wow. Das war eine ganz neue Seite an jemandem, den sie zu kennen geglaubt hatte. Sie hatte ihn eigentlich bitten wollen, in ihrer Abwesenheit die Teamleitung zu übernehmen, aber jetzt fragte sie sich, ob sie sich unter diesen Umständen einen Urlaub überhaupt leisten konnte.

Beim Krankenhaus angekommen, fuhr sie auf den Parkplatz und stieg aus. Als sie hörte, wie sich die Beifahrertür schloss, drückte sie die Türverriegelung an ihrem Schlüsselbund.

„Sam."

„Was?"

„Tut mir leid. Das hätte ich nicht sagen sollen."

„Stimmt."

„Ich hab mich doch entschuldigt."

Sam blieb stehen und wandte sich ihm zu. „Was ist los mit dir?"

„Ich weiß nicht, was du meinst."

„Du bist nicht du selbst. Die Leute kriegen das mit. Du kommst zu spät zur Arbeit ..."

„Ein Mal! In zwölf Jahren bin ich ein Mal zu spät gekommen! Willst du das jetzt wirklich zu einer Riesensache aufbauschen?"

„Ja, weil es dir nämlich überhaupt nicht ähnlichsieht, zu spät zu kommen, wenn du an den Tatort eines Mordes gerufen wirst. So bist du nicht."

„Bist du jetzt Expertin für meinen Charakter?"

Wieder starrte ihn Sam ungläubig an. „Gonzo, ich bin deine Freundin. Ich kenne dich. Diese Feindseligkeit ... Das passt nicht zu dir."

„Vielleicht habe ich mich ja verändert. Hast du das mal in Erwägung gezogen?"

„Wenn das der Fall ist, dann gefällt mir der neue Gonzo nicht, und nach meinem kurzen Gespräch mit seiner Verlobten heute Morgen zu urteilen, ihr auch nicht."

Er kniff die Augen zusammen und versuchte gar nicht erst, seine Wut zu verbergen. „Du hast kein Recht, dich in meine Beziehung einzumischen. Du bist meine Vorgesetzte, nicht meine Mutter."

„Vielleicht solltest du nach Hause gehen, bis du wieder klar denken kannst."

„Lässt du jetzt wirklich die Vorgesetzte raushängen, *Freundin*?"

„Ja. Ich habe es mit zwei traumatisierten Kindern zu tun, die vielleicht den Mord an ihren Eltern mit angesehen haben. Da brauche ich diesen Drecksmist nicht auch noch. Fahr nach Hause, Gonzo, und komm erst wieder, wenn du dich eingekriegt hast und arbeitsfähig bist."

„Leck mich", knurrte er, machte auf dem Absatz kehrt und entfernte sich.

Was zur Hölle ... Verblüfft, dass das Gespräch mit ihm so aus dem Ruder gelaufen war, schaute Sam ihm nach. Ihr Handy klingelte, und sie nahm den Anruf von Nick entgegen.

„Hey", meldete sie sich und setzte sich in Richtung Eingang der Notaufnahme in Bewegung.

„Hey, Babe. Wie geht's?"

Sie hielt kurz inne, schloss die Augen und genoss den tröstlichen Klang seiner Stimme. „War schon mal besser." Sie erzählte ihm, was Elin passiert war. „Außerdem hatte ich gerade einen Riesenkrach mit Gonzo."

„Wirklich? Weswegen? Ach, und wie geht es Elin?"

„Bei ihr ist alles gut, aber Freddie wird möglicherweise ein oder zwei Jahre brauchen, bis er sich wieder beruhigt hat. Was Gonzo betrifft ... Ich weiß nicht, was mit ihm los ist, doch gut ist es nicht. Ich habe ihn gerade nach Hause geschickt."

„Ui, das klingt ja tatsächlich nach einem heftigen Streit."

„Er hat ein paar Dinge gesagt ... Ich weiß auch nicht."

„Manchmal ist es nicht leicht, die Chefin zu sein, wenn man gleichzeitig mit seinen Untergebenen befreundet ist."

„Ja. Genau das."

„Wird es heute spät bei dir?"

„Ich muss noch eine Sache erledigen, dann komm ich heim." Sie hatte für einen Tag genug.

„Shelby hat Spaghetti gemacht. Wir warten auf dich."

„Das müsst ihr nicht, wenn ihr Hunger habt."

„Wir warten."

„Hast du mit Scotty über heute Morgen geredet?"

„Kurz. Ich habe das Gefühl, die Schule überfordert ihn gerade etwas, deshalb sehen wir vor dem Abendessen alles durch, was er noch erledigen muss."

„Ich hoffe, das ist alles."

„Ich hake noch mal nach. Bis später, Sam. Ich liebe dich."

„Ich dich auch." Ihre Liebe zu ihm und das Wissen, dass er mit ihrem Sohn zu Hause auf sie wartete, machten das, was ihr nun bevorstand, ein wenig erträglicher.

Mit gesenktem Kopf entfernte sich Gonzo von Sam. Er war stinksauer über die Auseinandersetzung mit seiner Chefin und Freundin, die ihn viel besser hätte verstehen müssen, als sie das tat. Arnold hatte zu ihrem Team gehört. Zu ihnen. Über so etwas ging man nicht einfach hinweg, als sei es nie passiert. So kam es ihm zumindest vor – als hätten alle die Sache vergessen und würden einfach weitermachen. Selbst an Arnolds Schreibtisch arbeitete inzwischen jemand anders, als hätte es ihn nie gegeben.

Green war ein guter Typ, ein hervorragender Ermittler und ein angenehmer Partner. Sein einziges „Verbrechen", wenn man es denn so nennen wollte, war, dass er Arnolds Platz eingenommen hatte, obgleich dieser unersetzlich war. Es war Gonzo unverständlich, wie jemand den Platz in seinem Leben einnehmen sollte, der seinem jungen, ernsten, witzigen, oft nervigen Partner gehört hatte.

Gerade Sam hätte das kapieren müssen. Doch genau wie alle anderen tat sie es nicht, obwohl sie das glaubte. Sie verstanden alle gar nichts. Seine Kolleginnen und Kollegen nicht und Christina auch nicht. Niemand.

Gonzo öffnete den Reißverschluss der Innentasche seiner Jacke und warf eine weitere Pille ein, schluckte sie ohne Wasser und würgte dann, als sie ihm im Halse stecken blieb. Er schluckte panisch, bis sie schließlich in seinen Magen weiterrutschte, aber der widerliche Nachgeschmack im Mund blieb.

Ziellos wanderte er umher und begab sich schließlich zur nächsten Metrohaltestelle, denn er wollte zu seinem Sohn nach Hause, dem einzigen Menschen, der in letzter Zeit nichts von ihm gewollt hatte, was er nicht hatte geben können. Unterwegs betrat er einen Lebensmittelladen, kaufte eine Flasche Wasser und trank sie komplett aus. Dann ließ er sich auf einer Bank nieder und wartete, bis die Wirkung der Pille einsetzte.

Sein Handy klingelte, er fischte es aus der Tasche und warf einen Blick aufs Display. Christina. Gonzo drückte den Anruf weg. Er wollte nicht mit ihr reden. Eigentlich mit gar niemandem. Was brachte das schon? Trulo, der Polizeipsychiater, hatte nach Arnolds Tod stundenlang sinnlose Gespräche mit ihm geführt und ihn gezwungen, monatelang regelmäßig zu Sitzungen zu kommen, damit er seinen Job behalten konnte.

Fatal Invasion – Wir gehören zusammen

Er hatte mitgespielt, hatte ihnen gegeben, was sie von ihm wollten, einfach weil er das Geld brauchte, nicht weil ihn irgendetwas davon im Geringsten interessiert hätte.

Christina rief schon wieder an. Was zur Hölle ...? Wusste sie denn nicht, dass er arbeitete? Aber dann dachte er an Alex und nahm das Gespräch an.

„Tommy." Sie klang panisch.

„Was?"

„Alex hat vierzig Fieber! Ich bringe ihn in die Notaufnahme."

Vor Angst wurde ihm die Brust eng. „Welche?"

„GW."

„Ich bin ganz in der Nähe. Wir treffen uns dort."

„Tommy ..."

Sie wollte ihm versichern, dass alles gut werden würde, doch das ertrug er gerade nicht. Er hatte gelernt, dass es nicht stimmte. Manchmal wurde gar nichts gut. Aber sein kleiner Junge ... Er musste wieder gesund werden. „Wir treffen uns dort", wiederholte er, denn mehr hatte er nicht zu sagen.

„Okay", stimmte sie mit zitternder Stimme zu, dann brach die Verbindung ab.

Keuchend und mit schweren Beinen rannte er, so schnell er konnte.

Er hoffte, er würde Sam nicht im Krankenhaus begegnen. Er wollte sie nicht sehen. Nicht jetzt. Sie war wahrscheinlich sowieso sauer auf ihn, und das aus gutem Grund. Trotzdem, es kümmerte ihn nicht. Sollte sie doch sauer sein. Was wollte sie schon tun? Ihn rausschmeißen? Ganz bestimmt nicht. Sie brauchte ihn. Alle brauchten ihn, wollten etwas von ihm, erwarteten Dinge von ihm, obwohl er fix und fertig war. Er hatte nichts mehr zu geben. Erkannten sie das denn nicht? Was zur Hölle wollten sie von jemandem, der nichts zu geben hatte?

Selbst seine Eltern und Schwestern hatten in letzter Zeit ständig genervt, dauernd angerufen, gefragt, wie es ihm ging. Was dachten sie denn? Sie fragten, ob er sich besser fühle. War das das Ziel? Was bedeutete es, sich besser zu fühlen? Nicht mehr jede Minute des Tages an Arnold zu denken? Nicht mehr das verzweifelte gurgelnde Geräusch zu hören, mit dem er an seinem eigenen Blut erstickt war, während er gleichzeitig verblutete?

Dieses Geräusch lief in Dauerschleife in Gonzos Kopf. Die Erinnerung daran, wie schnell alles gegangen war, quälte ihn. Der arme Kerl hatte keine Chance gehabt. Er war praktisch tot gewesen, ehe er auf dem Boden aufgeschlagen war.

Dabei hätte es *ihn* treffen sollen. An jedem anderen Tag hätte es das auch. Er führte sonst immer die Gespräche. *Immer*. Arnold war noch viel zu unerfahren gewesen, hatte noch so viel zu lernen gehabt. Er war noch nicht bereit gewesen, selbst eine Befragung durchzuführen. Gonzo durchlebte jeden Tag aufs Neue diese letzten gemeinsamen Stunden – wie sie in dem eiskalten Auto gesessen und auf den Verdächtigen gewartet hatten, während Arnold sich unablässig über die Kälte, die dauernden Überstunden und seinen leeren Magen beklagt hatte. Bis Gonzo ihm einen Deal angeboten hatte: *Hältst du jetzt bitte mal die Klappe, dann überlasse ich dir die Gesprächsführung.*

Arnolds Augen hatten aufgeleuchtet wie bei einem Kind, das überraschend in seinen Lieblingsfreizeitpark durfte. Sie waren es durchgegangen, hatten geübt, bis er perfekt vorbereitet gewesen war – oder zumindest so perfekt, wie man vorbereitet sein konnte, wenn man es mit einem Verdächtigen zu tun hatte, der bereits gezeigt hatte, dass er die Gesetze nicht respektierte.

Dann war alles so furchtbar, furchtbar schiefgelaufen.

Gonzo hatte plötzlich Schmerzen in der Brust, die so schlimm waren, dass er stehen bleiben musste und nach Luft schnappte. Tränen rannen ihm über die Wangen, die er wütend mit dem Jackenärmel abwischte. Scheißtränen. Sie kamen immer im unpassendsten Moment, etwa während seiner Schicht, wenn er sich unter Kollegen befand. Wenn er das Großraumbüro betrat und wieder einmal verdauen musste, dass Cameron Green an Arnolds Schreibtisch saß, wo dieser noch sitzen könnte, wenn Gonzo nicht so reizbar gewesen wäre und so unbedingt gewollt hätte, dass er die Klappe hielt, dass er seinen Partner ins Messer hatte laufen lassen.

Er hatte zweifellos gekriegt, was er gewollt hatte. Arnold würde die Klappe halten. Für immer. Ein Schluchzen schnürte ihm die Kehle zu, und Tränen blendeten ihn. Er sank auf dem Rasen eines Parks, der ihm vorher nie aufgefallen war, auf die Knie. Gonzo hatte keine Ahnung, wo er war, aber war das überhaupt von

Bedeutung? „Verdammt, Arnold. Wie konntest du mir das antun?"
Flüsternd setzte er hinzu: „Wie konntest du mich so allein lassen? Was soll ich denn jetzt machen?"

Als er die Augen schloss, hatte er Arnolds breites Lächeln vor Augen und sein kindliches Staunen darüber, dass er den Beruf ausüben durfte, von dem er schon immer geträumt hatte. A. J.s Mutter hatte Gonzo erzählt, dass er schon als kleines Kind immer die bösen Jungs hatte fangen wollen.

Von Trauer überwältigt senkte Gonzo den Kopf und wartete verzweifelt auf die süße Erleichterung, die jetzt hoffentlich jeden Augenblick einsetzen würde. Je regloser er verharrte, desto schneller würde es gehen.

8

Christina wartete mit Alex in einem Raum voller kranker Menschen, was ihre ohnehin überstrapazierten Nerven nur noch mehr belastete. Sie hatte den Anamnesebogen ausgefüllt und sich selbst als Mutter des Kindes eingetragen. Wehe, jemand wagte es, das infrage zu stellen. Sie würde die betreffende Person einen Kopf kürzer machen.

Wo zum Teufel blieb Tommy, und warum ging er nicht ans Telefon? Christina rief Sam an, die beim zweiten Klingeln abnahm.

„Hey, was gibt's?"

„Tut mir leid, wenn ich dich störe, aber ist Tommy bei dir?"

„Nein, definitiv nicht."

„Ich weiß nicht, was du damit sagen willst."

„Dass du recht hast. Mit ihm stimmt etwas nicht, und wenn er sich nicht zusammenreißt, und zwar bald, kann ich bei der Arbeit vielleicht nicht länger schützend die Hand über ihn halten."

„Wa... was ist passiert?"

„Wir haben uns gestritten."

Christina schwindelte bei dem Gedanken, dass er seine Vorgesetzte verbal angegangen hatte, obwohl sie seine gute Freundin war. „Was hat er gesagt?"

„Das spielt keine Rolle. Es ist Teil eines aktuellen Problems, das wir lösen müssen – und zwar bald."

Christina empfand erneut Panik, als sie sich vorstellte, er könnte den Job verlieren, den er einst fast so geliebt hatte wie sie. Das durfte nicht passieren. Was sollte dann aus ihm werden? Aus ihnen? „Ich bin mit Alex in der Notaufnahme, er hat hohes Fieber. Für eine Behandlung ist Tommys Einwilligung notwendig. Er hat gesagt, er sei ganz in der Nähe und werde vorbeikommen, aber das war vor einer halben Stunde."

„Verdammt", fluchte Sam. „Ich lasse ihn von unseren Streifenbeamten suchen und zu dir schaffen."

„Danke." Christina hielt inne, holte tief Luft und fügte hinzu: „Wenn du einen Augenblick Zeit hast, müssen wir dringend mal darüber reden, wie wir damit weiter umgehen wollen."

„Sehe ich auch so. Ich kann gerade nicht, aber das machen wir ganz bald. Momentan bin ich selbst auf dem Weg in die Notaufnahme. Ich schau nach euch, bevor ich wieder gehe."

„Danke, Sam."

„Kein Problem."

Christina legte auf und überprüfte dann, ob eine Textnachricht von Tommy gekommen war. Nichts.

„Mama", quengelte Alex.

„Ich bin hier, Schatz." Sie drückte ihn an sich. Er glühte regelrecht. Eins wurde ihr immer klarer – wenn sie Tommy verließ, würde sie Alex mitnehmen. Wieder fragte sie sich, ob er überhaupt merken würde, dass sie weg waren.

～

Sam beauftragte die diensthabenden Streifen telefonisch, im Umfeld des GW nach Sergeant Gonzales Ausschau zu halten, und trat dann durch die automatische Tür der Notaufnahme, wo Erica Lucas sie bereits erwartete. „Danke, dass du gekommen bist", begrüßte Sam sie und schüttelte ihr die Hand.

„Für dich jederzeit, Sam. Worum geht es?"

„Um einen Brand in Chevy Chase. Zwei erwachsene Opfer, verbrannt, an Händen und Füßen gefesselt. Wir warten noch auf die zweifelsfreie Bestätigung, dass es sich um die Eltern der beiden Kinder handelt. Der Brandinspektor hat mich informiert, dass seine Leute die Kinder in einem Schrank im Obergeschoss entdeckt haben. Er war nicht sicher, ob sie etwas gesehen oder gehört haben, aber genau das müssen wir herausfinden."

„Puh, manchmal hasse ich diesen Job", gestand Erica.

„Nicht nur du."

„Was wissen die beiden über ihre Eltern?"

„Ich nehme an, noch nichts, und wir sagen auch erst etwas, wenn wir ganz sicher sind."

„Alles klar. Während ich auf dich gewartet habe, habe ich mit der Triage-Schwester gesprochen. Bringen wir es hinter uns."

Erica nickte der Schwester zu, die ihnen bedeutete, ihr zu folgen.

„Wir brauchen sofort die DNA-Probe", betonte Sam.

„Ich kümmere mich darum."

Die Menschen im Wartezimmer erkannten Sam und tuschelten, als sie mit Erica den Raum durchquerte. Sam sah niemandem ins Gesicht, denn sie wollte sich nicht von Leuten aufhalten lassen, die Selfies, Autogramme oder sonst etwas wollten. In Momenten wie diesem wäre es schon nützlich gewesen, Personenschutz durch den Secret Service zu haben, doch normalerweise wären sie ihr vor allem im Weg gewesen, und deswegen hatte sie dankend verzichtet. Der Gedanke, jeden Tag bei der Arbeit begleitet zu werden, machte sie nervös.

„Bei euch steht diese Woche eine große Hochzeit an, stimmt's?", erkundigte sich Erica.

„Ja."

„Du wirst sein Trauzeuge sein?"

„Trauzeugin, bitte. So viel Zeit muss sein."

Erica lachte. „Entschuldige. Er ist nur so süß. Ich freue mich unheimlich für ihn."

„Ja, ist er, und ich mich auch. Aber sag nie zu ihm, er sei süß. Dann wird er noch eingebildeter, als er ohnehin schon ist."

„Meine Lippen sind versiegelt."

Die Schwester blieb vor einem Untersuchungsraum stehen, in dem unter einer Decke zwei Kinder die blonden Köpfe zusammensteckten.

Sam konnte den Blick nicht abwenden. Sie waren so klein, so allein, so verängstigt. Sie hätte sie am liebsten hochgehoben, mitgenommen und dafür gesorgt, dass ihnen nie wieder jemand Angst einjagen oder wehtun würde. Eine so unmittelbare

Reaktion wie die auf diese beiden kleinen Gesichter hatte sie noch nie bei sich erlebt.

„Bitte warten Sie hier auf den behandelnden Arzt der Kinder", bat die Schwester, während Sam die beiden weiter anstarrte. „Er kommt gleich."

„Danke." Erica lehnte sich an die Wand und sah Sam an. „Ist die Stelle bei der Mordkommission noch frei?" Sam hatte Erica die durch das Ausscheiden von Will Tyrone frei gewordene Position angeboten, doch sie hatte es vorgezogen, in der Special Victims Unit zu bleiben.

„Ja." Endlich gelang es Sam, ihren Blick von den Kindern loszureißen und auf Erica zu richten. „Denkst du noch über mein Angebot nach?"

„Vielleicht. Bei uns ist es seit einer Weile ziemlich stressig."

„Inwiefern?"

„Die Antwort besteht aus einem Namen: Ramsey."

Sam verzog das Gesicht. Sie hasste den Sergeant von der Spezialeinheit, der zu ihr gesagt hatte, dass Lieutenant Stahl sie als Geisel genommen und gefoltert hatte, habe sie sich selbst zuzuschreiben. „Was ist mit ihm?"

„Seit die Geschworenen entschieden haben, wegen deines tätlichen Angriffs auf ihn keine Anklage zu erheben, ist er völlig außer Kontrolle. Wenn ich tippen müsste, wer am ehesten demnächst am Arbeitsplatz Amok laufen wird, würde ich auf Ramsey setzen. Definitiv."

Sam, die bisher in entspannter Haltung an der Wand gelehnt hatte, richtete sich auf. „Warum denkst du das?"

„Er ist so wütend. *Ständig*. Er schimpft über dich und darüber, wie unfair es ist, dass du mit deiner Tätlichkeit gegen ihn durchgekommen bist, behauptet, dass du dich hochgeschlafen hast und dass Frauen bei der Polizei nichts zu suchen haben und ..."

„Das hat er wirklich gesagt? Laut?"

„Ja."

„Wer war sonst noch dabei?"

„Mit Ausnahme von Davidson hat am Freitag die gesamte Einheit seine jüngste Tirade gehört", erwiderte sie. Davidson war ihr Lieutenant.

„Das musst du melden, Erica."

„Ich weiß", seufzte sie. „Das ganze Wochenende habe ich darüber nachgegrübelt. Es ist einfach nur so ermüdend, sich bei der Arbeit mit solchen Blödmännern herumschlagen zu müssen."

„Glaub mir, das weiß ich."

„Morgen früh rede ich mit Malone."

„Du hast mich nicht um meinen Rat gebeten, aber ruf ihn heute Abend an. Bei solchen Dingen gilt: Je früher, desto besser."

Erica nickte. „Du hast recht. Okay, dann heute Abend."

Dr. Anderson, der Notfallmediziner, den Sam nur allzu gut kannte, trat zu ihnen. „Lieutenant, ich würde ja sagen, ich freue mich, Sie zu sehen, nur ..." Er blickte voller Mitgefühl zu den Kindern.

„Wie geht es den beiden?", erkundigte sich Sam.

Er erklärte leise: „Körperlich unversehrt, allerdings sehr still. Wir haben beide untersucht, und sie haben kein Wort gesprochen, auch keine Fragen beantwortet. Daraufhin haben wir die Sozialarbeiterin des Krankenhauses hinzugezogen."

„Wir brauchen DNA-Proben", unterrichtete ihn Sam. „Können Sie uns dabei behilflich sein?"

„Ja, kein Problem."

„Was wird aus ihnen, bis wir die familiäre Situation geklärt haben?", fragte Erica.

„Das ist noch unklar", erwiderte Anderson. „Wir haben auf Sie gewartet, in der Hoffnung, dass Sie es uns vielleicht sagen können."

„Ich nehme sie mit zu mir", verkündete Sam, ohne zu zögern.

Die anderen beiden sahen sie an, als hätte sie den Verstand verloren. Vielleicht war das sogar der Fall.

„Nick und ich sind schon für Scotty durch alle Pflegeeltern-Reifen gesprungen. Wir haben die entsprechenden behördlichen Genehmigungen."

„Sam", mahnte Erica. „Das musst du nicht tun."

„Ich weiß, aber irgendwo müssen sie heute Nacht ja schlafen. Bei uns sind sie sicherer als irgendwo sonst auf der Welt." Je länger sie darüber nachdachte, desto sinnvoller schien es ihr. Darüber, was der Secret Service davon hielt, würde sie sich Gedanken machen, wenn sie heimkam. Was sollten die

Personenschützer schon tun? Zwei Kinder, die heute wahrscheinlich zu Waisen geworden waren, auf die Straße setzen? Wohl kaum. Oder?

„Wenn Sie sich sicher sind, kann ich die Sozialarbeiterin rufen, damit sie die nächsten Schritte einleitet", erbot sich Anderson.

„Ich bin mir sicher", bestätigte Sam, obwohl ein leises Stimmchen in ihrem Kopf mahnte, sie solle sich vielleicht besser kurz mit Nick absprechen, ehe sie so was zusagte. Aber es war ja nur für eine Nacht. Sie kannte ihn gut genug, um zu wissen, dass er nichts dagegen haben würde, zwei hilfsbedürftige Kinder für eine Nacht aufzunehmen.

„Ehe wir da reingehen", erklärte Sam, „muss ich ihren Kindergarten informieren, dass wir sie lebend gefunden haben. Sekunde."

„Kommen Sie einfach nach, wenn Sie so weit sind", schlug Anderson vor. „Ich kümmere mich derweil um die DNA."

Sam zog die Visitenkarte hervor, die ihr Mrs Reeve gegeben hatte, und rief die Kindergartenleiterin an. „Lieutenant Holland, MPD."

„Ja, hallo. Wie kann ich Ihnen helfen?"

„Ich wollte Ihnen Bescheid geben, dass wir Alden und Aubrey Beauclair lebend zu Hause gefunden haben."

„Oh, Gott sei Dank. Das sind wunderbare Neuigkeiten."

„Sie sind verständlicherweise traumatisiert."

„Natürlich. Wenn wir irgendwie helfen können, müssen Sie es nur sagen."

„Das machen wir. Danke noch mal." Sam klappte ihr Handy zu und wandte sich wieder an Erica. „Okay, also los."

Sam und Erica betraten den Untersuchungsraum, in dem die Kinder auf der Liege saßen. Mit großen blauen Augen betrachteten sie argwöhnisch den Raum und die fremden Erwachsenen. Sam ging das Herz auf, und sie wünschte, sie hätte einen Zauberstab, mit dem sie die schrecklichen Ereignisse der letzten Nacht ungeschehen machen könnte.

Dr. Anderson reichte Sam die transportfertig verpackten DNA-Abstriche.

„Hi, Alden und Aubrey", begrüßte Erica die beiden freundlich.

„Ich heiße Erica. Das ist meine Freundin Sam. Wir sind hier, um euch zu helfen."

„Hi", grüßte auch Sam.

Erica setzte sich auf den Rand der Liege und sprach mit den Zwillingen über den Kindergarten, den Teddybären, den Aubrey an ihre Brust drückte, die Meerjungfrau auf ihrem Oberteil und das Football-Logo auf Aldens Shirt – über alles, was ihr einfiel, womit sie möglicherweise an die beiden herankommen und sie dazu bringen konnte, sich zu öffnen.

Es dauerte zwanzig Minuten, bis Aubrey schließlich über etwas Albernes, das Erica gesagt hatte, kicherte.

Alden schien sich an seiner Schwester zu orientieren und wurde auch lebhafter, nachdem ihr Kichern es ihm quasi gestattet hatte.

Sam war voller Bewunderung für Erica. Sie hatte das geschickt und überaus einfühlsam gemacht.

Erica versuchte, die beiden dazu zu bringen, darüber zu reden, was sie am Vorabend möglicherweise zu Hause gesehen oder gehört hatten, doch dieses Thema mieden sie, und sie drang nicht weiter in sie.

„Wo ist meine Mama?", fragte Aubrey schließlich kaum hörbar.

„Deine Mama kann gerade nicht hier sein", erklärte Sam.

Sie konnten nicht deutlicher werden, ehe die Eltern nicht eindeutig identifiziert waren. Als die Sozialarbeiterin eintraf, unterhielt sich Dr. Anderson außerhalb des Untersuchungsraumes mit ihr.

„Ich will zu meiner Mama", beharrte Aubrey mit Tränen in den Augen und steckte sich den Daumen in den Mund.

Sam hätte am liebsten mitgeweint.

„Ich weiß, Süße", seufzte Erica und sah Sam an.

„Also, Leute", übernahm Sam, „ich habe mich gefragt, ob ihr vielleicht Lust habt, bei mir zu übernachten. Wir könnten Eis essen und einen Film anschauen, den ihr aussuchen dürft. Was meint ihr?"

Aubrey schüttelte den Kopf. „Mama sagt, wir dürfen nicht mit Fremden reden."

„Das ist sehr klug von eurer Mama, und sie hat recht, ihr

solltet das nicht tun." Sam zückte das Etui mit ihrer Dienstmarke und klappte es auf, um den Kindern die Marke zu zeigen.

Alden griff danach.

Sam gab es ihm, damit er es gründlich inspizieren konnte.

„Ich bin Polizistin, und meine Aufgabe ist es, auf euch und alle anderen Leute in dieser Stadt aufzupassen. Ihr werdet bei mir und meiner Familie sehr sicher sein, und ich verspreche, wir werden uns sehr gut um euch kümmern. Stimmt's, Erica?"

„O ja", sagte Erica. „Wisst ihr, wer Lieutenant Sams Mann ist?"

Aubrey schüttelte erneut den Kopf.

„Er ist der Vizepräsident der gesamten Vereinigten Staaten. Wäre es nicht klasse, ihn kennenzulernen?"

Aubrey nahm den Daumen aus dem Mund. „Wohnst du im Weißen Haus?"

„Nein", antwortete Sam. „Da wohnt der Präsident. Mein Mann ist bloß Vizepräsident, aber wir haben ein schönes Haus, wo ihr es bequem haben und sicher sein werdet."

Aubrey sah Alden an, der nur die Achseln zuckte. Offenbar traf sie die Entscheidungen.

„Bist du sicher, dass unsere Mama heute Abend nicht da sein kann?", vergewisserte sich Aubrey mit bebendem Kinn.

„Ja, Süße", erwiderte Sam. „Da bin ich mir sicher."

Nach langer Pause willigte Aubrey ein: „Okay. Dann kommen wir mit."

Sam seufzte tief. Sie hatte Aubreys Entscheidung mit angehaltenem Atem abgewartet. „Lasst mich kurz Dr. Anderson fragen, ob wir schon gehen dürfen. Ich bin gleich wieder da, aber Erica bleibt bei euch." Sam verließ den Raum, um mit Anderson und der Sozialarbeiterin zu reden, deren Namensschild sie als Mrs Wallace auswies.

Dr. Anderson stellte die beiden Frauen einander vor.

„Ist mir ein Vergnügen." Mrs Wallace schüttelte Sam die Hand. „Ich bewundere Sie und Ihren Mann sehr."

„Danke. Mein Mann und ich sind behördlich anerkannte Pflegeeltern, und ich würde die Beauclair-Kinder für heute Nacht gerne mit zu uns nehmen, bis eine dauerhaftere Lösung für sie gefunden werden kann. Außer meinem Mann und mir gibt es bei uns noch eine Kinderfrau, die berechtigt ist, in unserer

Abwesenheit auf die Kinder aufzupassen, weil das eine gerichtliche Auflage bei der Adoption unseres Sohnes war."

Mrs Wallace hörte aufmerksam zu.

„Abgesehen davon sind wir dank dem Secret Service von den besten Personenschützern umgeben, die man für Geld kaufen kann. Bei uns sind die Kinder sicher."

„Der Form halber müsste ich Ihre behördliche Anerkennung prüfen", erklärte Mrs Wallace.

„Natürlich. Wenn Sie mir eine Mailadresse geben, kann mein Mann sie Ihnen schicken."

Mrs Wallace reichte ihr ihre Karte. „Dann warte ich mal auf eine Mail des Vizepräsidenten."

Sie sagte es auf eine Weise, die bei Sam die Frage aufkommen ließ, ob sie sich die E-Mail einrahmen würde. Zuzutrauen wäre es ihr. Manche Leute waren so seltsam. „Lassen Sie es mich wissen, wenn ich die Kinder mitnehmen kann. Sie haben in den letzten vierundzwanzig Stunden schon genug durchgemacht. Die beiden sollten nicht länger hierbleiben müssen als unbedingt notwendig."

„Selbstverständlich", versicherte ihr Mrs Wallace.

Sam ließ die beiden stehen, klappte ihr Handy auf und rief Nick an.

„Hey, Babe. Kommst du demnächst?"

„Fast, aber ich werde noch ein bisschen aufgehalten."

„Inwiefern?"

Sam erzählte ihm von den Beauclair-Kindern, davon, was sie angeboten hatte, und sagte ihm, was er tun musste. „Ich hoffe, das ist okay. Sie sind so klein, und ihre Eltern sind höchstwahrscheinlich tot und ..."

„Natürlich ist das okay. Gib mir die E-Mail-Adresse der Sozialarbeiterin, dann schicke ich ihr einen Scan von unserer Genehmigung."

„Danke." Sam schloss die Augen und dankte Gott im Stillen dafür, dass sie den besten Mann der Welt hatte. Egal, womit sie ihn konfrontierte, er kam damit klar. Sie versuchte, dasselbe für ihn zu tun, und deshalb war sie jetzt mit dem Vizepräsidenten der Vereinigten Staaten verheiratet. „Wir sind gleich da."

„Ich richte Betten für die beiden."

„Eins reicht. Ich glaube, sie möchten gern zusammen schlafen."

„Alles klar."

„Danke, Nick."

„Gern. Wir haben auf jeden Fall genug Platz für zwei Kinder, die für eine Weile irgendwo unterkommen müssen."

„Wie gesagt, wir sind gleich da."

„Lass dir Zeit, wir warten auf euch."

Als Sam zum Untersuchungsraum zurückging, stand Dr. Anderson davor und tippte auf einem Laptop herum, der auf einem fahrbaren Computertisch installiert war. „Alles klar", versicherte sie ihm. „Er mailt Mrs Wallace einen Scan von unserer Genehmigung."

„Für sie ist das was ganz Besonderes, eine Mail von ihm zu kriegen", meinte Anderson mit einem Grinsen.

„Das Gefühl habe ich auch. Ich habe mich gefragt, ob sie sich die Mail einrahmen wird."

Darüber musste er lachen. „Sie überraschen mich, Lieutenant."

„Inwiefern?"

„Ich hätte nicht gedacht, dass Sie bei Ihrem hektischen Leben noch Zeit für Pflegekinder haben."

„Habe ich auch nicht, aber die nehme ich mir."

„Sie und Ihr Mann tun da etwas wirklich Gutes. Wenn Sie nicht aufpassen, haben Sie bald den Ruf weg, ein weiches Herz zu haben."

„Seien Sie bloß still. Wenn sich das herumspricht, werde ich sehr genau wissen, wo es herkommt."

„Keine Sorge", antwortete er todernst, wobei seine Augen vor Erheiterung blitzten. „Ihr Geheimnis ist bei mir sicher."

9

Dr. Anderson warf einen Blick zu den Kindern und senkte die Stimme. „Was wissen Sie über die Eltern?"

„Noch nicht viel." Sie vertraute dem Arzt zwar, den sie schon eine ganze Weile kannte, doch sie konnte die Informationen, die sie von Avery hatte, nicht an ihn weitergeben.

„Sie tun mir so leid. Das Leben, das sie bisher gekannt haben, ist vorbei."

„Ja, und das Traurigste ist, sie sind erst fünf und werden sich kaum an die Menschen erinnern können, die sie am meisten geliebt haben", pflichtete ihm Sam bei.

„Herzzerreißend."

Sams Handy klingelte. Es war Hill. „Was gibt's?"

„Hey, ich habe jetzt die Telefonnummer von Beauclairs Sohn Elijah."

Beim Gedanken daran, diesen Anruf tätigen zu müssen, wurde Sam das Herz schwer. „Sekunde." Sie zog ihr Notizbuch aus der Gesäßtasche und notierte sich die Nummer. „Alles klar."

„Wenn Sie möchten, nehme ich Ihnen den Anruf ab."

„Ich würde ihn gern selbst erledigen, um bei der Gelegenheit gleich ein paar Fragen zu stellen."

„In Ordnung. Gibt's was Neues bei der Identifizierung der Opfer?"

„Bisher nicht. Lindsey hat gemeint, einige Befunde stimmten

nicht mit den Odontogrammen überein und sie müsse weitere Untersuchungen vornehmen. Möglicherweise haben sie bei den Ereignissen vor dem Brand einige Zähne verloren."

„Mein Gott", murmelte Hill.

„Allerdings."

„Wir hätten uns irgendeinen langweiligen Beruf suchen sollen, bei einer Bank oder so."

Sam lachte. „Das denke ich auch jeden Tag, aber die Langeweile würde uns umbringen."

„Wahrscheinlich, doch wir müssten keinen jungen Mann im College anrufen, um ihm zu sagen, dass sein Vater und seine Stiefmutter vermutlich tot und seine kleinen Geschwister jetzt Waisen sind."

„Auch wieder wahr. Ich, äh, ich nehme die beiden Kinder heute Abend mit nach Hause."

„Ernsthaft?"

„Ja, sie müssen ja irgendwohin, und wir sind von der Anfangsphase mit Scotty her behördlich zugelassene Pflegeeltern."

„Wow. Das ist nett von Ihnen."

„Der Secret Service hat unser Haus ohnehin in eine Festung verwandelt, und da habe ich gedacht, sie wären bei mir sicherer als überall anders, wo ich sie heute Nacht hätte unterbringen können."

„Das stimmt natürlich, trotzdem sollten Sie den Secret Service über den Hintergrund der Eltern aufklären."

„Ich hatte befürchtet, dass Sie das sagen", seufzte Sam, die sich ziemlich gut vorstellen konnte, was John Brantley junior, der Leiter von Nicks Personenschützern, davon halten würde, dass sie die Kinder von Menschen mit ins Haus brachte, die jemand gefoltert und verbrannt hatte. „Mit Ihrer Erlaubnis werde ich ihnen mitteilen, was Sie uns erzählt haben."

„Erlaubnis erteilt."

„Was weiß Elijah über seinen Vater und die Ereignisse in dessen Firma?"

„Alles. Er musste in der Highschoolzeit seinen Namen ändern, man konnte es also nicht vor ihm verbergen."

„Gut. Nachdem Sie uns vorhin ins Bild gesetzt hatten, habe ich gedacht, ich bin mir nicht sicher, ob ich mich in einer Luxusvilla in Chevy Chase ‚verstecken' würde, wenn ich vor jemandem auf der Flucht wäre, der meinen Tod wollte."

„Nach allem, was ich gehört habe, hat man ihnen geraten, bescheidener zu leben, um weniger Aufmerksamkeit zu erregen. Doch er war eben nach wie vor Milliardär, und die haben offenbar so ihre Bedürfnisse."

„Haben diese Bedürfnisse ihn und seine Frau umgebracht?"

„Genau das muss bei den Ermittlungen herausgefunden werden."

„Ich kümmere mich morgen wieder darum. Jetzt muss ich erst mal diese Kinder nach Hause schaffen und dafür sorgen, dass sie sich da einigermaßen wohlfühlen."

„In Ordnung, ich melde mich morgen wieder."

„Klingt gut. Bis dann." Sam klappte das Handy zu und kehrte in den Untersuchungsraum zurück, wo Erica weiter die Kinder beschäftigte. Aktuell spielte sie mit Aubrey Tic-Tac-Toe, wobei das kleine Mädchen gewann. Alden sah zu, beteiligte sich aber nicht.

Ein paar Minuten später kehrte Mrs Wallace strahlend zurück. „Ich habe die Mail des Vizepräsidenten erhalten, und es ist alles in Ordnung."

Sam fragte sich, ob sie bereits all ihre Bekannten von der Mail des Vizepräsidenten unterrichtet hatte. Das wäre ungünstig in Bezug auf die Sicherheit der Kinder. „Es ist von entscheidender Wichtigkeit, dass Sie niemandem erzählen, wo diese Kinder sind", legte Sam ihr ans Herz.

„Verstehe. Über meine Lippen kommt kein Sterbenswörtchen."

„Danke." Sam wandte sich an Erica. „Ich brauche mal fünf Minuten, um nach Gonzos Sohn zu sehen, der auch hier ist. Ich bin gleich wieder da, okay?"

„Lass dir Zeit. Ich gehe nirgendwohin."

Sam versprach den Kindern, sofort zurückzukommen, und machte sich auf den Weg zu Alex, der in Christinas Armen schlief. „Wie geht es ihm?"

„Sie haben ihm eine Infusion gelegt und möchten, dass wir bleiben, bis das Fieber sinkt. Momentan versuchen sie erst mal, überhaupt den Grund dafür herauszufinden."

„Kein Gonzo?"

„Nein", lautete Christinas angespannte Antwort.

Sam rief in der Zentrale an. „Ich habe alle Streifenwagenbesatzungen gebeten, nach Sergeant Gonzales Ausschau zu halten. Haben die ihn schon aufgespürt?"

„Bisher nicht, Lieutenant. Wir suchen weiter."

„Halten Sie mich auf dem Laufenden." Zu Christina sagte sie: „Sie suchen noch."

„Tu mir einen Gefallen. Wenn ihr ihn findet, sorg dafür, dass er sich von mir fernhält."

„Christina ..."

„Nein, Sam. Mir reicht's. Ich tue, was ich kann, um ihm die Hilfe zu besorgen, die er offensichtlich braucht, aber ich hab jetzt endgültig die Nase voll. Ihm und Alex zuliebe habe ich in meinem Leben die Pausentaste gedrückt, und er kann nicht mal in die Notaufnahme kommen, wenn sein Sohn krank ist? Ich hab's satt."

Sam wurde bei der Endgültigkeit ihrer Worte das Herz schwer, und sie fragte sich, ob Gonzo es überleben würde, nach Arnold jetzt auch noch Christina zu verlieren. „Das verstehe ich", erwiderte sie seufzend. „Ich werde mich morgen früh bei dir melden, um mich nach Alex' Zustand zu erkundigen. Ruf mich bitte an, wenn du in der Nacht etwas brauchst."

„Mach ich. Danke."

Sam verließ die beiden und dachte an Gonzo, während sie zu Erica und den Beauclair-Kindern zurückging. Er ruinierte gerade sein Leben, aber das schien ihm egal zu sein. Das sah dem Gonzo aus der Zeit vor Arnolds Ermordung so überhaupt nicht ähnlich. In den letzten neun Monaten hatte er sich bis zur Unkenntlichkeit verändert.

Sie konnte ihm unmöglich für drei Wochen die Leitung des Teams übertragen. In seinem gegenwärtigen Zustand war er dieser Aufgabe nicht gewachsen. Was bedeutete, dass Nick allein würde reisen müssen. Bei dem Gedanken an drei Wochen ohne ihren Mann hätte sie sich am liebsten zusammengerollt und irgendwo verkrochen, und ja, sie kam sich deswegen vor wie ein schwaches, abhängiges Frauchen der allerschlimmsten Sorte. Doch das war ihr egal. Sie liebte ihn. Sie verließ sich auf ihn. Sie brauchte ihn, und drei Wochen ohne ihn würden sie an den Rand des Wahnsinns treiben.

Als Sam den Untersuchungsraum wieder betrat, in dem Erica mit den Kindern wartete, erklärte sie: „Wir können jetzt gehen." Sie streckte die Hand aus, und nach kurzem Zögern ergriff Aubrey sie und fasste ihrerseits nach ihrem Bruder.

„Komm, Alden", sagte sie.

Sam half den beiden vom Bett herunter. „Würdest du mir auf dem Heimweg Geleitschutz geben?", fragte sie Erica. Sie hatte Angst, wer auch immer die Eltern verbrannt hatte, könnte die Kinder möglicherweise beobachten. Sam reichte Erica die DNA-Abstriche. „Und bring danach die hier zur Lindsey."

„Wird gemacht."

Gefolgt von Erica führte Sam die Kinder durch das Wartezimmer der Notaufnahme zum Ausgang und spürte die neugierigen Blicke der Wartenden. Gott sei Dank versuchte niemand, sie aufzuhalten.

Sie packte die Zwillinge auf den Rücksitz ihres Autos und half ihnen, sich anzuschnallen, denn sie hatte keine Zeit gehabt, Kindersitze zu besorgen. Von zu Hause aus würde sie Shelby telefonisch ins Bild setzen. Sam hatte keinen Zweifel, dass Shelby alles für die Kinder tun würde. Sam kannte niemanden, der ein weicheres Herz hatte als ihre persönliche Assistentin, und außerdem liebte sie Kinder.

Während der ganzen Fahrt schwiegen die Zwillinge, was Sam Gelegenheit zum Nachdenken ließ – und dafür, sich zu überlegen, warum sie den Drang verspürt hatte, sich um zwei Kinder zu kümmern, die sie überhaupt nicht kannte. Ihre Notlage hatte niemanden kaltgelassen, aber sie hatte, ohne lange zu zögern, angeboten, sie bei sich aufzunehmen, und nun fragte sie sich, ob das eine tiefere Bedeutung hatte.

Das Thema Babys und Kinder war vermintes Gelände, was sie betraf, da sie mit Unfruchtbarkeit zu kämpfen hatte. Einige Monate zuvor hatte sie beschlossen, es erneut mit einer Fruchtbarkeitsbehandlung zu versuchen, war allerdings bisher nicht dazu gekommen, einen Arzttermin zu vereinbaren – wahrscheinlich, weil sie wusste, was das bedeutete, und sich ihr dabei die Kehle zuschnürte. Die Terminvereinbarung stand auf ihrer To-do-Liste und nagte gleichzeitig an ihr, weil sie sie gerne abgehakt hätte, es jedoch nicht über sich brachte, es auch tatsächlich zu tun.

Blutabnahmen, Untersuchungen, Spritzen und Hormongaben. Bei ihrer letzten Behandlung war sie noch mit Peter verheiratet gewesen, und etwas Schlimmeres hatte sie nie durchgemacht. Nicht einmal der Wunsch, ein Kind von Nick zu bekommen, war stark genug, um ihr über die Hürde zu helfen, die zwischen ihr und der Chance stand, die die Behandlung ja immerhin bot.

Jüngst hatte sie „befürchtet", schwanger zu sein, wenn man das denn so ausdrücken wollte, und dabei waren wieder jede Menge Gefühle hochgekommen, die damit zu tun hatten, ein eigenes Kind auszutragen und auf die Welt zu bringen, und mit der anschließenden Enttäuschung, als sich die Sache als Fehlalarm herausgestellt hatte, hatte sie immer noch zu kämpfen.

Ihr Handy klingelte und riss sie aus den trüben Gedanken. Sie nahm Freddies Anruf entgegen. „Hey, was gibt es?"

„Das wollte ich dich gerade fragen. Was habe ich verpasst?"

„Ich erzähle dir alles, nachdem du mir gesagt hast, wie es Elin geht."

„Die Wunde hat ziemlich wehgetan, also hat sie eine Schmerztablette genommen, und jetzt schläft sie."

„Was ist mit dir? Hast du dich wieder beruhigt?"

„Ich trinke gerade ein großes Glas von dem Bourbon, den ihr Onkel uns letztes Jahr zu Weihnachten geschenkt hat."

„Du trinkst doch gar keinen Bourbon." Normalerweise war es kaum möglich, ihn zu einem Bier zu überreden.

„Heute Abend schon."

„Mach langsam, Killer. Bourbon ist was für große Jungs, nicht für Anfänger."

„Ja, ja. Erzähl mir von unserem Fall."

Sam schaute in den Rückspiegel und sah große Augen, die sie beobachteten. „Hill hat uns einige Informationen gegeben. Ich berichte dir morgen davon." Mehr konnte sie nicht sagen, solange sie die Kinder im Auto hatte. „Aubrey und Alden Beauclair verbringen die Nacht bei mir. Wir sind gerade auf dem Heimweg vom GW."

„O Gott, man hat sie gefunden, und du nimmst sie mit heim?"

„Nick und ich sind behördlich anerkannte Pflegeeltern."

„Äh, ja, unter anderem."

„Danke, dass du das Offensichtliche ansprichst, aber ich dachte, in diesem Fall wäre es gar nicht so schlecht, dass es bei uns von Secret-Service-Mitarbeitern nur so wimmelt."

„Ist der Secret Service damit einverstanden?"

„Ich bin noch nicht dazu gekommen, nachzufragen."

Freddie lachte. „Irgendwie bin ich mir sicher, dein Kumpel Brant wird zu deiner Idee, sie bei euch einzuquartieren, das eine oder andere zu sagen zu haben, nachdem ..."

„Sprich es nicht aus." Sie wollte nicht, dass die Kinder etwas mit anhörten, das sie weiter traumatisierte. „Mir ist die Meinung des Secret Service dazu egal. Das ist immerhin auch mein Haus, und ich kann jederzeit Gäste mitbringen."

Freddie lachte erneut. „Ich wünschte, bei der Unterhaltung könnte ich Mäuschen spielen. Doch ich freue mich schon darauf, morgen alles bis zur letzten Kleinigkeit darüber zu hören. Ich denke, ich kann ganz normal zur Arbeit kommen."

„Treffen wir uns bei mir. Ich bin noch nicht sicher, was die Kinder brauchen werden, aber ich will dafür sorgen, dass alles geregelt ist, bevor ich aufbreche."

„Alles klar. Dann sehen wir uns um sieben?"

Sie blickte auf die Uhr. Es war fast zehn. „Sagen wir acht."

„Einverstanden."

„Wenn du noch nicht zu betrunken zum Tippen bist, schick eine SMS an die anderen, sie sollen sich auch um acht bei uns einfinden."

„Ich bin nicht betrunken und werde die SMS schreiben."

„Grüß Elin von uns, wenn sie aufwacht."

„Mach ich. Danke für die Hilfe heute. Ich weiß das sehr zu schätzen."

„Das war ganz schön besch..." Sie unterbrach sich gerade noch rechtzeitig, sonst hätte sie vor den Kindern geflucht. „...scheuert."

„Ja, davon werde ich jahrelang Albträume haben."

„Lass den Bourbon stehen, und geh schlafen. Wir haben morgen viel zu tun, und Gonzo ist ... Ich weiß nicht, was mit ihm los ist." Sie hielt inne und fügte dann hinzu: „Tu mir einen

Gefallen. Besorg dir eine Kopie seines Unfallberichts von heute, und maile sie mir zu."

„Okay. Was befürchtest du?"

„Ich weiß es nicht und sollte auch nicht mit dir darüber sprechen."

„Warum nicht?"

„Weil er einen höheren Dienstgrad hat als du, ich euer beider Vorgesetzte bin und mich professionell verhalten sollte."

„Er ist unser Freund, Sam. Wenn er ein Problem hat, dann möchte ich ihm helfen."

„Nur deshalb habe ich überhaupt etwas gesagt. Christina war mit Alex in der Notaufnahme, weil er hohes Fieber hatte. Als sie Gonzo angerufen hat, hat er versprochen zu kommen, ist aber nicht aufgetaucht."

„Was?", fragte Freddie und seufzte tief.

„Die Streifenbeamten suchen nach ihm, doch bislang bleibt er verschwunden."

„Sam ..."

„Heute Nacht kann ich nichts mehr tun. Besorg mir diesen Bericht, und morgen beschäftigen wir uns damit."

„Ja, in Ordnung. Bis morgen."

Sam klappte das Handy zu und hielt es fest umklammert. Sie wünschte, Gonzo würde sie, Christina oder sonst jemanden anrufen. Wo zum Teufel war er?

10

„Mr Vice President." Brant folgte Nick die Treppe hoch in das Zimmer, das er für die Kinder vorbereitet hatte. „Ich brauche mehr Informationen darüber, wer diese Kinder sind und warum Mrs Cappuano sie herbringt, statt sie dem Jugendamt zu überantworten."

„Mrs Cappuano, auch bekannt als Lieutenant Holland, braucht keinen Grund, um Gäste mit nach Hause zu bringen."

„Mir ist klar, dass ihr Job anspruchsvoll ist ..."

„Wirklich, Brant?"

Der Agent entspannte sich ein wenig. „Sie ist sehr gut in ihrem Job. Niemand hier würde etwas anderes behaupten, aber sie kann keine Übernachtungsgäste mitbringen, ohne das zuvor mit uns abzusprechen. Sie wissen doch inzwischen beide, wie das läuft. Ich erfülle nur meine Pflicht, Sir: Ich gewährleiste die Sicherheit Ihrer Familie. Das kann ich nicht, wenn mir wichtige Informationen fehlen."

„Ich verstehe das, und sobald meine Frau hier eintrifft, wird sie Ihnen die sicher liefern."

„Das muss in Zukunft passieren, bevor sie jemanden herbringt."

„Ich werde es ihr sagen", versicherte Nick und musste innerlich lachen, weil er genau wusste, wie dieses Gespräch verlaufen würde. Sam stellte ihre eigenen Regeln auf, eine der vielen

Eigenschaften, die er an ihr liebte. Der Versuch, sie zu kontrollieren, hatte das gleiche Risikopotenzial wie eine Kernfusion.

„Finden Sie diese Situation etwa amüsant, Sir?", fragte Brant sichtlich genervt.

Nick war froh, dass der Agent sich im Umgang mit ihm so wohl fühlte, dass er es wagte, diese etwas vorlaute Frage zu stellen. „Mich amüsiert weniger die Situation als die Vorstellung, jemand könnte versuchen, meiner Frau Vorschriften zu machen."

Brants Lippen verzogen sich kaum merklich – mehr gestattete er sich nicht, um zum Ausdruck zu bringen, dass auch er das witzig fand.

„Ich weiß, der Umgang mit mir und meiner Familie ist nicht immer einfach", räumte Nick ein.

„Das ist leicht untertrieben", murmelte Brant.

„Aber", fuhr Nick fort und tat, als hätte er den Einwurf nicht gehört, „seien Sie versichert, wir wissen zu schätzen, was Sie und die anderen für uns tun, gerade angesichts der Herausforderungen, vor die Sams Beruf Sie stellt." Wenn es sein musste, konnte er auch solche Politikerphrasen produzieren.

Mit den Händen in den Hüften, in seinem gestärkten Hemd mit der Krawatte, die selbst nach einem Zwölf-Stunden-Tag noch perfekt saß, schien Brant sich größte Mühe zu geben, nicht die Augen zu verdrehen. Zumindest kam es Nick so vor, während er Kissen aufs Bett legte und die Decke glatt strich.

Er hörte, wie unten die Haustür geöffnet wurde, und dann unterhielt sich Sam mit dem Secret-Service-Mann an der Tür. Was verriet es über ihn, dass ihn der Klang ihrer Stimme nach einem langen Tag, den sie getrennt voneinander verbracht hatten, so glücklich machte? Dass er noch immer schwer verliebt in seine Frau war und es kaum erwarten konnte, sie zu sehen?

„Da sind sie ja", sagte er.

Brant trat beiseite, sodass Nick zuerst den Raum verlassen und die Treppe hinunterlaufen konnte, um Sam und die beiden kleinen blonden Kinder, die dicht an sie gedrängt dastanden, zu begrüßen. Mit einem raschen Blick erkannte Nick, dass sie niedlich und traumatisiert waren, weswegen Sam ihnen hier ja auch eine Zuflucht angeboten hatte. Um mit diesen beiden kein

Mitleid zu empfinden, musste man schon tot oder komplett gefühlskalt sein.

Sie ging in die Hocke. „Erinnert ihr euch, dass ich euch erzählt habe, dass mein Mann der Vizepräsident ist?"

Das kleine Mädchen nickte, doch der Junge zeigte keinerlei Reaktion.

„Das ist mein Mann Nick. Nick, das sind Aubrey und Alden."

Nick folgte Sams Beispiel, damit er nicht so hoch über den Kleinen auftragte. „Hi, Leute. Freut mich, euch kennenzulernen. Ich bin froh, dass ihr mitgekommen seid. Das ist Brant, und er heißt Leo", erklärte er und zeigte auf den Mann an der Tür.

„Ich habe dich im Fernsehen gesehen", meinte Aubrey schüchtern. „Meine Mama findet dich süß."

Während Nick vor Verlegenheit rot wurde, schaute er zu Sam auf und stellte fest, dass sie sich auf die Lippe beißen musste, um nicht laut loszulachen. Ihr Blick sagte: „Siehst du?", und er wusste, was sie dachte. Ständig redete sie davon, dass alle Frauen ihn sexy fanden, was ihm ungeheuer unangenehm war. *Egal.*

„Habt ihr Hunger?", fragte er. „Wir hätten Pizza. Mögt ihr die?"

„Wir lieben Pizza", antwortete Aubrey erfreut, hielt sich aber an der Hand ihres Bruders fest.

Dessen Schweigen bereitete Nick Sorgen. „Hier entlang." Er bedeutete ihnen, ihm in die Küche zu folgen, wo er ihnen Stücke der Käsepizza auftat. Die hatte er in Erwartung ihrer Ankunft bestellt, weil er gedacht hatte, das sei um diese Uhrzeit einfacher als Spaghetti. Die meisten Kinder aßen gern Pizza, und er hatte gehofft, dass das auch für diese beiden gelten würde. „Was möchtet ihr trinken? Wir haben Milch, Apfelsaft, Wasser und Limonade."

„Limonade bitte", entschied sich Aubrey. „Alden mag Kakao."

„Das geht auch. Unser Sohn Scotty liebt Kakao."

„Wo ist er?", wollte Aubrey wissen.

„Oben. Ich rufe ihn mal, damit er euch Hallo sagen kann." Nick stellte ihnen ihre Getränke hin und schickte Scotty dann rasch eine Textnachricht, um ihm mitzuteilen, dass sie Gäste hatten. Nach Abendessen und Dusche war er jetzt in seinem Zimmer und machte Hausaufgaben.

Als die Kinder am Tisch saßen und Pizza aßen, trat Nick zu

Sam, legte ihr einen Arm um die Schultern und küsste sie auf die Schläfe. „Hallo, Liebste. Wie war dein Tag?"

Sie sah zu ihm hoch. „Falls ich es später vergesse – du bist der Beste."

„Immer gern, aber Brant möchte mit dir sprechen."

„Warum habe ich nur geahnt, dass du das sagen würdest?"

„Er ist ein wenig beunruhigt über die Ereignisse des heutigen Abends."

„Ich habe mich schon gefragt, warum er so lange nach dem Ende seiner Schicht noch hier ist."

„Er wartet auf dich."

„Er wird nicht mögen, was ich ihm zu berichten habe."

„Das hatte ich befürchtet."

„Er wird doch nicht versuchen, sie ..." Sie deutete mit dem Kopf in Richtung der Kinder.

„Keine Angst. Das lasse ich nicht zu."

„Darfst du dich denn über die Entscheidungen deiner Personenschützer hinwegsetzen?"

„Lass das meine Sorge sein. Du hast schon genug um die Ohren."

Scotty kam in die Küche und blieb abrupt stehen, als er die Kinder am Esstisch sitzen sah. Er blickte zu seinen Eltern.

„Scotty, das sind Aubrey und Alden. Sie übernachten heute bei uns." Nick hatte seinem Sohn in der SMS mitgeteilt, dass die beiden ihre Eltern bei einem Brand verloren hatten.

„Hallo, Leute", begrüßte Scotty die beiden Neuankömmlinge und trat an den Tisch. „Ich bin Scotty. Darf ich mich zu euch setzen?"

Aubrey musterte ihn, während Alden sich noch weiter in sich zurückzuziehen schien.

Während Scotty am Tisch Platz nahm und sich bei der Pizza bediente, legte Nick den Arm um Sam, weil er es konnte und weil er das Gefühl hatte, sie bräuchte an diesem Abend mehr Trost als sonst.

Da die Kinder beschäftigt waren, schmiegte sich Sam an Nick und ließ ihn ihr einen Teil der Last abnehmen, die auf ihren Schultern ruhte. „Hast du Hunger?", fragte er.

„Ich könnte etwas zu essen vertragen."

„Ich habe dir diesen asiatischen Hühnchensalat bestellt, den du so gern magst."

„O Gott, ich liebe dich." Sie küsste ihn auf die Wange. „Du bist der beste Ehemann aller Zeiten."

„Wie du sagen würdest: Ich tue, was ich kann."

Sie flüsterte, damit niemand sie belauschen konnte: „Wenn wir ins Bett gehen, bekommst du eine Belohnung."

Seine schönen haselnussbraunen Augen wurden noch schöner, als er sie voller Verlangen und Liebe anschaute.

Wie sollte sie es nur drei Wochen ohne ihn aushalten?

„Wann gehen wir denn ins Bett?", fragte er genauso leise.

„Ganz bald", erwiderte sie. „Ich bin völlig erledigt von diesem Tag."

„Hoffentlich nicht *zu* erledigt."

„Wann bin ich je zu erledigt für dich?"

„Nie, und das macht dich zur besten Ehefrau, die ich je hatte." Er tätschelte ihr den Po. „Jetzt iss mal was. Du wirst deine Kräfte brauchen."

Wenn er in ihrer Nähe war, und oft auch, wenn er es nicht war, hatte sie ständig Lust auf ihn. Sobald sie an ihn dachte, wollte sie ihn. Selbst wenn das nur bedeutete, im selben Zimmer zu sein wie er, mit ihm zu reden, zu lachen, zu streiten, zu debattieren, gemeinsam ihren Sohn großzuziehen oder einfach schweigend fernzusehen. Mit ihm zusammen zu sein vermittelte ihr ein Gefühl von Vollständigkeit, wie es nichts und niemand anderes je vermocht hatte. Und als er sie auf diese besondere Weise anschaute, mit diesem Blick, der ihr verriet, dass er sie ebenso sehr wollte wie sie ihn, musste sie sich streng ins Gedächtnis rufen, dass drei Kinder im Zimmer waren.

Während sie ihren Salat aß, dachte sie daran, wie sie einmal Sex auf dem Küchenboden gehabt hatten, in der Zeit, bevor Scotty zu ihnen gezogen war. Heute, wo ein Kind in ihrem Haushalt lebte und es überall von Mitarbeitern des Secret Service bloß so wimmelte, war an so etwas nicht mehr zu denken.

Während Sam aß, plauderte Scotty die ganze Zeit mit Aubrey.

Alden hing an Scottys Lippen.

„Hey, mein Freund", wandte sich Sam an ihren Sohn, „vielleicht kannst du Alden noch eins von deinen Rennspielen zeigen, bevor es Schlafenszeit ist."

„Klar", stimmte Scotty zu. An Alden gewandt fügte er hinzu: „Hast du Lust?"

Alden sah Aubrey an, die ihm einen sanften Schubs verpasste. „Mach schon."

Scotty legte dem kleineren Jungen die Hand auf die Schulter und führte ihn aus der Küche.

„Meine Güte", sagte Sam zu Nick, während sie den beiden nachsahen. „Er ist einfach wunderbar."

„Ja."

Sie fragte Aubrey: „Ist Alden immer so still?"

„Er ist schüchtern. Das sagt Mama immer. Kommt sie uns bald abholen?"

Sams Herz zersprang in eine Million Splitter. „Heute Nacht kann sie das nicht, aber morgen dürften wir mehr wissen."

Das kleine Mädchen dachte lange über Sams Worte nach.

„Hast du Lust auf ein Bad in meiner großen, schicken Wanne? Ich habe lauter verschiedene Badebomben, und du kannst dir eine aussuchen. Wie sieht's aus?" Sam war noch keinem Mädchen begegnet, das Schaumbäder nicht mochte.

„Das wäre schön."

„Okay, dann los."

Sam nahm Aubreys Hand, froh, dass endlich jemand die Badebomben zu schätzen wusste, die ihr ihre Nichte Abby im Vorjahr zu Weihnachten geschenkt hatte. Sie kam selten dazu, sich ein luxuriöses Bad zu gönnen.

„Klamotten", flüsterte sie Nick zu, ehe sie die Küche verließen. „Würdest du Tracy eine SMS schreiben und sie bitten, morgen früh etwas vorbeizubringen? Sie hat sicher noch etwas, aus dem ihre Kinder herausgewachsen sind und das wir uns leihen können, bis wir Zeit haben, etwas zu besorgen."

„Ja", antwortete er knapp und zückte sein Handy, um Sams älterer Schwester eine Textnachricht zu schreiben.

Im Badezimmer ließ Sam Wasser ein und holte das Körbchen mit den Badebomben, damit Aubrey sich eine aussuchen konnte.

Sie roch an jeder einzelnen und entschied sich dann für eine mit Erdbeerduft.

Sam wickelte sie aus und gab sie Aubrey. „Möchtest du sie reinwerfen?"

„Okay."

Sie ließ sie ins Wasser fallen und bekam vor Freude große Augen, als dieses sich rot verfärbte.

Sam prüfte die Temperatur und holte ihr ein Handtuch.

„Soll ich bleiben und dir helfen, oder möchtest du lieber für dich sein?"

„Ich kann das allein", erwiderte sie.

„Gut. Ich bin draußen. Ruf mich, wenn du etwas brauchst."

Aubrey biss sich auf die Lippe und blickte zu Sam auf. „Alden hat vielleicht Angst."

„Ich schaue nach ihm."

„Okay."

Sam drehte das Wasser ab und ließ Aubrey in Ruhe baden, während sie an Scottys Zimmertür klopfte, um nach den Jungs zu sehen. Sie steckte den Kopf in den dunklen Raum, dessen einzige Beleuchtung der Fernsehbildschirm war. Einen Daumen im Mund, schlief Alden auf dem Kissen neben dem von Scotty.

„Er ist nach fünf Minuten eingepennt."

„Ich kann ihn in das Bett tragen, das Dad für ihn und Aubrey vorbereitet hat."

„Er kann hierbleiben. Das macht mir nichts aus."

„Aubrey wird aber bei ihm sein wollen."

„Dann können sie beide hier schlafen. Ist mir recht."

„Du bist wirklich nett, Scott Cappuano."

Er zuckte die Achseln. „Ich war auch mal in ihrer Lage. Ich weiß, wie man sich fühlt, wenn man plötzlich von Leuten umgeben ist, die man nicht kennt."

Sam betrat das Zimmer und setzte sich neben ihm aufs Bett. „Es tut mir leid, wenn das Erinnerungen weckt, die du lieber vergessen hättest."

„Ich will meine Mutter und meinen Großvater nicht vergessen." Er holte tief Luft und sah zu ihr hoch. „Manchmal kann ich mich kaum noch an sie erinnern, und das macht mich traurig."

Er ließ zu, dass Sam ihn umarmte und ihm das Haar zerzauste. „Ich hoffe, euch passiert nie etwas", sagte er. „Darüber würde ich niemals hinwegkommen."

„Uns passiert schon nichts. Dafür sind wir zu stur."

„*Du* auf jeden Fall", bestätigte er und lachte schnaubend. „Das ist mal sicher."

Sam zog sanft an einer seiner Locken. „Bleib nicht zu lange auf. Du hast morgen Schule."

„Ja, ja. Alles wie immer."

„Danke für deine Hilfe heute Abend und dafür, dass du du bist. Genau das haben Alden und Aubrey gebraucht."

„Kein Problem."

Sam küsste ihn auf die Stirn. „Ich hab dich lieb."

„Ich dich auch."

Sie kehrte ins Schlafzimmer zurück, wo Nick mit einem Buch in der Hand auf dem Bett saß. Als sie etwas sagen wollte, hob er eine Hand, um sie zu unterbrechen.

„Hör mal", flüsterte er.

Aubrey sang – wunderschön. Sam kannte das Lied nicht, aber es klang vage nach Klassik – und dann erkannte sie, dass das Kind in einer Fremdsprache sang. „Ist das ..."

„Italienisch", bestätigte Nick. „Andrea Bocelli, ‚Time to Say Goodbye'."

„Woher kann eine Fünfjährige Italienisch?", fragte Sam, fasziniert von dem, was sie hörte.

Das Diensthandy, das Nick immer bei sich tragen musste, klingelte, und sie erschraken beide. Wenn dieses Telefon klingelte, befürchtete Sam immer, jeden Moment würde irgendwo auf der Welt eine Atombombe hochgehen.

Nick griff nach dem Handy auf dem Nachttisch. „Ja?" Nachdem er eine Weile gelauscht hatte, versprach er: „Ich schicke sie runter, sobald die Kinder schlafen." Er legte auf und warf das Handy wieder auf den Nachttisch. „Brant wartet auf dich."

„Der wird staunen, wenn er den Rest der Geschichte hört."

„Wie lautet denn der Rest der Geschichte?"

Weil Sam ihm uneingeschränkt vertraute, berichtete sie ihm,

was sie von Hill über den Vater der Kinder und seine Geschäfte erfahren hatte.

„Wenn du ihm das erzählst, kriegt Brant die Krise", bemerkte Nick trocken, als sie fertig war.

„Muss ich ihm das denn alles sagen?"

„Ja, musst du. Denn wie er richtig eingewandt hat, ist es seine Aufgabe, uns zu beschützen, und das kann er nur, wenn er im Besitz aller erforderlichen Informationen ist."

„Er wird verlangen, dass ich sie in ein Hotel bringe, und mich darauf hinweisen, dass die beiden uns nichts angehen."

„Dann mache ich ihm deutlich, dass das nicht verhandelbar ist. Die Kinder bleiben bei uns. Hier sind sie sehr viel sicherer aufgehoben als in einem Hotel."

„Das stimmt." Sam trat zum Badezimmer und klopfte an die Tür. „Bist du schon so weit?"

„Ich bin schon aus der Wanne raus", antwortete Aubrey.

„Ich bringe dir gleich ein Schlaf-T-Shirt. Moment." Sam überquerte den Korridor und betrat das Gästezimmer, das sie als begehbaren Kleiderschrank nutzte. Einem der Kartons ganz hinten in einer Ecke entnahm sie eines ihrer kostbaren Bon-Jovi-T-Shirts, die ihr inzwischen viel zu klein waren, aber einmal zu ihren Lieblingskleidungsstücken gezählt hatten. Als sie ins Schlafzimmer zurückkam und Nick das Shirt zeigte, lachte er.

„Aubrey hat gar keine Ahnung, was für ein Glück sie hat, dass sie dieses Shirt tragen darf."

„Ich weiß! Eigentlich gehört es in ein Museum."

Nick verdrehte die Augen.

Sam klopfte an die Tür, und als Aubrey „Herein" gerufen hatte, betrat sie das Badezimmer. Das Kind wirkte in dem großen, weichen Handtuch, das Sam ihm gegeben hatte, klein und verletzlich. Sie hielt Aubrey das T-Shirt hin. „Bon Jovi ist eine meiner Lieblingsbands."

„Mein Daddy liebt Bon Jovi."

„Ich auch." Sam half ihr in das Shirt und sammelte dann die Klamotten auf, die Aubrey ausgezogen hatte, um sie in die Waschmaschine zu werfen. „Ich verrate dir ein kleines Geheimnis. Jon Bon Jovi hat bei meiner Hochzeit gesungen."

„Du kennst ihn?"

„Mhm. Ich habe ihn tatsächlich schon zweimal getroffen. Er ist auch bei Nicks Amtseinführung als Vizepräsident aufgetreten."

„Das ist so cool. Mein Daddy würde ihn auch gern mal treffen."

Wieder brach Sam das Herz, und sie fragte sich, wie sie die Kraft finden sollte, diesen wunderbaren kleinen Kindern beizubringen, dass ihre Eltern tot waren.

„Wo hast du italienisch singen gelernt?"

„Mama liebt Andrea Bocelli. Wir hören seine Musik ständig."

„Du hast eine sehr schöne Stimme."

„Danke. Das sagt Mama auch."

„Sprichst du Italienisch?"

„Nein", antwortete sie, „ich singe nur nach, was ich höre."

„Das ist echt total schön." Sie bürstete Aubreys feuchtes Haar durch und reichte ihr Zahnbürste und Zahnpasta. „Alden ist in Scottys Zimmer eingeschlafen. Möchtest du bei den beiden schlafen oder in dem Bett, das Nick für euch gerichtet hat?"

„Bei Alden. Wenn er aufwacht und ich nicht da bin, hat er sonst wieder Angst."

Sam zeigte ihr den Weg zu Scottys Zimmer und half ihr, neben Alden ins Bett zu klettern. Dann schaltete sie ein Spiderman-Nachtlicht an, das Scotty unmittelbar nach seinem Einzug häufig nachts hatte brennen lassen. „Nick und ich schlafen direkt gegenüber. Wenn du heute Nacht etwas brauchst, komm zu mir. Okay?"

Aubrey nickte, aber ihre großen Augen füllten sich mit Tränen. „Bist du sicher, dass Mama uns nicht abholen kann?", flüsterte sie.

„Ja, Süße, da bin ich mir sicher."

„Weiß sie, wo wir sind? Sie kriegt sonst Riesenangst."

Sam musste heftig gegen die Tränen anblinzeln, als sie in das süße Gesichtchen hinabsah. „Sie weiß, wo du bist." Daran musste auch Sam selbst einfach glauben. Sie beugte sich über Aubrey und küsste sie auf die Stirn. „Schlaf jetzt ein bisschen."

Sie blieb, bis Aubrey sich an ihren Bruder gekuschelt, den Arm um ihn gelegt und die Augen geschlossen hatte. Sam musste noch immer Elijah anrufen und ihm sagen, dass seine Eltern höchstwahrscheinlich tot waren. Sie hatte von diesem Tag schon mehr als genug, und er war noch nicht vorbei.

11

Nick begleitete Sam zu dem Gespräch mit Brant, der sie in dem Raum im Erdgeschoss erwartete, den sich der Secret Service als Büro eingerichtet hatte.

„Sie wollten mich sprechen", wandte sich Sam an Brant, der gestresster und angespannter wirkte als sonst.

„Ich muss mehr über diese Kinder wissen", erklärte er. „Sind sie in einen Ihrer Fälle verwickelt?"

„Ja."

„Inwiefern?"

„Darf ich?" Sam deutete auf das Sofa, das technisch gesehen ihr gehörte, doch da es jetzt in dem Bereich ihres Hauses stand, den der Secret Service für sich beanspruchte, fand sie es höflicher, zu fragen.

Brant nickte und lehnte sich an den Schreibtisch, während Sam und Nick Platz nahmen. Sam berichtete ihm, was sie von Hill erfahren hatte.

„Sie können nicht hierbleiben", erwiderte Brant rundheraus, als Sam geendet hatte.

„Nun, jetzt sind sie hier", stellte Sam fest. „Sie sind traumatisiert, und ich werde ihnen heute Nacht nicht noch mehr zumuten."

„Mir ist klar, dass sie traumatisiert sind, und das tut mir auch leid, aber sie können nicht hierbleiben, wenn ihre Eltern die Opfer eines ungelösten Mordfalls sind."

„Wie gesagt", mischte sich Nick ein, „sie sind bereits hier, wir müssen uns also fragen, wie wir am besten für ihre Sicherheit sorgen können, statt uns daran aufzuhängen, wieso sie hier sind."

„Mr Vice President, bei allem gebührenden Respekt ..."

Sam erhob sich. „Ich habe noch zu tun. Sie können ja mit meinem Mann ein Schutzkonzept für Alden und Aubrey erarbeiten." Sie drückte Nick die Schulter und verließ den Raum, um nach oben zu gehen und zuerst Shelby und dann Elijah Beauclair anzurufen.

Shelby nahm nach dem ersten Klingeln ab. „Hi, Sam."

„Tut mir leid, dass ich so spät anrufe. Ich hoffe, ich habe euch nicht geweckt."

„Kein Problem. Wir waren noch auf. Was gibt's?"

„Ich fürchte, ich hab deine Arbeitslast verdreifacht, indem ich zwei Kinder mit heimgebracht habe, die dringend eine Unterkunft gebraucht haben." Sam unterrichtete ihre Assistentin darüber, was sich zugetragen hatte.

„Avery hat mir ein bisschen von dem Fall erzählt. Die armen Kinder."

„Ich hatte auf dein weiches Herz gehofft, weil ich deine Hilfe brauchen werde. Leider habe ich keine Ahnung, wie lange sie bei uns bleiben müssen."

„Ich werde tun, was ich kann. Du weißt ja, ich helfe euch gern."

„Danke, Shelby", sagte Sam mit einem erleichterten Seufzen. „Ich hätte dich erst fragen müssen ..."

„Sei nicht albern. Dafür bin ich schließlich da. Was soll ich tun?"

„Sie brauchen was zum Anziehen. Ich habe Tracy gebeten, uns ein paar abgelegte Sachen von Abby und Ethan vorbeizubringen, aber das wird nicht reichen."

„Alles klar, ich kümmere mich darum. Ich finde morgen heraus, welche Größe sie tragen, und schicke eine meiner Mitarbeiterinnen einkaufen, wenn dir das recht ist."

„Natürlich. Du hast unsere Karte. Zögere nicht, sie zu benutzen."

„Du kennst mich doch – ich bin Expertin darin, euer Geld auszugeben."

Sam lachte. „Ohne deine Hilfe an der Heimatfront würden wir niemals klarkommen. Ich sage das vermutlich viel zu selten, aber wir wissen genau, dass wir ohne dich aufgeschmissen wären."

„Ach, hör auf, Sam. Ich darf meinen Sohn zur Arbeit mitbringen, wo ich deinen Sohn treffe, den großartigsten Jungen aller Zeiten. Für euch zu arbeiten ist wie ein Hauptgewinn, sodass eigentlich *ich euch* danken sollte. Morgen komme ich früher, damit wir uns besprechen können, ehe du losmusst. Noah ist sowieso in aller Herrgottsfrühe wach, das ist also kein Problem."

„Das wäre toll. Dann kann ich dich den Kindern vorstellen und dafür sorgen, dass sie sich mit dir wohlfühlen, ehe ich gehe. Morgen früh kommt mein Team her, ich werde also eine Weile vor Ort sein."

„Klingt gut."

„Danke noch mal."

„Ist mir ein Vergnügen."

„He, ist Avery zufällig da?"

„Direkt neben mir. Moment."

„Hey, Sam", meldete sich Avery. „Wie läuft's mit den Kindern?"

„Ganz gut. Aubrey hat sich schon ein bisschen eingelebt, aber Alden hat bisher kein Wort gesagt."

„Sie tun mir so unglaublich leid."

„Geht mir genauso. Ich hatte noch keine Gelegenheit, ihren Bruder anzurufen, und langsam wird es spät. Könnten Sie mir das vielleicht doch abnehmen?"

„Ja, kann ich machen", seufzte er.

„Darum bitte ich nur sehr ungern ..."

„Schon gut. Ich kümmere mich darum."

„Lassen Sie es mich bitte wissen, wenn er etwas zu sagen hat, das mich interessieren könnte."

„Natürlich."

„Falls Sie auch dabei sein möchten: Wir treffen uns um acht bei mir."

„Klar, ich komme."

„Bis dann. Und danke noch mal."

„Kein Problem."

AVERY BEENDETE DAS GESPRÄCH UND REICHTE SHELBY DAS TELEFON zurück. Ihm graute vor dem Anruf bei Elijah Beauclair, den Sam ihm aufgedrückt hatte. Der junge Mann war im College und ahnte nichts von der Schreckensnachricht, die er gleich erhalten und die sein Leben auf den Kopf stellen würde.

„Was ist?", fragte Shelby, als er das Bett verließ und sich die Flanell-Schlafanzughose wieder anzog, die er gerade abgestreift hatte.

Avery trennte sein Handy vom Ladegerät auf dem Nachttisch. „Ich muss Jameson Beauclairs älteren Sohn, der in Princeton studiert, anrufen und ihm sagen, dass es im Haus seines Vaters und der Stiefmutter gebrannt hat und sie wahrscheinlich tot sind. Wir hatten gehofft, mit der Benachrichtigung auf die eindeutige Identifizierung warten zu können, doch die haben wir noch nicht, und wir können es jetzt unmöglich weiter aufschieben."

„Das ist so furchtbar", erwiderte Shelby. „Ich weiß nicht, wie ihr damit klarkommt, solche Nachrichten überbringen zu müssen."

„Gar nicht", antwortete Avery. „Aber einer muss es ja übernehmen." Er beugte sich über das Bett und küsste sie. „Ich bin gleich wieder da."

Sie stützte sich auf einen Ellbogen und lächelte ihn zärtlich an. „Ich gehe nicht weg, und dann können wir da weitermachen, wo wir waren, ehe die Arbeit uns gestört hat."

Zwischen ihnen lief es besser denn je, und die Krise, die ihre Beziehung beinahe zerstört hatte, war nur noch eine ferne Erinnerung. Eine Paartherapie hatte ihm geholfen, seine Beziehung zu Shelby zu retten, und die Arbeit, die er allein mit der Therapeutin geleistet hatte, hatte ihn in die Lage versetzt, ein paar Dinge aus seiner Vergangenheit hinter sich zu lassen, die seine Gegenwart belastet hatten.

Avery ging nach unten in sein Arbeitszimmer, schaltete das Licht an und fuhr den Laptop hoch, auf dem er seine Notizen für den Fall gespeichert hatte, darunter Elijah Beauclairs Telefonnummer. Er wählte sie, und nach mehrmaligem Klingeln meldete sich eine Männerstimme, die gehetzt und ein wenig außer Atem klang.

„Hallo?"

„Spreche ich mit Elijah Beauclair?"

„Ja. Wer ist da?"

Avery schloss die Augen und stützte den Kopf in die Hand. „Special Agent Avery Hill, FBI, Washington, D. C."

„Was? Worum geht es?"

„Ich fürchte, ich habe schlechte Nachrichten. Gestern Nacht ist das Haus Ihres Vaters abgebrannt."

„O nein!"

„Er und Ihre Stiefmutter sind bei dem Brand höchstwahrscheinlich gestorben."

Elijah keuchte auf. „O mein Gott. Sie sind sich nicht sicher?"

„Wir warten noch auf die abschließende Identifizierung durch die Gerichtsmedizinerin."

„Was ist mit meinen Halbgeschwistern?"

„Die haben wir lebend gefunden."

Der junge Mann seufzte tief. „Ich wusste, dass das irgendwann passieren würde. Mein Vater hat es ebenfalls gewusst. Er hat mich gewarnt, es könne sein, dass ich eines Tages so einen Anruf erhalte, wenn dieser Hurensohn Piedmont sie aufspürt. Dad hat gewusst, dass es nur eine Frage der Zeit war. Ich kann nicht glauben, dass er tot ist – und Cleo ..." Sein erneutes tiefes Seufzen sagte alles. „Was wird aus den Kindern?"

„Heute Nacht sind sie bei Pflegeeltern. Wir hoffen, morgen Familienmitglieder ausfindig zu machen, die sie aufnehmen können."

„Das wird nicht passieren", entgegnete Elijah bitter. „Mein Vater hat praktisch keine Angehörigen, und die Familie meiner Stiefmutter hat sie gedrängt, ihn zu verlassen, als die Sache mit der Firma passiert ist. Sie hat ihn verteidigt und zu ihm gehalten, hat gesagt, es sei nicht seine Schuld, dass sein Geschäftspartner sich in einen skrupellosen Verbrecher verwandelt hatte. Sie hatten Angst um sie und uns andere. Trotzdem werden sie meine Geschwister nicht bei sich aufnehmen, weil sie fürchten werden, ihnen könnte etwas Ähnliches zustoßen."

Avery fuhr sich mit den Fingern durchs Haar, während er zuhörte.

„Ich würde es ja machen, nur bin ich noch am College und ... Ich liebe sie mehr als alles andere, aber ich weiß nicht, ob ich das könnte ..."

„Verstehe. Die Gerichtsmedizinerin braucht Informationen über die Begräbnisfeierlichkeiten. Kann ich ihr Ihre Nummer geben?"

„Ich ... Ja, schätze schon. Das kann mir ja keiner abnehmen. Und ich muss nach Washington kommen. Mein Semester. Ich ... Scheiße."

„Tut mir leid, Elijah."

„Ja, mir auch. Ich will nicht klingen, als bezöge ich das alles nur auf mich persönlich ..."

„Die Hinterbliebenen nehmen Mord meist sehr persönlich."

„Mein Vater war ein guter Mann", antwortete er. „Er hat versucht, das Richtige zu tun – und das hat er jetzt davon."

„Denken Sie an bessere Zeiten. Das wird Ihnen helfen. Wenn ich irgendetwas für Sie tun kann, erreichen Sie mich unter dieser Nummer."

„Danke."

„Darf ich Sie bitten, alle weiteren Familienmitglieder zu informieren, die es wissen müssen?"

„Ich ... Ja ... Ich werde Cleos Eltern anrufen. Sie haben mich immer behandelt, als wäre ich ihr Enkel. Ich muss, äh ... jetzt auflegen."

„Wir melden uns."

„Okay." Die Verbindung brach ab.

Avery seufzte tief. Gott, diese Anrufe wurden einfach nicht leichter, egal, wie oft er sie im Laufe seiner Karriere auch hatte machen müssen. Mithilfe seines Laptops suchte er die Nummer der Campuspolizei der Princeton University heraus, rief dort an und fragte nach dem diensthabenden leitenden Beamten.

„Am Apparat. Mit wem spreche ich?"

„FBI Special Agent Avery Hill. Ich rufe aus Washington an."

„Was kann ich für Sie tun, Agent Hill?"

„Ich musste gerade einem Ihrer Studenten, Elijah Beauclair, die schlimme Nachricht überbringen, dass es im Haus seiner

Familie hier in Washington gebrannt hat. Sein Vater und seine Stiefmutter sind vermutlich im Feuer umgekommen. Ich wollte nur Bescheid sagen, dass er möglicherweise Unterstützung braucht."

„Natürlich. Wir kümmern uns um ihn. Danke für die Info."

„Gerne. Ich gebe Ihnen meine Nummer, für den Fall, dass ich irgendwie helfen kann." Nachdem er dem Beamten seine Telefonnummer genannt hatte, dankte er ihm, legte auf und erhob sich. Seine Schultern waren völlig verspannt. Bevor er das Licht ausknipste, schenkte er sich ein Glas Wodka ein, das ihm helfen würde, besser zu schlafen, dann trat er mit seinem Drink an die große Glasschiebetür zum dunklen Garten. Im Frühling wollte er dort für Noah Spielgeräte und einen Sandkasten aufstellen.

Als er Shelbys Schritte auf der Treppe hörte, trank er seinen Wodka aus und räumte das Glas in die Spüle.

Sie kam zu ihm und legte ihm von hinten die Arme um die Taille. „Es hat so lange gedauert, dass ich mir Sorgen gemacht habe. Alles in Ordnung?"

„Es geht mir schon wieder besser", antwortete er und drehte sich um, um ihre Umarmung zu erwidern. Alles wurde erträglicher, wenn er es mit ihr teilen konnte. Er hatte noch nie eine solche Beziehung geführt und fragte sich, wie er so lange ohne sie ausgekommen war.

„War es schlimm?"

„Ja." Er küsste sie auf die Stirn. „Lass uns ins Bett gehen."

Sie ließ ihn los und stieg vor ihm her die Treppe hoch.

Avery war nicht überrascht, als sie zu Noahs Kinderzimmer abbog, um nach ihrem Sohn zu sehen. Sie war eine hingebungsvolle Mutter, und er hing unendlich an ihr und ihrem Sohn. Dass sie ihm gestattete, der Vater dieses Kindes zu sein, war das größte von vielen Geschenken, die sie ihm gemacht hatte, nicht zu vergessen ihre Vergebung und Geduld.

Sie blickten auf Noah hinab, der wie immer mit den Armen über dem Kopf und geschürzten Lippen schlief. Die beiden liebten den kleinen Mann mit jedem Tag mehr. Sie lächelten einander an.

Er musste Shelby mit sich aus dem Zimmer ziehen. Sie konnte

stundenlang so dastehen und das Baby anstarren, auf das sie lange gewartet hatte, aber jetzt brauchte sie Ruhe.

Ihr Schlafzimmer lag neben Noahs Kinderzimmer, und sie schliefen mit offener Tür, damit sie ihn jederzeit hören konnten, obwohl sie außerdem das modernste Babyfon auf dem Nachttisch stehen hatten. Abgesehen von der Arbeit drehte sich ihr Leben komplett um Noah, und beide wollten es auch nicht anders.

Im Bett zog Avery Shelby an sich. „Wir sollten mal drüber reden, ob Noah noch ein Brüderchen oder Schwesterchen kriegt."

Sie hatten seit Monaten, seit dem Beginn der Therapie, nicht mehr über Heirat und Familienplanung gesprochen.

„Ich war nicht sicher, ob du weitere Kinder willst."

„Nur wenn du es auch willst."

„Wenn ich könnte, würde ich noch zehn kriegen, doch mir läuft die Zeit davon." Sie war schon Anfang vierzig.

„Wie wäre es, wenn wir es einfach drauf ankommen lassen und dann mal schauen, was passiert?"

„Ich weiß nicht mal, ob ich auf die altmodische Art und Weise schwanger werden kann. Das habe ich noch nie probiert."

„Es wäre mir ein großes Vergnügen, zu versuchen, dich auf die altmodische Art und Weise zu schwängern", erklärte er mit einem breiten Grinsen und streichelte ihren Arm.

Shelby lachte, und dieser wunderschöne Laut traf ihn direkt ins Herz. „Ich würde gern zuerst mit meinem Gynäkologen über das Timing und so sprechen."

„Sag Bescheid, wenn du so weit bist. Ich bin jederzeit bereit, meinen Teil beizusteuern."

Weiter lächelnd legte sie die Hand an seine Wange und drehte seinen Kopf zu sich. „Das heißt ja nicht, dass wir vorher nicht ein bisschen üben können."

„Dagegen ist nicht das Geringste einzuwenden." Er zog sie mühelos auf sich, ihre Lippen waren nur noch ein paar Zentimeter von seinen entfernt.

„Ich liebe es, wenn du mir zeigst, wie stark du bist", erwiderte sie und drückte seinen Bizeps. „So stark und doch so sanft zu mir und Noah."

„Weil ich euch mehr liebe als alles andere auf der Welt."

„Wir lieben dich auch. Noah strahlt immer, wenn er dich sieht."

„Er und seine Mutter sind das Allerbeste in meinem Leben."

Sie bewegte sich verführerisch auf ihm, und er spürte ihre Lippen warm und weich an seinem Hals.

Avery war wieder einmal überwältigt von ihrer Fähigkeit, zu vergeben. Er hatte sie nicht verdient, aber er liebte sie unbeschreiblich. Mit einer geschickten Drehung rollte er sie unter sich und schaute sie an, bevor er sie küsste.

Shelby schob seine Pyjamahose nach unten.

Er keuchte auf, als sie ihre Finger um ihn schloss und ihn zu streicheln begann. „Shelby. Süße ..." Stöhnend legte er die Hand auf ihre, um sie zu stoppen, obwohl er das eigentlich gar nicht wollte. „Zusammen", flüsterte er und schob ihr blass pinkfarbenes Nachthemd hoch. Darunter war sie nackt. Er liebte die Tatsache, dass sie immer bereit für ihn war.

Avery glitt in sie und keuchte auf, als ihre enge Hitze ihn umschloss. „Das", flüsterte sie, „ist alles, was zählt. *Du* bist alles, was zählt."

„*Wir* sind alles, was zählt. Wir drei."

Er senkte den Kopf, um an ihrem Hals zu knabbern, und atmete ihren Duft ein. „Lass uns heiraten. Keine große Sache. Nur wir und unsere engsten Freunde. Bald."

„Avery." Sie hob ihm ihre Hüften entgegen.

Er stieß wieder in sie und sah ihr dann ins Gesicht, das vor Lust gerötet war. „Ist das ein Ja, Liebling?"

„Ja! Natürlich ja." Sie umfasste sein Gesicht und küsste ihn. „Sag mir, wann und wo, und ich werde da sein."

„Bald", versprach er und küsste sie. „Sehr, sehr bald."

12

Freddie füllte Eiswasser in Elins Glas und trug es zusammen mit der Schmerztablette, die sie jetzt nehmen musste, zu ihr ans Bett, wo sie schlief. Für seinen Geschmack war sie weiter viel zu bleich. Selbst wenn er ewig lebte, würde er nie die erstickende Angst vergessen, die er empfunden hatte, als er sich fast sicher gewesen war, sie verloren zu haben – noch dazu ausgerechnet in dieser Woche.

Er hatte gelernt, kein gutes Ende und keine harmlosen Erklärungen für Dinge wie Wohnungen voller Blut zu erwarten. In seinem Job bedeutete das üblicherweise immer das Schlimmste. Seine Beine zitterten immer noch, so panisch war er gewesen, als er geglaubt hatte, sie könnte entführt worden oder gar tot sein.

Freddie setzte sich auf die Matratze, wobei er darauf achtete, nicht gegen Elins verletzte Hand zu stoßen, die mit der Handfläche nach oben auf ihrem Bauch ruhte.

Sie öffnete die schönen Augen und lächelte, als sie ihn sah. „Hey."

„Es ist Zeit für die nächste Tablette. Die haben gesagt, es wäre wichtig, in den ersten paar Tagen den Schmerzen immer einen Schritt voraus zu sein."

„Ich will keinen verschreibungspflichtigen Kram. Ibuprofen reicht. Kannst du mir eine holen? Ich habe welche in der Handtasche."

„Bin gleich wieder da." Er fand ihre Handtasche im Wohnzimmer und brachte ihr das Ibuprofen. Nachdem er sich wieder auf die Bettkante gesetzt hatte, legte er ihr die Tabletten in die unverletzte Hand.

Sie nahm zwei und spülte sie mit Wasser herunter.

„Morgen kaufen wir dir ein neues Handy", verkündete er.

„Okay."

„Das hättest du eigentlich schon vor einem Monat erledigen sollen."

„Wegen unserer Hochzeit, unserer Flitterwochen und so wollte ich dafür kein Geld ausgeben."

„Elin, komm schon. Das ist eine Frage der Sicherheit. Wenn du wüsstest ..."

„Was?"

Er lehnte seine Stirn gegen ihre. „Wenn du wüsstest, was ich durchgemacht habe, weil ich dachte, jemand hätte dir etwas angetan und dein gottverdammtes Telefon hätte keinen Strom mehr gehabt ..."

Sie riss schockiert die Augen auf. „Du hast ‚gottverdammt' gesagt."

„Elin!" Er rückte ein Stück von ihr ab. „Das ist mein Ernst!"

Nachdem sie ihre verletzte Hand aus dem Weg gezogen hatte, griff sie mit der anderen nach ihm und drückte seinen Kopf auf ihre Brust, fuhr ihm mit den Fingern durchs Haar. „Ich weiß, und ich kaufe mir morgen ein neues Handy, aber du hast ‚gottverdammt' gesagt, Freddie. Du musst wirklich erschüttert sein."

„‚Erschüttert' ist ein noch viel zu schwaches Wort." Er schlang einen Arm um ihre Taille. „Als Sam und ich das Haus betreten, dein Handy auf dem Boden und das Blut überall gesehen haben, wäre ich beinahe ohnmächtig geworden. Ich habe geglaubt, jemand, den ich mal festgenommen habe, hätte dich geschnappt, weil er wusste, dass wir dieses Wochenende heiraten wollen."

„Es tut mir so leid, dass ich dir solche Angst gemacht habe, Freddie. Doch es ging alles so schnell, und mir war klar, dass der Schnitt wirklich tief war. Ich habe nur reagiert. Dabei habe ich die ganze Zeit geblutet wie ein Schwein. Ich hatte solche Angst."

„Das glaube ich dir aufs Wort. Es war richtig, dass du dir so schnell wie möglich Hilfe gesucht hast."

„Habe ich wirklich die Wohnungstür offen gelassen?"

„Ja."

„Tut mir leid."

„Du musst dich nicht entschuldigen. Mir ist nur wichtig, dass es dir gut geht. Natürlich wird das Einfluss auf die Hochzeitsfotos haben."

„Wenn ich einen hautfarbenen Verband trage, wird man gar nichts sehen."

Er hob den Kopf und lächelte. „Das habe ich nicht gemeint. Ich bin seit heute Morgen bestimmt um zwanzig Jahre gealtert. Zumindest fühle ich mich so – und das in der einen Stunde, die wir gebraucht haben, um dich zu finden."

Sie streichelte sein Gesicht. „Wenn du in zwanzig Jahren noch so aussiehst, werde ich eine sehr, sehr glückliche Mrs Cruz sein."

„Mrs Cruz", sagte er voller Staunen. „Es wird wirklich geschehen."

„In wenigen Tagen."

„Nach heute möchte ich dich bis dahin am liebsten gar nicht mehr aus den Augen lassen."

„Sei nicht albern. Was könnte denn noch Schlimmeres passieren?"

Er zog die Augenbrauen zusammen. „Bitte beschrei es nicht."

„Ich glaube, du arbeitest schon zu lange bei der Mordkommission. Ständig rechnest du mit dem Schlimmsten."

„Mag sein, aber sag mir, was du gedacht hättest, wenn die Situation umgekehrt gewesen wäre. Wenn du einen panischen Anruf von mir bekommen hättest, der nach einer Sekunde abgerissen wäre, und dann daheim ein leeres Handy und ein Blutbad vorgefunden hättest."

„Das möchte ich mir lieber nicht vorstellen."

Er seufzte tief. „Ich habe gedacht, ich wüsste schon, wie sehr ich dich liebe, doch heute ist mir klar geworden, wie tief dieses Gefühl wirklich reicht. Hoffentlich weißt du, dass du die Macht hast, mich zu vernichten."

„Freddie", seufzte sie, und in ihren großen blauen Augen

schimmerten unvergossene Tränen. „Ich könnte dich niemals vernichten – ich möchte dich nur lieben."

„Wenn dir je etwas zustoßen sollte ..." Unter dem Ansturm der Gefühle schnürte sich ihm die Kehle zu. Er schüttelte den Kopf und konnte darüber nicht weiter nachdenken.

Sie streichelte zärtlich sein Gesicht. „Vielleicht kannst du jetzt ein bisschen nachempfinden, wie es mir jeden Tag geht, wenn du zur Arbeit aufbrichst."

„Ich hasse es, dass ich dir das antue."

Lächelnd antwortete sie: „Du machst es ja jeden Abend wieder gut, wenn du zu mir nach Hause kommst."

Als sie den Arm um ihn legte, ließ Freddie endlich locker, und die lähmende Anspannung, die ihn seit dem Vorfall erfüllt hatte, fiel von ihm ab. „Nach den Flitterwochen ziehen wir um."

„Was? Warum? Es ist doch schön hier."

„Das fand ich früher auch. Aber heute ist mir klar geworden, wie unsicher diese Wohnung ist. In Anbetracht dessen, wie ich mein Geld verdiene, will ich besseren Schutz für meine Familie. Wir ziehen in ein Gebäude mit Portier und Überwachungskameras."

„Das können wir uns nicht leisten, Freddie."

„Ich kann es mir vor allem nicht leisten, deine Sicherheit oder die unserer potenziellen Kinder zu gefährden. Außerdem brauchen wir sowieso eine größere Wohnung, wenn Freddie junior auf die Welt kommt. Da können wir genauso gut auch jetzt schon umziehen."

„Freddie junior?"

Er lächelte, als er ihren amüsierten Tonfall hörte. Sam hatte ihn überzeugt, dass Kinder zu haben gut und richtig war, selbst wenn er davor eine Heidenangst hatte. Sie hatte recht – sie alle sahen in ihrem Beruf das Schlimmste, was Menschen geschehen konnte, doch davon durfte er sich nicht daran hindern lassen, das Beste zu erleben.

„Wann soll dieser Wonneproppen denn auf die Welt kommen?"

„So bald wie möglich." Er blickte in ihr wunderhübsches Gesicht. Bei ihrer ersten Begegnung hatte er sich auf Anhieb in dieses Gesicht verliebt. In den fast zwei Jahren seit ihrem Zusammentreffen während der Ermittlungen im Fall O'Connor war seine Faszination für sie nur gewachsen. Er konnte noch immer nicht glauben, dass er sie am Wochenende heiraten würde.

Sie runzelte die Stirn. „Warum schaust du mich so an?"

„Weil ich einfach nicht glauben kann, dass eine Göttin wie du sich für einen Trottel wie mich entschieden hat."

„Du bist alles andere als ein Trottel, Freddie Cruz, außerdem musste ja jemand einen Mann aus dir machen. Es war verdammt schwierig, aber ich glaube, wir haben es endlich geschafft."

„Sehr witzig", sagte er und küsste sie.

„Ja, das warst du damals." Sie fuhr ihm mit den Fingern durchs Haar. „Mein armes, gehemmtes Baby."

„Aber ich war ein sehr gelehriger Schüler, oder?"

„Der beste, den ich je hatte." Sie öffnete den Mund für ihn und machte ihn mit ihrer enthusiastischen Reaktion wie immer wahnsinnig.

„Wirst du mich am Samstag wirklich heiraten?", fragte er, atemlos von dem Kuss.

„Ich kann es kaum erwarten, deine Frau zu werden, Freddie."

～

Nach Mitternacht setzte ein Streifenwagen Gonzo vor der Notaufnahme des GW ab. Sein Herz raste so, dass er befürchtete, selbst die Dienste der Ärzte in Anspruch nehmen zu müssen. Nach Christinas Anruf wegen Alex hatte er das Bewusstsein verloren. Seit der Streifenpolizist ihn geweckt hatte, hatte er versucht, sich zusammenzureimen, was passiert war, doch seit dem Anruf wusste er gar nichts mehr. Eine Streife hatte ihn achthundert Meter von seinem letzten Aufenthaltsort, an den er sich erinnern konnte, aufgegriffen. Wie war er dorthin gekommen?

Gott sei Dank war der Streifenpolizist cool geblieben und hatte seine Erklärung geglaubt, er habe sich bei seinem Sohn mit Grippe angesteckt, aber trotzdem versucht, zur Arbeit zu gehen. Damit hatte er an einem Tag zwei Begegnungen mit dem MPD gehabt, die nicht beruflich bedingt gewesen waren. Nicht unbedingt sein bester Tag.

An der Rezeption fragte er nach Alex, und man brachte ihn zu einem Untersuchungsraum. Christina saß auf dem Bett, Alex schlief in ihren Armen. Wut blitzte in ihren Augen auf, als er eintrat.

„Schön, dass du dich auch mal blicken lässt."

„Tut mir leid. Es gab ein Problem bei der Arbeit."

„Mach nicht alles noch schlimmer, indem du mich anlügst. Ich habe mit Sam geredet. Sie hatte auch keine Ahnung, wo du bist."

Er sah die Infusionsnadel im Arm seines Sohnes. „Geht es ihm gut?"

„Jetzt wieder."

„Christina ..."

„Verschwinde, Tommy. Ich möchte nicht, dass du hier bist."

„Aber ..."

„Raus", sagte sie in einem leisen, bedrohlichen Ton, den er nicht von ihr kannte. „Such dir am besten auch gleich eine eigene Wohnung. Ich habe es satt."

„Du ..."

„Ich habe es satt. Noch Fragen?"

„Christina ..."

Alex regte sich, seine Beine bewegten sich ruhelos.

Gonzo trat einen Schritt näher, wollte seinen Sohn anfassen, ihn im Arm halten, wiedergutmachen, was so schrecklich schiefgelaufen war.

„Du wirst mir das Sorgerecht für Alex übertragen. Wir wissen beide, dass das das Beste für ihn ist."

Er schüttelte den Kopf. „Nein."

„Gut, dann klage ich es ein. Viel Glück bei dem Versuch, jemanden zu finden, der glaubt, er sei bei dir besser aufgehoben."

„Du bist müde. Heute war ein harter Tag ..."

„Müde? Ich bin es leid, wie du dich benimmst, wie du mich und deinen Sohn einfach ignorierst, wie mein Leben völlig vor die Hunde gegangen ist. All das bin ich leid, und ich habe es satt. Fahr heim, pack deine Sachen, und verschwinde. Wenn wir morgen heimkommen, bist du weg. Tu dir selbst und allen, denen du etwas bedeutest, einen Gefallen, und such dir professionelle Hilfe.

Du siehst aus wie ein gottverdammter Penner und läufst wahrscheinlich gerade Gefahr, deinen Job zu verlieren."

Wo kam das alles plötzlich her? Gonzo war zu verblüfft, um zu antworten. Er konnte sie nur anstarren und sich fragen, wo die Frau hin war, die ihn so geliebt hatte. Was war aus ihr geworden?

„Du bist müde und machst dir Sorgen um Alex."

„Ja, und ich habe dich und deinen Mist satt." Ihre Stimme brach. „Ich habe es satt, unsichtbar für dich zu sein."

„Das bist du doch gar nicht."

Sie hob die Hand, um ihn am Weitersprechen zu hindern. „Bitte. Geh einfach. Wie gesagt, ich möchte nicht, dass du hier bist. Wir brauchen dich nicht."

Ihre Worte trafen ihn in das, was von seinem Herzen noch übrig war, und er blutete innerlich. Er konnte sie nur weiter anstarren, während er versuchte, sich zusammenzureimen, wie es so weit gekommen war. Aber sosehr er es auch versuchte, er konnte es sich nicht erklären.

„Geh, Tommy." Tränen liefen über ihr Gesicht. Sie umfasste Alex fester, legte die Wange auf den Kopf seines Sohnes, machte die Augen zu und schloss ihn damit aus.

Tränen brannten in seinen Augen, und Gonzo blinzelte hektisch, um nicht ebenfalls zu weinen. Hatte sie sich gerade von ihm getrennt und ihm mitgeteilt, dass er außerdem auch seinen Sohn verlieren würde? War das gerade wirklich passiert? Sein Gehirn war noch immer vernebelt von der Schmerztablette, die er genommen hatte, die allerdings nichts gegen den rasenden Schmerz ausrichten konnte, der ihn erfüllte, als er versuchte, sich ein Leben ohne Christina und Alex vorzustellen.

„Nein", flüsterte er. „Christina, ich lasse euch beide nicht allein. Ich bleibe im Wartezimmer." Er stolperte aus dem Raum und den Gang entlang, wich dem Krankenhauspersonal aus, das einen weiten Bogen um ihn machte. Vielleicht sah er ja tatsächlich aus wie ein Penner. Er rieb sich das Gesicht und spürte überrascht die Anfänge eines Barts. Wann hatte er sich das letzte Mal rasiert? Keine Ahnung.

Im Wartezimmer ließ er sich auf einen Stuhl neben einer Mutter mit Baby fallen.

Sie erhob sich und setzte sich ans andere Ende des Raumes.

Was zum Teufel ...? So weit war es schon? Seit wann machte er Fremden Angst? Er fuhr mit der Hand über die Tablettenschachtel in der Innentasche seiner Jacke, wollte unbedingt noch eine nehmen, hatte aber Angst, sich zu sehr zu betäuben, während seine Welt um ihn herum zerbrach.

Christina verließ ihn.

Sie verließ ihn und nahm Alex mit.

Christina wollte, dass er auszog. Er verlor sie – und seinen Sohn. Von nackter Panik erfasst, bekam er Atemnot. Er hatte plötzlich starke Schmerzen, heftiger, krasser, intensiver als alle, die er je erlebt hatte. Kalter Schweiß brach ihm aus, während er versuchte, dagegen anzuatmen. Er hatte keine Ahnung, wie lange er so dasaß und immer wieder das Bewusstsein verlor.

„Sir."

Gonzo hörte die Frauenstimme und spürte die Hand an seiner Schulter, die ihn schüttelte, doch der Schmerz hatte ihn restlos im Griff. Er konnte sich weder bewegen noch etwas sagen oder atmen.

Jemand rief um Hilfe, und dann wurde es hektisch, Menschen beugten sich über ihn, berührten ihn, bewegten ihn. Dann lag er auf dem Rücken, starrte zur Decke hoch, die über ihm dahinzog, während man ihn irgendwohin fuhr. Ihm war völlig egal, wohin man ihn brachte. Was spielte das auch für eine Rolle? Er war bereits in der Hölle.

Man setzte ihm eine Sauerstoffmaske auf, stieß ihm eine Nadel in den Arm und riss sein Hemd auf. Er hatte das Gefühl, an alldem völlig unbeteiligt zu sein, nur zuzuschauen, wie man sich an ihm zu schaffen machte.

Vielleicht war es das Beste, wenn er draufging. Christina würde sich gut um Alex kümmern. Bei der Arbeit wären sie ohne ihn vermutlich besser dran. Seine Eltern und seine Schwestern würden traurig sein, aber sie würden darüber hinwegkommen. Er würde Arnold wiedersehen und ihm sagen, wie leid es ihm tat, dass er ihm die Gesprächsführung überlassen und ihn buchstäblich ins Messer hatte laufen lassen. Es wäre schön, wenn er sich dafür noch entschuldigen könnte. Dazu hatte er bisher keine Chance gehabt. Arnold war tot gewesen, ehe Gonzo überhaupt begriffen hatte, was geschehen war.

Er hörte ringsum Menschen sprechen, nahm die Dringlichkeit in ihren Stimmen wahr, doch all das interessierte ihn so wenig, dass er nicht einmal nachfragte, was eigentlich los war.

Das war nicht von Bedeutung.

Nichts war mehr von Bedeutung.

13

Sam war vollkommen erschöpft, aber sie betrat Nicks Arbeitszimmer und loggte sich ins Intranet des MPD ein, um ihre Mails zu lesen. Hoffentlich hatte Freddie ihr wie erbeten Gonzos Unfallbericht geschickt.

Während sie wartete, schichtete sie Nicks pedantisch geordnete Aktenstapel um, damit er wusste, dass sie da gewesen war. Dann rief sie die Zentrale an und bat darum, mit dem Leiter der Schutzpolizei verbunden zu werden.

„Streifendienstleitung", meldete sich eine brüske Männerstimme.

„Lieutenant Holland hier. Ich rufe wegen der Bitte um Unterstützung bei der Suche nach Sergeant Gonzales an. Gibt es da irgendetwas Neues?"

„Wir haben ihn vor einer Stunde bewusstlos im Volta-Park gefunden."

„Was?", fragte Sam laut, ohne daran zu denken, was für Konsequenzen das für ihr Team haben mochte. Wie zum Teufel war er da hingekommen?

„Er hat gesagt, er hätte die Grippe, und hat sich entschuldigt."

Das ist möglich, dachte Sam, nachdem sie dem Streifendienstleiter gedankt und aufgelegt hatte. *Vielleicht hat er sich bei Alex angesteckt.* Das war eine bessere Erklärung als einige der anderen Möglichkeiten, die ihr einfielen. Sie schrieb Christina rasch eine Textnachricht: *Wie geht es Alex? Eine Streife hat gemeldet, sie habe Gonzo gefunden. Hoffentlich ist er inzwischen bei dir.*

Alex geht es besser. Kriegt Antibiotika. Bleibt über Nacht in der Notaufnahme. Tommy war hier, aber ich habe ihn weggeschickt.

Verdammt, dachte Sam. Das Letzte, was Gonzo jetzt gebrauchen konnte, war, dass auch noch seine Beziehung zerbrach, wo er doch ohnehin schon so angeschlagen war. Trotzdem konnte sie Christina keinen Vorwurf daraus machen, dass sie es satthatte. Das letzte Jahr war für sie alle schwierig gewesen, vor allem aber für Gonzo – und damit auch für Christina.

Sie scrollte durch ihre Mails und ignorierte alles außer der Nachricht von Freddie, an die der Unfallbericht angehängt war. Ein Blick auf ihr Handy verriet ihr, dass der Anruf aus der Zentrale wegen des Brandes um zwanzig vor sechs heute Morgen eingegangen war. Sicher hatte man ein oder zwei Minuten später Gonzo angerufen.

Sie nahm an, dass er um sechs oder spätestens um zehn nach sechs zu Hause aufgebrochen war. Den Unfall hatte er um zwanzig nach acht gehabt. Wo war er in den mehr als zwei Stunden zwischen seinem Aufbruch zu Hause und dem Unfall gewesen? Und wo war er hingegangen, nachdem sie sich am Abend getrennt hatten? Morgen früh würde sie auf diese und andere Fragen Antworten von ihm brauchen.

Bei solchen Gelegenheiten lastete die Verantwortung schwer auf ihr. Mit ihrem Sergeant stimmte eindeutig etwas nicht, doch sie wandelte auf dem schmalen Grat zwischen dem Wunsch, ihren Freund zu beschützen, und ihrer Verpflichtung gegenüber dem Team und der Polizei im Allgemeinen.

„Sam?"

Sie drehte sich um und entdeckte Nick im Türrahmen. Er trug nur eine Pyjamahose, und ihr Blick wanderte ganz automatisch zu seiner Brust, an der sie sich einfach nicht sattsehen konnte.

„Kommst du ins Bett?"

„Ja."

„Du kannst es einfach nicht lassen, oder?", zog er sie auf und deutete lachend auf die Aktenstapel, die sie auf seinem Schreibtisch verteilt hatte.

„Ich weiß nicht, wovon du redest."

„Natürlich nicht", erwiderte er, weiter lachend.

„Wirst du dich hier reinschleichen, wenn ich eingeschlafen bin, und sie wieder sortieren?", fragte sie, loggte sich aus dem Polizeinetzwerk aus und löschte das Licht.

„Ich weiß nicht, wovon du redest."

„Natürlich nicht."

Auf dem Gang nickte ihnen der diensthabende Bodyguard zu. Sam kannte ihn nicht, er musste also neu sein. „Gute Nacht, Mr Vice President, Mrs Cappuano."

„Gute Nacht, Max", antwortete Nick.

„Ist der neu?", erkundigte sich Sam, nachdem sich die Schlafzimmertür hinter ihnen geschlossen hatte.

„Er vertritt Melinda, sie ist krank."

„Wahrscheinlich leidet sie an gebrochenem Herzen, weil sie die Finger von unserem sexy Vizepräsidenten lassen muss." Sam hasste es, wie die Agentin, die sie als „Secret-Service-Barbie" bezeichnete, ihren Mann anschaute.

„Sam", mahnte er. „Das ist unter deiner Würde."

„Eigentlich nicht."

Lächelnd legte er die Arme um sie. „Was ist los?"

Sorgenvoll blickte sie zu ihm hoch. „Mit Europa sieht es nicht gut aus."

Sein Lächeln erlosch. „Warum nicht?"

„Mit Gonzo stimmt etwas nicht, ich kann ihm im Moment nicht die Teamleitung übertragen. Er gerät gerade wieder in eine Depression. Diesmal in eine noch schlimmere, wenn das überhaupt möglich ist. Cruz fährt in die Flitterwochen, Green ist zu neu, als dass man ihm diese Verantwortung aufbürden könnte, und Jeannie möchte sie nicht übernehmen. Wir haben einen neuen Fall, an dem auch das FBI beteiligt ist, und jetzt die Kinder. Ich bin nicht sicher, was aus ihnen wird, aber als sie auf diesem großen Krankenhausbett vor mir saßen, musste ich einfach etwas tun. Das hätte ich vermutlich besser lassen sollen, nur ..."

Er presste seine Lippen auf ihre, küsste sie, bis sie sich etwas beruhigt hatte. „Es ist kein guter Zeitpunkt für dich, das Land zu verlassen. Ich hab's kapiert."

In Sams Augen brannten Tränen, was sie wütend machte. Sie

hasste es, wenn sie gefühlsduselig wurde, doch nach einem solchen Tag war das kein Wunder.

„Was ist los?"

„Ich ertrage den Gedanken nicht, drei Wochen ohne dich sein zu müssen. Damit komme ich überhaupt nicht klar."

Er drückte sie fester an sich. „Ich auch nicht. Vielleicht kann ich irgendwie umplanen, damit es keine drei Wochen sind. Ich schaue morgen früh mal, was ich tun kann."

„Wirklich?", fragte Sam hoffnungsvoll.

„Ja, wirklich", versprach er lächelnd. „Ich will genauso wenig von dir getrennt sein wie du von mir, Sam. Ich hatte wirklich gehofft, wir könnten zusammen fliegen, aber wenn das gerade nicht geht, dann ist das nun mal so."

Sam lehnte den Kopf gegen seine Brust und schmiegte sich an ihn. „Wann wirst du mir eigentlich sagen, dass du mich, meinen Job, das ganze Chaos und das ständige Drama satthast?"

„Nie."

„Das behauptest du jetzt."

„Und ich meine es auch so. Ich habe genau gewusst, wen ich da heirate und was du tust. Erwarte nicht, dass ich mich über die Dinge beklage, die dich ausmachen, Sam. So weit kommt's noch!"

„Nick, ich bin so unglaublich dankbar, dass ich dich habe."

„Dito, Babe."

„Außerdem habe ich das dringende Bedürfnis, meine Dankbarkeit in einer Weise zu zeigen, die dich sehr, sehr glücklich machen wird."

Er lachte schnaubend, was ihr ein Lächeln entlockte. „Du weißt, ich bin für Dankbarkeitsbezeigungen deinerseits immer zu haben."

Sie stellte sich auf die Zehenspitzen, um ihn zu küssen. „Den Gedanken schön im Kopf behalten. Ich muss nur noch duschen."

„Darf ich mit?"

„Sehr gern."

Sie gingen ins Bad, und Sam drehte die Dusche auf. Dann knöpfte sie ihre Bluse auf.

„Darf ich?", bat er und nahm ihr das ab, öffnete langsam Knopf für Knopf und schob sie ihr dann von den Schultern und über die Arme nach unten. Er küsste sich von ihrem Hals über das

Schlüsselbein bis zum Ansatz ihrer vollen Brüste, sodass ihr ihr BH plötzlich viel zu eng vorkam.

Sam wand sich, sehnte sich nach mehr, wollte ihn allerdings auch nicht drängen. Dann trat er nämlich jedes Mal extra auf die Bremse, um sie daran zu erinnern, dass schneller nicht immer besser war. „Dürfte ich um eine Auszeit bitten, um nachzuschauen, ob die Kinder auch wirklich schlafen, ehe wir weitermachen?"

„Aber schnell." Er rieb seine Erektion an ihrem Bauch. „Du hast meine volle Aufmerksamkeit."

„Ich beeile mich. Fang schon mal ohne mich an."

„Ohne dich macht es keinen Spaß."

Sie warf ihm über die Schulter ein Lächeln zu, streifte sich den Rest der Kleidung ab und hüllte sich in einen Bademantel, ehe sie das Schlafzimmer verließ und die Tür von Scottys Zimmer öffnete, um hineinzuspähen und sich zu vergewissern, dass alle drei Kinder schliefen. Aubrey und Alden hielten einander eng umschlungen. Neben ihnen lag Scotty ihnen zugewandt auf der Seite, wie um auszudrücken, dass er für sie da war, wenn sie ihn brauchten.

Sam war immer stolz auf ihn, doch in dieser Nacht besonders. Er würde einen hervorragenden großen Bruder abgeben, ein Gedanke, der sie wieder ganz gefühlsduselig werden ließ. Würde er dazu je die Gelegenheit erhalten? Sam ließ die Tür angelehnt und begab sich zurück ins Schlafzimmer, wobei sie Max ebenso ignorierte wie er sie.

Sie schloss die Schlafzimmertür und verriegelte sie. Nach der Dusche mit Nick würde sie sie wieder entriegeln. Sie trat ins Bad und blieb abrupt stehen, als sie ihn sah – nass, muskulös, sexy, erregt. Ihr lief das Wasser im Mund zusammen, während sie den Bindegürtel ihres Bademantels löste und das Kleidungsstück achtlos zu Boden fallen ließ. Sie trat unter die Dusche, schlang von hinten die Arme um ihn und schmiegte sich an ihn.

So, dachte sie. *Endlich zu Hause.* Sie presste die Lippen auf seinen Rücken und ließ ihre Hände nach vorn gleiten, wo sie seine Erektion umschloss.

„Samantha."

„Hmm?"

„Was hast du?"

„Äh, dich?"

Sein leises Lachen hallte von den Wänden der Duschkabine wider und wurde zu einem Stöhnen, als sie ihn zu streicheln begann. Er drehte sich um, und ehe sie seine nächste Aktion auch nur erahnen konnte, hatte er sie gegen die Wand der Duschkabine gepresst, ihr den Mund mit seinem verschlossen und stieß sich in sie.

Keuchend unterbrach Sam den Kuss, um ein paarmal tief Luft zu holen. Er füllte sie so perfekt aus, dass es fast wehtat.

„Das", flüsterte er, und seine Lippen streiften ihr Ohr, was ihr einen Schauer über den Rücken jagte, „ist der beste Teil des Tages."

„Mhm, du erwartest, dass ich ganze drei Wochen ohne das auskomme? Ich glaube, das schaffe ich nicht."

Er packte ihren Hintern, stieß noch tiefer in sie und berührte die Stelle, die nur er je erreicht hatte, sodass ihre inneren Muskeln erzitterten und sich zusammenzogen.

Sie schlang ihm die Arme um den Hals und wühlte mit einer Hand in seinem seidigen dunklen Haar.

„Sam." Seine Finger gruben sich in ihre Pobacken, während er das Tempo steigerte, bis sie mit einem lauten Aufschrei kam, den sie sofort unterdrückte, damit niemand sie hörte.

„Ach", seufzte er. „Ich möchte mit dir an einem Ort sein, wo du nach Herzenslust schreien kannst."

„Das würde ich liebend gern", keuchte sie. „Jedes Mal."

Er bewegte die Hüften, um ihr zu zeigen, was dieses Geständnis mit ihm machte.

Sam stöhnte. „Nicht noch mal. Ich muss schlafen."

„Okay", gab er sich geschlagen, bewegte sich aber weiter langsam und entspannt in ihr, bis sie praktisch schnurrte.

„Verdammt", brummte sie, als sie spürte, wie die Lust wieder in ihr erwachte.

„Schlaf ist was für alte Menschen."

Sie verschluckte sich fast vor Lachen. „Wenn ich nicht etwas Schlaf kriege, werde ich morgen aussehen wie neunzig."

„Selbst wenn du wirklich neunzig bist, wird man dir das nicht ansehen können." Er zog sich aus ihr zurück, ließ sie los und wartete, bis sie sicher stand, dann griff er nach dem Duschgel. Er seifte sie ein und fuhr fort: „Ich kann es kaum erwarten, dich als resolute Neunzigjährige zu erleben. Das wird ein Bild für die Götter sein."

Sam stupste ihn in den Bauch. „Werden wir es mit neunzig immer noch in der Dusche treiben?"

„Wir werden es bis zu unserem letzten Atemzug überall treiben."

Das Wasser wurde langsam kalt, also spülten sie sich rasch ab. Fröstelnd wickelte sich Sam in das Badetuch, das Nick ihr hinhielt.

„Wie sauer ist Brant?", fragte sie.

„Ziemlich."

„Wir machen ihm seinen Job nicht gerade leicht."

„Aber auch in diesem goldenen Käfig müssen wir unser Leben irgendwie genießen."

„War es richtig, die Kinder herzubringen?"

„Du hast es richtig gefunden, und ich habe gelernt, deinem Bauchgefühl zu vertrauen."

„Ich habe nicht mal nachgedacht. Nur gehandelt."

„Wie eine Mutter, richtig?"

So hatte sie es noch gar nicht betrachtet. „Schätze schon."

„Du bist jetzt Mutter, Sam. Unter anderem deshalb hast du getan, was jede Mutter tun würde, die Kinder in Not sieht – du hast gehandelt. Ich bin stolz auf dich."

„Obwohl es für dich alles komplizierter macht?"

„Ach", tat er ihre Frage achselzuckend ab. „Was sind schon ein paar Komplikationen mehr?"

„Die können schon Kopfzerbrechen bereiten."

„Brant, nicht mir", erklärte er und folgte ihr ins Bett. „Komm her, wärm mich."

Sam schmiegte sich an ihn.

„Schließ die Augen, und ruh dich aus, Babe."

„Wirst du schlafen können?", erkundigte sie sich. Seine Schlafprobleme bereiteten ihr immer Sorgen.

„Ich hoffe es. Müde genug bin ich."

„Nick, ich liebe dich."

„Ich dich auch. Über alles."

Mehr musste sie nicht hören, um sich zu entspannen –

zumindest für den Moment. Noch immer hingen drei mögliche Wochen ohne ihn wie ein Damoklesschwert über ihr, doch darüber konnte sie sich am nächsten Tag Gedanken machen. In dieser Nacht war er bei ihr und liebte sie. Für den Augenblick reichte das.

∼

NACHDEM TOMMY GEGANGEN WAR, LIEFEN CHRISTINA EINE STUNDE lang heiße Tränen über die Wangen. Sie hatte es getan, hatte es wirklich gesagt.
Das war's.
Es ist vorbei.
Das hier, unsere Zeit als Familie, ist vorbei.
Noch vor wenigen Jahren war sie John O'Connors stellvertretende Stabschefin gewesen und hatte sich eingebildet, ihren Chef vor sich selbst retten zu können.

Aber John war ermordet worden, ehe sie Gelegenheit gehabt hatte, ihm zu sagen, was sie für ihn empfand, und das hatte ihr das Herz gebrochen. Das war allerdings nichts im Vergleich hierzu gewesen. Es war quälend gewesen, Tommy im Verlauf der letzten neun Monate Stück für Stück zu verlieren. Zusehen zu müssen, wie er sich in jemanden verwandelte, den sie kaum wiedererkannte, war fast schlimmer gewesen, als John durch einen Mord zu verlieren, und das wollte etwas heißen.

Sie war noch tief erschüttert gewesen, als sie Tommy kurz nach Johns Ermordung kennengelernt hatte. Tommy war auf der Silvesterparty gewesen, die Sam und Nick gegeben hatten, um Sams Beförderung zum Lieutenant und Nicks Ernennung zum Senator als Nachfolger von John zu feiern. Seit jener Nacht war so viel geschehen.

Sie hatten sich Hals über Kopf ineinander verliebt, festgestellt, dass er einen Sohn hatte, er hatte eine Kugel in den Hals bekommen und war beinahe gestorben. Das war eine schwere Belastung für ihre noch frische Beziehung gewesen, doch jede Herausforderung hatte sie nur enger zusammengeschweißt und als Paar stärker gemacht. Sie hatten ihre Hochzeit geplant, hatten ein gemeinsames Kind kriegen und in eine größere Wohnung ziehen wollen. Dann hatte Arnolds Tod alles verändert.

Ihre Pläne und Hoffnungen waren tiefer, allumfassender Trauer gewichen, die alles fortgerissen hatte, was ihr im Weg stand. Zum ersten Mal hatte sich Tommy nicht ihr zu-, sondern von ihr abgewandt. Sie hatte seiner Trauer nichts entgegenzusetzen gehabt. Sie konnte ihm nicht helfen – obwohl sie sich so bemüht hatte. Sie hatte alles versucht, was ihr eingefallen war, damit er seine quälenden Gedanken loswurde. Aber nichts hatte gewirkt, und jetzt war es vorbei.

Die Definition von Wahnsinn war, immer wieder das Gleiche zu tun und andere Ergebnisse zu erwarten. So konnte sie nicht weitermachen. Sie wischte sich neue Tränen ab. Ihre Brust schmerzte, und ihre Augen brannten.

Eine der Schwestern, die zuvor schon so nett zu ihr gewesen war, trat ein, sah sie weinen und reichte ihr eine Schachtel Taschentücher.

Christina nahm sich dankbar ein paar und trocknete damit ihre Tränen.

„Kann ich Ihnen irgendetwas bringen?", fragte die Krankenschwester.

Christina schüttelte den Kopf.

Die Schwester warf einen Blick über die Schulter, trat dann näher und flüsterte ihr zu: „Ich darf Ihnen das eigentlich nicht verraten, aber der Mann, mit dem Sie vorhin gesprochen haben ...?"

„Was ist mit ihm?"

„Er hatte im Wartezimmer eine Art Anfall. Mehr weiß ich nicht, doch er kommt gerade auf Station."

„Können Sie rausfinden, was mit ihm ist?"

Sie schüttelte den Kopf. „Ich habe schon zu viel gesagt."

„D... danke." Nachdem die Schwester den Raum wieder verlassen hatte, dachte Christina noch lange darüber nach, wie sie mit dieser neuen Information umgehen sollte. Sie überlegte sich, ob sie eine von Tommys Schwestern oder seine Eltern zu Hilfe rufen sollte, verwarf den Gedanken aber sofort wieder, weil sie wusste, dass es das Letzte war, was er wollen würde. Sie rief Sam an.

„Hmm, Holland", meldete die sich.

„Sam, Christina hier. Tut mir leid, dich zu wecken, aber Tommy liegt im GW."

„Wie ist das denn passiert?"

„Die sagen mir nichts, und wir sind ... Nun ja, wir sind nicht mehr zusammen." Sie schloss die Augen, um eine neue Tränenflut zurückzuhalten, was ihr allerdings nicht gelang. „Ich muss mich auf Alex konzentrieren. Um Tommy kann ich mich nicht auch noch kümmern."

„Ich kann jetzt selbst nicht hinkommen, doch ich schicke Carlucci und Dominguez", versprach Sam. Die beiden Ermittlerinnen arbeiteten in der Nachtschicht.

„Mir egal. Ich wollte bloß, dass jemand Bescheid weiß, wo er ist."

„Christina ..."

„Tut mir leid, aber ich kann einfach nicht reden. Nicht jetzt."

„Ich melde mich morgen."

„Bis dann." Christina hatte getan, was sie konnte, und seine Chefin unterrichtet. Jetzt lag es nicht mehr in ihrer Hand. Sie wollte nur noch Alex wieder gesund pflegen und dann über den Rest ihres Lebens nachdenken – ein Leben, in dem Tommy Gonzales keine Rolle mehr spielte.

14

Sam klappte ihr Handy zu und stöhnte über dieses neue Problem. Immer war irgendetwas. Völlig ereignislose Tage kannte sie kaum, aber die letzten vierundzwanzig Stunden waren selbst für ihre Verhältnisse die Hölle gewesen.

„Was ist los?", fragte Nick.

Besonders schlimm fand Sam, dass das Telefon ihn geweckt hatte. „Das war Christina. Gonzo ist im Krankenhaus."

„Warum?"

„Das wusste sie nicht, und es scheint ihr auch ziemlich egal zu sein."

„Glaub ich nicht."

„Sie hat mir erzählt, dass sie mit ihm Schluss gemacht hat."

Nick gähnte und fuhr sich mit den Händen durchs Haar, während er darüber nachdachte. „Warum sehen wir nicht nach den beiden?"

„Jetzt?"

„Hast du was Besseres vor?"

„Ja, ich wollte eigentlich schlafen – und das solltest du auch."

„Aber jetzt sind wir wach, und unsere Freunde brauchen uns."

„Wir können nicht weg", erinnerte sie ihn. „Wir haben heute Nacht zwei Kinder mehr als sonst."

„Stimmt ja", seufzte er. „Was nun?"

„Ich schicke Carlucci und Dominguez bei ihm vorbei." Sam

klappte ihr Handy auf und rief Carlucci an, die beim ersten Klingeln abnahm.

„Hallo, Lieutenant."

„Hi. Ich muss dich um einen Gefallen bitten." Sie erklärte Carlucci, was geschehen war, und bat sie, mit ihrer Partnerin bei Gonzo im GW vorbeizuschauen.

„Wir sind schon unterwegs."

„Setzt du mich bitte per SMS ins Bild, wenn ihr dort wart?"

„Mach ich. Ich habe gerade eine Mail an dich geschrieben, damit du sie morgen früh gleich siehst. Es ist jetzt bestätigt, dass es sich bei den Leichen aus dem Haus um die sterblichen Überreste von Jameson und Cleo Beauclair handelt."

„Nun, wenigstens wissen wir jetzt Bescheid und können damit weiterarbeiten."

„Wir klären heute Nacht noch ein paar Dinge und sollten am Ende unserer Schicht mehr Informationen haben."

„Bitte unterrichte morgen auch Jeannie."

„Alles klar. Ich schicke eine Textnachricht, wenn wir bei Gonzo waren."

„Danke." Sam klappte das Handy zu und versuchte, sich zu entspannen, doch ihr schossen tausend Fragen durch den Kopf. „Ich kann nicht glauben, dass das ausgerechnet in der Woche von Freddies Hochzeit passiert. Gonzo ist einer seiner Trauzeugen."

Nick drehte sich auf die Seite und streckte die Hand nach ihr aus. „Freddie wird das verstehen. Er weiß, was Gonzo durchmacht."

Hellwach und rastlos schmiegte sich Sam an ihn. „Ich habe nicht gut genug auf Gonzo geachtet. Es schien ihm besser zu gehen, und da habe ich nicht mehr so genau aufgepasst. Und jetzt frage ich mich, ob das Problem nicht die ganze Zeit auf dem Siedepunkt war und nur darauf gewartet hat, überzukochen, sobald er der Trauer nicht mehr Herr wird."

„Mach dir keine Vorwürfe. Du trägst viel Verantwortung, und er hat keinen Zweifel daran gelassen, dass er nicht bemuttert werden will. Ich war genauso nachlässig. Keine Ahnung, wann ich das letzte Mal mit Christina gesprochen habe."

„Du hast schließlich genug zu tun."

„Ich sollte nie zu beschäftigt sein, um mich um meine Freunde zu kümmern." In kleinen, beruhigenden Kreisen strich er ihr über den Rücken. „Vielleicht ist das ja auch bloß eine Phase für die beiden."

„Glaub ich nicht", widersprach Sam. „Wenn du sie vorhin gesehen hättest, würdest du mir recht geben. Ich habe sie nur einmal zuvor so wütend erlebt, und zwar an dem Tag, an dem ich angedeutet habe, sie könnte John ermordet haben."

„Angedeutet?", erkundigte er sich mit einem leisen Lachen.

„Okay, ich hab sie beschuldigt." Sam legte die Hand auf seinen Bauch, und seine Muskeln spannten sich unter ihrer Handfläche an. „Sie hat gesagt, sie sei mit Gonzo fertig, und ich habe es ihr geglaubt."

„Was würde das für Alex bedeuten?"

„Ich weiß es nicht, aber ich denke nicht, dass sie ihn kampflos hergeben wird."

„O Gott."

Draußen ertönte ein Geräusch, und sofort setzte Sam sich auf und griff nach dem Bademantel, den sie ans Fußende des Bettes gelegt hatte, für den Fall, dass sie nachts aufstehen musste.

„Was ist denn?", fragte Nick.

„Ich habe etwas gehört. Lass mich mal nach den Kindern sehen."

„Sicher? Ich habe nichts gehört."

Aber sie hatte das definitiv. „Ich bin sofort wieder da." Sam öffnete die Schlafzimmertür, und Max schaute sie an. „War da gerade ein Geräusch?"

„Ich glaube, eines der kleinen Kinder ist wach."

Sam warf einen Blick in Scottys Zimmer und entdeckte, dass Alden aufrecht im Bett saß. Sie ging zu ihm. „He, alles in Ordnung?"

Er schüttelte den Kopf und steckte den Daumen in den Mund.

Sam streckte die Arme aus und lud ihn ein, sich von ihr trösten zu lassen.

Er betrachtete sie lange reglos, dann beugte er sich vor.

Sam hob ihn hoch, und er schlang Arme und Beine um sie und klammerte sich an sie. Sie trug ihn ins Schlafzimmer und setzte sich aufs Bett, wo sie ihn festhielt, während er zitterte. „Alles wird gut, Süßer", flüsterte sie. „Es ist alles in Ordnung."

Nick deckte sie beide zu.

Sie lächelte ihn dankbar an.

Der arme Kleine. Er formte die Worte lediglich mit dem Mund, damit Alden sie nicht hörte.

Sam streichelte Alden den Rücken, bis er wieder einschlief, lag aber noch lange wach, nachdem sie ihn zurück ins Bett getragen hatte, und fragte sich, was wohl aus den beiden Kindern werden würde, die die wichtigsten Menschen in ihrem Leben verloren hatten.

∼

ALS GONZO AUS TIEFEM SCHLAF ERWACHTE, WUSSTE ER NICHT, WO er war. Er zerrte an der Maske auf seinem Gesicht und suchte panisch nach der Jacke mit seinen Tabletten. Wo war die verdammte Jacke? Er setzte sich auf und merkte, dass er an Monitore angeschlossen war und man ihm eine Infusion gelegt hatte. Was zum Teufel lief hier?

„Mr Gonzales", sagte eine Frau, die den Raum betrat. „Sie müssen ruhig liegen bleiben, sonst reißen Sie sich die Infusion aus dem Arm."

„Ich brauche keine Infusion."

„Doch. Sie waren unter anderem stark dehydriert, als man Sie eingeliefert hat. Ihr Puls, Ihre Atmung und Ihr Blutdruck waren sehr schwach."

„Wirklich?" Warum erinnerte er sich nicht daran?

„Ja, und der Arzt möchte, dass Sie sich ausruhen und es langsam angehen lassen, während wir Sie rehydrieren und für die nächsten zwölf bis vierundzwanzig Stunden Ihren Puls und Ihren Blutdruck überwachen."

„So lange kann ich nicht bleiben. Wir haben einen neuen Fall, und ich muss zurück zur Arbeit. Außerdem ist mein Sohn krank. Das ist jetzt ausgeschlossen."

„Mr Gonzales, bitte. Sie müssen sich beruhigen."

Ein Arzt betrat das Zimmer, und Gonzo erkannte Dr. Anderson, den Notfallmediziner, der Sam schon mehrfach zusammengeflickt hatte. „Gibt es ein Problem, Sergeant?"

„Nein", antwortete Gonzo finster. „Kein Problem."

„Würden Sie uns bitte kurz allein lassen?", bat Anderson die Schwester.

„Natürlich." Sie verließ das Zimmer und schloss die Tür hinter sich.

Anderson zog einen Hocker ans Bett und setzte sich mit verschränkten Armen und strengem Gesichtsausdruck darauf.

„Möchten Sie mir erzählen, was los ist?"

„Wie meinen Sie das?"

Er deutete auf einen Ausdruck, den er mitgebracht hatte. „Wir haben Opiate in Ihrem Blut gefunden. Das und andere Symptome weisen darauf hin, dass Sie ein Suchtproblem haben."

„Ich nehme wegen einer Rückenverletzung verschreibungspflichtige Schmerzmittel."

„Was denn?"

Gonzo leckte sich die plötzlich trockenen Lippen. „Vicodin."

„Wer hat Ihnen das verschrieben?"

„Mir fällt nicht mehr ein, wie der Mann hieß. Er arbeitet in einer dieser Schmerzambulanzen."

„In welcher?"

„Ich weiß nicht. Die gibt es doch wie Sand am Meer. Ich erinnere mich nicht, in welcher ich war."

„Reden wir nicht lange um den heißen Brei herum, Sergeant, ja?"

Gonzo musterte ihn argwöhnisch. „Von mir aus."

„Ich behandle in meiner Notaufnahme jeden Tag Opioidabhängige. Deshalb weiß ich, wie Opioidsucht aussieht, und Ihre Symptome entsprechen denen, mit denen ich es hier regelmäßig zu tun habe."

Gonzo starrte ihn an, als hätte er zwei Köpfe. „Ich bin nicht abhängig. Aufgrund einer im Dienst erlittenen Rückenverletzung nehme ich ein verschreibungspflichtiges Schmerzmittel. Seit wann macht einen das zum Junkie?"

„Wann war diese Verletzung?"

„Im Juli."

„Haben Sie sich hier vorgestellt?"

„Nein. Wie gesagt, ich war ein paar Wochen später in einer Ambulanz, weil die Schmerzen nicht nachließen."

„Aber an den Namen der Klinik erinnern Sie sich nicht mehr?"

"Nein." Gonzo blickte ihm in die Augen und weigerte sich, zu blinzeln, wegzuschauen oder sonst etwas zu tun, das die Situation noch verschlimmern würde. Innerlich geriet er bei dem Gedanken, seine Vorgesetzten könnten irgendwie herausfinden, dass Anderson ihn beschuldigt hatte, ein Junkie zu sein, in Panik. Er war nicht abhängig. Er hatte Schmerzen, und die Tabletten halfen ihm. War das nicht der Sinn von Medikamenten?

"Bei welcher Apotheke sind Sie?"

Gonzo überlegte, wie er diese Frage am besten beantworten sollte. "Ich weiß nicht. Darum kümmert sich meine Freundin für mich."

Anderson hob die Brauen. "Sie kennen den Namen Ihrer Apotheke nicht?"

"Wie Sie wissen, weil Sie mich hier recht häufig sehen, arbeite ich viel. Meist zehn oder zwölf Stunden am Tag, also ja, meine Freundin erledigt solche Dinge für mich, weil ich nicht die Zeit dafür habe." Die Szene mit Christina zuvor fiel ihm wieder ein und erinnerte ihn daran, dass er keine Freundin mehr hatte. "Zumindest hat sie das getan."

"Was soll das heißen?"

"Sie hat mit mir Schluss gemacht."

"Wann?"

"Vor ein paar Stunden."

"Warum?"

"Brauchen Sie diese Information für Ihre Diagnose?"

"Kann schon sein."

"Wie das?"

"Es würde unter Umständen einige Ihrer Symptome erklären, was mir entschieden besser gefallen würde als die Möglichkeit, dass Sie schmerzmittelabhängig sind."

Gonzo begriff, dass die Trennung ihm vielleicht einen Ausweg aus diesem Verhör über seine Tabletten bot. "Sie hat sich von mir getrennt, weil ich kein besonders guter Freund und Vater war, seit mein Partner vor neun Monaten im Dienst erschossen worden ist."

"Das mit Arnold hat mir sehr leidgetan. Ich habe ihn flüchtig gekannt. Er war einer von den Guten."

"Ja, das war er." Gonzo biss die Zähne zusammen, um sich auf die Woge des Schmerzes vorzubereiten, die jedes Mal über ihm zusammenschlug, wenn er an seinen verstorbenen Partner dachte.

„Das muss auch jetzt, nach all der Zeit, noch schwierig für Sie sein."

Gonzo war es, als seien seit dieser schrecklichen Nacht nur Minuten vergangen. *Neun Monate.* Wie war das möglich? „Ist es."

„Ich bin nicht hier, um Sie zu nerven, Sarge. Aber wenn Sie Hilfe brauchen, sollten Sie besser darum bitten, als sich von Schmerzmitteln abhängig zu machen. Glauben Sie mir, nach diesem Dreck wollen Sie nicht süchtig sein. Der Entzug ist die Hölle."

Beim Gedanken, die Tabletten nicht mehr zu haben, das Einzige, was ihm Erleichterung verschaffte, brach Gonzo der kalte Schweiß aus. „Ich bin nach gar nichts süchtig, aber ich habe im Augenblick viel um die Ohren, und als meine Freundin mit mir Schluss gemacht hat … Sie ist die einzige Mutter, die mein Sohn je hatte. Es ist kompliziert. Das ist alles."

Anderson starrte ihn lange an, dann nickte er schließlich, kritzelte etwas in die Akte und erhob sich. „Ich möchte Sie noch zwölf Stunden zur Beobachtung hierbehalten. Dann können Sie gehen."

„Ich muss arbeiten. Um sieben habe ich Dienst."

„Wenn nötig, schreibe ich Sie krank. Ich nehme mal an, dass Sterben zu diesem Zeitpunkt Ihres Lebens nicht zu Ihren Plänen gehört."

Trotz des sarkastischen Spruchs erreichte der Arzt, was er wollte. „Na schön."

„Gut. Ich sehe später noch mal nach Ihnen."

Als Anderson den Raum verließ, traten Carlucci und Dominguez ein.

„Was macht ihr denn ihr?", fragte Gonzo seine Kolleginnen.

„Wir haben gehört, dass du hier bist, und wollten nach dir schauen", erwiderte Dominguez.

„Von wem habt ihr das gehört?"

„Von Sam", antwortete Carlucci.

Toll, Sam weiß also, dass ich im Krankenhaus liege, dachte er. *Scheiße. Christina muss mitbekommen haben, was passiert ist, und hat sie angerufen. Einfach super.* „Es geht mir gut. Kein Grund zur Sorge."

„Wann wirst du entlassen?", fragte Dominguez.

„Ich muss zwölf Stunden lang zur Beobachtung hierbleiben. Ihr könnt Sam Bescheid geben, dass ich morgen entlassen werde. Oder vielmehr heute."

„Machen wir", versprach Carlucci.

„Bist du sicher, dass es dir gut geht?", vergewisserte sich Dominguez.

„Mir geht's prima. Was gibt's Neues in unserem Fall?"

„Die Identität der Mordopfer ist jetzt bestätigt. Es sind Jameson und Cleo Beauclair", teilte ihm Dominguez mit.

„Warum hat das so lange gedauert?"

„Ihm haben Zähne gefehlt."

„Stimmt, das hatte ich gehört", sagte Gonzo. Teilweise konnte der Mist, den man in diesem Job tagtäglich erlebte, einen wirklich um den Verstand bringen.

Er hatte sich in den letzten neun Monaten immer wieder gefragt, ob er mit diesem Job nach Arnolds Tod ewig würde weitermachen können. Wenn er an das dachte, was mit den Beauclairs passiert war, war er sich seiner beruflichen Zukunft bei der Polizei noch weniger sicher. Manchmal war einfach alles zu viel. Es war alles viel zu viel. „Würdet ihr Sam bitten, jemanden zu beauftragen, mich später über die aktuelle Lage zu informieren, damit ich auf dem Laufenden bleibe? Morgen komme ich wieder zur Arbeit."

„Na klar." Dominguez drückte seine Schulter. „Lass es uns wissen, wenn du irgendwas brauchst."

„Danke, dass ihr hier wart."

Als sie weg waren, starrte Gonzo lange an die Zimmerdecke und ließ die Ereignisse der zurückliegenden neun Monate Revue passieren, von den ersten Sekunden nach den Schüssen auf Arnold über die schrecklichen, gurgelnden Geräusche, die sein Partner in den letzten Augenblicken seines Lebens von sich gegeben hatte, und die furchtbare Aufgabe, Arnolds Eltern von seinem Tod zu unterrichten, bis hin zu dem katastrophalen Zustand danach, in dem nichts den quälenden Schmerz hatte mildern können, unter dem er seit jener entsetzlichen Nacht in jeder wachen Sekunde litt.

Nun ja, nichts außer den Tabletten. Die halfen ihm. Sie ermöglichten es ihm, den Tag zu überstehen, und erlaubten ihm, mehr oder weniger zu funktionieren. An einem besonders schlimmen Tag hatte er zu viele davon genommen. Mehr war das nicht gewesen. Er konnte die Dosis jederzeit wieder reduzieren. Das war machbar. Aber ganz ohne sie auskommen?

Auf gar keinen Fall.

15

Kurz nach sechs riss ein leises Klopfen an der Schlafzimmertür Sam zwanzig Minuten vor dem Weckerklingeln aus dem Tiefschlaf. Weil sie wollte, dass Nick noch ein Weilchen länger ungestört blieb, stand sie leise auf, zog ihren Bademantel an, band ihn zu und strich sich das Haar aus der Stirn. Sie nahm das Handy vom Ladegerät auf dem Nachttisch, schob es in die Bademanteltasche und öffnete Brant die Tür. Ging der Mann eigentlich nie nach Hause?

„Es tut mir sehr leid, dass ich Sie stören muss, Mrs Cappuano, aber am Kontrollpunkt steht eine gewisse Dolores Finklestein vom Jugendamt, die Sie und den Vizepräsidenten sofort sprechen möchte."

„In Ordnung", erwiderte Sam und stellte sich darauf ein, den neuen Tag mit einem neuen Problem beginnen zu müssen. „Lassen Sie sie rein, wir sind in ein paar Minuten unten."

„Sehr gut."

Sam schloss die Tür und kehrte zum Bett zurück, um Nick zu wecken. „Hey", sagte sie und küsste ihn auf die Wange. „Wach auf. Das Jugendamt ist hier, wegen der Kinder."

„Was wollen die?", murmelte er, ohne die Augen zu öffnen.

„Wahrscheinlich wollen sie uns mitteilen, dass wir das alles nicht vorschriftsmäßig gemacht haben und sie sich jetzt einmischen."

„Toll." Nick setzte sich auf, fuhr sich mit den Fingern durchs Haar und legte den Arm um sie. „Werden die sie mitnehmen?"

„Nur über meine Leiche."

Lächelnd küsste er sie auf die Schläfe. „So mag ich dich, Tiger."

Sam ging ins Bad, um sich die Zähne zu putzen und ihr Haar zu bürsten, dann überquerte sie den Gang und verschwand in ihrem begehbaren Kleiderschrank, um eine Yogahose und ein Sweatshirt anzuziehen. Als sie wieder auf den Gang trat, kam Nick gerade in einem marineblauen Pulli und ausgebleichten Jeans aus dem Schlafzimmer. Leise, sodass es der Bodyguard vor Scottys Zimmertür nicht hören konnte, raunte sie ihm zu: „Dies wäre eine gute Gelegenheit für deinen sexy Vizepräsidentencharme."

Nick sah sie finster an. „Was auch immer das ist."

„Sei einfach du selbst. In deiner Gegenwart wird jede Frau schwach. Mach sie schwach."

„Legst du es darauf an, dass ich dir den Hintern versohle, Liebste?"

„O ja, bitte. Können wir das auf später vertagen?"

„Samantha ..." Er legte ihr die Hand auf den Hintern und schob sie zur Treppe. „Benimm dich. Ganz im Ernst. Wenn ich mit einer Beule vorn in der Hose unten erscheine, sind wir die Kinder in maximal fünf Minuten los."

Sam verspürte den Drang, zu kichern, doch es gelang ihr gerade noch rechtzeitig, sich zusammenzureißen.

Dolores Finklestein hatte stahlgraues Haar, war untersetzt und trug eine ernste Miene zur Schau.

Sam war sofort eingeschüchtert, was nicht häufig vorkam. „Mrs Finklestein, ich bin Samantha Cappuano." Sie beschloss, die Frau-des-Vizepräsidenten-Karte zu spielen, weil es ihr gerade gut in den Kram passte. „Das ist mein Mann Nick."

„*Ms* Finklestein. Es ist mir ein Vergnügen, Sie beide kennenzulernen." Sie schüttelte ihnen die Hand und nahm nach Sams Aufforderung Platz.

Sie und Nick setzten sich auf eine Zweisitzercouch, und Sam ergriff die Hand ihres Mannes, in der Hoffnung, so zu demonstrieren, was für ein gutes Team sie waren. „Was können wir für Sie tun, Ma'am?"

Nick drückte ihr die Hand, wahrscheinlich als Lob für ihre ungewöhnliche Respektsbezeugung gegenüber fremder Autorität. Ihr war das einerlei. Sie würde tun, was erforderlich war, um diese Kinder zu beschützen.

„Ich habe gehört, Sie haben gestern Abend Aubrey und Alden Beauclair bei sich aufgenommen. Jetzt möchte ich die beiden in die Obhut des Jugendamtes überführen."

„Äh, überführen?", fragte Sam mit plötzlich trockenem Mund und sah Nick an.

„Korrekt. Es gibt Vorschriften, Mrs Cappuano, und diese Vorschriften wurden gestern Abend nicht befolgt. Die Sozialarbeiterin im GW hätte die Kinder nur einer Vertreterin oder einem Vertreter unserer Behörde übergeben dürfen."

„Sie hat die Kinder staatlich geprüften Pflegeeltern übergeben", informierte Nick sie. „Meiner Auffassung nach hat sie Ihrer Behörde damit sehr viel Arbeit erspart."

„Das mag Ihnen so erscheinen, Sir, doch das ist nicht der Fall. Ich habe heute Morgen um fünf einen Anruf erhalten, bei dem ich erfuhr, dass man die Kinder aufgefunden und Ihnen übergeben hat, ohne uns zu informieren, was, wie die Sozialarbeiterin im GW sehr wohl weiß, gegen die Vorschriften verstößt."

Nick ließ Sams Hand los und beugte sich vor, die Ellbogen auf die Knie gestützt. Er sah unsagbar attraktiv dabei aus.

Da ist sie, dachte Sam und hätte sich am liebsten die Hände gerieben. *Die Charmeoffensive.*

„Eine Frage, Ms Finklestein. Was ist gerade im besten Interesse der Kinder: sie von einem Ort wegzuholen, an dem sie sich sicher fühlen, und sie damit weiter zu traumatisieren oder sie bis auf Weiteres in unserer Obhut zu belassen? Ist es Ihnen wirklich wichtiger, dass wir uns an Vorschriften halten, als die Bedürfnisse zweier Kinder zu berücksichtigen, die gerade ihre Eltern auf die denkbar tragischste Weise verloren haben?"

Sam wäre am liebsten aufgesprungen und hätte ihm zugejubelt und ihn geküsst, aber sie tat nichts davon. Stattdessen blieb sie ganz ruhig sitzen und wartete auf die Antwort der anderen Frau.

„Ich verstehe Ihren Standpunkt und stimme Ihnen zu, dass es

kontraproduktiv wäre, die Kinder von hier wegzuholen, wenn sie sich hier wohlfühlen. Doch genau das muss ich prüfen."

„Sie sind fünf und traumatisiert", sagte Nick, dessen Frustration langsam die Oberhand über seinen Charme gewann. „Was für ein Überprüfungsprozess ist das denn, der nicht hier stattfinden kann, wo sie von Menschen umgeben sind, die sie jetzt schon kennen und an die sie sich zumindest ansatzweise gewöhnt haben?"

Die Frau presste die Lippen zusammen. „Ich muss mit den Kindern sprechen."

„Sie können gerne in ein paar Stunden wiederkommen, wenn sie wach sind", sagte Nick.

„Ich muss aber jetzt mit ihnen sprechen."

„Tja, ich fürchte, daraus wird nichts", entgegnete Sam. „Sie sind spät zu Bett gegangen. Alden ist heute in der Nacht aufgewacht, und im Moment schlafen beide noch. Ich gedenke nicht, sie vorzeitig zu wecken. Später können Sie aber natürlich sehr gerne mit ihnen reden."

Die beiden Frauen schauten einander an, und Sam weigerte sich, zu blinzeln oder den Blick abzuwenden.

Ms Finklestein schien zu begreifen, dass sie auf verlorenem Posten kämpfte, und räusperte sich. „Nun gut." Sie legte ihre Visitenkarte auf den Couchtisch und erhob sich. „Ich erwarte Ihren Anruf, sobald die Kinder wach sind."

„Wenn Sie versuchen wollen, sie mitzunehmen", stellte Nick klar, „bringen Sie am besten gleich einen richterlichen Beschluss mit. Wenn Sie den nicht haben, gehen die beiden nirgends hin, bis ihr zukünftiger Aufenthalt abschließend geklärt ist. Ist das klar?"

„Restlos", bestätigte Ms Finklestein frostig. Sie marschierte zur Tür, die der diensthabende Secret-Service-Mitarbeiter für sie öffnete und hinter ihr wieder schloss.

Sam warf sich Nick in die Arme und überraschte ihn damit, dass sie sein Gesicht mit Küssen bedeckte. „Du warst einfach unglaublich. Ich habe dich nie mehr gewollt als in diesem Moment."

„Mein Gott, Frau", wehrte er ab und wich einen Schritt zurück, wobei er Mühe hatte, nicht das Gleichgewicht zu verlieren.

Nate, der Personenschützer an der Tür, räusperte sich und musste ein Lachen unterdrücken.

„Nicht vor dem Secret Service", bat Nick mit verlegener Miene.

„Lassen Sie sich von mir nicht aufhalten", bemerkte Nate. „Ich fand Sie auch ziemlich klasse."

„Siehst du?", meinte Sam und küsste weiter Nicks Gesicht. „Ich stehe mit dieser Meinung nicht allein da."

Die Tür öffnete sich, und Shelby trat ein, Noah in einer Trage vor der Brust. „Äh, okay", stammelte sie, als sie Sam an Nicks Hals erblickte. „Ich kann auch noch mal rausgehen, wenn ich störe."

„Nein, komm rein", antwortete Sam. „Und du – lass mich runter."

„Will ich aber nicht", sagte Nick und fasste sie fester.

„Nick!"

„Fortsetzung folgt", murmelte er, ehe er sie absetzte.

„Was habe ich verpasst?", fragte Shelby Nate. „Die beiden tauschen sonst ja eigentlich keine Zärtlichkeiten vor dem Personal aus."

„Ich fasse zusammen", erklärte Nate. „Eine Dame vom Jugendamt war hier, um die Kinder abzuholen, und der Vizepräsident hat sie wissen lassen, dass sie dazu einen Gerichtsbeschluss braucht. Mrs Cappuano hat diesen Einsatz für die Kinder sehr zu schätzen gewusst."

„Aaah." Shelby lachte. „Verstehe."

„Er war wunderbar", sagte Sam und sah zu ihm auf. „Wirklich wunderbar."

„Ich entnehme dem, dass die Kinder erst mal hierbleiben?", fragte Shelby und schob sich die Ärmel ihres pinkfarbenen Sweatshirts hoch.

„Zumindest bis zu einem anderslautenden richterlichen Beschluss", bestätigte Nick, „den sie wohl kaum kriegen wird, weil wir staatlich geprüfte Pflegeeltern sind."

„Wenn ich dazu etwas anmerken dürfte, Sir", mischte sich Brant ein, der gerade den Raum betrat. „Ich habe das Gespräch gezwungenermaßen mitgehört, und ich frage mich, ob es nicht für alle Beteiligten einfacher wäre, wenn die Kinder woanders unterkämen, bis ihr dauerhafter Aufenthaltsort geklärt ist."

„Für wen genau wäre das einfacher?", wollte Sam wissen und musterte ihn durchdringend.

„Für Ihren Mann und Ihren Sohn, Ma'am. Ich habe heute Morgen mit dem Direktor über die Lage gesprochen, und auch er ist der Auffassung, dass die Beauclair-Kinder nicht hier untergebracht sein sollten."

„Schön, dass Sie sich alle einig sind", versetzte Nick. „Aber wir sehen das anders."

„Bei allem Respekt, Mr Vice President", erinnerte ihn Brant, „die Person, die im Haus der Beauclairs Feuer gelegt hat, tat das in dem Wissen, dass sich vier Personen dort befanden. Sie hat es billigend in Kauf genommen, dass diese Kinder im Feuer sterben."

Bei seinen unverblümten Worten zuckte Shelby zusammen.

„Was sollte diese Person daran hindern, es noch mal zu versuchen?", fragte Brant.

„Sie", antwortete Nick. „Sie und der Rest unserer Personenschützer sollten es jedem unmöglich machen, an uns und damit auch an sie heranzukommen."

„Wir wissen beide, dass es keine hundertprozentige Sicherheit gibt. Natürlich tun wir alles in unserer Macht Stehende, um Sie zu beschützen, doch sosehr wir uns auch das Gegenteil wünschen würden, es gibt keine unüberwindbaren Sicherheitsmaßnahmen."

„Ich möchte Ihnen eine Frage stellen", erwiderte Nick. „Wo sind diese Kinder sicherer? Bei uns oder bei einer anderen Pflegefamilie, die keine Weltklasse-Personenschützer um sich hat?"

Brant trat von einem Fuß auf den anderen. „Ich verstehe, worauf Sie hinauswollen, dennoch ..."

„Sie bleiben, Brant", bestimmte Nick. „Die beiden Kinder bleiben, solange sie eine Unterkunft brauchen. Veranlassen Sie alles Nötige."

„Jawohl, Sir." Brant wandte sich ab und verließ den Raum.

Sam sah zu Nick auf und fächelte sich Luft zu. „Heiß."

Er verdrehte die Augen.

„Verstehst du, was ich meine, Shelby?", fragte Sam.

„O ja. Definitiv."

„Seid jetzt still", verlangte Nick mit finsterem Blick. „Alle beide."

„Ich muss aufräumen, bevor mein Team zu unserer Morgenbesprechung um acht erscheint", sagte Sam.

„Ich mach mal eine Runde Kaffee", verkündete Shelby.

„Ja, bitte", stieß Sam aus. An Nick gewandt setzte sie hinzu: „Kann ich dich kurz oben sprechen?"

Er deutete auf die Treppe. „Nach dir." Er folgte ihr nach oben, legte die Hand auf ihren Hintern und drückte kräftig zu.

Sam ignorierte den Bodyguard im Flur, packte ihren Mann am Pulli, zog ihn in den begehbaren Kleiderschrank und schloss die Tür hinter ihnen.

„Was ist ..."

Sam überfiel ihn mit einem stürmischen Zungenkuss.

„... los?", vollendete er seinen Satz, als sie Minuten später Luft holen mussten.

„Vielen Dank."

Er sah sie lächelnd an und schüttelte den Kopf. „Ich habe nur getan, was jeder andere auch getan hätte."

„Nein, Nick, du hast dich für zwei Kinder, die du nicht einmal kennst, weit aus dem Fenster gelehnt, obwohl es viel einfacher gewesen wäre, Brants Wunsch zu entsprechen und sie woanders unterbringen zu lassen."

„Einfacher für wen?", wiederholte er die Frage, die sie zuvor auch schon gestellt hatte.

„Ich liebe dich. Das tue ich zwar immer, aber heute liebe ich dich mehr als je zuvor."

„Wenn das deine Reaktion ist, muss ich mich häufiger mal für Kinder aus dem Fenster lehnen, die ich gar nicht kenne", erwiderte er mit einem provozierenden Grinsen.

„Du hast das für mich getan, weil es mir wichtig ist. Glaub bloß nicht, ich wüsste das nicht."

„Was immer du willst, und zwar wann immer du es willst, Liebste."

„Auch zwei zusätzliche Kinder, die möglicherweise eine Zielscheibe auf dem Rücken haben?"

„Was immer du willst." Er küsste sie und sah ihr in die Augen. „Ich glaube, wir sollten uns heute nicht allzu weit von hier entfernen, um sicherzustellen, dass unsere kleinen Freunde nicht ohne unsere Zustimmung verlegt werden."

„Kannst du das denn?"

„Ich lasse Terry ein paar Termine verschieben. Einige Besprechungen kann ich ja hier abhalten statt im Weißen Haus."

„Mein Team kommt um acht. Ich kann Aufgaben verteilen und dann von zu Hause aus arbeiten. Allerdings habe ich nur eine Rumpfbesetzung von drei Leuten, denn Gonzo fällt auf unbestimmte Zeit aus, und ich sitze hier fest."

„Vielleicht kannst du den Captain einschalten? Sucht er nicht ab und zu nach einer Entschuldigung dafür, wieder selbst auf die Straße zu gehen?"

„Doch. Ich werde ihn fragen."

„Vielleicht kann auch dein Vater helfen."

„Ebenfalls eine ausgezeichnete Idee. Du musst heute Nacht gut geschlafen haben. Heute Morgen feuerst du aus allen Rohren."

Er rieb seine Erektion an ihrem Bauch. „In der Nähe meiner schönen Frau tue ich das immer."

Sie grinste. „Wenn ich schon mal hier bin", meinte sie und zog sich das Sweatshirt über den Kopf, „sollte ich mir was Richtiges anziehen."

„Oder auch nicht", sagte er und streichelte ihre Brüste.

Sam wünschte, sie hätten Zeit für einen Quickie, aber das ging jetzt nicht. Nicht an einem Morgen, an dem so viel los war und außerdem Scotty aufstehen musste, um sich für die Schule fertig zu machen. „Finger weg, Liebster. Wir haben zu tun."

Er ließ seine Finger ein letztes Mal über ihren Busen gleiten, ehe er die Hände senkte und sich an die Tür lehnte, um ihr zuzuschauen, wie sie Jeans, einen Pulli und Turnschuhe anzog. „Wir brauchen schnellstmöglich wieder Urlaub, wir müssen raus aus diesem Irrenhaus."

„Das wäre toll. Lass mich diesen Fall abschließen und die Beauclair-Kinder sicher unterbringen, dann verschwinden wir für ein oder zwei Nächte in die Hütte. Natürlich erst nach deinem Staatsbesuch." Bei der Erinnerung daran, dass er drei endlose Wochen weg sein würde, wurde ihr das Herz schwer.

„Diese Reise abzukürzen steht heute ganz oben auf meiner To-do-Liste."

„Mach mir bitte keine falschen Hoffnungen. Lass uns Scotty wecken gehen und nach den anderen beiden sehen."

„Ein unerwarteter Tag zu Hause mit meiner Frau. Es gibt nichts Schöneres."

„Mit deiner Frau, ihrem Team, deinem Team, Shelby, dem Secret Service ..."

„Notfalls auch das."

Sam lächelte ihn an. „Auch wieder wahr."

„Geh schon mal zu Scotty. Ich brauche noch einen Moment ..." Sam schaute hinab auf die Ausbuchtung in seiner Hose und seufzte. „Ich wünschte wirklich, wir hätten Zeit."

„Geh", drängte er stirnrunzelnd. „Das ist nicht hilfreich."

Sie lachte immer noch, als sie auf den Gang trat und die Tür hinter sich schloss, wobei sie sich der neugierigen Blicke des Secret-Service-Manns durchaus bewusst war. Er wusste wahrscheinlich genau, warum sie vor Nick herausgekommen war. Nick und sie scherzten oft, dass die Personenschützer, die für ihre Sicherheit verantwortlich waren, jede Menge Stoff für ein sensationelles Enthüllungsbuch haben würden, wenn er nicht mehr im Amt war.

In Scottys Zimmer schliefen Aubrey und Alden noch, Scotty war jedoch bereits wach.

„Ich habe mich schon gefragt, ob ihr vergessen habt, mich zu wecken", flüsterte er.

„Das könnte dir so passen. Auf geht's."

„Vielleicht sollte ich heute zu Hause bleiben und mich um Aubrey und Alden kümmern."

„Dad und ich bleiben bei ihnen."

„Unfair. Wieso darf ich nicht auch zu Hause bleiben?"

„Weil ich es sage." Solche Antworten von ihrer Mutter hatte Sam immer gehasst, und sie hatte sich geschworen, dass ihre eigenen Kinder sie nie von ihr zu hören bekommen würden. Bei dem Gedanken musste sie lächeln.

„Was ist?", fragte er.

„Ich habe es immer gehasst, wenn meine Mutter meine Fragen einfach nur mit ‚Weil ich es sage' beantwortet hat."

Er grinste. „‚Weil ich es sage' ist eigentlich auch keine Antwort."

„Da hast du recht. Jetzt komm in die Gänge, Kumpel. In dreißig Minuten brechen deine Personenschützer auf."

Scotty stöhnte, stand aber auf.

Das Geräusch weckte Aubrey, die Sam mit großen, traurigen Augen ansah, die sich sofort mit Tränen füllten.

„Mama", weinte sie. „Ich will meine Mama."

„Ich weiß, Süße." Sam streckte die Arme nach ihr aus, und nach kurzem Zögern folgte Aubrey ihrer Einladung.

Sam hob sie hoch und drückte sie an sich. Alden lag weiter schlafend im Bett. „Wir sollten ihn noch ein bisschen in Ruhe lassen", flüsterte Sam.

„Okay."

Sam trug sie die Treppe hinab nach unten, wo sich Nick gerade mit Brant unterhielt. „Brant, das ist Miss Aubrey. Aubrey, das ist unser Freund Brant. Er geht uns hier zur Hand."

„Freut mich, dich kennenzulernen, Aubrey", versicherte Brant mit einem freundlichen Lächeln, das Sam sehr zu schätzen wusste.

Aubrey kuschelte sich enger an Sam.

„Sie ist anfangs ein bisschen schüchtern, aber wenn sie sich erst mal an Sie gewöhnt hat, ist sie eine richtige Plaudertasche", erzählte Sam und streichelte dem kleinen Mädchen den Rücken. „Möchtest du Frühstück?"

Aubrey nickte.

Sam brachte sie in die Küche und stellte sie Shelby und Noah vor. Als Aubrey das Baby sah, leuchteten ihre Augen auf.

„Aubrey hätte gern Frühstück, Shelby", informierte Sam ihre Freundin.

„Du kommst genau rechtzeitig", versicherte Shelby dem kleinen Mädchen. „Noah und ich haben Pfannkuchen gemacht. Magst du Pfannkuchen, Süße?"

Erneut nickte Aubrey.

„Wunderbar", erklärte Shelby erfreut. „Kannst du mir vielleicht Noah abnehmen, während ich dir welche auftue?"

„Darf ich?", fragte Aubrey Sam.

„Das ist Shelbys Entscheidung. Er ist ihr Sohn."

„Es wäre mir eine Riesenhilfe, wenn du ihn mal halten könntest", sagte Shelby. „Setz dich doch schon mal an den Tisch."

Sam lächelte Shelby dankbar an.

Aubrey strahlte, als ihr Shelby Noah vorsichtig in die Arme legte. „Er ist so süß!"

„Finde ich auch", pflichtete ihr Shelby bei, die Aubrey und Noah genau im Auge behielt, während sie einen Pfannkuchen auf Aubreys Teller legte, und bemerkte in Richtung Sam: „Eine meiner Mitarbeiterinnen kauft heute Morgen eine Grundausstattung ein. Sie wird bald hier sein."

„Das ist toll", meinte Sam. „Danke. Ich muss kurz mit Nick reden." Sie wandte sich an Aubrey: „Ich gehe rasch nach nebenan, okay?"

„Okay", antwortete Aubrey, völlig fasziniert von Noah, der tatsächlich total niedlich war.

Sam ging ins Wohnzimmer, wo Nick noch immer ins Gespräch mit Brant vertieft war.

„Dieses kleine Mädchen hat eine Zielscheibe auf dem Rücken, Brant", sagte Nick und deutete auf die Küche. „Dieses unschuldige kleine Kind. Wir müssen sie beschützen."

„Das ist mir klar, und ich empfinde großes Mitleid für die Kinder, aber meine Aufgabe ist es, Sie und Ihren Sohn zu beschützen. Meine Vorgesetzten sind mit der Gesamtsituation extrem unzufrieden und werden vermutlich direkt mit Ihnen Kontakt aufnehmen."

„Das dürfen sie gerne."

Sam legte Nick eine Hand auf den Arm, um ihm ihre Unterstützung zu signalisieren.

„Ich werde es sie wissen lassen", kündigte Brant an und entfernte sich.

16

Nach einem besorgten Blick zu Nick rief Sam ihren Vater an, um ihn darüber in Kenntnis zu setzen, dass ihr Team sich gleich bei ihr treffen würde, und um ihn zu fragen, ob er dazukommen wollte.

„Ich habe ihn gerade geweckt und ziehe ihn jetzt an", informierte ihre Stiefmutter Celia sie. „Ich schicke ihn rüber, sobald er fertig ist."

„Prima, danke." Kaum hatte sie die Verbindung unterbrochen, da klingelte ihr Handy erneut. Es war ihre Schwester Tracy. „Was gibt's, Trace?"

„Ich habe Abbys und Ethans Klamotten durchgeschaut und ein paar Dinge gefunden, die passen könnten. Außerdem habe ich Angela gebeten, auch Jacks Sachen mal durchzugehen", antwortete sie. Angela war ihrer beider Schwester, Jack ihr Neffe.

„Danke. Das weiß ich sehr zu schätzen. Ich habe keine Ahnung, wann wir die Sachen der Kinder aus dem Haus holen können."

„Gerade kam in den Nachrichten etwas über das Feuer. Das ist so traurig."

„Ja, in der Tat. Ich muss auflegen. Wir sehen uns gleich, danke noch mal."

„Sam."

„Ja?"

„Angela und ich machen uns Sorgen."

„Worüber?"

„Dass dir die Kinder ans Herz wachsen und du sie dann wieder abgeben musst."

Sam seufzte. „Danke, aber das ist schon in Ordnung. Ich weiß, worum es hier geht – und worum nicht." Doch als sie diese Worte sagte, merkte sie, dass die Sorge ihrer Schwestern nicht unberechtigt war. Es konnte leicht passieren, dass sie plötzlich zu sehr an den beiden Kleinen hing, die sie in ihre Obhut genommen hatte.

„Sei einfach vorsichtig, ja? Ihr tut da was Großartiges, trotzdem ist es in mehr als einer Hinsicht gefährlich für euch."

„Glaub mir, der Secret Service, der nicht gerade begeistert von der ganzen Sache ist, hat uns schon ein Ohr abgekaut."

„Das kann ich mir vorstellen."

„Bis gleich."

Endlich hatte Sam kurz Zeit, um die SMS zum Thema Gonzo zu lesen, die ihr Carlucci am Vorabend geschickt hatte.

Es scheint ihm gut zu gehen. Er hat gesagt, man wolle ihn zwölf Stunden beobachten, er wird also heute entlassen.

Sam hätte gerne mehr Informationen gehabt, aber das würde warten müssen.

Scotty kam die Treppe runter. Er hatte Alden auf dem Arm, der am Daumen lutschte.

Sie klappte das Handy zu und steckte es ein.

„Er hat geweint", erklärte Scotty. „Deshalb habe ich ihn runtergebracht."

„Danke", sagte Sam und strich Alden über das verstrubbelte blonde Haar.

Er streckte die Arme nach ihr aus, und sie nahm ihn Scotty ab. „Aubrey ist bei Shelby und isst Pfannkuchen. Wollt ihr auch welche?"

Alden nickte, und Sam setzte ihn ab.

„Shelby macht die besten Pfannkuchen der Welt." Scotty brachte ihn in die Küche, wo Aubrey weiter Noah auf dem Arm hatte, der sie anstrahlte.

„Alden, komm. Du musst Noah kennenlernen", rief sie.

Während die beiden Kinder mit dem Baby beschäftigt waren,

flüsterte Scotty: „Werden die beiden nachher noch hier sein, wenn ich aus der Schule zurück bin?"

„Das weiß ich nicht."

„Hoffentlich schon. Sie sind süß."

„Ja." Sam merkte, dass sie nicht die Einzige war, der die beiden an Herz zu wachsen begannen, nahm Scotty in den Arm und küsste ihn auf den Scheitel. „Beeil dich mit dem Frühstück." Sie ließ ihn los, damit er von Shelby seinen Teller entgegennehmen konnte.

„Morgen, mein Hübscher", begrüßte die ihn.

„Morgen, Shelby", erwiderte er leidgeprüft. Wie seinem Vater war es ihm peinlich, zu hören, dass er gut aussah. Daran sollte er sich aber besser gewöhnen, denn er würde wie sein Vater zu einem umwerfend attraktiven Mann heranwachsen.

Shelby nickte in Richtung Wohnzimmer, um Sam mitzuteilen, dass sie in der Küche alles unter Kontrolle hatte, für den Fall, dass ihre Arbeitgeberin woandershin musste.

„Ich gehe nur nach nebenan", sagte die. „Komm mich einfach holen, wenn du mich brauchst."

„Wir haben alles im Griff", versicherte ihr Shelby. „Stimmt's, Leute?"

„Stimmt", bestätigte Aubrey.

Als Sam ins Wohnzimmer trat, ließ der Secret-Service-Mann an der Haustür gerade Green, McBride und Hill ein. Sie wusste es zu schätzen, dass die drei so früh dran waren, weil sie genau wussten, wie viel es zu tun gab.

„Guten Morgen allerseits. In der Küche bei Shelby gibt es Kaffee, doch möglichst nicht alle auf einmal reinstürmen. Die Beauclair-Kinder sind bei ihr, und ich möchte nicht, dass der Anblick zu vieler Fremder sie überfordert."

„Wie geht es ihnen?", wollte Jeannie wissen, deren warme braune Augen vor Anteilnahme leuchteten.

„Alles in allem ganz gut. Sie haben beide geschlafen, und Scotty war uns eine große Hilfe."

„Er ist einfach der Beste", stellte Jeannie fest.

„Ich bin in dieser Frage vielleicht nicht objektiv, aber das sehe ich genauso."

„Du bist seine Mutter", sagte Jeannie. „Du musst nicht objektiv sein. Ich habe Neuigkeiten von Carlucci und Dominguez für dich. Lindsey und ihr Team haben bestätigt, dass es sich bei den Opfern um die Beauclairs handelt."

Sam nickte seufzend. Etwas anderes zu hoffen war unrealistisch gewesen. „Was gibt es sonst noch Neues?"

„Carlucci meint, sie habe dir von Gonzo ausgerichtet, er werde heute entlassen."

„Ja." Sam würde heute irgendwann die Zeit dafür finden müssen, mit ihm zu reden – und mit Malone. Da Cruz die nächsten zwei Wochen für seine Flitterwochen in Italien sein würde und ihr Gonzos Zustand aktuell zumindest fragwürdig erschien, konnte sie keinesfalls die Stadt verlassen.

Hoffentlich würde es Nick irgendwie gelingen, nicht volle drei Wochen fort zu sein. Sonst würde sie einen Weg finden müssen, irgendwie ohne ihn klarzukommen. Seufzend verdrängte sie diesen Gedanken, um sich auf die Arbeit zu konzentrieren. Der Fall war angesichts der dramatischen Ereignisse innerhalb des Teams und der Sache mit den Kindern in den Hintergrund getreten. Sie mussten die Ermittlungen weiterführen, und zwar sofort.

Die Haustür öffnete sich, und ein müde wirkender Freddie trat ein. *Na toll.* Ihr Team war im Augenblick nicht gerade in Höchstform.

„Wie geht es Elin?", erkundigte sie sich.

„Wegen der Schmerzen war die Nacht sehr unruhig."

„Die Arme", sagte Sam. „Das hat ihr diese Woche gerade noch gefehlt."

„Ja, ich hoffe, bis Samstag wird es besser. Nichts soll ihr ihren großen Tag ruinieren."

„Das klappt sicher. Sie hat ja glücklicherweise noch etwas Zeit, um sich zu erholen."

„Ja, hoffen wir mal das Beste. Wie sieht es mit dem Fall aus?"

„Wir wollten gerade anfangen." Sam setzte sich neben Jeannie, während Freddie neben Green Platz nahm. „Also, was gibt's Neues, Leute?"

„Wie du mich gestern gebeten hast", begann Jeannie, „habe ich einen Bericht über APG, die Auseinandersetzung zwischen Armstrong und Piedmont und den anschließenden Untergang der

Firma zusammengestellt." Sie drückte jedem der Anwesenden einen Ausdruck in die Hand. „Unterm Strich haben sie sich von besten Freunden und Geschäftspartnern praktisch über Nacht zu Todfeinden entwickelt, als Armstrong Piedmont bei den Bundesbehörden verpfiffen hat."

„Armstrong war juristisch verpflichtet, die Unregelmäßigkeiten zu melden", warf Hill ein. „Er hat den einzig möglichen Weg gewählt, nicht selbst im Gefängnis zu landen, doch der hatte einen hohen Preis. Allen Berichten zufolge hat er seine Firma aus der Asche von APG wiederauferstehen lassen, da ihm noch immer das Patent für die von ihm entwickelte Software gehörte, litt aber seither unter Depressionen und Angstattacken."

„Offenbar aus gutem Grund", sagte Green und reichte Fotos vom Tatort herum. Der gesamte linke Flügel des fast tausend Quadratmeter großen Anwesens war niedergebrannt, der rechte praktisch unversehrt, was erklärte, wie die Kinder dem Tod in den Flammen hatten entgehen können.

Gott sei Dank sind sie das, dachte Sam. Nachdem sie Gelegenheit gehabt hatte, die beiden ein wenig kennenzulernen, ertrug sie den Gedanken kaum, dass sie beinahe auf eine so schreckliche Weise das Leben verloren hätten.

Als Scotty, fertig für die Schule gekleidet, die Treppe herunterkam, einen Rucksack auf dem Rücken und seine Personenschützer vom Secret Service im Schlepptau, erhob sich Sam, um ihm einen Abschiedskuss zu geben. „Schönen Tag."

„Das wünsche ich auch", antwortete er und winkte dem Team zu. „Ich sage nur noch den beiden Auf Wiedersehen." Er deutete auf die Küche.

„Lass es nicht klingen wie einen Abschied für immer."

„Alles klar."

„Hey", fügte sie hinzu und strich ihm das Haar glatt. „Danke für die Hilfe. Ich hab dich lieb."

„Ich dich auch."

Sam kehrte zu der Besprechung zurück, winkte Scotty aber nach, als er eine Minute später mit seinen Bodyguards das Haus verließ.

„Ich habe gestern Abend mit dem älteren Sohn der Beauclairs gesprochen", unterrichtete Hill Sam. „Die Neuigkeiten über seinen

Vater und seine Stiefmutter haben ihn natürlich sehr schwer getroffen. Ich habe nach möglichen Pflegeeltern für die Kinder gefragt, und er hat gemeint, er wäre überrascht, wenn jemand aus der Familie sie würde aufnehmen wollen, vor allem nach dem, was seinem Vater und Cleo zugestoßen ist. Offenbar hatte ihre Familie in Kalifornien Angst davor, dass genau so etwas passieren könnte."

„Die würden zwei Kinder, die ihre Eltern verloren haben, Fremden überlassen?", fragte Sam ungläubig.

„Sie haben Angst", erwiderte Hill.

„Unglaublich." Wenn, was Gott verhüten möge, einer ihrer Schwestern etwas geschähe, würde sie alles in ihrer Macht Stehende tun, um deren Kinder zu beschützen, und zwar ungeachtet der Umstände. Dafür waren Familien da.

Die Haustür öffnete sich, und ihr Vater Skip kam hereingerollt. Er steuerte seinen Rollstuhl mit dem einen Finger, den er nach der verheerenden Schussverletzung noch bewegen konnte, die vor fast vier Jahren seine Laufbahn drei Monate vor seiner Pensionierung beendet hatte. Seine blauen Augen musterten die Versammlung mit einem scharfen, konzentrierten Blick. „Was habe ich verpasst?", erkundigte er sich.

Sam fasste die bisherigen Erkenntnisse rasch zusammen und zeigte ihm die Fotos vom Tatort.

„Habe ich das richtig gehört – du hast die Kinder hier?", fragte er und hob eine Braue. Mit dieser einen Augenbraue konnte er sehr viel ausdrücken.

„Ja, hab ich." Sie wusste, was er dachte, er musste sie also nicht fragen, ob sie eine Grenze überschritten hatte, indem sie die Kinder der Opfer in ihrem aktuellen Mordfall bei sich aufgenommen hatte. Vielleicht hatte sie das getan, aber sie würde es, ohne zu zögern, jederzeit wieder tun. Zu den anderen sagte sie: „Während sich das FBI auf die Suche nach Piedmont konzentriert, möchte ich mich mit der Möglichkeit befassen, dass das alles gar nichts mit APG oder Piedmont zu tun hatte."

„Glauben Sie nicht, das wäre Zeitverschwendung?", wollte Hill wissen.

„Das Leben dieser Leute war hochkomplex. Wollen Sie mir etwa erzählen, dass Piedmont ihr einziges Problem war? Das glaube ich nicht. Ich möchte mich noch einmal mit ihren Nachbarn, ihren Freunden und Bekannten, den Leuten im Kindergarten der Kinder, Jamesons Geschäftspartnern, Cleos Umfeld und so weiter befassen. Schauen wir uns ihr Leben seit ihrer Ankunft hier näher an, um herauszufinden, ob sonst noch jemand ein Mordmotiv hatte."

„Ich bin mit Lieutenant Holland einer Meinung", pflichtete Green ihr bei. „Manchmal ist das Naheliegende zu einfach. Wenn man Milliardär ist, ist das Leben kompliziert, auch wenn man nicht auf der Flucht vor einem früheren Geschäftspartner ist. Wenn es Ihnen recht ist, folge ich der Spur des Geldes."

Sam nickte. „Bitte."

„Ich beschäftige mich noch mal mit dem Kindergarten und den Nachbarinnen und Nachbarn", verkündete Cruz.

„Nimm Jeannie mit. Findet heraus, mit wem sie Umgang hatten, ob sie zu irgendwelchen Vereinen oder Organisationen gehört haben, all das. Ich will außerdem wissen, ob es Hinweise auf Eheprobleme, Untreue und so weiter gibt."

„Geht klar", antwortete Cruz, und Jeannie nickte zustimmend.

„Ich möchte außerdem mit dem älteren Sohn reden", fuhr Sam fort. „Den rufe ich heute an und frage ihn, was wir mit den Leichen machen sollen, wenn Lindsey sie freigibt."

„Was ist mit den Angestellten von APG?", erkundigte sich Cruz. „Jemand, der nach der Firmenpleite arbeitslos geworden ist oder Vorteile von etwas hatte, was die Firma getan hat, diese Vorteile jedoch verloren hat, nachdem Armstrong gegen Piedmont vorgegangen war?"

„Definitiv eine gute Idee", erwiderte Sam.

„Um diesen Aspekt kümmern wir uns", erbot sich Hill. „Ich spreche heute außerdem mit Gorton, dem dritten Partner bei APG. Wir haben ihn in der Vergangenheit schon intensiv befragt, aber es kann nicht schaden, mal nachzuhaken."

„Sehr richtig. Nick und ich bleiben heute hier, um zu verhindern, dass uns das Jugendamt die Kinder wieder wegnimmt. Es wäre schön, wenn ihr euch alle um vier wieder hier einfinden könntet, um Bericht zu erstatten. Ich setze mittlerweile unsere Vorgesetzten ins Bild."

Kaum hatte sie diese Worte gesprochen, öffnete sich die

Haustür, und Ms Finklestein trat ein. Sam verdrehte die Augen und erhob sich. „Da ist ja schon das Jugendamt", sagte sie. „Haltet mich auf dem Laufenden, Leute."

Während die Beamten das Haus verließen, um sich ihren jeweiligen Aufgaben zu widmen, begrüßte Sam Ms Finklestein, die die gleiche steinerne Miene zur Schau trug wie am frühen Morgen.

„Mrs Cappuano, Sie haben mich zwar nicht angerufen, doch ich gehe davon aus, dass die Kinder inzwischen aufgestanden sind und ich sie sehen kann?"

„Ja, Ma'am. Ich wollte mich bei Ihnen melden, sobald sie mit dem Frühstück fertig sind. Hier entlang." Sie führte die Frau in die Küche, wo Shelbys Handy fröhliche Hintergrundmusik lieferte, vermutlich damit niemand die Besprechung im Nebenraum belauschen konnte. Shelby saß mit Noah und den Kindern, die jeweils ein Malbuch vor sich hatten, am Tisch. Sam würde sie später fragen müssen, wo sie die Stifte und die Malbücher herhatte, aber für den Augenblick beließ sie es bei einem stummen Dankgebet für ihren rettenden Engel.

„Hey, Kinder", stellte Sam die Frau von Jugendamt vor, „das ist Ms Finklestein. Sie wollte mal vorbeikommen und nach euch sehen."

Weder Aubrey noch Alden nahmen von ihr Notiz.

„Darf ich?" Ms Finklestein deutete auf den vierten Stuhl am Küchentisch.

„Bitte", erwiderte Sam. Je eher sie ihre „Überprüfung" beendet hatte, oder was auch immer das hier war, desto schneller würde sie sie wieder los sein.

Ms Finklestein setzte sich und zückte Notizbuch und Stift. „Was malst du denn da aus, Aubrey?"

„Das ist ein Vogel", antwortete Aubrey, die ganz offensichtlich zu höflich war, um „Das sieht doch jedes Baby" hinzuzusetzen, wie es manch anderes Kind getan hätte. „Alden malt ein Haus aus."

„Das sehe ich. Sehr gut gemacht, ihr beiden."

„Ausmalen ist leicht."

„Wie habt ihr letzte Nacht geschlafen?", fragte Ms Finklestein.

„Gut", meinte Aubrey.

„Wie steht es mit dir, Alden?"

Sam schüttelte den Kopf, in der Hoffnung, dass die Frau begreifen würde, dass sie von ihm keine Antwort bekommen würde. „Alden war heute Nacht mal wach, aber wir konnten ihn so weit trösten, dass er wieder eingeschlafen ist."

„Ich hatte gehofft, das von ihm zu hören", bemerkte Ms Finklestein spitz.

„Alden ist sehr still, seit er hier ist", erklärte Sam und schenkte der Frau einen vielsagenden Blick. „Wir drängen ihn nicht, etwas zu tun, was er nicht möchte."

Alden legte seinen Stift weg und wandte sich Sam zu, die ihn hochnahm und sich dann an den Tisch setzte. Bewegt von dem Vertrauen, das er ihr entgegenbrachte, legte sie die Arme um ihn und küsste ihn auf den Scheitel.

Die Küchentür öffnete sich, und Tracy kam mit einer Tasche voller Klamotten herein. „Tut mir leid, dass es so lange gedauert hat." Sie blieb abrupt stehen, als sie Ms Finklesteins versteinerte Miene sah. „Oh, ich wollte nicht stören. Ich bin dann draußen bei Dad." Sie verließ die Küche wieder.

„Hier geht es ja zu wie in einem Taubenschlag", stellte Ms Finklestein pikiert fest.

„Ja", räumte Sam ein. „Es ist das Zuhause des Vizepräsidenten der Vereinigten Staaten, das unter dem Schutz des United States Secret Service steht. Mein Mann und ich arbeiten heute von zu Hause aus, damit wir Sie empfangen können. Das eben war meine Schwester. Sie hat auf meine Bitte hin etwas Kleidung für die Kinder vorbeigebracht. Shelby ist unsere Assistentin. Sie hilft uns bei Bedarf bei allem. Noch Fragen?"

„Ich habe lediglich angemerkt, dass hier für zwei Kinder, die ..."

Sam warf ihr den gemeinsten Blick zu, den sie hinbekam. Wenn die Frau noch ein Wort sagte, würde Sam sich persönlich dafür einsetzen, dass sie ihren Job verlor.

Zum Glück verstand Ms Finklestein den Wink und hielt den Mund. „Was hattest du denn zum Frühstück?", wandte sie sich an Aubrey.

Glaubt sie, die Kinder bekämen nichts zu essen? Sam kochte innerlich, was ihr überhaupt nicht ähnlichsah. Sie kochte eigentlich viel lieber laut und vernehmlich über.

„Shelby hat Pfannkuchen gemacht." Aubrey konzentrierte sich auf den Flügel ihres Vogels, den sie blau anmalte. Dann schaute sie Shelby an und fragte: „Darf ich Noah noch mal halten?"

„Nach seinem Nickerchen", antwortete Shelby und tätschelte dem schlafenden Baby den Rücken. „Das findet er bestimmt schön."

„Okay." Aubrey widmete sich wieder ihrem Malbuch.

„Wenn das dann alles wäre ...", sagte Sam, die den Besuch der Jugendamtsmitarbeiterin unbedingt hinter sich bringen wollte.

„Ich möchte mir gern noch das Zimmer ansehen, in dem die Kinder schlafen werden", erklärte Finklestein.

Sam fragte sich, ob sie nicht eigentlich das Zuhause des Vizepräsidenten genauer in Augenschein nehmen wollte. „Alden, möchtest du vielleicht zu Ende ausmalen, während ich Ms Finklestein nach oben führe?"

Alden nickte, und Sam setzte ihn wieder auf seinen Stuhl, von wo aus er Ms Finklestein mit kaum verhohlenem Misstrauen musterte. Er begriff, dass sie eine Gefahr für die Sicherheit darstellte, die er hier zu empfinden begonnen hatte, und das ärgerte Sam sehr.

Sie warf Shelby einen Blick zu, die ihr mit ihrem Nicken versicherte, dass sie bei den Kindern bleiben würde.

„Mrs Cappuano", informierte Nate sie, als sie mit Ms Finklestein das Wohnzimmer betrat. „Ihre Schwester und Ihr Vater lassen ausrichten, sie seien drüben bei Ihrem Vater. Ihre Schwester hat die Kinderkleidung hiergelassen, die sie mitgebracht hat." Er deutete zu einer Tasche neben der Haustür.

„Danke, Nate." Sam fragte sich, wo Nick wohl war, ging jedoch mit Ms Finklestein nach oben in das Gästezimmer, das er für die Kinder vorbereitet hatte, in dem sie aber in der zurückliegenden Nacht nicht geschlafen hatten – nicht, dass Ms Finklestein das wissen musste. Es gab wahrscheinlich reihenweise Vorschriften dagegen, dass Kinder in Notunterkünften im selben Bett schliefen, was durchaus sinnvoll war, außer eines dieser Kinder war allein, verängstigt und brauchte Trost. Dann galten andere Regeln.

„Wir dachten, sie sind vielleicht lieber zusammen, also haben wir sie hier untergebracht", erklärte Sam.

„Wie weit ist Ihr Schlafzimmer weg?"

„Das ist gleich da." Sam deutete auf die geschlossene Tür. „Das da ist das Zimmer unseres Sohnes. Wenn Scotty im Haus ist, steht immer ein Mitarbeiter des Secret Service vor seiner Tür. Es wäre gut, wenn jemand heute zum Haus der Beauclairs fahren könnte, um ein paar Sachen der Kinder zu holen. Ich bin sicher, dass Stofftiere und andere Gegenstände ihnen dabei helfen würden, über diese schwierige Zeit besser hinwegzukommen." Sie hatten zurzeit nur das eine Stofftier, das Aubrey ins Krankenhaus mitgebracht hatte.

„Ich sehe mal, was ich da tun kann."

„Fragen Sie sie auch, was sie gerne hätten?"

„Natürlich." Nach einer Pause fügte sie hinzu: „Ich bin nicht Ihre Feindin, Mrs Cappuano. Mir geht es lediglich um das Kindeswohl, und trotz des Traumas, das die beiden erlitten haben, deutet alles darauf hin, dass sie sich hier wohlfühlen."

„Dafür haben wir unser Möglichstes getan. Allerdings fragen sie nach ihrer Mutter. Wir haben ihnen noch nichts erzählt und antworten bisher ausweichend. Wir haben erst heute Morgen die Bestätigung erhalten, dass es sich bei den Opfern tatsächlich um ihre Eltern handelt. Ich hatte gehofft, bei ihrem älteren Bruder nachfragen zu können, um ein Gefühl dafür zu bekommen, wie wir ihnen am besten beibringen, was mit ihren Eltern passiert ist."

„Ich werde mich dafür aussprechen, die Kinder in Ihrer Obhut zu belassen, bis wir langfristige Aufenthaltsentscheidungen treffen können."

„Danke." Sam spürte, wie die Spannung in ihrem Nacken, ihrer Brust und ihren Schultern nachließ. Selbst ihr Kiefer tat weh, so fest hatte sie die Zähne aufeinandergepresst. Später, wenn sie den Gefühlen freien Lauf lassen konnte, würde sie besser verstehen, warum es ihr so wichtig war, zumindest fürs Erste die beiden Kinder behalten zu können, die sie erst am Vortag kennengelernt hatte. Zumindest hoffte sie das, denn all diese Gefühle kamen ihr gerade völlig unangemessen vor.

Sie führte Ms Finklestein eben aus dem Zimmer, als Nick aus ihrem Fitnessraum trat. Lediglich mit einer kurzen Sporthose bekleidet, bot er einen unsagbar sexy Anblick, obgleich seine Haut von einem Schweißfilm überzogen war.

Die arme Ms Finklestein konnte ihn nur anstarren.

„Ist alles in Ordnung?", erkundigte er sich.

„Ms Finklestein hat mir gerade mitgeteilt, dass die Kinder bei uns bleiben können, bis sich ein anderer geeigneter Platz findet. Stimmt doch, Ms Finklestein, oder?"

„Oh, äh, ja", stammelte die und gab sich größte Mühe, überall anders hinzuschauen als auf den sexyesten Vizepräsidenten in der Geschichte der Vereinigten Staaten.

Nick hängte sich ein Handtuch um den Hals. „Das sind ja tolle Neuigkeiten. Wir werden uns mustergültig um sie kümmern."

„Ausgezeichnet", erwiderte Ms Finklestein.

„Wir lassen dich dann mal duschen und klären unten die logistischen Fragen." Sam bedeutete der anderen Frau, ihr vorauszugehen, dann hob sie vielsagend die Augenbrauen in Richtung Nick, der zur Antwort die Augen verdrehte.

Sam führte die ältere Frau ins Wohnzimmer, in dem sich jetzt keine Polizisten und FBI-Agenten mehr aufhielten. Sie nahmen gegenüber voneinander Platz.

„Er ist wirklich so nett, wie er im Fernsehen immer rüberkommt", begann Ms Finklestein.

„Ja, und er ist ein durchaus erträglicher Anblick."

Die andere Frau kicherte. Sie kicherte tatsächlich. „Ja, das stimmt allerdings." Sie schüttelte den Kopf und versuchte wahrscheinlich, nicht mehr an die dreißig Sekunden zu denken, die sie in Gegenwart des halb nackten, verschwitzten, sexy Vizepräsidenten verbracht hatte. Höchstwahrscheinlich würde ihr dieses Bild noch vor Augen stehen, wenn sie ihren letzten Atemzug tat. Sam hegte keinen Zweifel daran, dass das bei ihr selbst ganz ähnlich sein würde. „Jedenfalls, was die Kinder betrifft ..."

„Ja, zurück zum Thema."

„Ich halte es für eine gute Idee, mit ihrem Bruder bezüglich seiner Wünsche für die weitere Vorgehensweise zu sprechen."

„Finde ich auch. Ich würde ihn gerne nach den nächsten Verwandten fragen."

Sam berichtete, was der Bruder am Vorabend zu Avery gesagt hatte – dass Cleos Familie angesichts des Todes seines Vaters und seiner Stiefmutter und der nach wie vor bestehenden Bedrohung durch einen früheren Geschäftspartner Angst hatte, die Kinder bei sich aufzunehmen.

„Nun, irgendjemanden wird es ja wohl geben."

„Wir stehen in diesem Fall noch ganz am Anfang, deshalb werde ich Ihnen erzählen, was ich weiß, und Sie können sich dann eingehender mit der gesamten Verwandtschaft befassen."

„Einverstanden."

17

Nachdem sie die Kinder – beziehungsweise Aubrey, die für beide gesprochen hatte – dazu befragt hatten, was sie gerne von zu Hause haben wollten, brachte Sam Ms Finklestein zur Tür, als gerade Nicks Stabschef Terry O'Connor die Rampe hochkam.

„Hey, Terry."

„Hi, Sam. Ich habe gehört, du ermittelst wieder zu einem Tötungsdelikt."

„Gesprochen wie ein echter Polizist!"

„Das hat man davon, wenn man mit der Gerichtsmedizinerin zusammenlebt."

„Ja, das färbt ab. Komm rein. Nick duscht gerade, ist aber sicher gleich da."

„Ich habe heute Morgen schon kurz mit ihm gesprochen, und er hat angedeutet, es könnte Schwierigkeiten mit eurer geplanten Reise geben."

Shelby trat aus der Küche, den schlafenden Noah vor die Brust geschnallt und Aubrey und Alden links und rechts an der Hand.

„Da sind die Schwierigkeiten", flüsterte Sam so, dass nur Terry sie hören konnte. „Terry, das sind Alden und Aubrey. Sie wohnen für eine Weile bei uns." Zu Shelby sagte Sam: „Meine Schwester hat eine Tasche mit Klamotten für die Kinder dagelassen."

„Super", antwortete Shelby. „Wir wollten gerade nach oben,

um zu duschen und uns anzuziehen." Sie bedeutete den Kindern vorzugehen und nahm von Sam die Tasche entgegen.

„Danke, Shelby."

„Überhaupt kein Problem. Die beiden sind wirklich süß."

„Ja." Damit stand auch Shelby auf der Liste der Menschen, die die Kinder in ihr Herz geschlossen hatten. Es würde furchtbar wehtun, wenn sie sie in die Obhut anderer geben mussten, selbst wenn es sich um Verwandte handelte.

„Heute habt ihr vermutlich nur im Esszimmer einigermaßen Ruhe, Terry", seufzte Sam und bedeutete ihm, es sich dort bequem zu machen. „Ich schicke Nick zu dir, sobald er runterkommt."

„Danke, Sam."

Als sie wieder allein im Wohnzimmer war, beschloss sie, Gonzo anzurufen und sich nach seinem Befinden zu erkundigen, und danach Elijah Beauclair. Gonzos Handy klingelte mehrfach, ehe er sich meldete.

„Hey, Sam. Ich hoffe, Carlucci und Dominguez haben dir meine Nachricht ausgerichtet."

„Ja. Ich wollte bloß mal hören, wie es dir geht."

„Gut."

„Was ist passiert?"

„Ich bin gestern Abend mit Christina aneinandergeraten, und ich ... ich schätze, ich bin zusammengeklappt. Ich erinnere mich kaum daran."

„Gut, dass du schon im Krankenhaus warst."

„Ja."

„Was ist denn mit Christina?", fragte Sam, obwohl sie es schon wusste. Sie wollte seine Version der Dinge hören.

„Sie hat Schluss gemacht. Mehr weiß ich nicht. Die Schwestern haben gesagt, Alex sei heute Morgen entlassen worden und die beiden seien heimgefahren. Ich habe nichts von ihr gehört."

Er klang so kaputt. Sam fiel kein besseres Wort für den Zustand ein, in dem er sich zu befinden schien. Sie schloss die Augen und rang nach Worten. „Das tut mir leid." Etwas Besseres fiel ihr nicht ein. „Vielleicht ist das nur eine temporäre Krise, und wenn sie sich ein bisschen ausgeruht hat, sieht alles schon wieder ganz anders aus."

„Ich glaube nicht. Gestern Abend schien sie sich ziemlich sicher zu sein."

Den Eindruck hatte Sam auch gehabt. „Wie lang musst du im Krankenhaus bleiben?"

„Ich werde nachher entlassen. Sie wollten mich mindestens zwölf Stunden zur Beobachtung hierbehalten."

„Wenn du einen Schlafplatz brauchst, wir finden hier eine Ecke für dich."

„Danke, aber ich krieche schon irgendwo unter. Ich habe gehört, ihr habt die Beauclair-Kinder aufgenommen."

„Ja, sehr zum Missfallen des Secret Service."

Er stieß ein kurzes Lachen aus. „Das kann ich mir vorstellen." Nach einer Pause setzte er hinzu: „Der Mist, den ich gestern Abend erzählt habe, tut mir leid. Das war unangebracht."

Ja, war es, aber Sam beschloss, es ihm angesichts der größeren Probleme, mit denen er sich gerade herumschlagen musste, nachzusehen. „Gonzo ... du musst mir einen Gefallen tun."

„Äh, okay."

„Würdest du bitte mit Trulo reden?", bat sie.

„Ach, komm schon, Sam", stöhnte er. „Das habe ich doch alles schon hinter mir. Zwing mich nicht noch mal dazu."

„Du stehst völlig neben dir, Tommy. Das ist für jeden, der dich kennt, offensichtlich. Ich möchte, dass es dir wieder besser geht und du dein Leben auf die Reihe kriegst."

„Willst du damit sagen, ich erledige meinen Job nicht richtig?"

„Habe ich das auch nur angedeutet? Ich mache mir um *dich* Sorgen, meinen Freund, nicht meinen Kollegen. Aber ich will ehrlich sein. Ich befürchte, dass deine persönlichen Probleme sich irgendwann auf deine Leistung auswirken werden. Dann kann ich dir nicht versprechen, dass ich dich werde beschützen können."

Darauf hatte er keine Antwort.

„Ich werde Trulo bitten, heute mal bei dir vorbeizuschauen. Du entscheidest, ob du mit ihm redest oder nicht, doch ich würde dich wirklich dazu ermutigen. Nach Stahls Angriff auf mich hat er mir sehr geholfen."

Sein tiefes Seufzen war unüberhörbar. „Ich weiß nicht, was ich ihm sagen soll."

„Erzähl ihm, wie du dich fühlst, Tommy. Erzähl es jemandem, bevor du dein Leben ruinierst."

„Ist das nicht längst komplett am Arsch?"

„Nein, ist es nicht. Noch kannst du alles reparieren, aber du musst es wirklich wollen. Lässt du dir bitte helfen?"

Nach einer weiteren, langen Pause versprach er: „Ich werde mit ihm sprechen."

„Danke."

„Ich hab allerdings keine Ahnung, was das bringen soll."

„Gib ihm eine Chance, dir zu helfen. Um mehr bitte ich dich nicht."

„Na gut."

„Dann rufe ich ihn jetzt an."

„Was gibt's Neues in unserem Fall?"

„Mach dir darüber keine Gedanken. Das haben wir im Griff. Konzentriere dich jetzt auf dich, und kümmere dich um deine Probleme. Bitte. Du bist vielen Menschen sehr wichtig."

„Danke."

„Ich melde mich später noch mal."

„Okay."

Sam beendete das Gespräch und rief Trulo an, der beim ersten Klingeln abnahm.

„Lieutenant", sagte er. „Womit habe ich diese Ehre verdient?"

Sam lächelte. „Guten Morgen, Doc. Sie müssen mir bitte einen Gefallen tun."

„Was immer in meiner Macht steht."

„Mein Sergeant, Tommy Gonzales, liegt im Krankenhaus, nachdem er gestern plötzlich zusammengeklappt ist."

„Hmm."

„Was meinen Sie damit?"

„Ich frage mich nur, ob er irgendwas nimmt. Beispielsweise Opiate."

Diese Worte machten Sam Angst. Natürlich waren sie und ihr Team sich der Schmerzmittelabhängigkeits-Epidemie, die im ganzen Land tobte, durchaus bewusst, und sie waren beruflich ständig damit konfrontiert, aber Gonzo würde niemals ... o Gott, oder doch?

„Sam?"

„Ich setze mich gerade mit dieser Möglichkeit auseinander. Ehrlich gesagt weiß ich es nicht. Auf den Gedanken wäre ich nie gekommen. Es geht ihm schlecht, seit er seinen Partner verloren hat, aber wir dachten, er sei auf dem Wege der Besserung. Jetzt bin ich mir da nicht mehr so sicher. Ich weiß es einfach nicht. Gestern Abend hat seine Freundin, die seinem Sohn die Mutter ersetzt hat, mit ihm Schluss gemacht."

„Autsch. Das klingt, als hätte der Mann einfach zu viel um die Ohren."

„In der Tat. Momentan liegt er zur Beobachtung im GW. Ich wüsste es sehr zu schätzen, wenn Sie ihm einen Besuch abstatten könnten."

„Ich kümmere mich darum. Danke für die Info."

„Wenn ich ihn irgendwie unterstützen kann, müssen Sie es nur sagen. Ich werde tun, was immer nötig ist."

„Dann melde ich mich. Versuchen Sie, sich keine Sorgen zu machen. Trauer ist ein unschöner Prozess."

„Danke, Doc. Ich weiß Ihre Hilfe zu schätzen."

„Gern."

Sam klappte ihr Handy zu und hoffte, Trulo oder irgendwer sonst würde zu Gonzo vordringen, ehe sich seine Situation noch weiter verschlechterte.

Nick kam die Treppe herunter, frisch geduscht, in Jeans und demselben Pulli wie zuvor. Er setzte sich neben sie aufs Sofa.

„Terry wartet im Esszimmer auf dich."

„Eins nach dem anderen. Wie ist es mit Ms Pichelstein gelaufen?"

„Hör auf!", lachte Sam. „Wenn du sie dauernd so nennst, rutscht mir das auch noch heraus!"

„Du musst aber zugeben, dass der Name irgendwie zu ihr passt."

„Du hättest sie sehen sollen, nachdem sie dich mit nacktem Oberkörper und verschwitzt zu Gesicht bekommen hatte. Ihr war ganz heiß."

Er verzog das Gesicht. „So ein Quatsch. War ihr nicht."

„O doch. Selbst Pichelsteinerinnen wissen, was ein sexy Mann ist, wenn sie ihn vor sich haben."

Er verdrehte die Augen und wechselte das Thema: „Egal, was wird mit den Kindern ...?"

Sam lächelte über sein erwartbares Ablenkungsmanöver und musterte sein attraktives, frisch rasiertes Gesicht.

„Was ist denn?" Er rieb sich die Wange. „Habe ich irgendwo noch Rasierschaum?"

„Nein."

„Was schaust du dann so?"

„Ich betrachte meinen wunderbaren, sexy, unglaublichen Ehemann, der mir gestattet hat, zwei Kinder mit nach Hause zu bringen, obgleich es ihm Kopfschmerzen bereitet, und der alles in seiner Macht Stehende tut, um sie zu beschützen, solange sie bei uns wohnen. Ich weiß das – und dich – sehr zu schätzen."

„Meine Kopfschmerzen sind gar nichts im Vergleich zu dem, was sie durchmachen."

„Das stimmt allerdings."

„Wissen sie schon Bescheid?"

Sam schüttelte den Kopf. „Ich werde jetzt ihren älteren Bruder anrufen und mit ihm erörtern, wie ich das am besten angehe."

„Du solltest dieses Telefongespräch irgendwo führen, wo sie es nicht belauschen können."

„Werde ich."

„Wir können es ihnen gern gemeinsam sagen."

„Okay."

Nick beugte sich vor, um sie zu küssen. „Was ist, wenn niemand sie aufnehmen will?"

Die Frage traf sie wie ein Fausthieb in den Magen. „Es wird sie schon jemand aufnehmen. Sie haben Verwandte."

„Aber was, wenn nicht?", hakte er nach und sah dabei furchtbar verletzlich aus.

Sie schüttelte den Kopf. „Mit dieser Frage kann ich mich gerade nicht befassen. Es bereitet mir auch so schon Sorgen, wie gern wir sie alle nach so kurzer Zeit haben – du, ich, Scotty, Shelby ..."

„Denk trotzdem mal darüber nach. Nur für alle Fälle."

„Für welche Fälle?", fragte sie. Sie war ganz aufgelöst.

„Sam. Hol mal tief Luft. Ich bitte dich nur, dir zu überlegen, was wir tun sollen, wenn Pichelstein niemanden findet, der sie aufnimmt."

„Wir ... wir können das nicht leisten, Nick. Es ist zu viel. Sie brauchen einfach alles, und wir ..."

„Könnten ihnen absolut alles geben, was sie brauchen."

Sie schüttelte den Kopf. „Bitte. Tu mir das nicht an. Es ist so schon hart genug, dass wir sie irgendwann irgendwelchen Verwandten übergeben müssen."

„Na schön." Er küsste sie zuerst auf die Stirn und dann auf den Mund. „Tut mir leid."

„Du musst dich nicht entschuldigen. Ich weiß sehr zu schätzen, was du gesagt hast, aber ich kann das einfach nicht."

„Das verstehe ich, Babe." Er küsste sie erneut. „Vielleicht machen die Kleinen hier heute Nachmittag ein Nickerchen, und wir haben an diesem unerwarteten freien Tag sogar ein bisschen Zeit für uns."

„Das wäre nett."

„Wir probieren es." Nach einem weiteren Kuss erhob er sich. „Angesichts der Tatsache, dass jetzt zwei weitere Kinder als Gäste bei uns leben, versuche ich besser mal, meinen Staatsbesuch umzuplanen. Solange sie bei uns sind, sollte ich besser das Land nicht verlassen."

„Definitiv nicht", erwiderte sie mit einem Lächeln. „Halt mich auf dem Laufenden."

„Mache ich."

Sie genoss seine Rückansicht, als er das Esszimmer betrat, wo Terry auf ihn wartete, dann zückte sie ihr Handy und ging nach oben. Auf dem Gang hörte sie, wie Aubrey im Bad plapperte und Shelby ihr antwortete, aber Alden gab noch immer kein Wort von sich. Sie wünschte, sie könnte irgendetwas tun oder sagen, um ihm zu helfen, doch nichts konnte das Furchtbare abfedern, das er und seine Schwester bald erfahren würden.

Mit diesem Gedanken im Kopf betrat Sam ihr Schlafzimmer, um Elijah anzurufen.

„Hallo?", meldete er sich zögerlich. Wahrscheinlich hatte er nach dem schrecklichen Anruf, den er am Vorabend erhalten hatte, Angst, ans Telefon zu gehen.

„Lieutenant Sam Holland, Metro PD in Washington, D. C."

„Sie sind die Frau des Vizepräsidenten."

„Ja. Ich bin derzeit auch die Pflegemutter Ihrer Geschwister."

„Wie geht es den beiden? Ich muss ständig an sie denken."

„Ganz gut, aber sie müssen bald erfahren, was passiert ist. Ich habe mich gefragt, ob Sie vielleicht zufällig herkommen können. Ich glaube, es wäre hilfreich, wenn Sie da wären, wenn wir es ihnen beibringen."

„Ja, ich habe ein Ticket für den Mittagszug. Am späten Nachmittag bin ich da."

„Das passt." Sam nannte ihm ihre Adresse. „Ich sage dem Secret Service Bescheid. Sie werden sich am Kontrollpunkt ausweisen müssen."

„Kein Problem."

„Könnten wir kurz über Ihren Vater und Ihre Stiefmutter sprechen? Ich weiß, Sie besuchen ein College in einiger Entfernung, doch vielleicht wissen Sie ja trotzdem, ob einer der beiden Probleme mit anderen Menschen erwähnt hat, irgendetwas, das zu diesem Verbrechen geführt haben könnte?"

„Darüber denke ich auch nach, seit mich Agent Hill gestern Abend angerufen hat, nur fällt mir außer diesem Irrsinn mit seinem früheren Geschäftspartner, von dem Sie ja aber sicher schon wissen, nichts ein."

„Ja, das FBI hat uns darüber unterrichtet. Wovon hat Ihr Vater seit dem Umzug nach D. C. gelebt?"

„Er hat Hightech-Firmen beraten, die die von ihm entwickelte Software einsetzen. Details kenne ich nicht, allerdings war er sehr gefragt."

„Wissen Sie, ob er unter seinem richtigen Namen oder dem angenommenen gearbeitet hat?"

„Unter seinem richtigen Namen."

„Ich frage mich, warum – schließlich hatte er es auf sich genommen, mit seiner Familie unter einem neuen Namen von vorn anzufangen."

„Aber an dem Namen hing sein professioneller Ruf – oder zumindest das, was noch davon übrig war, nachdem dieser Mistkerl Piedmont ihm und uns anderen alles zerstört hatte. Es war ein echter Albtraum." Er hielt inne und fügte hinzu: „Tut mir leid."

„Sie müssen sich bei mir nicht entschuldigen. Ich kann mir nicht einmal ansatzweise vorstellen, was Sie und Ihre Familie durchgemacht haben."

„Ich würde es auch nicht glauben, wenn ich es nicht selbst erlebt hätte. Mein armer Vater. Erst hat er alles, wofür er sein ganzes Leben lang gearbeitet hatte, durch die Gier eines anderen verloren. Dann mussten wir unseren Namen ändern und untertauchen. Wegen dieses Mannes. Weil die Behörden Angst hatten, er würde genau so etwas tun."

„Fällt Ihnen außer Piedmont noch jemand ein, mit dem Ihr Vater und Ihre Stiefmutter Streit gehabt haben könnten?"

„Das war er. Er muss es gewesen sein."

„Ich verstehe, warum Sie sich da so sicher sind, aber ich habe gelernt, bei der Ermittlung in Mordfällen über den Tellerrand hinauszuschauen."

„Agent Hill hat gesagt, man hätte sie gefoltert, gefesselt und angezündet. Niemand auf der Welt außer Piedmont, der meinem Vater die Schuld an allem gegeben hat, obwohl er ihrer beider Leben ruiniert hat, hatte einen Grund, ihnen so etwas anzutun. Nicht meinem Vater."

Sam spürte, dass sie nichts weiter aus dem Sohn herausbekommen würde, der fest daran glaubte, dass es nur einen Verantwortlichen geben konnte. „Stehen Sie in Kontakt mit Ihrer Mutter?"

„Ja", gab er zögernd zu. „Was ist mit ihr?"

„Können Sie mir sagen, wie sie heißt und wo ich sie finde?"

„Was wollen Sie von ihr? Sie spielt im Leben meines Vaters seit fünfzehn Jahren keine Rolle mehr."

„Ich bin nur gründlich."

„Sie heißt Margaret Armstrong. Meine Mutter hat nach der Scheidung seinen Namen beibehalten."

„Wo lebt sie?"

„Ojai, Kalifornien."

„Wann haben Sie sie zuletzt gesehen oder mit ihr gesprochen?"

„Gesehen habe ich sie im Sommer, mit ihr geredet letzte Woche. Ich verstehe noch immer nicht, warum Sie nach ihr fragen."

„Ich bin nur gründlich, Elijah. So läuft das eben. War die Scheidung Ihrer Eltern einvernehmlich, oder haben sie sich gestritten?"

„Eher Letzteres. Sie haben zwei Jahre um das Sorgerecht für mich gekämpft. Meine Mutter sagte immer, mein Vater hätte sie mit seinem Geld ausgebootet. Aber das ist lange her."

„Wie kam es zu der Trennung?"

„Er hat Cleo kennengelernt."

Da haben wir's ja, dachte Sam. „Können Sie mir mehr dazu erzählen?"

Er seufzte tief. „Cleo hat als Marketingexpertin in seiner Firma gearbeitet, um zu helfen, die von APG entwickelte Software bekannt zu machen. Mein Vater hat mir geschworen, dass zwischen den beiden nichts gelaufen ist, bis er sich von meiner Mutter getrennt hatte, doch das hat meine Mom nie geglaubt."

„Wie sehen Sie das denn?"

„Mein Vater hat mich nie belogen. Er hat gesagt, da ist nichts gelaufen, also ist das so. Die Dinge zwischen meinen Eltern standen schon lange vor Cleo nicht gut."

„Inwiefern?"

„Meine Mutter ist ein guter Mensch, ein wirklich guter Mensch, aber sie hat viele Probleme."

„Was für Probleme?"

„Das kommt doch nicht in die Zeitung oder so, oder?"

„Die Information ist nur für mich, es sei denn, wir müssen gegen Ihre Mutter ermitteln."

„Das wird nicht geschehen", beteuerte er. „Sie hatte mit alldem nichts zu tun."

„Erzählen Sie mir von ihren Problemen."

„Sie litt früher unter Schizophrenie. Heute ist sie medikamentös gut eingestellt, und es geht ihr wirklich gut. Sie hat schon seit Jahren keine Probleme mehr."

Sam machte sich hektisch Notizen. „Welcher Art waren diese früheren Probleme denn?"

„Sie hat Stimmen gehört, die ihr befohlen haben, Dinge zu tun, die ihr überhaupt nicht ähnlichsahen."

„War sie je gewalttätig?"

„Manchmal", räumte er zögernd ein und setzte dann rasch hinzu: „Aber nicht, weil sie es wollte. Es lag an der Krankheit."

„War sie Ihnen gegenüber je gewalttätig?"

„Ich verstehe nicht, warum das wichtig ist. Sie hat mit dem Mord an meinem Vater nichts zu tun. Wenn sie ihn hätte umbringen wollen, hätte sie das schon vor Jahren getan."

„Halten Sie sie denn für fähig, ihn umzubringen?"

„Ich muss jetzt auflegen. Hören Sie, ich muss in den Unterricht und dann zum Zug."

„Mir ist klar, dass das alles sehr schwierig und belastend für Sie ist, aber wir stehen auf derselben Seite. Wir wollen beide, dass der Mörder von Ihrem Vater und Cleo gefasst wird und seine gerechte Strafe erhält."

„Meine Mutter hat die beiden nicht umgebracht. Das war Duke Piedmont. Mehr kann ich Ihnen dazu nicht sagen."

„Eines noch: Wann haben Sie Ihren Vater und Cleo das letzte Mal gesehen?"

„Ich war vor zwei Wochen übers Wochenende zu Hause."

„Haben Sie irgendeine Spannung zwischen den beiden oder sonst etwas Außergewöhnliches bemerkt?"

Nach einer Pause antwortete er: „Nein. Ich muss jetzt auflegen, sonst komme ich zu spät zum Unterricht."

„Kein Problem. Bis nachher."

Als er die Verbindung beendet hatte, klappte Sam ihr Handy zu und umkringelte den Namen Margaret Armstrong. Hinter dieser Geschichte steckte definitiv mehr, und Sam würde sich die Frau sehr genau ansehen.

18

Gonzo versuchte wiederholt, Christina anzurufen, aber sie nahm nicht ab. Als er es zum vierten Mal versuchte, landete er direkt auf der Mailbox, und er fragte sich, ob sie ihr Handy ausgeschaltet hatte. Er beschloss, ihr eine Textnachricht zu schreiben.

Ich wüsste gern, wie es meinem Sohn geht.

Sie schickte ihm erst nach einer halben Stunde eine Antwort, und als er sie las, bedauerte er, gefragt zu haben.

JETZT willst du wissen, wie es unserem Sohn geht? Na großartig. Ha-ha! Wo warst du gestern Nacht, als ich offizielle Dokumente unterzeichnen musste, als wäre ich seine MUTTER, was ich nicht bin? Fahr zur Hölle, Tommy. Ich habe deine Sachen gepackt, und Freddie holt sie nach der Arbeit ab. Genieß dein Leben.

„Scheiße", fluchte er, ließ sich wieder in die Kissen sinken und schloss die Augen. Er hatte starke Schmerzen, die von seiner Brust aus in den ganzen Körper ausstrahlten. Sie hatte Zeit gehabt, seine Sachen zusammenzupacken, was wohl bedeutete, dass Alex' Zustand sich gebessert hatte. Er fuhr sich mit den Fingern durchs Haar und versuchte, den tieferen Sinn ihrer Worte zu ergründen.

Ihre Beziehung war wirklich aus und vorbei. Er hatte erwartet, dass ihm das mehr wehtun würde. Was sie anging, war er inzwischen offenbar völlig abgestumpft. Sie war nur ein weiteres

Problem, mit dem er seit Arnolds Tod nicht klarkam, eine weitere Person, die etwas von ihm wollte, das er ihr nicht geben konnte.

Trotz des Schmerzes, den nur Vicodin lindern konnte, machte ihm der Gedanke, Christina verloren zu haben, absolut nichts aus. Bei seinem Sohn hingegen sah das ganz anders aus, und ihn gedachte er nicht zu verlieren. Sobald er hier raus war, würde er Andy anrufen, Nicks Freund, der Anwalt war und ihm schon früher geholfen hatte, um ihn um Rat zu bitten. Er wollte keine juristischen Auseinandersetzungen mit Christina. Es war in Alex' Interesse, dass sie beide eine Rolle in seinem Leben spielten, und dafür würde er sorgen. Aber Gonzo würde nicht zulassen, dass sie den Kontakt zu seinem Sohn unterband. Das kam nicht infrage.

Es klopfte an der Tür, und er drehte den Kopf, um zu sehen, wer da war. *Oh, verfluchter Mist.* Der gottverdammte Trulo. Sie hatten ihm so schnell wie möglich den Polizei-Seelenklempner geschickt. Er war wahrscheinlich sofort losgerannt, als Sam ihn angerufen hatte. Natürlich. Trulo bekam es nicht jeden Tag mit jemandem zu tun, der so kaputt war wie er.

Trulo, ein drahtiger Typ mit schütterem Haar, betrachtete Gonzo mit freundlichen grauen Augen, die ein Mitgefühl ausstrahlten, das dieser überhaupt nicht wollte. Warum ließen ihn nicht einfach alle in Ruhe? „Darf ich reinkommen?"

„Kann ich Sie daran hindern?", fragte Gonzo, dem es völlig egal war, dass er unfreundlich zu jemandem war, der seit jener furchtbaren Nacht im Januar immer nur nett zu ihm gewesen war. Er ignorierte die Tatsache, dass Trulo ihn dienstunfähig schreiben konnte, wenn er es für nötig hielt. Wäre das nicht ein großartiges Finale für spektakuläre vierundzwanzig Stunden?

„Tatsächlich können Sie das", entgegnete Trulo. „Sie müssen nur ein Wort sagen, dann gehe ich wieder."

Ich will Sie hier nicht, dachte er. Doch statt das auszusprechen, zuckte er nur die Achseln. „Ich habe Sam versprochen, mit Ihnen zu reden, also werde ich das auch tun."

Trulo deutete auf den Stuhl neben Gonzos Bett. „Darf ich?"

„Bitte." Gonzo beschloss, es hinter sich zu bringen, damit er danach weiter über seine Vorgehensweise in Sachen Christina und Alex nachdenken konnte, ganz zu schweigen von der Frage, wo er wohnen sollte, nachdem sie ihn aus der Wohnung geworfen hatte, für die er Miete zahlte. Sie leistete durchaus ihren Beitrag zum Familienbudget, aber wie sollte er denn von einem Polizistengehalt Miete für zwei Wohnungen in D. C. bezahlen?

Er war in mehrerlei Hinsicht am Arsch. Wo blieb eigentlich diese Schwester mit seinen Schmerztabletten? Er sah auf die Uhr und stellte fest, dass sie seit vier Stunden nicht mehr da gewesen war und die Wirkung der letzten Dosis langsam nachließ. Gonzo spürte es jedes Mal ganz genau, wenn das geschah. Dann wurde er nervös, bekam Angst, und der Schmerz ... Gott, der Schmerz hätte ein Pferd umwerfen können. Gonzo hatte so etwas noch nie gespürt.

„Sergeant?" Trulos Stimme riss ihn aus den zunehmend verzweifelten Gedanken, die ihm durch den Kopf gingen.

Gonzo sah ihn an und bemerkte, dass der andere die Stirn gerunzelt hatte. „Ja?"

„Ich habe gefragt, warum man Sie gestern Abend hier eingeliefert hat. Haben Sie mich nicht gehört?"

„Sorry, ich war in Gedanken." Er legte sich auf der Suche nach einer bequemen Position anders hin, und jäh durchzuckte Schmerz seinen Körper. Wo blieb diese blöde Schwester? Oder noch besser, wo war seine Jacke, in deren Innentasche sich noch Tabletten befanden? Die Erinnerung an sie war wie der Anblick einer Quelle in der Wüste. Wenn es ihm gelang, Trulo loszuwerden, konnte er eine Tablette nehmen. Der Gedanke an die Erleichterung, die ihm das bringen würde, beruhigte ihn ein wenig.

„Tommy?"

„Ich, äh, meine Freundin hat sich von mir getrennt. Außerdem hatte ich den ganzen Tag noch nichts gegessen, und ich schätze, ich war unterzuckert, deshalb waren mein Blutdruck und mein Puls viel zu niedrig. Das ist alles. Keine große Sache."

„Sie sagten, Ihre Freundin hätte sich von Ihnen getrennt? Wenn ich mich recht entsinne, waren Sie doch ziemlich lange ein Paar."

„Fast zwei Jahre", antwortete er mit zusammengebissenen Zähnen.

„Warum hat sie sich von Ihnen getrennt?"

„Das müssen Sie sie fragen."

„Was dagegen, wenn ich das tatsächlich tue?"

Verblüfft sah Gonzo ihn an. „Ist das Ihr Ernst?"

„Ich wüsste gern, wie es um Sie steht. Vermutlich hat sie dazu einiges zu sagen."

„Äh, ich weiß nicht recht. Sie ist sauer, und Sie haben Einfluss auf meine berufliche Zukunft. Diese Kombination gefällt mir eigentlich nicht."

„Niemand will Ihnen etwas am Zeug flicken, Sergeant. Darum dreht sich das hier nicht."

„Worum dann?"

„Ich möchte wissen und verstehen, wie es Ihnen geht. Sie haben viel durchgemacht. Es wird immer wieder Rückschläge geben bei dem Versuch, über die Geschehnisse des letzten Januars hinwegzukommen."

„Hinwegkommen?", fragte Gonzo, den diese Formulierung sofort wütend machte. „Sie erwarten, dass ich darüber hinwegkomme, dass ich mit ansehen musste, wie mein Partner vor meinen Augen abgeknallt worden ist? Ich soll über die Tatsache hinwegkommen, dass er tot ist, weil er mich genervt hat und ich deshalb gesagt habe, er könne den Verdächtigen befragen, wenn er dafür die Klappe hält und sich nicht mehr dauernd darüber beklagt, wie sehr er friert oder wie hungrig er ist? Wie lange darf man brauchen, um über so etwas hinwegzukommen? Das wüsste ich wirklich gern."

„Ich entschuldige mich für meine ungeschickte Wortwahl. Offensichtlich beschäftigt sie Detective Arnolds Tod immer noch sehr."

„Sie meinen Detective Arnolds Ermordung, oder?"

„Ja, natürlich."

„Ich muss demnächst bei der Anhörung aussagen, bei der festgestellt werden soll, ob ein hinreichender Verdacht gegen den Drecksack vorliegt, der ihn umgebracht hat. Das hat so lange gedauert, weil zuerst ein psychologisches Gutachten darüber erstellt werden musste, ob der arme Kerl überhaupt prozessfähig ist. Wussten Sie das?"

„Das ist das Erste, was ich davon höre, aber ich bin nicht überrascht, dass Sie aussagen müssen, denn Sie sind der einzige Zeuge."

„Ja, ich habe das große Los gezogen."

„Stresst sie der Gedanke an die Anhörung?"

„Was glauben Sie denn?"

„Bringt der Stress Sie vielleicht dazu, Dinge zu tun, die Sie sonst nicht täten?"

„Wie zum Beispiel?"

„Ich weiß nicht. Sagen Sie es mir."

Gonzo verdrehte die Augen. „Lernt man eigentlich im Rahmen des Psychologiestudiums, so vage Fragen zu stellen?"

Trulo lachte. „Nein, das ist ein Naturtalent. Wenn man seine Patienten selbstständig auf die richtigen Fragen kommen lässt, ist das zumeist effektiver, als wenn man alles vorgibt."

„Wenn Sie meinen."

„Zurück zu den Dingen, die Sie sonst nicht täten. Vielleicht sind die darin begründet, dass es Sie so stresst, gegen den Mann aussagen zu müssen, der Ihren Partner umgebracht hat. Ich meine, das würde jeden stressen. Beispielsweise vermute ich, dass es Lieutenant Holland stresst, gegen Stahl aussagen zu müssen."

Gonzo zuckte die Achseln. „Ich weiß nicht. Vermutlich schon. Sie hat sich uns gegenüber diesbezüglich nicht geäußert."

„Das bedeutet nicht, dass sie es nicht so empfindet, genau wie Sie Schwierigkeiten mit der nächsten Phase des Prozesses haben, bei dem Arnolds Mörder seine gerechte Strafe erhalten soll, und mit dem, was das von Ihnen verlangt."

Die Worte „Arnolds Mörder seine gerechte Strafe erhalten soll" lösten etwas bei Gonzo aus. Er würde tun, was er konnte, um dafür zu sorgen, dass der Mann, der seinen Partner umgebracht hatte, den Rest seines Lebens hinter Gittern verbringen musste. Eigentlich ein viel zu geringer Preis für das, was er einem jungen Mann angetan hatte, der sein ganzes Leben noch vor sich gehabt hatte.

Verdammt noch mal. Gonzo merkte, dass ihm Tränen übers Gesicht rannen. Wütend wischte er sie weg. Das Letzte, was er jetzt gebrauchen konnte, war ein Zusammenbruch vor dem Polizei-Seelenklempner.

Trulo reichte ihm ein Papiertaschentuch aus einer Schachtel auf dem Nachttisch. „Sie haben viel um die Ohren. Wie können wir Ihnen da durchhelfen?"

Sie können mich in diese Nacht im Januar zurückversetzen. Dann würde ich alles anders machen. Ich würde die Befragung durchführen, wie immer. Das hätte ich sowieso tun sollen. Ich wünschte, es hätte mich erwischt. „Nichts."

„Darf ich Ihnen einen Rat geben?"

„Wenn's sein muss."

„Alles für sich zu behalten, alles allein bewältigen zu wollen führt in die Katastrophe. Sie sind umgeben von Menschen, die Ihnen helfen möchten – daheim und bei der Arbeit. Menschen, denen Sie wichtig sind, Tommy."

„Was können die schon tun? Niemand kann ändern, was vor neun Monaten passiert ist, also was genau soll ich denen sagen?"

„Erzählen Sie ihnen, wie es Ihnen geht. Erzählen Sie mir, wie es Ihnen geht. Erzählen Sie es *irgendwem*."

„Ich fühle mich total beschissen! Ständig! Was soll ich denn noch sagen? Dass ich ständig diese Bilder vor Augen habe, die mich quälen, dass ich dauernd das gurgelnde Geräusch höre, mit dem er um Atem gerungen hat, oder dass er tot war, ehe ich überhaupt begriffen hatte, was geschehen war? Soll ich erzählen, dass mir außer meinem Sohn alles und jeder egal ist – auch die Frau, die ich angeblich liebe, und sogar mein Beruf? Wollen Sie das hören?"

„Es ist ein guter Anfang."

Erschöpft von seinem Ausbruch sank Gonzo in die Kissen zurück.

„Erleichtert es Sie, diese Dinge laut auszusprechen?"

„Nein. Nichts bringt mir Erleichterung." Außer Vicodin, aber das durfte er nicht sagen, sonst würde Trulo ihn einsperren, und er würde nicht an Nachschub rankommen. Der Gedanke, von der Versorgung mit dem Mittel abgeschnitten zu sein, versetzte ihn in wilde Panik.

„Ehe ich hergekommen bin, habe ich kurz in Ihre Akte geschaut, als Gedächtnisstütze", sagte Trulo. Er meinte Gonzos Dienstakte.

Wozu? Worauf wollte er hinaus?

„Kurz bevor Sie Ihren Partner verloren haben, haben Sie eine beinahe tödliche Schusswunde am Hals erlitten."

Gonzo deutete auf die knapp acht Zentimeter lange Narbe an

seinem Hals, ein Souvenir von einem anderen Tag, den er ebenfalls am liebsten vergessen hätte. „Meine Kriegsverletzung. Ironisch, dass ausgerechnet Arnold mir das Leben gerettet hat, indem er Druck auf die Wunde ausgeübt hat, oder? Ich hingegen konnte absolut gar nichts für ihn tun."

„Außerdem hatte der frühere Leiter Ihres Teams Lieutenant Holland entführt und misshandelt. Detective McBride wurde entführt und vergewaltigt. Die Mutter Ihres Sohnes, von dessen Existenz Sie erst erfahren hatten, als er schon mehrere Monate alt war, wurde umgebracht, und Sie waren kurzzeitig verdächtig."

„Worauf wollen Sie hinaus, Doc?"

„Sie haben viel durchgemacht, Tommy. Jedes einzelne dieser Ereignisse würde schon ausreichen, um den stärksten Mann zu erschüttern. Ich frage mich, wie Sie bei einer solchen Häufung überhaupt noch arbeiten können."

Ein unangenehmes Gefühl durchdrang seine Abstumpfung. Gonzo gefiel überhaupt nicht, worauf das hinauslief. „Was soll ich denn tun, Doc? Ich muss eine Familie ernähren – zumindest musste ich das bis gestern Abend. Ich kann es mir nicht erlauben, wie Will einfach alles hinzuschmeißen."

„Wollen wir über Will reden?"

„Wieso?" Was zum Teufel hatte denn sein früherer Kollege mit alldem zu tun?

„Waren Sie eng mit ihm befreundet?"

„Nicht besonders. Wir waren Arbeitskollegen. Er war ein guter Ermittler, dessen Kündigung ich bedauert habe. Er war Arnolds bester Freund. Das habe ich erst nach Arnolds Tod erfahren." Gonzo lachte bellend. „Ich bin schon ein toller Sergeant, was? Kenne nicht einmal den besten Freund meines Partners, der jeden Tag direkt neben uns sitzt."

„Warum hat Will gekündigt?"

„Das wissen Sie doch. Er ist mit Arnolds Tod, mit dem, was mit Sam und Jeannie passiert ist, und mit den Schüssen auf mich nicht fertiggeworden. Die Arbeit bei der Polizei hat ihm nichts mehr gegeben. Er ist Single und nur für sich selbst verantwortlich. Also kann er tun und lassen, was er will."

„Was würden Sie denn machen, wenn Sie auch tun und lassen könnten, was Sie wollen?"

„Wieso ist das wichtig? Ich kann es nun mal nicht."

„Rein hypothetisch. Was würden Sie machen?"

„Ich würde nach Florida fahren und einen Monat auf den Keys angeln."

„Warum tun Sie das nicht? Sie könnten sich unter den gegebenen Umständen für vierzig Tage krankschreiben lassen. Wofür heben Sie sich das auf?"

„Ich lasse mich nicht unnötig krankschreiben, Doc."

„Ja, aber vielleicht wäre es mal dringend nötig, Tommy. Es könnte Ihnen guttun, mal rauszukommen. Ihre Freundin kümmert sich doch gut um Ihren Kleinen, oder?"

„Ja", flüsterte er. „Sie liebt ihn."

„Womöglich würde sie es sogar verstehen, wenn Sie ihr sagen, dass Sie mal ein bisschen Zeit für sich brauchen, um sich zu sortieren."

Gonzo zuckte die Achseln. „Ich habe schon zu viel von ihr verlangt."

„Dann macht diese eine Sache den Kohl auch nicht mehr fett. Ich gehe mal davon aus, dass sie Sie irgendwann mal geliebt hat, und dass sie Ihren Sohn liebt, hat sie bewiesen. Sie sollten mal eine Weile aus dem Hamsterrad aussteigen und sehen, ob Sie eine produktive Art und Weise finden, mit dem, was geschehen ist, umzugehen."

Gonzo fiel auf, wie er das sagte. *Eine produktive Art und Weise.* Bedeutete das, dass Trulo von der definitiv unproduktiven Art und Weise wusste, wie er aktuell mit dem Geschehenen umging? „Ich überlege es mir."

„Darf ich mal mit Christina sprechen?"

Er holte tief Luft. „Ja, warum nicht? Nur zu. Im Augenblick ist sie stinkwütend auf mich. Viel Spaß."

„Auf mich ist sie das ja nicht. Mir wird schon nichts passieren." Trulo erhob sich und reichte Gonzo seine Visitenkarte. „Rufen Sie mich an, wenn ich Ihnen irgendwie helfen kann. Tag und Nacht. Rufen Sie mich an, wann immer Sie mich brauchen. Nichts, was wir besprechen, wird sich je auf Ihren Beruf auswirken, es sei denn, ich habe das Gefühl, Sie gefährden andere. Okay?"

Gonzo nickte und nahm die Karte. „Danke, dass Sie vorbeigekommen sind."

„Seien Sie mal nicht zu hart zu sich selbst, Tommy. So furchtbar Sie sich auch fühlen mögen, Ihr emotionaler Zustand ist angesichts dessen, was Sie durchgemacht haben, völlig normal. Sie sollten wirklich mal über eine Auszeit nachdenken. Ich glaube, das könnte helfen." Er hielt ihm die Hand hin.

Gonzo schüttelte sie.

„Ich sehe später noch mal nach Ihnen."

Als er fast schon draußen war, rief Gonzo: „Hey, Doc?"

Trulo drehte sich mit fragend hochgezogenen Augenbrauen zu ihm um.

„Danke noch mal."

„Jederzeit, Sarge."

Nachdem er weg war, starrte Gonzo die Visitenkarte in seiner Hand noch lange an und dachte über die Worte des Arztes nach. Die Vorstellung, mal rauszukommen, gefiel ihm, aber nicht ohne Alex und Christina. Vielleicht war es Zeit, dass sie alle drei zusammen eine Auszeit nahmen und versuchten, ihre Familie wieder auf die Reihe zu kriegen.

Aber zuerst musste er Christina dazu bringen, mit ihm zu reden. Und das würde alles andere als leicht werden.

~

DA NICK SICH MIT SEINEM TEAM INS ESSZIMMER ZURÜCKGEZOGEN hatte und die Kinder oben mit Shelby und Noah einen Film schauten, stürzte sich Sam auf die Fallakten der Beauclair-Ermittlung, die ihre Leute am Vortag zusammengestellt hatten, und sah sich die Protagonisten des Falles genau an – Jameson Beauclair/Armstrong, Cleo Beauclair/Armstrong, Duke Piedmont, Margaret Armstrong und andere aus dem Dunstkreis der nicht mehr existenten Firma APG. Sam war dankbar, dass sie ausnahmsweise am Vormittag zum Lesen kam und nicht erst später am Tag, wenn sie bereits müde war und ihre Dyslexie sich stärker bemerkbar machte.

Bei der Schließung von APG waren mehr als tausend Mitarbeiterinnen und Mitarbeiter entlassen worden, und Sam notierte sich den Namen des Personalchefs, falls sie überprüfen musste, ob jemand sich an dem Mann hatte rächen wollen, der zwar das Richtige getan hatte, dessen Entscheidung aber viele Menschen ihren Job gekostet hatte. Und wenn ja, wer dafür infrage käme. Das war weit hergeholt, doch Sam hatte gelernt, in Mordfällen in wirklich alle Richtungen zu ermitteln.

Jameson war ein Überflieger gewesen. Besser konnte man seinen kometenhaften Aufstieg in der Hightech-Branche, der mit der Arbeit am späteren Kernprodukt von APG in einem Wohnheimzimmer in Stanford begonnen hatte, nicht beschreiben. Mithilfe seiner Freunde Piedmont und Gorton hatte er APG zu einem führenden Unternehmen der Fortune-500-Liste gemacht, und er selbst und seine Partner waren mit revolutionärer Logistik-Software zu Milliardären geworden. Jeder, der ein Lagerhaus hatte und Versandhandel betrieb, hatte die APG-Software genutzt, und innerhalb von nur drei Jahren nach der Markteinführung war sie weltweit Standard gewesen.

Die Firma hatte zu den Lieblingen des Silicon Valley gehört, ihr Personal, zumeist innovative Hipster in Hoodies und Chucks, hatte auf einem über neun Hektar großen Gelände zusammengelebt. Die Inhaber von APG hatten die Titelseiten von *Forbes* und *Wired* geziert und waren Gegenstand von nicht weniger als sechs Artikeln im *Wall Street Journal* gewesen, davon einmal in einer Geschichte über Selfmade-Milliardäre.

Sie waren die Könige der Welt gewesen. Bis einer von ihnen zu gierig geworden war. Sam hatte Berichte in der *Los Angeles Times*, im *Wall Street Journal* und vielen anderen Publikationen gelesen, die den Untergang der Firma beschrieben. Sie waren von den Lieblingen des Silicon Valley zu Parias geworden, hatten die Börsenaufsicht, das FBI und andere Behörden am Hals gehabt und waren so schnell dichtgemacht worden, dass die Mitarbeiter nicht einmal mehr ihre persönlichen Gegenstände aus den Büros hatten holen können.

Eine Hightech-Zeitschrift bezeichnete die Entwicklung als „Absturz aus schwindelerregenden Höhen" und beschrieb, wie die Firma, die kurz zuvor noch zu den zehn am heißesten gehandelten der Branche gehört hatte, buchstäblich über Nacht eine Bruchlandung hinlegte, nachdem Armstrong der Börsenaufsicht gemeldet hatte, was er über seinen Partner Piedmont herausgefunden hatte. Der Untergang war schnell und gnadenlos gewesen, und nur Tage nach der Schließung der Firma hatte man Piedmont wegen Insiderhandels angeklagt.

Wieder fiel ihr auf, wie sich diese Entwicklung in Jameson Armstrongs Äußerem widerspiegelte. Er verwandelte sich innerhalb von sechs Monaten von einem attraktiven, dunkelhaarigen, lächelnden jungen Mann zu einem grauhaarigen Zerrbild seiner selbst. Seine Veränderung war unübersehbar und erzählte die wahre Geschichte der Belastung, unter der er gestanden hatte, während er Beweise gegen seinen früheren Partner, Freund und Mitbewohner in Stanford sammelte.

Piedmont hingegen wirkte nach wie vor überlebensgroß, lächelte, stritt alles ab und behauptete, alles sei ein großes Missverständnis, das sich vor Gericht klären würde. Allerdings war er lange vor dem Prozesstermin untergetaucht, und seit drei Jahren hatte niemand mehr was von ihm gehört oder gesehen. Er war jedoch mit allen möglichen illegalen Unternehmungen von Drogenhandel über Prostitution und Glücksspiel bis hin zu Mord in Verbindung gebracht worden. Bevor alles den Bach runtergegangen war, hätte er der Star einer Reality-TV-Sendung mit dem Titel *Die wilden Reichen* sein können. Sein Playboy-Lebensstil hatte gewaltiges Medieninteresse erregt. In der Presse waren Bilder von ihm erschienen, stets umgeben von schönen Frauen, und er war Dauerthema in Fernsehshows und auf Klatschwebseiten gewesen.

Sam hatte unwillkürlich Mitleid mit Armstrong, der der Firma treu geblieben war, während Piedmont durchgedreht war und mit seinem Verhalten letztlich zu deren Untergang geführt hatte.

Ein Signalton ihres Handys informierte sie über das Eintreffen einer Textnachricht von Avery.

Habe Ihnen eine Mail geschickt. Das haben Sie aber nicht von mir.

19

Sam rief ihr Mailprogramm auf und stellte fest, dass Averys Nachricht von seinem privaten Mailaccount kam, nicht von seiner offiziellen FBI-Adresse. *Interessant.* Sie klickte auf das angehängte PDF und öffnete damit, wie sie rasch erkannte, das Dossier, das er am Vortag erwähnt hatte und in dem Armstrong die Beweise gegen Piedmont zusammengetragen hatte. Er hatte im Grunde den Ermittlern der Börsenaufsicht und des FBI die Arbeit abgenommen und jede Anschuldigung sauber dokumentiert. Sie überflog das zwanzigseitige Dokument, quasi eine Zusammenfassung des Prozesses gegen Piedmont.

Dass Armstrong diese Arbeit so sorgfältig erledigt hatte, obwohl er wusste, dass sie seinen professionellen Ruf ruinieren und die Firma zerstören würde, die sein Lebenswerk war, war vorsichtig ausgedrückt bewundernswert.

Sam versuchte, sich in seine Lage zu versetzen: Er hatte etwas über seinen Partner und Freund erfahren, das zu ihrer aller Untergang führen konnte, und trotzdem das Richtige getan. Das sagte viel über den Charakter von Jameson Armstrong/Beauclair aus.

Da die Kinder bei Shelby gut aufgehoben waren, arbeitete Sam weiter und widmete sich als Nächstes Cleo Dennis Armstrong/Beauclair, die aus einer prominenten Familie aus Nordkalifornien stammte, die für ihre Verbindungen zum

Weinanbau bekannt war. Ihren Eltern gehörte eine Firma, die sich auf Lobbyarbeit für Winzer spezialisiert hatte und Niederlassungen in Napa, Sacramento und Washington besaß. Sam notierte sich die Namen der Eltern, mit denen sie später sprechen wollte.

Vor ihrem Job bei APG hatte Cleo für ein angesagtes Blog in San Francisco gearbeitet, das über Modetrends berichtete. Sam wandte sich noch einmal frühen Artikeln zu, aus besseren Zeiten von APG. Sie las über die erste Begegnung von Jameson mit Cleo auf einer Dinnerparty, bei der er sofort von ihr fasziniert gewesen war.

„Ich ließ mich gerade von meiner ersten Frau scheiden und war überhaupt nicht darauf aus, etwas Neues zu beginnen, aber sobald ich Cleo kennengelernt hatte, wusste ich, sie würde mein Leben verändern", hatte er in einem *Forbes*-Artikel zu Protokoll gegeben. „Ich war so selbstsüchtig, sie in meiner Nähe haben zu wollen, bis ich so weit war, also habe ich sie für die interne Kommunikationsabteilung von APG angeworben."

Ein Artikel in der *Los Angeles Times* nach der Implosion der Firma widmete eine ganze Spalte Armstrongs hässlicher Scheidung von seiner ersten Frau Margaret und dem anschließenden Sorgerechtsstreit um Elijah, der damals sechs Jahre alt gewesen war. Während des Verfahrens waren Margarets psychische Probleme bekannt geworden, was Jameson nach eigenen Aussagen entsetzlich fand. „Meine Anwälte haben nie etwas verlautbaren lassen", hatte er beharrlich beteuert.

Der Fall hatte sich zwei Jahre lang hingezogen, und in all der Zeit hatte man Jameson nie mit Cleo in der Öffentlichkeit gesehen. Am Ende hatte das Gericht ihm das Sorgerecht für Elijah während der Schulzeit übertragen, und Margaret hatte weitreichende Besuchsrechte bekommen. Außerdem sollte der Junge alle Feiertage und Schulferien bei ihr verbringen, vorausgesetzt, sie war mit vierteljährlichen psychologischen Begutachtungen einverstanden. Dass diese Regelung publik geworden war, verriet viel über das Interesse an Armstrong und seiner Familie auf dem Höhepunkt der beeindruckenden Firmengeschichte von APG.

„Mein Ex-Mann ist mächtig und einflussreich", hatte Margaret nach Abschluss des Prozesses bei einem Interview mit einem lokalen TV-Sender erklärt. „Mächtige, einflussreiche Menschen können sich sehr viel mehr erlauben als wir anderen, was dieser Fall eindeutig beweist." Sie hatte innegehalten und dann hinzugesetzt: „Dass mein Gesundheitszustand jetzt öffentlich bekannt ist, stellt eine tiefgreifende Verletzung meiner Privatsphäre dar, aber so ist das eben, wenn David gegen Goliath kämpft."

Die Verletztheit und die Wut der Frau waren klar und deutlich erkennbar, daher war es unerlässlich, sie sich genauer anzuschauen. Jameson hatte sich nicht nur in Cleo verliebt, während er rein rechtlich noch mit Margaret verheiratet gewesen war, er hatte auch ihre psychischen Probleme bei dem Sorgerechtsstreit gegen sie verwendet. Das alles war zwar Jahre her, doch Ressentiments schwärten manchmal lange, und dann reichte ein Tropfen, um das Fass zum Überlaufen zu bringen.

Aus dem Augenwinkel sah Sam, wie sich die Glastür zum Esszimmer öffnete. „Ich spüre, dass du mich beobachtest", sagte sie lächelnd, ohne aufzublicken.

„Nichts beobachte ich lieber als dich. Davon kriege ich nie genug."

„Ob das auch noch gilt, wenn ich eines Tages alt und faltig sein werde?"

„Selbst dann werde ich nichts lieber betrachten wollen. Das gilt mein Leben lang." Er stieß sich vom Türrahmen ab, an dem er gelehnt hatte, setzte sich neben sie und legte den Arm um sie. „Wie läuft's?"

„Ich komme langsam, aber sicher voran – hoffe ich zumindest. Mir ist es so verdammt wichtig, dass diesen beiden Kindern da oben Gerechtigkeit widerfährt."

„Mir auch, und wenn jemand dafür sorgen kann, dann du. Hast du schon irgendwelche zielführenden Hinweise?"

„Naheliegend ist natürlich der Ex-Partner. Der Typ hat Motive bis zum Abwinken, weil er Armstrong vorwirft, ihn ans FBI verpfiffen zu haben, obgleich der gar keine andere Wahl hatte. Hätte er es nicht getan, wäre er vielleicht selbst vor Gericht gelandet. Was für ein Dilemma! Entweder denunzierst du deinen ehemaligen besten Freund und Geschäftspartner und zerstörst dabei die Firma, die du aufgebaut hast, oder du läufst Gefahr, dich selbst strafbar zu machen."

„Er hat das einzig Mögliche getan."

„Ja. Dann ist da noch seine schizophrene Ex-Frau, mit der er sich einen Sorgerechtsstreit um den älteren Sohn geliefert hat. Während des Prozesses wurden ihre psychischen Probleme publik, und das hat sie ihm vorgeworfen, obgleich er standhaft bestritten hat, damit etwas zu tun zu haben. Diese Ex-Frau, Margaret, war auch davon überzeugt, dass er schon etwas mit Cleo hatte, solange sie noch verheiratet waren, obgleich er das immer abgestritten hat."

„Hätte sie denn dann nicht schon längst an ihm Rache genommen?"

„Manchmal schwelen solche Dinge jahrelang, bis dann ein winziger Funke reicht, um das Pulverfass explodieren zu lassen. Ihr Sohn Elijah wird später mit dem Zug aus New Jersey hier eintreffen. Ich hoffe, von ihm mehr über die Beziehungsdynamik zwischen seinen Eltern zu erfahren."

Nick streichelte ihr den Rücken, und sie schloss die Augen, um den Moment mit ihm zu genießen. Selbst in einem Haus voller Menschen konnte er ihr das Gefühl geben, mit ihm allein auf der Welt zu sein.

„Ich habe gute Neuigkeiten", verkündete er.

Sam öffnete die Augen und sah ihn an. „Was für welche?"

„Ich muss nicht drei, sondern nur eine Woche nach Europa."

Sam schrie vor Glück auf und umarmte ihn. „Das ist die beste Nachricht aller Zeiten. Wie hast du das denn geschafft?"

„Ich habe erklärt, ich könne höchstens eine Woche außer Landes sein und sie könnten sich frei aussuchen, wie sie diese Zeit am besten nutzen wollen. Der Außenminister übernimmt einen Teil meiner Termine. Ich habe Terry mitgeteilt, ich gedächte grundsätzlich keine Reisen zu machen, die länger als eine Woche dauern."

„O Gott, ich liebe dich. Hab ich dir das in letzter Zeit mal gesagt?"

Sein leises Lachen vibrierte in seiner Brust. „Ich hoffe, es ist deutlich, dass ich dich auch liebe, und zwar so sehr, dass ich meiner gesamten Verwaltung Kopfzerbrechen bereite, nur um nicht länger als nötig von meiner schönen Frau getrennt zu sein."

Sam atmete seinen frischen, sauberen Duft ein, den Geruch nach Heimat. Selbst eine Woche ohne ihn würde eine Qual werden, aber es war allemal besser als drei. „Hast du internationale Verwicklungen ausgelöst?"

„Durchaus möglich. Terry meint, einige der ausländischen Würdenträger, die wir hätten treffen sollen, werden am Boden zerstört sein, weil ich nicht komme."

„Du bist im Ausland genauso beliebt wie hier."

„Mir ist nur wichtig, wie beliebt ich in diesem Haus bin."

„Du kriegst den Titel des beliebtesten Mannes im Haus verliehen und wirst heute außerdem höchstwahrscheinlich Sex haben."

Sein Lachen brachte sie zum Lächeln. Wie alles an ihm.

„Äh, Nick?", meldete sich Terry aus dem Esszimmer. „Wir brauchen dich hier."

„Die Pflicht ruft", sagte Nick. „Gib mir einen Kuss – und zwar einen, an dem ich mich eine Weile festhalten kann."

Sam war es egal, dass ein Mitarbeiter des Secret Service die Haustür bewachte und Nicks Team sich im Esszimmer befand. Sie freute sich einfach über die Gelegenheit, ihren sexy Ehemann mitten an einem Arbeitstag zu küssen. Deshalb legte sie ihm eine Hand an die Wange und ging aufs Ganze, ließ ihn verheißungsvoll ihre Zungenspitze spüren. Als sie wieder zurückwich, wirkte er ziemlich überwältigt. „Sie müssen zurück an die Arbeit, Mr Vice President."

Er raubte ihr einen weiteren Kuss. „Mmm. Fortsetzung folgt. Ich hoffe immer noch auf ein wenig Kuscheln am späten Nachmittag, wenn alle weg sind und die Kleinen ein Nickerchen machen."

„Du hast dir meinen Ultra-de-luxe-Service redlich verdient, weil du deine Reise um zwei Wochen verkürzt hast."

„Was umfasst denn dieser Ultra-de-luxe-Service alles – nur damit ich mich den restlichen Tag über darauf freuen kann?"

Sie beugte sich vor, flüsterte es ihm ins Ohr und richtete sich gerade noch rechtzeitig wieder auf, um seine schönen Augen überrascht aufleuchten zu sehen.

„Ich dachte, das gibt's bloß zu Geburtstag oder Hochzeitstag?"

Sam lachte und stieß ihn mit der Schulter an. „Geh schon. Wir müssen arbeiten." Beide erhoben sich. „Doch zuerst muss ich mal nach meinen Kleinen schauen."

„Sam ..."

„Das war nur so dahingesagt. Ich weiß, dass die beiden nicht meine Kinder sind." *Aber ich wünschte, sie wären es.* Der Gedanke überkam sie so plötzlich, dass sie unter dem Gewicht dieser Erkenntnis leicht taumelte.

„Babe? Alles in Ordnung?"

„Es geht mir gut. Ich bin zu schnell aufgestanden und hab bisher nichts gefrühstückt."

„Schön langsam, okay? Du darfst jetzt nicht noch krank werden."

„Es ist alles in Ordnung", versicherte sie ihm auf dem Weg nach oben. „Mach dir um mich keine Sorgen."

„Genauso gut könntest du von mir verlangen, nicht zu atmen."

Von zu Hause aus zu arbeiten hatte viele Vorteile, nicht zuletzt, dass sie mitten am Tag Zeit mit Nick verbringen konnte. Sie fand Shelby und die Kinder in Scottys Zimmer. Sie lagen auf dem Bett, Shelby in der Mitte, die den schlafenden Noah in den Armen und je ein kleines blondes Kind links und rechts von sich hatte. Beide lagen mit den Köpfen auf ihr, und alle drei schauten „Minions".

Aubrey sah auf, als Sam im Türrahmen erschien. „Ist Mama gekommen?"

„Nein, Süße."

„Wo bleibt sie denn? Sie lässt uns sonst nie so lange allein. Macht sie sich keine Sorgen um uns?"

Alden sagte zwar nichts, doch er beobachtete Sam mit klugem, wissendem Blick. Sie fragte sich, ob er bereits vermutete, was seine Schwester noch nicht einmal ahnte.

„Das weiß ich nicht sicher." Sam fühlte sich schuldig, weil sie sie anlog, aber sie würde den Kindern die schreckliche Nachricht erst nach Elijahs Ankunft beibringen. „Wie wäre es mit Mittagessen? Hat jemand Hunger?"

Aubrey zuckte die Achseln, als sei sie ausschließlich an ihrer Mutter interessiert.

Sam verspürte großes Mitleid mit den beiden. Nach dem

Mittagessen würde sie Trulo anrufen und ihn um Rat fragen. Bei dem Gedanken, die heile kleine Welt der Kinder kaputtmachen zu müssen, wurde Sam ganz elend.

Sie sah zu Shelby, die ihre Tränen unterdrücken musste.

„Wie wäre es mit Grillkäse?", fragte sie dann trotzdem mit fröhlicher Stimme. „Scotty sagt, den macht niemand so gut wie ich. Wollt ihr überprüfen, ob er recht hat?"

Aubrey nickte. „Okay."

Gott sei Dank, dass es Shelby gibt, dachte Sam erneut, als alle nach unten marschierten. Ihre freundliche Bestimmtheit war genau das, was die Kinder jetzt brauchten.

„Lasst mich Noah versorgen, dann kümmern wir uns um den Grillkäse", schlug Shelby vor. Sie hatte in der Waschküche neben der Küche eine tragbare Wiege aufgestellt.

Sam hatte den Kindern gerade Apfelsaft eingegossen und sie an den Tisch gesetzt, als ihr Handy klingelte.

„Geh ruhig ran", forderte Shelby sie auf. „Ich hab hier alles im Griff."

„Danke", sagte Sam und nahm Freddies Anruf entgegen. „Was gibt's?"

„Es ist vielleicht gar nicht wichtig, aber ich habe in unserem System eine Meldung gefunden, die wir weiterverfolgen sollten. Cleo hatte am Freitag einen kleinen Verkehrsunfall. Offenbar hat ein Bagatellschaden zu einer hässlichen Szene geführt."

„Mail mir das. Sonst noch etwas?"

„Jeannie und ich sind heute wieder in der Nachbarschaft unterwegs, und Green sieht sich in dem Kindergarten genauer um."

„Wieso das?"

„Weiß nicht. Er hat behauptet, er habe da so eine Ahnung."

„Richte ihm aus, er soll mich anrufen und diese sogenannte Ahnung mit mir teilen."

„Mach ich. Wir sind entweder um vier da oder sagen noch mal Bescheid."

„Klingt gut. Danke."

Fünf Minuten später meldete sich Green bei ihr.

„Guten Tag, Detective."

„Hey, Lieutenant. Cruz hat gemeint, ich soll Sie anrufen, um

Sie auf den neuesten Stand zu bringen. Ich folge nicht nur der Spur des Geldes, sondern nehme auch den Kindergarten genauer in Augenschein. Von Freunden, deren Kinder dort waren, habe ich ein paar Dinge gehört, die mir den Eindruck vermittelt haben, das könnte sich lohnen."

„Was für Dinge?"

„Vor allem, dass die Eltern – in Ermangelung eines besseren Wortes – verrückt sind."

„Inwiefern?"

„Kompetitiv, bösartig, nachtragend. Zu viel Geld, zu wenig zu tun. So was in der Art."

„Klingt ja toll", erwiderte Sam.

„Nun ja, es klingt nach privatem Elite-Institut."

„Haben Sie mit so etwas Erfahrung?"

„Leidvolle. Ich habe diesen Unsinn dreizehn Jahre lang mitgemacht. Meine Mutter könnte Ihnen ein paar Geschichten über die anderen Eltern erzählen."

„Mich würde eher ein Gesprächspartner interessieren, der jetzt Kinder dort hat. Am besten jemand, der einigermaßen normal ist."

„Es gibt da eine Frau, mit der Sie reden sollten. Ich sorge dafür, dass sie Sie anruft. Sie heißt Marlene Peters. Ich spiele Football mit ihrem Mann Dave."

„Sie spielen Football?"

Er lachte. „Flag Football. Wir sind alle zu alt und beruflich zu involviert, um Sportverletzungen zu riskieren."

„Das muss ich sehen."

„Sie können gerne mal sonntags vorbeikommen, aber nur, wenn Sie meine Mannschaft anfeuern."

„Na klar. Das planen wir demnächst mal ein."

„Klingt gut. Ich werde Marlene bitten, Sie anzurufen. Tatsächlich hat sie sich schon bei mir gemeldet, nachdem sie das mit den Beauclairs gehört hatte."

„Warum?"

„Zunächst, um mich zu fragen, ob es wirklich Mord war, und dann, um ihrem Unglauben Ausdruck zu verleihen."

„Hat sie sie gekannt?"

„Cleo schon, Jameson nicht. Offenbar war Cleo als

Übermutter bekannt. Sie war die, die sich für alles freiwillig gemeldet, die die krassesten Kindergeburtstage, Verabredungen zum Spielen und Bastelnachmittage veranstaltet hat und ganz allgemein alle anderen wie Vollversager im Mutterbereich hat aussehen lassen."

Die Beschreibung allein reichte aus, dass Sam sich unzulänglich fühlte. Sollte sie für Scotty Verabredungen zum Spielen und Bastelnachmittage veranstalten? Würde er eines Tages darunter leiden, dass sie das nicht getan hatte? Diese Überlegung stimmte sie traurig. So eine Mutter würde sie niemals sein, trotzdem konnte niemand ihn mehr lieben als sie.

„Lieutenant?", fragte Green. „Sind Sie noch da?"

„Ja. Ich versuche nur, mir vorzustellen, was diese armen Kinder alles verloren haben."

„Wie geht es den beiden?"

„Sie sind verwirrt und still. Alden, der Junge, hat bisher kein Wort gesprochen. Um ihn mache ich mir besonders Sorgen. Elijah, der ältere Bruder der beiden, kommt nachher vorbei. Ich hoffe, er kann uns helfen, zu dem Kleinen durchzudringen."

„Ja, das hoffe ich auch. Das ist alles so traurig."

„Da haben Sie recht. Kümmern Sie sich mal weiter um den Kindergarten, und ich freue mich schon darauf, mit Marlene zu sprechen."

„Ich sorge dafür, dass sie Sie gleich anruft."

„Danke, Cameron."

„Gern."

Sam klappte ihr Handy zu und ging in die Küche, um mit den Kindern zu Mittag zu essen. Sie hatte gerade einen halben Grillkäse verspeist, als ihr Telefon erneut klingelte. Rasch verließ sie die Küche und nahm den Anruf einer unbekannten Nummer entgegen. „Lieutenant Holland."

„Marlene Peters. Cam hat mich gebeten, mich bei Ihnen zu melden."

„Ja, danke, dass Sie sich Zeit dafür nehmen."

Ihre Gesprächspartnerin lachte auf. „Machen Sie Witze? Die Tatsache, dass ich mit Ihnen gesprochen habe, wird mir wochenlang jeden Tag eine Einladung zum Mittagessen einbringen. Meine Freundinnen werden vor Neid erblassen."

Sam wusste nie so recht, wie sie auf solche Kommentare reagieren sollte. „Oh, äh, danke."

„Das muss Ihnen nicht peinlich sein", versicherte ihr die andere. „Aber eigentlich wollten Sie ja mit mir über Cleo und ihre Familie sprechen. Es bricht mir das Herz, was ihnen zugestoßen ist."

„Die Sache ist in der Tat sehr tragisch."

„Ich muss dauernd an die Kinder denken."

„Alles in allem geht es ihnen gut. Wir warten darauf, dass ihr Bruder aus dem College hier eintrifft, damit wir ihnen sagen können, was passiert ist."

„Die armen Kleinen. Cleo war eine wundervolle Mutter."

„Das habe ich schon gehört. Können Sie mir mehr über sie erzählen?"

„Sie war wunderbar. Die Art Frau, die man gerne hassen würde, wenn sie nicht so verdammt freundlich, nett und fürsorglich wäre. Zuerst wussten die Leute im Kindergarten nicht so recht, was sie mit ihr anfangen sollten. Uns war klar, dass ihr Mann stinkreich war, wir hatten allerdings keine Ahnung, womit er sein Geld verdiente, weshalb natürlich alle spekulierten, es sei was Illegales. Dann war da noch die Tatsache, dass sie nie den Kindergarten verließ, solange die Kinder dort waren, was uns seltsam vorkam. Die meisten Mütter leben für diese kleine Pause von ihren Kindern, aber nicht Cleo. Sie ist dageblieben und hat sich nützlich gemacht, wo sie nur konnte. Wir haben immer im Spaß gesagt, gegen sie sähen wir anderen aus wie Faulpelze. Doch ich hatte das Gefühl, sie blieb, weil sie Angst hatte, den Kindern könne etwas zustoßen, wenn sie nicht da war."

„Wie kommen Sie darauf?"

„Sie strahlte ein gewisses Misstrauen aus. So lieb und freundlich sie auch war, sie ließ keine der anderen Mütter wirklich an sich heran. Ihre Kinder kamen zum Sommerprogramm dazu, und wir hatten dabei beide Aufsicht. Ich habe sie danach nicht besser gekannt als vorher, obwohl ich so ziemlich jeden Tag mit ihr zu tun hatte."

„Hat sie je über ihren Mann, ihre Ehe oder so etwas geredet?"

„Nein, niemals. Ich habe sie nie von ihm sprechen hören. Ihre Nachbarin Lauren kannte ihn ein wenig, weil ihr Mann ein paarmal mit ihm Golf gespielt hat. Sie meinte, er sei ein netter Kerl, aber wie seine Frau eher verschlossen. Er hat nie seine Arbeit oder persönliche Dinge erwähnt, außer die Kinder. Beide haben ihre Kinder offenbar geliebt und hätten alles für sie getan. Ich habe mich ständig gefragt, was sie wohl zu verbergen hätten, weil sie sich so distanziert verhalten haben, verstehen Sie?"

„Ja, und ich weiß, wovor sie sich versteckt haben. Sie werden es bald erfahren. Für den Augenblick mag es genügen, wenn ich Ihnen sage, dass sie gute Gründe hatten, jegliches Aufsehen zu vermeiden."

„Hmm. Interessant. Diese Erklärung gefällt mir zumindest besser als das, was manche Leute behaupten."

„Nämlich?"

„Sie wären einfach nur eingebildet und arrogant. Ich hatte nie diesen Eindruck von ihr, und so hat Laurens Gatte auch Cleos Mann nicht beschrieben. Er hat gemeint, er sei ein freundlicher Kerl und ein guter Golfspieler."

„Es wurde also viel über sie spekuliert?"

„Wie kann ich das beantworten, ohne zu klingen wie ein Teil des Problems?" Nach einer kurzen Pause fügte sie hinzu: „Wenn Menschen in unsere Gegend ziehen oder ihre Kinder auf die Northwest Academy schicken, gehören sie, wenn Sie so wollen, üblicherweise einer bestimmten Schicht an. Es sind Geschäftsführer, Botschafter, frühere Senatoren, prominente Lobbyisten, wir haben hier sogar Präsidenten-Enkel. Man kennt sich. Die Beauclairs waren die Ausnahme von dieser Regel. Niemand wusste etwas über sie, und alle waren furchtbar neugierig."

Für Sam klang das, als hätten diese Leute wirklich keine eigenen Sorgen, doch andererseits hatte sie noch nie dieses dringende Bedürfnis empfunden, alles über das Leben fremder Menschen zu erfahren. „Hat irgendwer Cleo oder ihre Familie besonders gehasst?"

„So sehr, dass es für einen Mord gereicht hätte? Nein, es gibt aber eine Frau namens Emma Knoff, die Elternbeiratsvorsitzende, die von Cleo genervt war."

„Inwiefern?"

„Sie hatte das Gefühl, Cleo träte ihr mit all den freiwilligen

Diensten und Aushilfstätigkeiten auf die Zehen. Besonders lautstark hat sie sich über die Tatsache beschwert, dass Cleo nie das Gebäude verlassen hat, solange die Kinder im Kindergarten waren. ‚Seltsam' war ihr Wort dafür. Aber Emma will immer überall das Sagen haben, und da war Cleo wohl eine Bedrohung für sie."

Sam schüttelte ungläubig den Kopf. Was waren das nur für Menschen? „Können Sie mir verraten, wo ich Emma finde?"

„Sie werden ihr doch nicht erzählen, dass Sie die Adresse von mir haben, oder?"

„Nein, ich werde Ihren Namen nicht erwähnen. Ich werde lediglich andeuten, ein paar Eltern, mit denen wir gesprochen haben, hätten sich daran erinnert, dass sie sich über Cleos Dauerpräsenz im Kindergarten echauffiert habe. So was in der Art."

„Na ja, das stimmt ja auch. Sie hat sich darüber aufgeregt." Marlene nannte ihr Emmas Adresse und Telefonnummer.

„Danke. Sie waren sehr hilfreich", versicherte ihr Sam. „Wenn Ihnen noch irgendetwas Relevantes einfällt, rufen Sie mich gerne wieder an. Nur geben Sie bitte meine Nummer nicht weiter."

Marlene lachte. „Ich werde mich bemühen, mich zu beherrschen."

„Das wäre sehr rücksichtsvoll."

„Ehe Sie auflegen, möchte ich Ihnen noch sagen, dass mein Mann und ich Sie und Ihren Mann sehr schätzen. Danke Ihnen beiden für alles, was Sie tun."

Gerührt erwiderte Sam: „Danke. Das bedeutet mir viel. Ich danke Ihnen auch dafür, dass Sie sich Zeit für mich genommen haben."

„Gerne doch. Ich hoffe, Sie können dafür sorgen, dass die Täter gefunden werden und ihre gerechte Strafe erhalten."

„Oh, das werden wir. Verlassen Sie sich darauf."

20

Sam dachte über die Erkenntnisse nach, die ihr Marlene geliefert hatte. Obwohl sie sich schon immer selbst Kinder gewünscht hatte, verstand sie die Mobmentalität, die die Mutterschaft oft mit sich brachte, genauso wenig, wie sie Verständnis für Eltern hatte, die ihre Kinder ständig an deren Belastungsgrenze trieben, damit sie irgendwelche prestigeträchtigen Sport- oder Studienstipendien erhielten.

Dankenswerterweise war ihre eigene Mutter nicht so gewesen. Sie hatte andere Fehler gehabt, die beim Scheitern ihrer Ehe ans Tageslicht gekommen waren, aber sie hatte ihre Töchter nie wegen schulischer Leistungen gestresst.

Sam wollte unbedingt losziehen und Emma Knoff persönlich befragen. Da sie das jedoch nicht konnte, rief sie Freddie an und übertrug diese Aufgabe ihm und Jeannie.

„Alles klar", bestätigte Freddie. „Wir kümmern uns darum."

„Gibt es sonst was Neues?"

„Noch nicht", sagte er und klang müde und frustriert.

„Wir brauchen aber bald eine Spur."

„Wir sind ja dran. Es ist einfach sehr viel Arbeit."

„Dann lass ich dich mal weitermachen."

Da sie noch etwas Zeit hatte, beschloss Sam, zu versuchen, Cleos Eltern und Margaret Armstrong zu erreichen. In Online-

Telefonverzeichnissen fand sie die entsprechenden Nummern und rief zunächst Cleos Eltern an.

Es klingelte mehrfach, dann nahm eine Frau ab.

„Lieutenant Sam Holland hier, Metro PD in Washington, D. C. Ich möchte gern mit Cleo Beauclairs Eltern sprechen."

„Sie meinen Cleo Armstrong, ja?", fragte die Frau mit kaum verhohlener Bitterkeit. „So hieß sie nämlich eigentlich, und deshalb ist sie tot."

„Wer ist dort bitte?"

„Ihre Schwester Keely. Wir erleben gerade unseren schlimmsten Albtraum, Lieutenant. Wir haben ihr vorausgesagt, dass das passieren würde, wenn sie bei Jameson bleibt. Er hatte eine Zielscheibe auf dem Rücken und hat sie mit ins Verderben gerissen."

„Möglicherweise hatte ihr Tod gar nichts mit ihren Problemen mit Duke Piedmont zu tun."

„Ja, klar", lautete die höhnische Erwiderung. „Das können Sie jemandem erzählen, der sich die Hose mit der Kneifzange anzieht. Er hat meinem Schwager gedroht, ihn zu töten, weil der ihn beim FBI angezeigt hat, und jetzt hat er seine Drohung wahr gemacht und meine Schwester gleich mit erledigt. Wenn Sie jemand anderem als Duke Piedmont auf der Spur sind, verschwenden Sie Steuergelder."

„Kann ich bitte Ihre Eltern sprechen?", fragte Sam, die es aufschlussreich fand, dass Keely sich nicht nach den Kindern erkundigt hatte. Wäre Cleo ihre Schwester gewesen, wäre das ihre erste Frage gewesen.

„Wie Sie sich vorstellen können, geht es ihnen nicht gut."

„Ich werde ihre Zeit nicht lange in Anspruch nehmen."

„Augenblick bitte."

Sam hörte im Hintergrund leises Stimmengemurmel und Geraschel, dann meldete sich eine andere Frauenstimme.

„Leslie Dennis. Sie möchten mit mir über meine Cleo sprechen?"

„Ja, Ma'am", bestätigte Sam. „Ich bin Lieutenant Sam Holland vom Metro PD in Washington. Mein Beileid."

„Danke", antwortete sie mit tränenerstickter Stimme. „Vor

diesem Tag fürchte ich mich schon seit Jahren, aber ich habe immer gehofft, er würde nie kommen."

„Hat sich Ihre Tochter auch gefürchtet?"

„Sehr. Sie hat ihre Kinder nie aus den Augen gelassen, außer wenn sie mal mit ihrem Mann was unternommen hat, trotzdem haben sie sich nie weit von ihnen entfernt. Cleo konnte sich nur im Beisein ihrer Kinder entspannen. Das hat Duke Piedmont ihr und Jameson angetan. Sie hatten immer Angst."

„Im Verlauf unserer Ermittlungen haben wir erfahren, dass Ihre Familie sie nach den Vorfällen mit Piedmont und der Firma gedrängt hat, Jameson zu verlassen. Stimmt das?"

„Ja, wir haben sie geradezu angefleht, sich von ihm zu trennen! Wir wollten, dass sie sich mit den Kindern in Sicherheit bringt. Piedmont wollte seinen Tod – und wir hatten keinen Zweifel daran, dass er ihn zuerst foltern würde, vielleicht, indem er Cleo und die Kinder vor seinen Augen umbrachte. Ihr Vater und ich hatten jahrelang Albträume davon, was ihnen zustoßen könnte. Können Sie sich vorstellen, wie es ist, mit einer solchen Angst zu leben? Ich will ehrlich zu Ihnen sein, Lieutenant. Die Angst davor war schlimmer als das Wissen, dass es jetzt tatsächlich geschehen ist."

„Das Jugendamt wird sich wegen der Kinder an Sie wenden."

„Die brauchen uns gar nicht anzurufen. Wir ertragen das nicht länger."

„Die Kinder Ihrer Tochter ..."

„Sie hat ihre Entscheidung getroffen, als sie beschlossen hat, bei ihm zu bleiben. Wir können nicht noch weitere Familienmitglieder einer solchen Bedrohung aussetzen. Wer auch immer die Kinder jetzt hat, geht ein großes Risiko ein, solange Duke Piedmont lebt und auf freiem Fuß ist. Er verfügt dank meines Schwiegersohns über gewaltige Ressourcen. Diese Kinder sind in Gefahr, egal, wo sie sich befinden, und das wird nicht hier sein. Ich muss auf meine Familie aufpassen."

„Danke für Ihre Zeit", verabschiedete sich Sam, die es krank machte, dass sich weder die Tante der Kinder noch ihre Großmutter nach den beiden erkundigt hatten.

Das Gespräch mit Cleos Mutter hatte Sam zwar sehr mitgenommen, doch sie nutzte trotzdem die Ruhe, die gerade im

Haus herrschte, um so viel wie möglich zu erledigen, und rief Margaret Armstrong an. Sie überlegte sich schon, was sie dem Anrufbeantworter erzählen wollte, als sich eine Frauenstimme meldete.

„Spricht dort Margaret Armstrong, vormals Mrs Jameson Armstrong?"

„Wer ist da?"

„Lieutenant Sam Holland, Metro PD, Washington, D. C."

„Sie sind mit dem Vizepräsidenten verheiratet."

„Ja. Sind Sie Jamesons Ex-Frau?"

„Die bin ich. Geht es meinem Sohn gut?"

„Ja, aber man hat Ihren Ex-Mann und seine zweite Frau ermordet."

Sie keuchte auf. „O Gott. Weiß Elijah Bescheid?"

„Ja, Ma'am." Sam fiel auf, dass dieser seit dem Vorabend Bescheid wusste, seiner Mutter jedoch nichts erzählt hatte. Das fand sie interessant. „Wann haben Sie Ihren Ex-Mann das letzte Mal gesehen, beziehungsweise wann hatten Sie das letzte Mal Kontakt mit ihm?"

„Vor mehreren Jahren, als mein Sohn die Highschool abgeschlossen hat. Warum?"

„Bei einem Mord suchen wir gemeinhin in der Vergangenheit nach Motiven."

„Und natürlich hat Sie das direkt zu der Ex-Frau geführt, die er betrogen und mit der er sich dann einen Sorgerechtsstreit geliefert hat, in dessen Verlauf die ganze Welt von ihren psychischen Problemen erfuhr. Richtig?"

Sam verspürte seltsamerweise so etwas wie Scham. „Ja, Ma'am."

„Ich kann Ihnen versichern, dass ich mit seinem Tod nichts zu tun habe, aber nicht umhinkomme, die poetische Gerechtigkeit darin zu erkennen. Alles rächt sich früher oder später."

„Wo waren Sie vorgestern?"

„Hier, zu Hause."

„Kann das jemand bestätigen?"

„Mein Partner Richard. Ich gebe ihn Ihnen."

„Richard French hier. Wie kann ich Ihnen helfen?"

Sam stellte sich vor und fragte, ob er bestätigen könne, dass Margaret zwei Tage zuvor zu Hause in Kalifornien gewesen war.

„Das kann ich. Tatsächlich hat diese wunderbare Frau nach fünf gemeinsamen Jahren letztes Wochenende meinen Heiratsantrag angenommen. Seither sind wir ununterbrochen zusammen gewesen."

„Danke für die Bestätigung."

„Ich gebe Ihnen jetzt wieder Margaret."

„Zufrieden?", fragte diese.

„Ja, danke und meinen Glückwunsch."

„Ich habe Jameson nicht ermordet", wiederholte Margaret, „und es bricht mir das Herz, was mein Sohn jetzt wird durchmachen müssen, denn er hat seinen Vater geliebt. Doch Menschen, die zu viel wollen, wird dafür oft die Quittung präsentiert. Jameson hat mich schlecht behandelt. Mehr habe ich dazu nicht zu sagen. Und jetzt muss ich meinen Sohn anrufen."

„Danke für das Gespräch."

Margaret unterbrach die Verbindung, und Sam klappte ihr Handy zu, just als sich die Haustür öffnete und ihr Vater und Dr. Harry Flynn, mit dem Nick und sie eng befreundet waren, hereinkamen.

„He, Jungs", begrüßte Sam sie. „Wieso seid ihr denn gemeinsam unterwegs?"

„Wir haben uns draußen auf dem Bürgersteig getroffen", antwortete Harry. „Ich habe einen Termin mit unserem geschätzten Vizepräsidenten."

„Tja, und ich bin hier, um das Neueste über den Fall zu erfahren", ergänzte Skip.

Sam bedeutete Harry, ins Esszimmer zu gehen, hielt dem freundlichen Arzt aber vorher die Wange für einen Begrüßungskuss hin. „Was macht meine Lilia?" Ihre Stabschefin im Weißen Haus war seit einer Weile mit Harry zusammen.

„Sie ist zauberhaft, unvergleichlich und *sexy*."

Sam hielt sich die Ohren zu. „So genau wollte ich es gar nicht wissen."

„Was soll ich sagen? Ich bin bis über beide Ohren verschossen."

„Wirklich?"

„Ja", lachte er. „Ich verstehe jetzt endlich, warum mein Kumpel Nick so ein Idiot ist, seit er dir begegnet ist. Jetzt benehme ich mich genau wie er."

„Wen nennst du hier einen Idioten?", fragte Nick von der Tür zum Esszimmer her.

„Dich, Mr Vice President", erwiderte Harry und zwinkerte Sam zu.

„Meine großartige Frau ist es allemal wert, sich als Idioten bezeichnen zu lassen", erklärte Nick mit einem Lächeln. „Jetzt mach, dass du hier reinkommst. Ich habe nicht den ganzen Tag Zeit."

„Offenbar habe ich einen offiziellen Termin beim Vizepräsidenten", flüsterte Harry verschwörerisch. „Was hältst du davon?"

„Keine Ahnung. Mir sagt ja keiner was."

„Ich erzähle es dir nachher", warf er ihr über die Schulter zu, dann ging er zu Nick und schüttelte ihm die Hand, ehe dieser die Tür hinter ihnen schloss.

„Was die wohl zu bereden haben?", wandte sich Sam an ihren Vater.

„Wenn ich raten müsste, würde ich sagen, der Präsident und der Vizepräsident reisen mit Leibärzten, und Nick bittet Harry möglicherweise gerade, ihn auf seinem bevorstehenden Trip nach Europa zu begleiten."

„Hm", machte Sam. „Ich wusste gar nicht, dass sie Ärzte mitnehmen. Ist das nicht ein bisschen paranoid?"

„Nehmen wir mal an, er wird vergiftet. Würdest du da nicht auch wollen, dass jemand in seiner Nähe ist, der weiß, was zu tun ist, und dem er wichtig genug ist, dass er schnell reagiert?"

„Na danke. Als würde ich mir nicht schon genug Sorgen um ihn machen. Super, dass du die Liste noch ein bisschen erweitert hast."

Skip lächelte. „Das ist bisher nie vorgekommen, also zerbrich dir darüber nicht den Kopf. Es war nur ein hypothetisches Beispiel."

„Behalte deine hypothetischen Beispiele für dich. Ich habe schon genug Angst, jemand könnte auf ihn schießen oder so." Sam erschauerte. „Ich ertrage den Gedanken kaum."

„Das passiert dir viel eher als ihm", erwiderte Skip, plötzlich todernst.

„Ich weiß. Andererseits müsste ich mir in dem Fall um nichts mehr Gedanken machen."

Ihr Vater betrachtete sie liebevoll. „Ich fürchte beinahe, diese Logik kann ich nachvollziehen."

„Wir beide verstehen einander."

„Das stimmt, Kleines. Wie geht's bei deinem Fall voran?"

„Langsam, aber gründlich." Sam warf einen Blick zur Küchentür. „Die Kinder essen gerade mit Shelby zu Mittag. Ihr großer Bruder sitzt im Zug aus Princeton, wo er das College besucht. Wenn er hier eingetroffen ist, werden wir ihnen das mit ihren Eltern erzählen." Sam schaute ihren Vater an. „Vor allem Alden bereitet mir Sorgen. Er hat bisher noch kein Wort gesprochen. Der Junge ist wie ein Anhängsel von Aubrey."

„Der kleine Bursche ist traumatisiert. Meinst du, er hat vielleicht etwas beobachtet?"

„Ich weiß nicht. Möglicherweise. Ich muss Trulo anrufen und ihn fragen, wie ich ihnen das am besten beibringe."

„Gute Idee. Lass dich nicht aufhalten. Ich wollte nur mal sehen, wie die Dinge hier stehen und ob ich dir helfen kann."

„Bleib doch. Wenn du Zeit hast, würde ich gern ein paar Sachen mit dir besprechen."

„Wenn ich alles so viel hätte wie Zeit. Ich gehe gern ein paar Ideen mit dir durch."

Sam lächelte über seine Antwort, die genauso ausgefallen war, wie sie erwartet hatte, und rief Trulo an.

„Lieutenant", meldete sich der Polizeipsychiater. „Was kann ich für Sie tun?"

Sie warf einen Blick Richtung Küchentür und erklärte mit leiser Stimme: „Ich muss zwei Fünfjährigen beibringen, dass ihre Eltern tot sind. Wenn Sie einen Moment Zeit haben, würde ich mich über ein paar Tipps freuen."

„Ah, das ist schwierig."

„Ja, und wie. Ihr großer Bruder ist auf dem Weg zu uns, und wir werden es ihnen gemeinsam erzählen, aber ich muss eingestehen, ich bin ein bisschen überfordert, Doc."

„Das verstehe ich, und ich bin froh, dass Sie sich an mich

gewandt haben. Einer der wichtigsten Ratschläge, die ich Ihnen geben kann, ist, ganz deutlich zu sagen, dass ihre Eltern tot sind. Benutzen Sie diese Formulierung, denn sie werden sie verstehen. Wir sind oft versucht, ausweichende Begriffe wie ‚verschieden' zu verwenden, doch dann versteht das Kind die Endgültigkeit dessen nicht, was es da hört. Lassen Sie sie außerdem wissen, dass sie jederzeit Fragen stellen dürfen. Sie reagieren eventuell auf unerwartete Weise. Manchmal gehen Kinder scheinbar leichthin über lebensverändernde Nachrichten hinweg, aber möglicherweise haben sie sie dann noch gar nicht verarbeitet und auch nicht vollständig begriffen."

Sam setzte sich aufs Sofa und machte sich Notizen.

„Wenn Sie Spielzeug in Reichweite haben, das die beiden tröstet, zum Beispiel Kuscheltiere oder -decken, sollten Sie sie griffbereit haben, wenn Sie mit den beiden reden. Führen Sie das Gespräch irgendwo, wo Sie ungestört sind. Sie brauchen einen sicheren, friedlichen, ruhigen Ort. Ich glaube, das ist das Wichtigste. Wenn Sie mich gerne dabeihätten, komme ich selbstverständlich."

„Ich glaube, wir schaffen das, aber ich weiß dieses Angebot wirklich zu schätzen." Sam wollte nicht zu viele Fremde im Haus haben, zumal die beiden Kinder ohnehin schon von Menschen umgeben waren, die sie nicht kannten.

„Kein Problem. Wenn ich sonst irgendwie helfen kann, melden Sie sich einfach. Apropos, ich habe vorhin mit Sergeant Gonzales gesprochen. Ohne das Arztgeheimnis zu verletzen, möchte ich Sie wissen lassen, dass ich ihn ermutigt habe, sich eine Auszeit zu nehmen. Ich glaube, das würde ihm helfen."

„Geht es ihm gut?"

„Die Frage darf ich nicht beantworten."

„Ich verstehe. Danke noch mal."

„Gern."

Sam klappte ihr Handy zu und sagte zu ihrem Vater: „Noch ein Anruf, dann gehöre ich ganz dir."

„Lass dir Zeit."

Sam rief Ms Finklestein an – und ja, sie hätte sie beinahe „Pichelstein" genannt. Verflucht, warum hatte ihr Nick diese Assoziation ins Hirn einpflanzen müssen? Als sie abnahm, meldete sich Sam: „Sam Holland. Ich habe mich gefragt, ob Sie schon bei den Beauclairs waren, um die Sachen zu holen, die die Kinder sich gewünscht haben. Wenn ihr großer Bruder heute Nachmittag eintrifft, werden wir ihnen die schreckliche Nachricht überbringen, und es wäre gut, dann Dinge hierzuhaben, die ihnen Trost spenden können."

„Der Brandinspektor hat mich gerade zurückgerufen, und jemand von seiner Behörde lässt mich gleich ins Haus. Ich komme dann direkt zu Ihnen."

„Gut, danke."

„Ich möchte dabei sein, wenn sie es erfahren."

„Solange Sie es uns und ihrem Bruder überlassen, es ihnen zu sagen."

„Einverstanden."

„Dann bis später." Sam beendete das Telefonat, ehe die Frau antworten konnte. Sie hatte ohnehin ein Autoritätsproblem, und es machte sie wahnsinnig, dass sie sich mit dieser Sozialarbeiterin herumschlagen musste. Die Notwendigkeit war ihr zwar klar, aber es nervte sie trotzdem und erinnerte sie an die Zeit, als sie während des Adoptionsprozesses für Scotty ständig irgendwelche Sozialarbeiterinnen zu Besuch gehabt hatten. Gott sei Dank war das endlich vorbei. „Sozialarbeiterinnen kommen gleich nach Empfangsdamen", beschwerte sie sich bei ihrem Vater, der sich ein Lachen verkneifen musste.

„Meine Tochter mag es einfach nicht, wenn man ihr sagt, was sie zu tun hat."

„Das ist einer meiner kleinen Charakterfehler." Sam legte die Füße auf den Couchtisch, um sich etwas auszuruhen, solange sie die Möglichkeit dazu hatte. Wer hätte gedacht, dass Homeoffice genauso anstrengend sein konnte wie ein Tag auf der Straße?

Skip kam mit seinem Rollstuhl näher heran und fragte leise: „Na, was denkst du?"

„Ich bin ziemlich durcheinander. Zu den Favoriten auf meiner Verdächtigen-Liste gehört naheliegenderweise der Ex-Geschäftspartner, der noch ein Hühnchen mit dem Verstorbenen zu rupfen hatte, genauso wie die Ex-Frau, die ihrem Mann vorwirft, im Rahmen der Scheidung ihre psychischen Probleme publik gemacht zu haben. Nur habe ich die gerade ausgeschlossen, dafür ziehe ich jetzt die Mütter im Kindergarten der beiden Kleinen in Betracht, die ein Problem mit Cleos großem Engagement und ihrer Freundlichkeit hatten."

Skip runzelte die Stirn. „Sie mochten sie nicht, weil sie engagiert und freundlich war?"

„Offenbar sind das Eigenschaften, die bei Neulingen nicht gern gesehen werden, wenn bereits eine Schwadron von Alphaweibchen den Laden schmeißt."

„Ah, verstehe. Deine Ma hat diese Frauen immer als ‚die Mütterbrigade' bezeichnet. Wenn sie von Elternabenden heimkam, war sie immer geradezu mordlüstern. Ihr erster Weg führte dann stets zur Hausbar."

Sam lachte. „Vielleicht bin ich ihr doch ähnlicher, als ich dachte."

„Du hast vieles von ihr. Beispielsweise bist du gewissenhaft, liebevoll und eine großartige Mutter."

Sam konnte sich nicht erinnern, wann ihr Vater sich das letzte Mal so lobend über seine Ex-Frau, die ihn betrogen hatte, geäußert hatte.

„Schau mich nicht so an. Ich habe sie geliebt. Wir haben lange eine gute Ehe geführt. Irgendwann dann nicht mehr. Rückblickend mache ich ihr nicht mal einen Vorwurf daraus. Ich war in den letzten zehn Jahren unserer Ehe kein besonders liebevoller Gatte."

„Wow. Du bist echt reflektiert und so."

„Wenn ein Mann den ganzen Tag nur herumsitzen kann, hat er viel Zeit zum Nachdenken."

„Wenn du jeden Tag ein paar Stunden ins Hauptquartier kommen willst, würden sich alle freuen, dich und dein Gehirn nutzen zu können. Das weißt du."

„Danke, das ist lieb, aber es gibt nichts Lästigeres als Rentner, die an ihrem ehemaligen Arbeitsplatz abhängen und von den guten alten Zeiten schwärmen."

„Das würdest du ja nicht tun. Du wärst nützlich und eine echte Hilfe. Cruz ist ab nächster Woche für vierzehn Tage in seinen blöden Flitterwochen, und Gonzo nimmt sich möglicherweise eine ‚Auszeit'. Ich könnte deine Unterstützung echt gut gebrauchen."

„Ich bin immer bereit, dir zu helfen. Das weißt du."
„Gut, dann fängst du Montag an. Komm nicht zu spät, sonst degradiere ich dich zum Streifenpolizisten."
„Netter Versuch, Lieutenant, aber ich bin nach wie vor der Ranghöhere von uns beiden."
„Aha, schon in der Probezeit aufsässig? Das gibt einen Aktenvermerk." Sie lachte. „He, das macht richtig Spaß!"
Skip verdrehte die blauen Augen, die zu den wenigen Körperteilen zählten, die bei ihm noch genauso funktionierten wie vor seiner schweren Verletzung. „Wie sieht der nächste Schritt Eurer Ermittlungen aus, Hoheit?"
„Um vier müssen sich alle persönlich oder per Telefon bei mir melden. Dann wissen wir mehr."
„Wie geht es den Kleinen?"
„Gut. Gott sei Dank gibt es Shelby."
„Wie oft sagst oder denkst du das eigentlich am Tag?"
„So oft, dass ich nicht mehr mitzähle."
„Du gewöhnst dich doch nicht zu sehr an diese Kinder, oder?"
„Wahrscheinlich schon. Sie sind furchtbar süß."
„Sam."
„Ich weiß", seufzte sie. „Tracy hat mich auch gewarnt. Es ist schwierig, sie nicht lieb zu gewinnen, wo sie so niedlich sind und wir ihnen so etwas Furchtbares eröffnen müssen."
„Zugegebenermaßen war ich überrascht zu hören, dass du sie hergebracht hast. Das sieht dir nicht ähnlich."
„Ich weiß, aber irgendwo mussten sie ja hin, und ich habe gehandelt, ohne nachzudenken. Nicht, dass ich es bereuen würde."
„Trotzdem."
„Vertrau mir. Ich hab's kapiert. Wenn du mir eine Sache eine Million Mal eingeschärft hast, dann die Arbeit nicht mit nach Hause zu nehmen."
„Manchmal ist das nur fast unmöglich."
„Zum Beispiel in diesem Fall."
„Versuch einfach, es nicht zur Gewohnheit werden zu lassen."
Sam lächelte ihn an. „Nimm dir während der Probezeit nicht zu viel heraus."
„Würde mir im Traum nicht einfallen."

„Natürlich nicht", erwiderte sie lachend. „Auf gar keinen Fall."

„Hast du wegen der Kinder etwas von Joe gehört?", fragte Skip. Er meinte seinen guten Freund, Polizeichef Joe Farnsworth.

„Bisher nicht. Werde ich das denn?"

„Worauf du dich verlassen kannst."

„Er wird ausflippen, oder?"

„Wahrscheinlich."

Sie atmete tief durch. Damit würde sie sich auseinandersetzen, wenn es so weit war. Eins nach dem anderen. „Ich schaue besser mal nach meinen Schutzbefohlenen. Vielleicht kann ich sie ja überreden, sich noch ein bisschen auszuruhen, ehe ihr Bruder kommt."

„Um dieses Gespräch nachher beneide ich dich nicht. Sie werden es nie vergessen können."

Die Enormität dessen, was sie ihnen sagen musste, und das Wissen, dass die beiden Kinder Nick und sie selbst für immer mit dem schlimmsten Augenblick ihres Lebens in Verbindung bringen würden, lasteten schwer auf Sam und brannten in ihrem Magen. Vielleicht war es tatsächlich besser, dass sie sie nicht behalten durfte.

„Komm, gib deinem alten Herrn mal einen Schmatz."

Sie erhob sich, trat zu ihm, legte ihm die Hände auf die Schultern, die jetzt eher knochig waren und nicht mehr so breit und kräftig wie früher, und küsste ihn auf die Stirn. „Ich hab dich lieb, Skippy."

„Ich dich auch, Kleines. Du kannst dich später gerne an meiner Schulter ausweinen, wenn dir danach ist."

„Werde ich, danke."

21

Sam brachte ihren Vater zur Tür und ging dann nach den Kindern sehen, die mit Shelby am Tisch saßen und eine Runde Candy Land spielten. „Wo kommt das denn her?"

„Tracy hat es zusammen mit der Kleidung gebracht."

„Wer gewinnt?"

„Alden", sagte Aubrey. „Er hat Shelby gerade ganz an den Anfang zurückgesetzt."

Shelby tat, als sähe sie Alden böse an, und der lachte. Das fröhliche Geräusch war das Schönste, was Sam den ganzen Tag über gehört hatte. Dann fiel ihr wieder ein, was Alden und seiner Schwester bevorstand, und Mitleid mit den beiden drohte sie zu überwältigen.

„He, Leute, ich wollte vorschlagen, dass ihr euch noch ein bisschen hinlegt, weil es letzte Nacht so spät geworden ist."

„Das ist eine gute Idee", pflichtete ihr Shelby bei. „Ihr gähnt schon die ganze Zeit."

„Können wir später weiterspielen?", fragte Aubrey.

„Ich werde dafür sorgen, dass niemand das Spielbrett berührt", versprach Shelby.

„Okay."

Sam und Shelby brachten sie nach oben in das Zimmer, das Nick am Vorabend für sie vorbereitet hatte.

„Dürfen wir in Scottys Zimmer?", bat Aubrey.

„Diesmal nicht", lehnte Sam ab. „Er kommt gleich aus der Schule und muss dann Hausaufgaben machen, aber ich bin sicher, wenn ihr aufwacht, dürft ihr ihn besuchen."

Sie deckten die Kinder zu und ließen die Jalousien herunter, um den Raum abzudunkeln.

„Wir sind unten, wenn ihr uns braucht", sagte Sam und ließ die Tür angelehnt, damit sie die Kinder nötigenfalls hören würden.

In dem großen Bett wirkten ihre Gesichtchen besonders klein, und Sams Augen füllten sich mit Tränen, als sie das Zimmer verlassen hatte und sich an die Wand lehnte, um sich zu sammeln.

„Mir geht es genauso", flüsterte Shelby. „Das ist unerträglich."

Sam machte einen Schritt auf sie zu, und Shelby umarmte sie.

Eine Minute später lösten sie sich voneinander, wischten sich die Gesichter ab und lachten über sich.

„Was für ein Chaos", bemerkte Shelby.

„Deshalb sagt mein Vater immer, ich soll die Arbeit nicht mit nach Hause bringen."

„Du hast das Richtige getan. Diese Kinder haben uns gebraucht, selbst wenn wir ihnen nur für kurze Zeit helfen können."

„Sag mir das noch mal, wenn ich sie gehen lassen muss."

„In Ordnung, aber nur, wenn du es mir dann auch sagst."

„Einverstanden."

Das Babyfon, das Shelby in der Tasche hatte, erwachte zum Leben – der kleine Noah weinte leise. „Ein Nickerchen beginnt, das andere endet." Gemeinsam stiegen sie die Treppe runter. „Wie willst du den Kindern das mit ihren Eltern beibringen?"

„Das machen wir, wenn ihr Bruder aus New Jersey eingetroffen ist."

„Wenn du möchtest, kann ich gerne bleiben. Avery kann Noah abholen."

„Das muss nicht sein."

„Ich wäre gern hier, wenn du nichts dagegen hast."

„Es wäre mir sogar sehr recht, ich wollte dich bloß nicht darum bitten."

„Ich werde tun, was ich kann, um zu helfen. Bitte scheu dich nicht, einfach zu sagen, was du brauchst."

„Danke, Shelby. Das ist wirklich total nett von dir."

„Gerne. Meine Kollegin aus der Agentur wurde von einer Monsterbraut aufgehalten, aber sie hat mich wissen lassen, dass sie gleich mit den Klamotten vorbeikommt, die sie für die Kinder besorgt hat. Nur damit sie haben, was sie brauchen, wohin auch immer es sie verschlägt."

„Die Familie der Mutter will sie nicht. Was wird wohl aus ihnen werden?"

„Wie kann ihre Familie sie nicht wollen?"

„Diese Leute haben in ständiger Angst vor einem früheren Geschäftspartner des Vaters der Kinder gelebt. Cleos Familie hält ihn für den Mörder. Verflucht, jeder denkt das. Cleos Mutter hat gemeint, sie könne so nicht mehr weitermachen. Weder sie noch die Tante der beiden haben sich auch nur nach den Kindern erkundigt."

„Unglaublich. Sie sind doch mit ihnen verwandt. Wie kann man bloß zwei unschuldigen fünfjährigen Kindern den Rücken kehren? Nichts – und ich meine *nichts* – würde mich davon abhalten, die Kinder einer meiner Schwestern aufzunehmen, wenn das je nötig werden sollte, was Gott verhüten möge."

„Das sehe ich genauso. Ich verstehe es nicht, aber wir neigen auch nicht zu übertriebener Angst."

„Du zumindest nicht", korrigierte Shelby. „Ich habe Angst vor meinem eigenen Schatten."

Sam lachte. „Ich habe ständig Angst, ihm könnte etwas passieren." Sie nickte in Richtung des Esszimmers, wo Nick noch immer mit seinem Team und Harry in Klausur war. „Vor allem, wenn er irgendwo in der Weltgeschichte unterwegs ist."

„Er ist umgeben von den besten Personenschützern, die es gibt."

„Ich mach mir trotzdem Sorgen. So viele Menschen lieben ihn, doch die, die es nicht tun, hassen ihn."

„Er würde nicht wollen, dass du dich um ihn sorgst."

Sam lächelte. Nein, das würde er nicht, aber sie tat es trotzdem, genau wie umgekehrt.

Die Haustür öffnete sich, und Scotty kam herein, seine Personenschützer vom Secret Service im Schlepptau.

„Sind sie noch hier?", fragte er, als er Sam und Shelby sah.

Sam wusste genau, wen er meinte. „Ja. Sie machen gerade ein Nickerchen, und ihr großer Bruder kommt später vorbei."

„Wirst du es ihnen dann sagen müssen? Das mit ihren Eltern?" Sam nickte, legte den Arm um ihn und küsste ihn auf den Scheitel. Er roch nach frischer Luft. „Ja, leider."

„Ich sollte dabei sein. Schließlich kenne ich das aus eigener Erfahrung. Ich verstehe besser als jeder andere, wie es ist, die wichtigsten Menschen in seinem Leben zu verlieren, wenn man noch viel zu jung ist, um das richtig zu kapieren."

Verblüfft von seiner Reife und Einsicht, umarmte sie ihn fester, während sich Shelby verstohlen die Augen abtupfte. „Du hast absolut recht. Wir würden uns freuen, wenn du uns hilfst, es ihnen beizubringen."

„Wie wäre es mit einer kleinen Zwischenmahlzeit?", warf Shelby ein.

„Haben wir noch welche von den Brownies, die du gestern gebacken hast, oder hat Mom die im Homeoffice alle vertilgt?", fragte Scotty mit einem frechen Grinsen zu Sam, die ihn spielerisch knuffte.

„Ich habe sie nicht angerührt!"

„Weil ich sie vor dir versteckt habe", neckte Shelby sie, doch dann hörte man Noah lauter über das Babyfon. „Lass uns Noah und die Brownies holen."

„Ich übernehme Noah." Scotty ließ seinen Rucksack fallen und stürmte Richtung Küche, dicht gefolgt von Shelby.

Lächelnd hob Sam seinen Rucksack auf und staunte über dessen Gewicht. „Was zur Hölle ist denn da drin? Steine?" Sie stellte ihn neben die Treppe, da öffnete sich die Tür des Esszimmers, und Nick kam mit Harry heraus.

„Habe ich da gerade Scotty gehört?", fragte Nick.

„Jap." Sam wies auf die Küche. „Noah und die Brownies haben ihn da reingelockt – in dieser Reihenfolge. Wie war euer Gespräch?"

„Sehr gut", antwortete Nick. „Darf ich dir den neuen Leibarzt des Vizepräsidenten vorstellen?"

„Ich dachte, du wärst schon sein Arzt", meinte Sam zu Harry.

„War ich auch, beziehungsweise bin ich. Aber jetzt gehe ich

außerdem mit ihm auf Reisen." Harry wackelte mit den Brauen. „Total offiziell und so."

„Das ist cool", sagte Sam, die das Wissen, dass Harry Nick ab jetzt auf jeder offiziellen Reise begleiten würde, als seltsam tröstlich empfand. „Du passt also auf, dass man ihn nicht vergiftet oder so?"

Nick fielen beinahe die Augen aus dem Kopf. „Wovon redest du? Niemand wird mich vergiften."

„Harry? Wüsstest du, was zu tun ist, wenn so etwas passieren würde?"

„Klar."

„Würdest du auch alles tun, um ihn zu retten?"

„Absolut."

„Dann bin ich damit einverstanden, dass du offiziell sein Leibarzt bist."

„Ihr wisst schon, dass ich noch im selben Zimmer bin wie ihr?", erinnerte Nick sie trocken.

„Mit dir rede ich nicht", teilte Sam ihm mit. „Ich unterhalte mich mit deinem Leibarzt."

„Warum habe ich nur das Gefühl, einen Riesenfehler gemacht zu haben?", murmelte Nick.

Harry lachte und küsste Sam auf die Wange. „Keine Sorge. Ich passe gut auf ihn auf. Jetzt muss ich los, aber wir sehen uns bei der Hochzeit."

„Ich werde neben dem Bräutigam stehen", sagte Sam.

„Was zum Teufel hat er sich dabei nur gedacht?"

„Ich habe dafür gesorgt, dass er sich das jeden einzelnen Tag gefragt hat, seit er so dumm war, mich darum zu bitten."

Harry lachte noch immer, als der Secret-Service-Mann ihm die Tür nach draußen öffnete.

„Du machst dir Sorgen, man könnte mich vergiften?", erkundigte sich Nick, als sie allein waren – zumindest so allein, wie sie es in den öffentlich zugänglichen Räumen ihres Hauses in letzter Zeit sein konnten. „Das ist ja ganz was Neues."

„Mein Vater hat mich vorhin auf den Gedanken gebracht."

„Deine Fantasie ist mit dir durchgegangen, Babe."

„Willst du etwa behaupten, das sei ausgeschlossen?"

„Ich sag dir nur, dass es nicht passieren wird. Mach dir über so etwas keine Gedanken, während ich weg bin."

„Nick, ich mach mir über alles Mögliche Gedanken, während du weg bist."

„Samantha", erwiderte er und legte einen Arm um sie, ehe er sie auf den Hals küsste. „Hör auf. Ich verspreche dir, es besteht kein Grund zur Sorge."

„Das kannst du gar nicht, und du solltest auch keine Dinge versprechen, die du eventuell nicht halten kannst."

„Ich muss wieder rein und mein Gespräch mit Terry zu Ende führen, aber darüber reden wir noch, okay?"

„Ja, Liebster."

Er küsste sie. „Lass mich noch schnell meinen Sohn begrüßen."

„Ich muss dir noch erzählen, was er über Aubrey und Alden gesagt hat." Das tat sie und sah an Nicks weicher werdender Miene, wie sehr ihn Scottys Worte berührten.

„Er ist wirklich erstaunlich", meinte er. „Es ist schlimm, dass er seine Mutter und seinen Großvater so jung verloren hat."

„Finde ich auch."

Er küsste sie erneut und ging in die Küche zu Scotty.

Sam schaute ihm nach, und die Angst drehte ihr fast den Magen um. Obgleich er seine Reise verkürzt hatte, wäre es ihr lieber gewesen, er würde gar nicht fliegen.

∽

DA FREDDIE UND JEANNIE NOCH EINE STUNDE ZEIT HATTEN, BIS SIE Sam Bericht erstatten mussten, suchten sie Emma Knoff auf, die Elternbeiratsvorsitzende der Northwest Academy. Als sie sich erkundigten, wo sie zu finden sei, sagte man ihnen, sie wohne im Bezirk The Palisades, ganz am Westrand der Stadt. Das Viertel lag am Potomac, nahe der Georgetown University.

„Natürlich musste das so weit draußen sein", murrte Freddie. Sie würden sich im Verkehr quer durch die Stadt zu Sam kämpfen müssen, und auf dem Weg nach Hause würde er denselben Spaß noch einmal haben.

„Hier wohnen die oberen Zehntausend", bemerkte Jeannie

und betrachtete das riesige Haus, das mindestens vierhundertfünfzig Quadratmeter Wohnfläche haben musste. „Was macht man mit so viel Platz?"

„Ich vermute, man breitet sich aus", antwortete Freddie und klingelte. Es klang, als läuteten im Haus die Glocken einer Kathedrale. „Sam sagt immer, reiche Leute haben die durchgeknalltesten Klingeln."

„Dieser Krach würde mich zu Tode erschrecken."

Eine Frau mittleren Alters in Yogahose und Sweatshirt öffnete die Tür. „Ja?"

Freddie und Jeannie zeigten ihr ihre Dienstmarken. „Detectives Cruz und McBride. Wir möchten bitte zu Mrs Knoff."

Sie musterte die Dienstmarken. „Warten Sie", befahl sie dann und schloss die Tür.

„Freundlich", stellte Freddie fest.

„Die Leute freuen sich immer so, uns zu sehen", stimmte ihm Jeannie sarkastisch zu.

„Dabei sind wir so nett."

„Versuch mal, das denen zu erklären", forderte sie ihn auf und nickte in Richtung Tür.

Freddie klingelte erneut. „Sam würde ihnen jetzt einen Vortrag darüber halten, dass sie unsere Zeit verschwenden."

„Das solltest du auch tun. Sie wäre stolz auf dich."

Er klingelte abermals.

Eine Blondine kam aus dem rückwärtigen Bereich des Hauses herbeigeeilt und öffnete atemlos die Tür. „Entschuldigen Sie bitte vielmals. Ich habe telefoniert, und Frieda hat mir gerade erst gesagt, dass Sie da sind. Ich bin Emma Knoff. Was kann ich für Sie tun?"

Freddie hätte sie am liebsten gefragt, ob sie taub sei, denn nur so hätte sie die Klingel nicht hören können. Er zeigte auch ihr seine Dienstmarke und stellte Jeannie und sich vor. „Haben Sie ein paar Minuten Zeit für uns?"

„Sind Sie wegen Cleo da? Was für eine Tragödie! Wie geht es ihren Kindern? Niemand scheint zu wissen, wo sie sind."

„Mrs Knoff", bat Freddie, dessen Geduldsfaden gleich reißen würde. „Dürfen wir kurz rein?"

„Oh, ja, natürlich. Bitte kommen Sie herein. Es tut mir so leid.

Heute war einfach ein ... ein schrecklicher Tag. Wir sammeln Geld für die Kinder und versuchen zu tun, was in unserer Macht steht, um uns nützlich zu machen. Es bricht mir einfach das Herz."

Hinter ihrem Rücken sah Jeannie Freddie an und verdrehte die Augen.

Die Frau führte sie in ein elegant eingerichtetes Wohnzimmer. „Kann ich Ihnen etwas anbieten? Kaffee oder etwas anderes?"

„Nein, danke", lehnte Freddie ab. „Dies ist leider kein Höflichkeitsbesuch."

„Ich bin sicher, in solchen Zeiten haben Sie sehr viel zu tun. Dem Vernehmen nach arbeitet die Frau des Vizepräsidenten an dem Fall. Gehören Sie zu ihrem Team?"

„Ja", bestätigte Freddie. Im Hinterkopf hörte er Sams Stimme, die ihn anwies, die Kontrolle über dieses Gespräch zu übernehmen – und zwar auf der Stelle. „Mrs Knoff, bei unseren Ermittlungen haben wir festgestellt, dass Sie, um es vorsichtig auszudrücken, Cleo Beauclair nicht besonders gemocht haben."

Emma blieb der Mund offen stehen, dann schloss sie ihn ruckartig, und ihre Augen blitzten zornig. „Wer hat das gesagt?"

„Das haben wir aus mehreren Quellen gehört. Können Sie uns bitte Ihre Beziehung zu Mrs Beauclair beschreiben?"

„Ich bin einfach nur ..." Sie schüttelte den Kopf. „Es tut mir so leid. Ich bin erschüttert, dass jemand meine Beziehung zu Cleo anders beschreiben kann denn als von herzlicher Zuneigung geprägt."

Freddie hätte vor Frustration beinahe aufgestöhnt. „Das verstehen wir, aber tatsächlich hat man das uns gegenüber ganz anders dargestellt. Wenn Sie unsere Fragen hier nicht beantworten können oder wollen, nehmen wir Sie gerne zu einer offiziellen Befragung aufs Revier mit."

„Wollen Sie damit sagen, Sie verdächtigen mich?"

„Ich will damit sagen, dass wir Fragen an Sie haben, und entweder beantworten Sie die, oder wir nehmen Sie fest", entgegnete Freddie. „Ist das deutlich genug?"

„J... ja", stammelte sie und bewies damit einen erfreulichen Anflug von Einsicht in den Ernst der Lage. „Was möchten Sie wissen?"

„Wie würden *Sie* denn Ihre Beziehung zu Cleo Beauclair

beschreiben?", fragte er. „Bitte seien Sie aufrichtig. Wir hassen nichts mehr als Menschen, die unsere Zeit vertun."

„Wenn ich ehrlich bin", erwiderte sie zögernd, „muss ich zugeben, dass ich sie nicht besonders mochte."

Na also, dachte Freddie und notierte sich das. „Warum?"

„Sie hat geglaubt, sie könnte einfach so in meine Schule kommen und versuchen, sich als Ehrenamtliche des Jahres aufzuspielen! *Ich* bin die Elternbeiratsvorsitzende. Das bedeutet, *ich* entscheide, wer was wann tut, nicht sie. Außerdem hat sie nie das Gebäude verlassen, solange die Kinder dort waren. Wer tut denn so was?"

„Offensichtlich Mrs Beauclair", erklärte Jeannie. „Ich frage mich, warum Sie das gestört hat, solange sie nicht von Ihnen und allen anderen das Gleiche verlangt hat."

„So läuft das einfach nicht", sagte Emma mit eisigem Blick. „Neue Mütter kommen nicht einfach in die Schule und übernehmen Ehrenämter. So geht das nicht."

„Die meisten Menschen würden sich über zusätzliche Hilfe freuen", gab Jeannie zu bedenken.

„Ich nicht", lautete die barsche Antwort.

„Waren Sie sauer genug auf sie, um sie umzubringen?", fragte Freddie.

Emma wurde totenbleich, dann lief sie knallrot an, und all das innerhalb weniger Sekunden. „Natürlich nicht! Da können Sie jeden fragen! Ich könnte keiner Fliege etwas zuleide tun!"

„Was zum Teufel ist hier los?" Ein gut aussehender Mann in einem Dreitausend-Dollar-Anzug betrat mit gerunzelter Stirn den Raum. Er war vom akkurat gezogenen Scheitel bis zu den italienischen Schuhen der Inbegriff von Erfolg und Glück.

„O Cal", rief Emma und warf sich ihm an den Hals. „Gott sei Dank bist du da. Diese Detectives haben doch tatsächlich zu fragen gewagt, ob ich Cleo Beauclair umgebracht habe. Kannst du dir das vorstellen?"

„Beschuldigen Sie meine Frau eines Verbrechens?", wollte er wissen.

„Aktuell nicht."

„Dann verlassen Sie bitte mein Haus. Wenn Sie noch einmal mit ihr sprechen möchten, dann nur im Beisein unseres Anwalts."

Ohne ein weiteres Wort erhoben sich Freddie und Jeannie und begaben sich zur Tür.

Hinter sich hörte Freddie Emma fragen: „Das ist alles? Die dürfen einfach gehen, nachdem sie mich des Mordes bezichtigt haben?"

„Halt den Mund, Emma", befahl ihr Mann. „Halt einfach den Mund."

Freddie schloss die Tür und holte tief Luft.

„Heilige Scheiße", murmelte Jeannie. „Das war krass."

„Ich weiß nicht, wie es dir geht, aber ich würde sie gern vorladen, einfach um sie von ihrem hohen Ross runterzuholen."

„Geht mir genauso."

„Es würde sicher Spaß machen, sie ein bisschen zu grillen."

„Ja", stimmte Jeannie zu und lachte. „Das stimmt. Übrigens – Sam wäre eben stolz auf dich gewesen. Du warst toll."

„Oh, danke. Ich habe sie ständig im Hinterkopf. Wer weiß, ob das was Gutes oder was Schlechtes ist?"

„Ich würde mal sagen, das ist eher etwas Gutes – zumindest die meiste Zeit."

„Außer wenn es in mir den Wunsch weckt, wild zu fluchen. Dann ist es nicht so gut."

„Zum Beispiel ‚Drecksmistscheißkack'?", zitierte Jeannie einen von Sams Lieblingsflüchen.

„Ja. Genau." Sie stiegen in Freddies Wagen und kämpften sich durch die nachmittägliche Rushhour in Richtung von Sams Haus.

„Voll nervig, dieser Verkehr", meinte Jeannie. „Deshalb lassen sich Menschen zu so was wie ‚Drecksmistscheißkack' hinreißen."

Freddie lachte. „Was du nicht sagst."

„Darf ich dich etwas fragen?"

„Klar."

„Was ist mit Gonzo los?"

„Ich wünschte, ich wüsste es. Auf jeden Fall ist es nichts Gutes."

„Überhaupt nichts Gutes", seufzte Jeannie.

„Christina hat mich heute Morgen angerufen und mich gebeten, nach der Arbeit vorbeizukommen und seine Sachen abzuholen."

„Aaah, so ein Mist."

„Das habe ich auch gesagt. Ich habe versucht, mit ihr zu reden, aber sie wollte nichts hören."

„Was bedeutet das wohl für Alex?", fragte Jeannie.

„Ich weiß es nicht, doch ich hoffe wirklich, sie werden sich am Ende nicht um ihn streiten, denn das wäre echt beschissen."

„Ja, das stimmt."

∽

ALS DR. ANDERSON ZUR NACHMITTAGSVISITE ERSCHIEN, BAT GONZO ihn um seine Entlassung. „Ich fühle mich wieder gut, und während ich hier herumsitze, geht mein Leben den Bach runter." Sobald er allein im Zimmer gewesen war, war er aufgestanden, hatte seine Jacke aus dem Schrank geholt und eine Tablette genommen, die seine Nerven sehr beruhigt und den unablässigen Schmerz gedämpft hatte.

Er hatte es am Vortag mit den Tabletten übertrieben. Das war alles. Das würde nicht wieder passieren. Er würde nur genug nehmen, um den Schmerz in den Griff zu bekommen, aber nicht so viel, dass er wieder bewusstlos wurde oder sich selbst auf der Suche nach Erleichterung halb umbrachte. So schlecht er sich auch fühlte – und er fühlte sich fast immer ziemlich schlecht –, sterben wollte er nicht. Er wollte zusehen, wie Alex heranwuchs. Sein Sohn brauchte einen Vater, und Gonzo war entschlossen, für ihn da zu sein.

Also nahm er bloß eine Tablette, obwohl er wirklich unbedingt zwei wollte.

Anderson schaute sich Gonzos Werte an, hörte sein Herz ab und setzte sich dann auf den Hocker neben dem Bett, um Notizen in den Computer einzugeben. „Mal ganz ehrlich, Sarge. Ich mache mir Sorgen um Sie, und für die Akten: Ich glaube kein Wort von dem, was Sie mir gestern erzählt haben." Als Gonzo widersprechen wollte, hob der Arzt die Hand, um ihn daran zu hindern. „Wie Sie selbst wissen, ist die Opioid-Epidemie außer Kontrolle geraten. Das sehen wir hier jeden Tag. Ich kenne die Symptome, und die entsprechen eins zu eins Ihren."

Er deutete auf Gonzo. „Ein Profi, der es voll draufhat, erleidet plötzlich eine Verletzung und muss Schmerzmittel nehmen. Auf einmal sind die Schmerzmittel unverzichtbar, der ansonsten völlig gesunde Mensch kommt ohne sie nicht mehr aus. Wenn Sie das mit der Tragödie zusammennehmen, die Sie Anfang des Jahres erlebt haben, ist der Weg in die Katastrophe vorgezeichnet."

„Ich bin von gar nichts abhängig, Doc. Da liegen Sie völlig falsch."

„Vielleicht. Aber schenken Sie mir noch fünf Minuten Ihrer Zeit, damit ich Ihnen erzählen kann, wie es weitergehen wird. Bald wird das, was Sie nehmen, nicht mehr stark genug sein. Dann werden Sie zu Heroin greifen."

Gonzo zuckte zurück. „Diesen Dreck würde ich niemals anfassen. Kommen Sie schon, Doc. Um Himmels willen, ich bin Polizist. Ich weiß, was mit Leuten geschieht, die von dieser Scheiße abhängig werden. Das wird mir nicht passieren."

Der Arzt fuhr fort, als hätte Gonzo überhaupt nichts gesagt. „Wenn Heroin Ihnen nicht mehr reicht, landen Sie bei Fentanyl, und dagegen ist Heroin wie Aspirin, und das bringt Sie dann um. Wir verlieren jeden Tag Leute wie Sie an Fentanyl. Falls Sie glauben, Sie seien dagegen gefeit, dann irren Sie sich. Wenn Sie so weitermachen, wird es Ihnen genauso ergehen. Der größte Gefallen, den Sie sich tun können, ist, sich Hilfe zu holen. Suchen Sie sich professionelle Unterstützung, wenn Sie nicht sterben wollen. Ich schwöre Ihnen, wenn Sie nicht sofort aufhören, wird das nicht gut enden."

„Das weiß ich alles", presste Gonzo mit zusammengebissenen Zähnen hervor. „Ich habe die entsprechenden Fortbildungen besucht."

„Dabei habe ich die Karriere, für die Sie bisher so hart gearbeitet haben, noch gar nicht erwähnt", fuhr Anderson fort, als hätte er Gonzo überhaupt nicht gehört. „Sie wissen ganz genau, wenn Sie Heroin, Fentanyl oder sonst etwas nehmen, das Ihnen kein Arzt verschrieben hat, riskieren Sie, Ihre Dienstmarke zu verlieren. Sie haben, wie Sie sagen, schließlich die entsprechenden Fortbildungen besucht. Besser als die meisten anderen Menschen wissen Sie, dass dieser Weg im Leichenschauhaus endet. Möchten Sie Ihrem Kind das antun? Einen Vater, der an einer Überdosis gestorben ist und es im Stich gelassen hat? Was ist mit Ihrer bezaubernden Freundin? Glauben

Sie, die wird zu Hause herumsitzen und warten, bis Sie Ihren Scheiß auf die Reihe gekriegt haben? Eine Frau, die so aussieht, die sich so um Ihren Sohn kümmert – die wird nicht lange auf dem Markt sein. Möchten Sie, dass ein anderer Mann Ihr Kind großzieht und Ihr Mädchen liebt? *Darauf* läuft das alles hinaus, Tommy. Nur darauf – auf Ihren Tod, und dann müssen die beiden Menschen, die Sie am meisten lieben, ohne Sie auskommen. Aber he, wenn es das ist, was Sie wollen, möchte ich Ihnen nicht im Wege stehen."

Anderson signierte einen Ausdruck, nahm ihn von seinem Klemmbrett und reichte ihn Gonzo. „Ihre Entlassungspapiere."

Gonzo starrte das Blatt an, während er vor seinem geistigen Auge ein detailliertes Bild von Christina und Alex in Begleitung eines anderen Mannes sah, eines namenlosen, gesichtslosen Typen, der zwischen den beiden lief und den beide an der Hand hielten. Dieser Mann war nicht er. Sie hatte ihn ersetzt. Jemand anders zog in dem Szenario, das ihm so klar vor Augen stand, dass es ihm im Herzen wehtat, Alex groß. Sie waren in einem Park, und Alex lachte und redete. Mit jemand anderem. Einem Fremden. Einem Fremden, den Alex lieben würde, weil der Junge nie einen anderen Vater kennen würde. An seinen richtigen Vater würde er sich nicht erinnern.

Er hatte in den letzten vierundzwanzig Stunden vieles zu hören bekommen, doch das drang endlich zu ihm durch. Den Gedanken, dass Alex ohne ihn aufwachsen, einen anderen Mann „Dad" nennen würde – *den* fand er wirklich unerträglich.

„Tommy? Sie können gehen."

„Ich ..." Sein Herz raste, und die Schmerzen waren so heftig, als stünde er unter Starkstrom, nahmen ihm den Atem. „Ich glaube, ich brauche Hilfe."

22

Kurz vor vier trafen Hill, Green, Cruz und McBride mit Neuigkeiten aus der Gerichtsmedizin und vom Brandinspektor bei Sam ein. Hill blieb draußen, um zu telefonieren, während Sam zunächst Lindseys Bericht las und die furchtbaren Einzelheiten der Folter und der möglichen sexuellen Gewalt gegen Cleo überflog. Jameson fehlten nicht nur Zähne, man hatte ihm auch an beiden Händen Finger gebrochen.

„Der Brandinspektor hat festgestellt, dass das Feuer mithilfe eines im gesamten Raum verteilten Brandbeschleunigers im Wohnzimmer gelegt wurde", berichtete Jeannie. „Da man die Opfer in der Mitte des Raums gefunden hat, geht der Brandinspektor davon aus, dass der Brandbeschleuniger – höchstwahrscheinlich Benzin – in einem großen Kreis um sie herum verschüttet wurde."

„Wer das getan hat, wollte, dass sie wissen, dass sie verbrennen würden."

„Das ist auch die Schlussfolgerung des Brandinspektors." Jeannie nickte mit grimmiger Miene.

„Ich weiß nicht, wie ihr das seht", erklärte Sam erbost, „aber ich will, dass diese Wichser dafür bezahlen."

„Da bin ich ganz bei dir", pflichtete ihr Cruz bei und informierte Sam über das Gespräch mit Emma Knoff. „Ich muss schon sagen ... diese Leute sind unglaublich. Wenn es dir recht ist, würde ich sie gerne zu einer offiziellen Befragung vorladen, und sei es nur, um sie ein bisschen Demut zu lehren."

„Tu das", gab ihm Sam grünes Licht. „Gleich morgen früh."

Hill kam herein. „Wir haben möglicherweise einen entscheidenden Durchbruch erzielt."

„Ich höre."

„Wir haben Duke Piedmont am Dulles Airport festgenommen", vermeldete er. Der Flughafen lag in Nordvirginia, etwas mehr als vierzig Kilometer von Washington entfernt. „Unsere Ermittler können nachweisen, dass er in der Mordnacht in der Stadt war."

„Verdammt", fluchte Sam, die einräumen musste, dass manchmal der naheliegende Verdächtige tatsächlich der Schuldige war. „Wie geht es jetzt weiter?"

„Wir bringen ihn in unsere Zentrale. Ich treffe mich dort in einer Stunde mit unseren Leuten. Sie wollen doch sicher beim Verhör dabei sein?"

Sam war hin- und hergerissen. „Ja, aber ich kann die Kinder nicht allein lassen. Nicht heute Abend. Wir wollen ihnen sagen ..."

„Schon verstanden."

„Setzen Sie mich so bald wie möglich ins Bild?"

„Natürlich."

„Was tun wir, bis wir uns sicher sind, dass er es war?", fragte Freddie.

„Wir arbeiten weiter und verfolgen nach wie vor alle Spuren", entschied Sam. „Es ist erst vorbei, wenn wir uns hundertprozentig sicher sind." Seit sie gehört hatte, wie die Beauclairs gestorben waren, war ihr Wunsch, den Schuldigen dafür zur Rechenschaft zu ziehen, stärker als je zuvor. „Was haben wir noch?"

„Ich bin der Spur des Geldes gefolgt", meldete sich Green zu Wort, „und habe festgestellt, dass Jameson Beauclair noch lange nach der Schließung von APG jede Menge Geld mit seinen Softwarepatenten verdient hat."

„Wie das, wo die Firma doch gar nicht mehr existiert hat?", fragte Freddie.

„Er hatte nach wie vor die Software-Lizenz, was bedeutet, andere Firmen konnten sie vertreiben, und er hat daran verdient."

„Dieser Konzernscheiß bereitet mir immer Kopfschmerzen", knurrte Sam. „APG ist also dicht, aber die Software gibt es weiter?"

„Richtig", bestätigte Green. „Die Lizenzvereinbarungen waren sehr einträglich." Er brachte Dokumente zum Vorschein, die zeigten, dass Beauclair im Vorjahr über dreihundert Millionen Dollar verdient hatte.

„Verdammt", fluchte Sam. „Warum habe ich das bei meiner Berufswahl nicht berücksichtigt?"

Die anderen lachten. Dieser dringend benötigte flapsige Spruch löste die Spannung ein wenig, die über der Gruppe gelegen hatte, seit sie Einzelheiten über die Art des Todes der Opfer erfahren hatten.

„Dann werden die Kinder wenigstens keine Geldprobleme haben", konstatierte Sam und überflog die unglaubliche Bilanz, die Green da ausgegraben hatte.

„Ein schwacher Trost", meinte Freddie.

„Stimmt." Von Green wollte Sam wissen: „Woher haben Sie das überhaupt?"

„Er hat unter dem Namen Jameson Armstrong in Delaware eine neue Firma gegründet, JAE, kurz für Jameson Armstrong Enterprises, und diese Bilanz war Teil des Papierkrams, den er dafür beim Staat Delaware vorlegen musste."

„Er hat sich unglaublich schlecht bedeckt gehalten", schimpfte Sam. „Wenn Piedmont ihn finden wollte, hat ihm das sicher keine große Mühe bereitet."

„Das stimmt", pflichtete ihr Green bei, „und deshalb frage ich mich: Warum jetzt? Warum schlägt Piedmont nach all der Zeit ausgerechnet diese Woche zu? Die Gründung von JAE liegt über anderthalb Jahre zurück, und Armstrong ist als alleiniger Geschäftsführer und Eigentümer angegeben."

„Geschäftlich gibt es also nichts wesentlich Neues?", hakte Sam nach.

„Vor drei Monaten gab es in *Forbes* eine Geschichte darüber, wie Armstrong aus der Asche von APG aufgestiegen ist, um mit seiner revolutionären Software neue Wege zu gehen. Doch auch das ist wie gesagt Monate her. Wenn Piedmont auf die Nachricht reagieren wollte, dass Armstrong weiter an der Software verdient hat – warum hat er dann so lange gewartet?"

„Hat er es vielleicht erst jetzt mitbekommen?"

„Möglich, aber unwahrscheinlich", antwortete Hill. „Der Typ war auf der Flucht vor dem FBI. Ich wette, er hat sich über alles und jedes auf dem Laufenden gehalten, was mit Armstrong, APG und der Software zu tun hatte."

„Was ich überhaupt nicht verstehe", warf Sam ein, „ist, warum man sich die Mühe gemacht hat, Jamesons Namen und Adresse zu ändern, wenn er ohnehin weitergemacht hat, als sei nichts geschehen."

„Wir vermuten, dass bei den eigentlichen Vorgängen um APG ziemliches Chaos geherrscht hat", erklärte Hill. „Piedmont ist abgehauen und hat auf dem Weg aus der Stadt Armstrong und seine Familie bedroht. Die Behörden haben Armstrong und seiner Frau Schutz angeboten, und sie haben das Angebot aus Angst um ihre eigene Sicherheit und die ihrer Kinder akzeptiert. Sie haben nicht bedacht, was das für seine Möglichkeiten bedeuten würde, weiter mit seinem geistigen Eigentum Geld zu verdienen."

„*Warum* musste er das denn überhaupt?", fragte Sam. „War er da nicht schon Milliardär?"

„Die Software wäre mit oder ohne sein Zutun weiter auf dem Markt gewesen", erwiderte Hill. „Da hat er sich für *mit* entschieden."

„Trotz der Gefahr für ihn selbst und seine Familie?", wollte Sam wissen.

„Offenbar", sagte Hill.

„Noch was zum Thema Geld", kam Green zum Thema zurück und reichte Sam einen weiteren Ausdruck. „Darauf bin ich vor einer halben Stunde gestoßen. Cleo hat am Nachmittag vor dem Brand hunderttausend in bar von ihrem Konto abgehoben. Ich habe die Überwachungsaufnahmen der Filiale angefordert, wo sie die Transaktion vorgenommen hat, und warte auf Rückmeldung. Offenbar müssen Abhebungen in dieser Höhe von der Zentrale der Bank in New York genehmigt werden."

Sam sah Hill an und reichte ihm den Ausdruck. „Können Sie das beschleunigen?" Manchmal gingen Dinge schneller, wenn das FBI darum bat – nicht, dass Sam das je offiziell zugegeben hätte.

„Ja." Sie hatte noch nicht ausgeredet, da schrieb er schon die entsprechende SMS.

„Befragen wir die Bankmitarbeiter", schlug Sam vor.

„Das mache ich morgen früh, gleich wenn die Filiale öffnet", erbot sich Green.

Shelby kam aus der Küche, Noah vor die Brust geschnallt.

Hill strahlte, als er die beiden erblickte. Nachdem er seine Textnachrichten abgesendet hatte, erhob er sich und trat zu ihnen. Das Baby quietschte aufgeregt, als es seinen Daddy sah.

„Ich schaue mal nach Alden und Aubrey", erklärte Shelby. „Ich wollte nicht stören."

„Du störst nie", antwortete Hill und küsste Noah auf die Stirn, ehe er seine Aufmerksamkeit wieder der Besprechung zuwandte.

„Danke, Shelby", sagte Sam.

„Hier ist der Bericht des Streifenpolizisten vor Ort über Cleos Unfall am Freitag." Freddie reichte ihr einen Ausdruck des Dokuments, das als Mail-Anhang schon fast den ganzen Tag darauf wartete, dass sie es öffnete.

Sam las ihn. Er stammte von einem Polizisten namens O'Brien, mit dem sie in der Vergangenheit schon zusammengearbeitet hatte, und beschrieb die Auseinandersetzung zwischen Cleo und einem Mann namens Victor Klein. Sie war mit ihrem weißen Audi-SUV auf der Connecticut Avenue westwärts unterwegs gewesen, als Mr Klein sie mit seinem älteren silbernen BMW angeblich geschnitten hatte.

O'Brien berichtete unter anderem, er habe Cleo Beauclair wegen ihres Benehmens im Anschluss an den Bagatellunfall beinahe festnehmen müssen. *„Mrs Beauclair schrie Mr Klein an, er habe durch seine rücksichtslose Fahrweise das Leben ihrer Kinder gefährdet. Er schrie zurück, sie solle ihr verdammtes Maul halten. Wir stellten fest, dass ein Haftbefehl gegen Mr Klein vorlag, weil er einer gerichtlichen Vorladung nicht nachgekommen war, und haben ihn festgenommen. Es sollte erwähnt werden, dass beide Parteien auf etwas, das wir als Routine-Blechschaden bezeichnen würden, außergewöhnlich erregt reagierten. Mr Klein war wütend über seine Festnahme und erhielt zusätzlich eine Anzeige wegen Widerstands gegen die Staatsgewalt."*

„Wer ist der Mann?", fragte Sam.

Freddie reichte ihr einen Ausdruck von Kleins Akte, und während sie sie las, rieselte ihr ein Schauer über den Rücken. Sein

Vorstrafenregister umfasste alles von Diebstahl bis hin zu Einbruch – er war das, was man häufig als Aufzugkriminellen bezeichnete: Personen, die sich von kleinen Vergehen zu zunehmend schwereren Straftaten hocharbeiteten. Der Haftbefehl beruhte darauf, dass er eine Vorladung in einem Unterhaltsprozess ignoriert hatte.

Wegen des Einbruchs war er auf Bewährung. Abgesehen von den Unterhaltsstreitigkeiten hatte er sich seit seiner Entlassung aus dem Gefängnis vor einem Jahr nichts zuschulden kommen lassen.

„Den Typen will ich mir näher anschauen", sagte Sam. „Hat er beim Anblick von Cleo und ihrem schicken Auto Dollarzeichen in die Augen gekriegt?"

„Ich habe seine finanziellen Verhältnisse überprüft", antwortete Freddie. „Er ist hoch verschuldet. Allein der nicht gezahlte Unterhalt addiert sich auf einen sechsstelligen Betrag."

„Dann möchte ich jeden Schritt nachvollziehen, den er seit seiner Haftentlassung gemacht hat. Warum wurde er eigentlich freigelassen, wenn er so hohe ausstehende Unterhaltszahlungen hat?", wollte Sam wissen.

„Wahrscheinlich, weil das städtische Gefängnis am letzten Wochenende aus allen Nähten geplatzt ist und sie jeden auf freien Fuß gesetzt haben, der nicht wegen eines Gewaltverbrechens saß", vermutete Freddie.

„Cruz, Green und McBride, unterrichtet Carlucci und Dominguez über die neusten Entwicklungen, und dann sollen die sich um Klein kümmern. Ich will so viel wie möglich über diesen Kerl wissen. Hat noch jemand etwas?"

„McBride und ich haben uns ein weiteres Mal in der Nachbarschaft umgehört und erneut mit den Frauen gesprochen, von denen wir gestern erfahren haben, dass sie Cleo kannten, aber nichts Neues herausgefunden", entgegnete Cruz. „Keine Hinweise auf Eheprobleme oder so etwas, allerdings hatten wir auch nicht das Gefühl, dass die Leute, mit denen wir geredet haben, so etwas mitbekommen hätten."

„Ich werde mal schauen, ob mir der ältere Sohn mehr dazu erzählen kann, wenn er hier eintrifft", erklärte Sam.

„Meine Leute befassen sich mit verärgerten ehemaligen APG-

Mitarbeitern", berichtete Hill, „aber da geht es bloß zäh voran. Die sind ziemlich in der Weltgeschichte verteilt, wir müssen sie also einzeln aufspüren. Ich sage Bescheid, wenn sich an der Front etwas ergibt."

„Gute Arbeit, Leute", stellte Sam zufrieden fest. „Wir treffen uns morgen um sieben im Hauptquartier wieder und sehen, was wir dann haben." Sie musste am nächsten Tag ins Büro, würde also Ms Finklestein fragen müssen, ob sie die Kinder bei Shelby lassen konnte. Sam wollte die beiden nicht wieder in den Kindergarten schicken, solange sie nicht wussten, wer Jameson und Cleo getötet hatte.

Als die anderen fort waren, lief Sam nach oben, um nach den Kindern zu schauen, die noch schliefen. Sie hatte Shelby oben nicht gesehen, also war sie wohl in der Küche. Sam machte einen Abstecher ins Zimmer von Scotty, der mit Kopfhörern Hausaufgaben erledigte. Als er sie bemerkte, nahm er die Kopfhörer ab.

„Was gibt's?", wollte er wissen.

„Ich sehe nur mal nach all meinen Kindern."

„Schlafen sie noch?"

Sam nickte. „Wir wecken sie in etwa einer halben Stunde. Ihr großer Bruder müsste bald hier sein."

„Glaubst du, wir dürfen sie behalten?", fragte Scotty.

Sam setzte sich auf seine Bettkante. „Wahrscheinlich nicht. Wir haben ihnen bloß vorübergehend Unterschlupf geboten, bis sich etwas Festes für sie findet."

„Ich weiß."

„Tut mir leid, wenn du enttäuscht bist, dass sie nicht bleiben können. Falls es dich tröstet, mir geht es genauso."

„Wirklich?"

„Ja. Ich habe mich schnell an sie gewöhnt."

„Sie sind süß."

„Ja."

„Wo werden sie letztlich leben?"

„Das wissen wir noch nicht. Die Sozialarbeiterin sucht zurzeit nach Familienmitgliedern, die bereit sind, sie aufzunehmen. Das ist alles sehr kompliziert, und durch den tragischen Verlust, den die Familie erlitten hat, gestaltet sich alles noch schwieriger."

Er sah sie mit großen Augen an. „Wirst du dich davon überzeugen, dass sie da, wo sie hinkommen, in Sicherheit und gut aufgehoben sind? Bevor du sie gehen lässt?"

„Na klar, Kumpel", versicherte ihm Sam und umarmte ihn. „Das werde ich."

„Nicht alle Pflegefamilien sind so gut wie die hier."

Plötzlich hatte sie ein ungutes Gefühl und richtete sich abrupt auf. „Scotty ..."

„Ich muss mich um diese blöden Mathe-Hausaufgaben kümmern, okay?" Sein Blick flehte sie praktisch an, nicht weiter in ihn zu dringen.

Doch wie konnte sie so etwas hören und nicht mehr wissen wollen? „Okay." Sie stand auf, verließ das Zimmer und begegnete auf der Treppe Nick. „Sind Terry und die anderen gegangen?"

„Gerade eben. Was machen die Kleinen?"

„Sie schlafen noch. Wir müssen sie bald mal wecken." Sie warf einen Blick zu Darcy, dem Bodyguard, der vor Scottys Tür saß, nahm Nicks Hand, zog ihn ins Schlafzimmer und schloss die Tür. „Scotty hat gerade etwas Seltsames gesagt."

„Was denn?"

„Wir haben über die Kinder gesprochen, darüber, wo sie wohl landen werden. Er wollte, dass ich ihm verspreche, dafür zu sorgen, dass sie gut untergebracht sind. Dann hat er hinzugefügt, nicht alle Pflegefamilien seien so gut wie die hier."

Nick biss die Zähne zusammen. „Was hat er damit wohl gemeint?"

„Er wollte nicht darüber reden. Ich sollte offenbar auch nicht nachfragen."

Nick stand außergewöhnlich starr da, die Hände in den Hüften. „Ich könnte jeden umbringen, der nicht gut zu ihm war."

„Geht mir genauso."

„Wir haben nie wirklich mit ihm über die Zeit zwischen dem Tod seiner Mutter und seines Großvaters und seiner Ankunft bei Mrs Littlefield in Richmond gesprochen."

„Sollten wir das?"

„Ein Teil von mir schreckt davor zurück, ihn danach zu fragen."

Sam seufzte. „So empfinde ich auch, aber jetzt muss ich es

wissen. Etwas an der Art, wie er das gesagt hat, macht mir Angst vor dem, was wir nicht wissen."

Nach einer langen Pause schlug Nick vor: „Lass uns das vertagen. Wir reden zu gegebener Zeit mit ihm, nur ist jetzt, wo wir alle Hände voll mit Aubrey und Alden zu tun haben, kein günstiger Zeitpunkt dafür. Einverstanden?"

„Ja, das ist mir recht, doch mit ihm reden müssen wir."

Er legte den Arm um sie. „Werden wir."

„Ich wünschte, ich könnte in der Zeit zurückreisen und alles auslöschen, was ihm wehgetan hat."

„Das wäre schön", pflichtete ihr Nick bei. „Aber wir können ihn nur wissen lassen, dass wir für ihn da sind und er uns alles erzählen kann."

„Dieses Elternsein ist manchmal ganz schön schwierig."

„Stimmt, aber meistens macht er es uns doch leicht."

„Ja, weil er der beste Junge der Welt ist."

„Dem werde ich nicht widersprechen." Nick trat zurück und nahm ihr Gesicht in die Hände, ehe er sie küsste. „Mit niemandem würde ich lieber versuchen als mit dir, mich in diesem Erziehungslabyrinth zurechtzufinden."

„Selbst wenn ich meistens eine Rabenmutter bin?"

„Das ist Unsinn. Warum behauptest du so etwas?"

„Du solltest mal hören, was Cleo alles für ihre Kinder getan hat. Ehrenamtliche Arbeit im Kindergarten, Bastelpartys und Verabredungen zum Spielen ..."

Nick küsste sie, bis sie vergaß, was sie hatte sagen wollen. „Du bist eine wunderbare Mutter, und dein Sohn liebt dich."

„Schon, aber was, wenn er herausfindet, dass ich eigentlich Bastelpartys hätte veranstalten müssen?"

„Er wird verdammt dankbar sein, dass du ihm diesen Quatsch erspart hast. Doch wenn du seine Freunde zu einem Computerspielturnier einladen würdest, wäre er begeistert."

„Dann lass uns das tun. Wenn du zurückkommst, sagen wir ihm, er darf so viele Freunde einladen, wie er will. Die dürfen dann über Nacht bleiben, es gibt Computerspiele, Filme, Pizza und eine Pyjamaparty."

„Wer soll denn die Aufsicht bei dieser Pyjamaparty haben?"

„Na wer wohl? Du natürlich. Nick, du bist der, der unter Schlaflosigkeit leidet. Da ist sie dann endlich mal zu etwas gut."

Nick lachte und küsste sie erneut. „Du bist eine ganz wunderbare Mutter, Sam. Denk niemals etwas anderes. Du würdest für diesen Jungen dein Leben geben."

„Ja, das würde ich tatsächlich."

„Das ist alles, was zählt."

23

Christina taten vom Weinen die Augen weh. Alles in ihr betrauerte das Ende einer Beziehung, die sie für dauerhaft gehalten hatte. Tommy und sie, das hatte sich von Anfang an richtig angefühlt. Eine so tiefe Verbundenheit mit einem Mann hatte sie nie zuvor empfunden, und sie zu verlieren ... So stellte sie sich die Amputation eines Armes oder eines Beins vor.

Zum Glück hatte Alex fast den ganzen Tag geschlafen, und sein Fieber war endlich gesunken. Sie hoffte, das bedeutete nicht, dass er die ganze Nacht wach sein würde. Nicht, dass sie mit viel Schlaf rechnete. Dafür quälten sie zu viele beunruhigende Gedanken – etwa, ob sie wieder einen Job finden würde, nachdem sie für den Großteil des letzten Jahres nicht Teil des politischen Zirkus gewesen war, ob sie als alleinerziehende Mutter klarkommen oder ob Tommy ungerechtfertigterweise versuchen würde, ihr das Sorgerecht vorzuenthalten.

Bei der Vorstellung eines Rechtsstreits mit ihm überwältigten sie Hoffnungslosigkeit und Verzweiflung. Sie hatte mit ihm leben, nicht einen hässlichen Kampf vor Gericht mit ihm austragen wollen, den sie wahrscheinlich verlieren würde, weil sie nicht Alex' leibliche Mutter war. Aber sie war die einzige Mutter, die das Kind je gekannt hatte, und das musste doch auch etwas heißen!

Sie brauchte einen Anwalt und einen Drink. Nicht unbedingt in dieser Reihenfolge. Sie wollte gerade aufstehen, um nachzuschauen, was sie an Alkohol dahatte, als ihr Handy klingelte. Der Anruf kam von einer unbekannten Nummer, und sie hatte beinahe Angst, ihn anzunehmen. Was war das jetzt wieder für eine Katastrophe?

„Hallo?", fragte sie zögernd.

„Spreche ich mit Christina Billings?"

In der Sekunde nach dieser Frage von einer Männerstimme hatte sie nur einen Gedanken: *Bitte, Gott, bitte mach, dass Tommy nicht tot ist.* Wieder traten ihr Tränen in die bereits wunden, schmerzenden Augen.

„Ms Billings? Sind Sie noch da?"

„Ja. Wer spricht da?"

„Dr. Anderson vom GW. Ich rufe wegen Thomas Gonzales an."

Das Herz schmerzte ihr in der Brust, und sie bekam kaum Luft. „Was ist mit ihm?"

„Er hat eine wichtige Entscheidung getroffen und möchte sie sehr gerne mit Ihnen besprechen, obwohl er weiß, dass Sie sauer auf ihn sind – und das, ich zitiere, ‚aus gutem Grund'."

Er war nicht tot. Er war nicht tot und fand, sie sei aus gutem Grund auf ihn sauer. Das war die positivste Entwicklung seit Wochen.

„Ms Billings? Sind Sie bereit, mit Sergeant Gonzales zu sprechen?"

„Ja. Bin ich."

„Sehr gut. Ich reiche das Telefon weiter."

Christina machte sich auf alles Mögliche gefasst. Was hatte er ihr wohl mitzuteilen, und wie würde sich das auf sie und Alex auswirken?

„Babe", sagte er.

Weinte er? O Gott.

Er sprach schnell, als hätte er Angst, sie könne auflegen, ehe er alles losgeworden war. „Das mit gestern und auch alles andere tut mir so unfassbar leid. Ich habe totale Scheiße gebaut und könnte es dir nicht verübeln, wenn du Alex nehmen und mich verlassen würdest, doch bitte tu das nicht. Bitte nicht. Ich bringe alles wieder in Ordnung. Christina, ich will dich nicht verlieren. Ich will meinen Sohn und meine Familie nicht verlieren. Bitte."

„Tommy", schluchzte sie, wobei ihr Tränen übers Gesicht strömten.

„Ich weiß, ich habe schon viel von dir verlangt, aber ich brauche noch eine Chance. Bitte gib mir die. Seit ich A. J. verloren habe, ist alles so furchtbar. Dich trifft keine, mich trifft alle Schuld. Nur mich."

Er sagte alles, was sie schon so lange hören wollte, doch woher sollte sie wissen, ob es diesmal anders sein würde als bei den früheren Gelegenheiten, zu denen er behauptet hatte, mit der schrecklichen Trauer, die fast alles zwischen ihnen kaputtgemacht hatte, „durch zu sein"?

„Ich mache einen Entzug."

Moment. Was? Entzug? „Wa... warum brauchst du einen Entzug?"

„Ich ... ich habe ... ich habe Schmerzmittel genommen, um mich zu betäuben, und das ist ... das ist in letzter Zeit ziemlich aus dem Ruder gelaufen."

Ach du lieber Gott. Wollte er damit sagen, dass er schmerzmittelsüchtig war? Seit wann das denn, verflucht?

„Christina. Babe. Bitte, ich weiß, ich habe dich mit Alex schon sehr belastet ..."

„Zieh ihn da nicht mit rein. Ich kümmere mich um ihn, weil ich ihn liebe. Er ist genauso sehr mein Sohn wie deiner."

„Ja."

„Das will ich schriftlich. Ich möchte für den Fall geschützt sein, dass du versuchst, mich aus seinem Leben auszuschließen."

„Das wird nicht passieren. Mein Wort drauf."

„Entschuldige, aber das reicht mir nicht. Nicht, wenn es um Alex geht. Ich will, dass wir uns das Sorgerecht teilen."

„Das werde ich veranlassen. Heute noch, bevor ich gehe."

Als sie das hörte, löste sich der Stressknoten in ihrer Brust ein wenig.

„Ich hätte das schon längst in die Wege leiten sollen, und es tut mir leid, dass ich es so lange verschleppt habe. Du hättest nie in eine Situation wie gestern Abend geraten dürfen, in der er Hilfe gebraucht hat und ich nicht greifbar war. Du musst das Sorgerecht für ihn bekommen."

Er sagte tatsächlich all die Dinge, auf die sie schon so lange gewartet hatte, trotzdem hatten die Ereignisse der zurückliegenden neun Monate ihre Beziehung bis in die Grundfesten erschüttert. Es würde sich zeigen, ob sie sie kitten konnten oder nicht. „Ich habe getan, als hätte ich das Sorgerecht für ihn, doch es wäre schön, wenn ich das nicht mehr vortäuschen müsste."

„Babe", flüsterte er so leise, dass sie ihn kaum hörte. „Ich liebe dich so sehr. Dich, Alex und unsere kleine Familie. Ich werde hart daran arbeiten, dich zurückzugewinnen."

Sie wischte sich die Tränen aus dem Gesicht, als seine Worte sie mitten ins gebrochene Herz trafen. „Wo gehst du hin?"

„Das weiß ich noch nicht. Dr. Anderson und Dr. Trulo suchen gerade nach einem Platz für mich."

„Trulo hängt da mit drin?" Der Mann hatte sie angerufen und auf ihren Anrufbeantworter gesprochen, aber sie hatte bisher keine Zeit gefunden, sich darum zu kümmern. „Was bedeutet das für deinen Job?"

„Er schwört, dass es keinerlei Auswirkungen darauf haben wird. Ich bin krankgeschrieben. Nur Sam und Freddie werden den wahren Grund und meinen Aufenthaltsort kennen."

„Glaubst du wirklich, dass du das geheim halten kannst, so wie dein Team momentan im Mittelpunkt des öffentlichen Interesses steht?"

„Wir werden alles in unserer Macht Stehende dafür tun."

Der Gedanke, dass das herauskommen könnte, bereitete ihr Magenschmerzen. Wenn die Presse herausfand, dass Sams Sergeant einen Entzug machte, würde es Schlagzeilen geben.

„Ich weiß, ich habe kein Recht, darum zu bitten, doch ich brauche deine Hilfe, um das durchzustehen. Ohne dich schaffe ich es nicht."

„Das stimmt nicht. Du musst das für dich tun."

„Ich will nur wissen, ob du auf mich wartest. Es ist für mich kaum vorstellbar, wie weh ich dir und Alex getan habe. So ein Mensch möchte ich nicht mehr sein." Seine Worte gingen fast in seinem Schluchzen unter. „Ich weiß nicht mal mehr, wer ich bin."

Ihre Augen füllten sich mit Tränen, und sie schloss sie, um die neuerliche Flut zurückzuhalten. „Es ist nicht deine Schuld,

Tommy. Du hast etwas Furchtbares erlebt, und ich habe versucht, dir zu helfen. Wir alle haben das versucht, aber ..."

„Ihr habt alle euer Möglichstes getan. Dr. Trulo sucht nach einer Klinik, die mir sowohl bei den Tabletten als auch bei der PTBS wegen Arnolds Tod weiterhelfen kann. Er sagt, es kann bloß funktionieren, wenn ich beides in Angriff nehme."

„Ich hoffe, die Polizei übernimmt die Rechnung. Das ist schließlich arbeitsbedingt."

„Den Großteil müsste die Versicherung übernehmen. Die Krankenhausverwaltung prüft das gerade."

Nach einer weiteren langen Pause erwiderte sie: „Ich bin froh, dass du das machst, Tommy. Ich hoffe, du findest auf diese Weise einen Weg, mit dem Geschehenen fertigzuwerden, ohne dass du zu Drogen greifen musst."

„Ich hoffe es auch. Es tut mir so leid, dass es so weit kommen musste. Ich habe versucht, es allein durchzustehen. Und schau, wohin mich das geführt hat."

„Geben wir doch dem die Schuld, den sie tatsächlich trifft – dem Mann, der A. J. getötet hat. Das alles ist seine Schuld, nicht deine."

„Es ist sehr großzügig von dir, das zu sagen, aber ein Großteil davon ist meine Schuld und stammt von meinem Umgang mit dem Ganzen."

„Das ist unfair dir selbst gegenüber, Tommy", entgegnete sie emotionaler, als sie ihm gegenüber seit Ewigkeiten reagiert hatte. „Es gibt ja kein Handbuch, in dem man einfach nachlesen kann, wie man mit so etwas fertigwird."

„Ja, vermutlich gibt es das wirklich nicht."

„Könnte ich ... könnten Alex und ich dich noch mal sehen, ehe du gehst?"

„Das fände ich sehr schön. Ich bleibe im GW, bis die Ärzte einen Platz für mich gefunden haben. Sie haben es nicht gesagt, doch ich glaube, sie wollen mich nicht mir selbst überlassen."

„Ich komme morgen früh mit Alex vorbei." Dann fiel ihr noch etwas ein. „Was ist mit der Hochzeit?"

„O verdammt!" Er stöhnte. „Daran hatte ich überhaupt nicht gedacht. So selbstbezogen war ich in letzter Zeit."

„Keine Sorge. Ich gebe Freddie Bescheid. Er kann Will bitten, für dich einzuspringen."

„Richtest du ihm bitte aus, wie furchtbar leid es mir tut?"

„Werde ich, aber ich weiß, dass er froh sein wird, dass du dir endlich Hilfe suchst. Jeder weiß, wie sehr du gelitten hast."

„Ich will nur wissen ..." Seine Stimme brach.

„Was willst du wissen, Tommy?"

„Liebst du mich noch, Chris? Habe ich nach allem, was ich dir zugemutet habe, noch eine Chance, unsere Beziehung zu kitten?"

„Ich liebe dich immer noch. Wenn nicht, hätte ich nicht den ganzen Tag wegen etwas geweint, das ich für immer verloren geglaubt habe. Solange wir einander noch lieben, besteht immer eine Chance."

„Mehr wollte ich nicht hören, Babe. Diese Worte werden mich durch die nächsten Wochen tragen, egal, was da auf mich zukommt."

Sie schwiegen beide eine Weile, schnieften bloß ab und zu.

„Wie geht es Alex?", fragte er.

„Schon deutlich besser. Das Fieber ist gesunken, und er hat viel geschlafen. Er hatte eine ziemlich üble Nacht."

„Du auch. Tut mir leid, dass ich nicht da war."

„Das nächste Mal wirst du da sein, oder?"

„Ja." Nach einer längeren Pause fügte er hinzu: „Ich rufe jetzt Andy wegen der Vormundschaftsunterlagen an, aber sehen wir uns morgen früh?"

„Wir werden da sein, Tommy. Morgen früh und auch in Zukunft."

„Danke", flüsterte er. „Ich liebe dich."

„Ich dich auch."

Christina beendete das Gespräch und wischte sich mit einem Papiertaschentuch die Tränen ab, während sie sich seine Worte noch einmal durch den Kopf gehen ließ. Sie hatte von seiner Abhängigkeit keine Ahnung gehabt, allerdings wurde ihr nun so einiges klar.

Sie schickte Freddie eine Textnachricht.

Planänderung. Du musst Tommys Kram nicht abholen, doch wenn du einen Augenblick Zeit hast, würde ich gern mit dir reden. Bitte ruf mich an.

Dann stand sie auf und ging in die Küche. Sie brauchte keinen Anwalt mehr, aber nach wie vor einen Drink.

～

ELIJAH BEAUCLAIR TRAF UM ZWANZIG NACH FÜNF EIN UND BETRAT EIN Haus voller Leute, die sich versammelt hatten, um ihm zu helfen, seinen jüngeren Geschwistern die schreckliche Nachricht beizubringen. Ms Finklestein war noch einmal vorbeigekommen, nachdem sie zuvor schon die von den Kindern erbetenen Plüschtiere und Decken gebracht hatte. Diese Dinge rochen zwar alle leicht nach Rauch, aber Sam hatte sie den Kindern sofort gegeben, die ganz begeistert gewesen waren.

Sam und Nick empfingen Elijah an der Tür. „Ich bin Sam Holland, und das ist mein Mann Nick Cappuano."

Der große, dunkelhaarige und sehr attraktive Elijah schüttelte ihnen beiden die Hand. „Freut mich, Sie beide kennenzulernen, auch wenn ich mir wünschte, es geschähe unter anderen Umständen."

„Unser herzliches Beileid", kondolierte Nick.

„Danke. Wie geht es Aubrey und Alden? Ich musste ununterbrochen an sie denken. Cleo war so eine wunderbare Mutter, und mein Vater hat die beiden vergöttert."

„Ganz gut", erwiderte Sam. „Sie sind verwirrt und fragen ständig nach ihren Eltern. Wir haben bisher immer ausweichend geantwortet. Ehe wir ihnen mitteilen, dass Sie hier sind, wollte ich Ihnen noch sagen, dass ich mit einem Therapeuten darüber gesprochen habe, wie wir es ihnen am besten beibringen, und er meint, wir sollen uns so klar wie möglich ausdrücken. Worte wie ‚gestorben' und ‚tot' helfen den Kindern, besser zu verstehen, was wir meinen, selbst wenn es für sie schwer zu ertragen ist."

Elijahs Miene war grimmig, doch er nickte zustimmend. „Ich hasse das", flüsterte er. „Es ist grauenhaft, dass wir ihnen so was sagen müssen."

„Ich weiß", entgegnete Nick. „Geht uns genauso."

Elijah senkte den Blick. „Ich weiß nicht, ob ich das schaffe."

„Ich mach das", erbot sich Sam und drückte ihm den Arm. „Eine Sache noch: Alden hat kein Wort gesprochen, seit er hier ist.

Ich vermute, er hat etwas gesehen, und wenn sich die Möglichkeit bietet, ihn zum Reden zu bringen, wäre uns das eine große Hilfe. Vielleicht ist er Ihnen gegenüber offener als bei uns."

„Ich schau mal, was ich tun kann."

„Das ist Ms Finklestein vom Jugendamt", stellte Sam die Sozialarbeiterin vor. „Sie ist für das Wohlergehen der Kinder verantwortlich."

Elijah schüttelte ihr ebenfalls die Hand und nahm ihre Beileidsbezeigung entgegen.

„Soll ich ihnen sagen, dass Sie hier sind?"

Elijah holte tief Luft und nickte dann. „Wenn es Ihnen nichts ausmacht."

Während Sam in die Küche ging, wo die Kinder unter Shelbys Aufsicht zu Abend aßen, fragte Nick Elijah: „Kann ich Ihnen etwas anbieten?"

„Nein, danke, Sir", hörte Sam den jungen Mann antworten. Sie betrat die Küche, wo die Kinder und Scotty gerade mit dessen Lieblingsabendessen fertig waren – Spaghetti bolognese. Shelby wischte den Zwillingen die Hände und Gesichter ab, während Noah von seinem Kinderstuhl aus alles beobachtete.

„Hey, Leute", wandte sich Sam an Aubrey und Alden. „Ich habe eine Überraschung für euch. Kommt ihr mal mit?"

„Ist es Mommy?", fragte Aubrey, und ihr Gesicht strahlte vor Hoffnung auf.

Sam presste das Mitleid mit dem kleinen Mädchen das Herz ab, und sie hasste sich dafür, sich nicht klarer ausgedrückt zu haben. „Nein, Süße, aber ich glaube, die Überraschung wird dir trotzdem gefallen." Sie nahm Aubrey und Alden an die Hand und führte sie ins Wohnzimmer, wo Elijah auf sie wartete.

Beide Kinder stießen Freudenschreie aus, als sie ihn sahen, und er verlor bei ihrem Anblick fast die Fassung. Er hob sie hoch und drückte sie lange an sich, während sich Sam, Nick und Shelby, die Noah inzwischen auf dem Arm hatte, die Augen trocken tupften.

Alden klammerte sich an Elijah und weinte herzzerreißend.

„Ist ja gut, mein Kleiner", tröstete Elijah ihn und streichelte seinem Bruder den Rücken, während Aubrey sich an ihn schmiegte. „Ich bin ja da."

Alden weinte lange, und Elijah hielt ihn die ganze Zeit fest, während auch ihm Tränen übers Gesicht strömten.

„Wo sind Mommy und Daddy?", fragte Aubrey ihren großen Bruder.

„Komm, setz dich zu mir, dann reden wir darüber", schlug Elijah vor.

Bis zu Hills Anruf war er ein typischer College-Student gewesen, und Sam hatte das Gefühl, beobachten zu können, wie er vor ihren Augen zum Mann heranreifte, während er da so mit seinen Geschwistern auf dem Sofa saß. Mit Alden auf dem Schoß und seiner Schwester im Arm begann Elijah: „Ihr wisst, dass es daheim gebrannt hat, oder?"

Aubrey nickte, Alden wimmerte.

Elijah schaute Sam an, die zwischen Nick und Shelby, die nach wie vor Noah auf dem Arm hatte, auf der Kante des Couchtischs saß.

Scotty kam ums Sofa herum und setzte sich neben Aubrey.

„Es tut mir leid, aber ich muss euch sagen, dass eure Eltern in dem Feuer gestorben sind", übernahm Sam, deren Herz in eine Million Splitter zerbrach, als sie sah, wie die Kinder, die den Begriff „gestorben" kannten, den Sinn ihrer Worte langsam erfassten.

Sie tat das nicht zum ersten Mal. Tatsächlich hatte sie es schon viel zu oft tun müssen, doch so schlimm war es noch nie gewesen.

Aubrey brach zusammen, während Alden das Gesicht an Elijahs Schulter drückte.

„Es tut uns so furchtbar leid", sagte Sam. „Alle haben uns erzählt, wie sehr sie euch geliebt haben und wie stolz sie auf euch waren. Weil ihr so stark seid."

„Ich will heim", schluchzte Aubrey mit bebendem Kinn.

„Ja, ich weiß, Süße", versicherte ihr Sam. „Aber das geht jetzt nicht."

„Wo ... wo werden wir wohnen, Lijah?", fragte das Mädchen.

„Das steht noch nicht fest, Schatz, ich kann euch nur versichern, dass ihr immer in Sicherheit sein werdet und bei Menschen, die euch lieben. Versprochen."

„Als ich ungefähr in eurem Alter war, sind meine Mutter und mein Opa gestorben", erzählte Scotty. „Zuerst war das echt furchtbar, doch nach einer Weile gewöhnt man sich daran. Man vergisst sie nie, aber es wird ein bisschen leichter. Irgendwann."

Sam warf ihm ein dankbares Lächeln zu. „Wir lassen euch jetzt mal ein Weilchen allein", verkündete sie und erhob sich gemeinsam mit Nick.

Aubrey kletterte auf Scottys Schoß, und er umarmte sie fest.

Sam folgte Nick in die Küche, trat in seine Arme und schmiegte sich an ihn, und so standen sie beieinander und klammerten sich aneinander fest. Alle hatten sie gewarnt, sich nicht zu sehr an zwei Kinder zu gewöhnen, die nicht ihre waren, allerdings glaubte Sam nicht, dass es irgendjemandem gelungen wäre, sich nicht auf Anhieb in diese beiden Engel zu verlieben.

„Das war hart", stellte Nick nach langem Schweigen fest.

„Und wie."

Nick holte tief Luft und seufzte: „Sag mir, dass ihr das Schwein erwischen werdet, das ihnen das angetan hat."

„Das werden wir. Ich habe seit den Schüssen auf meinen Vater niemanden mehr so dringend finden wollen."

„Wir hätten die beiden nicht so in unser Herz schließen dürfen."

„Das habe ich auch gerade gedacht."

„Klopf, klopf", rief Shelby und streckte den Kopf zur Tür herein. „Darf ich rein?"

„Ja, willkommen beim Gruppenkuscheln", antwortete Nick.

Mit Noah in den Armen betrat Shelby die Küche. „Das war das Schlimmste, was ich je erlebt habe", gestand sie mit Tränen in den Augen und ließ sich zusammen mit Noah von den beiden in den Arm nehmen. „Ich weiß nicht, wie du das immer schaffst."

„Schlimmer geht es wirklich kaum. Ich wünschte nur, ich wüsste, was aus ihnen wird."

„Ms Finklestein möchte mit euch sprechen."

Die Sozialarbeiterin, die sich verabredungsgemäß herausgehalten hatte, während sie mit den Kindern geredet hatten, hatte Sam beinahe vergessen. „Warum habe ich nur das Gefühl, mir wird nicht gefallen, was sie zu sagen hat?", meinte sie, während sie sich von Nick löste, sich die Augen abwischte und in dem Versuch, ihr Haar zu ordnen, mit den Fingern hindurchfuhr.

Innerlich fühlte sie sich, als hätte ein Pferd sie getreten. „Würdest du sie hereinbitten, Shelby?"

„Klar."

„Setz dich dann bitte ebenfalls zu uns. Was immer sie zu sagen hat, betrifft ja irgendwie auch dich."

Während Shelby Ms Finklestein holen ging, sah Sam Nick an, bemerkte seinen Gesichtsausdruck und nahm seine Hand, die sie gut festhielt. Gemeinsam würden sie alles durchstehen, was jetzt kam.

Ms Finklestein trat in die Küche. „Tut mir leid, wenn ich störe. Ich weiß, wie schwierig das gewesen sein muss."

„Setzen Sie sich", bat Nick sie, gastfreundlich wie immer. „Kann ich Ihnen etwas anbieten?"

„Wasser wäre toll."

„Ist unterwegs."

Nick füllte für Sam, Shelby und ihren Gast große Gläser mit Eiswasser und setzte sich zu ihnen an den Tisch.

„Ich habe mit Mrs Beauclairs Schwester Monique gesprochen. Sie ist zwar angesichts der Bedrohung durch jemanden aus Mr Beauclairs Vergangenheit um die Sicherheit der Kinder und ihrer eigenen Familie besorgt, erträgt aber den Gedanken nicht, dass Fremde ihre Nichte und ihren Neffen aufziehen. Sie und ihr Mann besprechen gerade, ob sie sie aufnehmen können."

Als Sam das hörte, fühlte sie sich noch schlechter. Tief in ihrem Herzen hatte sie gehofft, es würde sich niemand melden und sie dürfte die Kinder behalten. Das war vielleicht töricht gewesen, trotzdem war die Hoffnung in ihr aufgekeimt.

„Das FBI hat den Mann, der diese Bedrohung darstellt, festgenommen", informierte Sam, die sich innerlich wie tot fühlte, die Sozialarbeiterin. Diese Information würde es Aubrey und Alden ermöglichen, bei Cleos Familie ein neues Zuhause zu finden.

„Das werde ich an ihre Tante weitergeben. Ich bin sicher, es wird eine große Erleichterung für sie sein und den Entscheidungsprozess beschleunigen."

„Es wäre wohl das Beste", sagte Sam trotz des Schmerzes, den sie bei der Aussicht empfand, sich von Alden und Aubrey verabschieden zu müssen.

„Kann ich sie bei Ihnen lassen, bis ich etwas von Mrs Beauclairs Schwester höre?", fragte Ms Finklestein.

„Ja, natürlich", beeilte sich Sam, ihr zu versichern. „Allerdings müssen mein Mann und ich morgen wieder arbeiten, und ich würde die Kinder nur ungern zurück in den Kindergarten schicken, solange der Mörder ihrer Eltern möglicherweise noch auf freiem Fuß ist."

Ms Finklestein nickte. „Ja, natürlich."

„Ihr Bruder und Shelby werden hier bei den beiden sein", fuhr Sam fort. „Shelby ist ebenfalls staatlich überprüft, das war anlässlich der Übertragung des Sorgerechts für Scotty erforderlich."

„Dann habe ich keine Einwände."

„Ich werde mich liebevoll um sie kümmern", versicherte Shelby. „Außerdem ist jetzt ja auch ihr großer Bruder hier."

„Das stimmt." Ms Finklestein nahm ihre Sachen und erhob sich. „Ich weiß zu schätzen, dass Sie die Kinder aufgenommen haben. Hoffentlich können wir diese Situation möglichst schnell lösen, damit Sie wieder zur Normalität zurückkehren und die beiden Kinder sich in ihrem neuen Zuhause einleben können."

Normalität, dachte Sam, war wirklich relativ. Wie würde die neue Normalität für Aubrey und Alden aussehen? Würden sie bei einer Familie leben, die sie wirklich liebte und wollte, oder bei Leuten landen, die sie aus Pflichtbewusstsein aufnahmen, sie aber letztlich als Belastung empfanden? Sie schüttelte diese unangenehmen Gedanken ab, um sich auf die Gegenwart konzentrieren zu können, entschlossen, den Fall am nächsten Tag mit neuem Elan anzugehen.

Wenn sie schon nichts anderes für sie tun konnte, dann konnte sie wenigstens den oder die Mörder ihrer Eltern finden.

24

Mit Elijahs Hilfe brachten sie die Kinder ins Bett, doch die beiden wollten ihn gar nicht aus den Augen lassen. Er kroch schließlich zwischen sie und legte je einen Arm um sie. Die drei sahen aus wie Überlebende ihrer ganz persönlichen Apokalypse.

„Wenn es Ihnen recht ist, bleibe ich bei den beiden, bis ich sicher bin, dass sie wirklich schlafen", flüsterte er Sam zu, als diese eine Stunde später nach ihnen schaute.

„Elijah, Sie können die ganze Nacht hierbleiben, wenn Sie möchten. Sie haben einen langen Tag hinter sich, und Sie müssen nicht gehen. Ich kann Ihnen auch ein Gästebett zurechtmachen, wenn Sie möchten."

„Ich bleibe lieber hier bei den beiden", antwortete er. „Danke. Für alles. Ich weiß das zu schätzen."

„Wenn wir nur mehr tun könnten."

„Es ist so schrecklich für die beiden", sagte er, und seine Augen füllten sich erneut mit Tränen. „Sie sind doch noch so klein."

„Es ist für Sie alle schrecklich", entgegnete Sam und hatte plötzlich einen Kloß im Hals. „Ich lasse Sie jetzt mal ein bisschen schlafen. Wenn Sie irgendetwas brauchen, unser Zimmer ist gleich gegenüber."

„Danke noch mal."

„Gern." Sam schloss die Tür, damit die drei etwas Privatsphäre hatten, obwohl ein Personenschützer auf dem Gang Wache stand. Dann sah sie nach Scotty, der bereits eingeschlafen war, und schaltete den Fernseher und seine Nachttischlampe aus. Sie deckte ihn zu, küsste ihn auf die Stirn und blieb noch einen Augenblick neben dem Bett stehen, um den sauberen, frischen Duft seines Haares einzuatmen, das ganz ähnlich roch wie das von Nick.

Irgendwann hatte er angefangen, dasselbe Shampoo zu benutzen wie sein Vater, den er so vergötterte, und aus irgendeinem Grund trieb ihr dieses kleine Detail Tränen in die Augen. Sie war seit ein paar Tagen ein regelrechtes emotionales Wrack. Morgen würde sie sich wieder sortieren müssen, auch wenn sie sicher war, dass sie diese Zeit mit Aubrey und Alden nie vergessen würde.

Sam verließ Scottys Zimmer, wobei sie dem diensthabenden Bodyguard nicht in die Augen sah. Sie konnte jetzt nicht mit ihm plaudern, deshalb verzichtete sie einfach auf die üblichen freundlichen Floskeln zum Tagesausklang.

Sie hörte die Dusche laufen, als sie das Schlafzimmer betrat, schloss die Tür und lehnte sich mit dem Hinterkopf dagegen. Sie musste gegen die in ihr aufwallenden Gefühle ankämpfen, die wie in einer Woge über ihr zusammenzuschlagen drohten. Dieser Tag ... Scottys Andeutungen, dass sein Leben bei Pflegefamilien vor der Zeit im Heim nicht gerade toll gewesen war, die Notwendigkeit, Alden und Aubrey die schlimme Nachricht ihre Eltern betreffend beizubringen, die neuesten Details über das Leben und den Tod von Jameson und Cleo Beauclair und ihre Sorgen wegen Gonzo ...

Sie beugte sich vor, stützte die Hände auf die Knie und atmete gegen die Flutwelle an. Sam war bekannt für ihre Fähigkeit, jede Krise zu meistern, aber manchmal wurde selbst ihr alles zu viel. Was würde jetzt, wo Aubreys und Aldens Leben gewaltsam zerstört worden war, aus den beiden werden? Woher sollte sie wissen, dass die Tante und der Onkel, die sich erst überlegen mussten, ob sie sie aufnehmen wollten, sich gut um sie kümmern würden?

Scotty, Gonzo, Christina, Nicks Reise ...

Sam schüttelte den Kopf, richtete sich auf, wischte sich die Tränen ab und atmete ein paarmal tief durch. Sie lehnte noch an der Tür, als Nick aus der Dusche kam, ein Handtuch um die Hüften, das nasse Haar zurückgekämmt, die Brust nackt. Kaum hatte er das Zimmer betreten, fühlte sie sich besser.

Als er sie an der Tür lehnen sah, blieb er stehen. „Babe? Alles in Ordnung?"

„Es geht mir schon wieder besser." Sie zwang sich, ihm zuliebe zu lächeln, stieß sich von der Tür ab und trat zu ihm. Als er sie in die Arme nahm, seufzte sie erleichtert auf.

„Ist etwas passiert?"

„Bloß das, was du mir prophezeit hast. Ich habe mich emotional viel zu sehr reingehängt, und jetzt ..."

„Nicht nur du. Wir alle haben die Kinder lieb gewonnen."

„Ich werde deshalb morgen auf der Arbeit wahrscheinlich Vorwürfe zu hören bekommen. Farnsworth hat mich für acht einbestellt. Vermutlich möchte er nicht einfach mit mir plaudern."

„Du hast getan, was du für das Richtige gehalten hast. Daraus kann er dir keinen Vorwurf machen."

„Vielleicht. Doch sie hier aufzunehmen hat technisch gesehen einen Interessenkonflikt ausgelöst, und das wird er mir ins Gedächtnis rufen."

„Du hast das Herz eben am rechten Fleck."

„Aber der Gedanke, dass sie uns möglicherweise schon morgen verlassen müssen, bricht mir das Herz."

Er schlang die Arme fester um sie.

„Ich warte auf dein ‚Ich hab's dir ja gesagt'."

„Das wird nicht kommen. Dich zu bitten, nichts für diese Kinder zu empfinden, wäre, als wollte ich von dir verlangen, nicht zu atmen."

„Danke, dass du immer so verständnisvoll bist. Ich bin nicht sicher, womit ich das verdient habe, aber ich bin jedenfalls unglaublich dankbar dafür."

Er ließ sie los und sah ihr in die Augen. „Du liebst mich. Deswegen hast du das verdient."

„Ich liebe dich sogar sehr."

„Ich dich auch. Das passt doch, oder?"

Sie lächelte, was sie an diesem Tag nicht für möglich gehalten hätte.

„Sollen wir uns ein bisschen nach oben davonstehlen?"

„Ich möchte eigentlich nicht an dem Bodyguard vorbeimarschieren."

„Darum kümmere ich mich." Er küsste sie auf die Stirn. „Gib mir fünf Minuten."

„Ich muss schnell duschen."

„Komm rauf, wenn du so weit bist."

Sie hatte einen langen, anstrengenden Tag gehabt, und der nächste würde nicht besser werden, aber sie brauchte jetzt den Trost, den nur er ihr bieten konnte, um schlafen zu können.

Nick zog eine Schlafanzughose und ein T-Shirt an, ehe er den Raum verließ und die Tür hinter sich schloss.

Sam duschte rasch und trug die nach Lavendel und Vanille duftende Lotion auf, die Nick so liebte, ehe sie in ihren Morgenmantel schlüpfte, der innen an der Badezimmertür hing. Sie spähte auf den Gang hinaus, stellte fest, dass dort keine neugierigen Augen des Secret Service auf sie lauerten, und huschte die Treppe hoch auf den Dachboden, wo Nick auf sie wartete.

Er hatte die nach Kokosnuss duftenden Kerzen entzündet und lag auf der Doppelliege, die er im Rahmen seines Versuchs erstanden hatte, hier oben den Schauplatz ihrer denkwürdigen Reisen nach Bora Bora in den Flitterwochen und am ersten Hochzeitstag nachzubauen.

Nick streckte die Hand nach ihr aus.

Sie ließ den Morgenmantel zu Boden gleiten und nahm seine Hand, klammerte sich an das Einzige, was ihr immer Halt gab.

Nick zog sie an sich und deckte sie beide zu.

Als Sam geborgen in seinen Armen lag, spürte sie, wie sich der Knoten in ihrer Brust langsam löste. Egal wie fürchterlich das Leben außerhalb dieses Zimmers sein mochte, hier drinnen fanden sie immer wieder zueinander zurück. Üblicherweise hatten sie hier oben den heißesten Sex ihres Lebens, aber das war nicht das, was sie in dieser Nacht brauchte.

Sie löste sich von ihm und sah zu ihm auf.

„Woran denkst du?", fragte er und strich ihr das Haar aus dem Gesicht.

„Daran, dass wir üblicherweise übereinander herfallen, kaum dass wir hier oben allein sind."

Er lächelte. „Tatsächlich fällst *du* üblicherweise über *mich* her, doch ich möchte mich nicht beschweren. Schließlich bin ich ein entgegenkommender Ehemann."

Sie lachte. Auch das hätte sie in dieser Nacht nicht für möglich gehalten, aber Nick hatte nun mal diese Wirkung auf sie. „Wenn du meinst. Ich glaube, wir wissen alle, wer normalerweise über wen herfällt."

„Alle? Wer weiß das denn alles?"

„Ich und alle."

Er hob ungläubig eine Braue. „Bist du etwa indiskret, Samantha?"

„Natürlich nicht. Mit *alle* meine ich Sam Holland, Samantha Cappuano, Lieutenant Holland und Samantha Cappuano, die Vizepräsidentengattin. Ich meine, ich bin schon ziemlich viele."

„Glaub mir, das weiß ich."

Sie stupste ihn lachend in den Bauch. „Bist du in der Hoffnung hier hochgekommen, ich würde dich glücklich machen?"

„Es macht mich jedes Mal glücklich, wenn ich dich im Arm halten kann, egal, was wir tun oder nicht tun."

Sie legte die Hand an seine Wange und gab ihm einen für ihre Verhältnisse ziemlich platonischen Kuss. Mit aufeinandergepressten Lippen existierten sie einfach gemeinsam, atmeten dieselbe Luft, nahmen sich einen Moment lang eine schier endlos scheinende Auszeit vom Rest ihres Lebens.

„Ich will sie behalten", flüsterte sie viele Minuten später.

„Das will ich auch."

„Tut mir leid, dass ich uns das angetan habe."

„Das muss dir nicht leidtun. Sie haben uns gebraucht, wenn auch bloß für eine kurze Zeit."

„Aber das beweist, dass wir nie wieder ein Kind bei uns aufnehmen können, wenn nicht vorher klar ist, dass wir es behalten dürfen."

„Da hast du wahrscheinlich recht. Schau nur, wie schnell wir uns an Aubrey und Alden gewöhnt haben."

„Wir haben das einfach nicht drauf."

„Wir haben es nicht drauf, keine Gefühle für goldige Kinder zu entwickeln, die ein liebevolles Zuhause brauchen. Damit kann ich leben."

Sie schluchzte auf, und beide waren überrascht, als ihr Tränen über die Wangen rannen. „Ich will für die beiden alles wiedergutmachen."

„Das kann niemand."

„Ich möchte es wenigstens versuchen."

„Weiß ich doch, Liebling." Mit der Hand strich er ihr in kleinen, besänftigenden Kreisen über den Rücken.

Sie hasste ihre Tränen, aber als der Sturm in ihr nachließ, fühlte sie sich ein kleines bisschen besser. Plötzlich war sie furchtbar müde. „Wir müssen runter, damit sie uns finden, wenn sie uns brauchen."

„Ich brauche erst noch fünf Minuten hiervon."

„Einverstanden." Nach langem Schweigen fügte sie hinzu: „Musst du wirklich eine ganze Woche weg?"

„Es sind immerhin keine drei."

„Auch eine ist viel zu lang."

„Ich weiß, Babe. Geht mir nicht anders. Ich habe gedacht, dieses Wahnsinnsgefühl zwischen uns lässt vielleicht irgendwann nach, doch es scheint nur immer schlimmer zu werden – das meine ich positiv –, je länger wir zusammen sind."

„Stimmt. Wir sind echt ein hoffnungsloser Fall. Früher habe ich mich über solche Paare immer lustig gemacht."

„Tatsächlich?"

„Na klar." Sie gab würgende Geräusche von sich, über die er lachen musste. „Ich fand das so widerlich. Zum Beispiel Angela und Spence direkt nach ihrer Hochzeit. Igitt. So glücklich und furchtbar verliebt, ständig haben sie sich betatscht und anderes ekliges Zeug angestellt. Und jetzt schau mich an. Schau, was du mir angetan hast."

„Ich habe dich komplett ruiniert."

„Wenigstens ist es dir bewusst."

„O ja", bekräftigte er in einem anzüglichen Ton, „du bist mir überaus bewusst. Alles an dir." Er bewegte sich leicht und lag plötzlich auf ihr und sah sie an.

Ihre Reaktion war so instinktiv wie ihr Atem. Sie zog die Knie an und spreizte die Beine, während sie die Arme um ihn schlang. Sam hatte geglaubt, in dieser Nacht bloß sanften Trost zu brauchen, aber als er sich jetzt hart und drängend an sie drückte, brauchte sie ihn plötzlich in jeder nur erdenklichen Weise.

„Nick."

Er küsste sie auf den Hals und knabberte an ihrem Ohrläppchen. „Was denn, Süße?"

Sie hob ihm in einer schamlosen Einladung die Hüften entgegen.

Mit den Lippen streifte er ihre Wange. „Ich dachte, wir müssten runter."

„Müssen wir auch", erwiderte sie atemlos. Er war der einzige Mann, der ihr je den Atem genommen hatte. „Gleich."

„Willst du damit sagen, wir müssen uns beeilen?" Während er sprach, rieb er sich weiter an ihr, und jede Berührung ihrer empfindlichen Haut trieb sie in den Wahnsinn.

„Genau."

„Das kann ich." Er drang mit einem heftigen Stoß, bei dem sie vor Überraschung und Lust aufschrie, ganz in sie ein.

Das hätte beinahe ausgereicht, um sie kommen zu lassen, und das war ihr ebenfalls mit keinem Mann vor ihm passiert.

Nick bewegte sich langsam, fast respektvoll. Für ihn ging es weiter mehr um Trost als um Sex, und genau das brauchte sie jetzt.

Sam klammerte sich an ihn, wie so häufig, wenn ihr das Leben, für das sie sich entschieden hatte, zu viel wurde.

Er presste sie an sich und liebte sie langsam und sanft, gab ihr wie immer alles, was er zu geben hatte. „Samantha", keuchte er und verriet ihr damit, dass er auf sie wartete.

Ihre Gefühle waren in dieser Nacht so durcheinander, dass sie nicht sicher war, ob sie ausreichend loslassen konnte, um zu kommen, aber das wusste er natürlich und setzte all seine Tricks ein, um dafür zu sorgen, dass sie beide einen Orgasmus erreichten.

Sam schwirrte der Kopf, und ihr Körper bebte noch in den Nachwehen des Höhepunktes. Wie machte er das nur? Jedes Mal spielte er auf ihr wie ein Virtuose auf seiner Violine. Sie war völlig erschöpft und hatte keine Kraft mehr für den Gang nach unten.

„Wach auf, Babe. Wir müssen runter."
„Ich weiß."
„Jetzt, Samantha", drängte er und küsste sie, bis sie die Augen öffnete. „Na also. Beinahe wärst du eingeschlafen. Komm schon." Nachdem er sich aus ihr zurückgezogen hatte, half er ihr auf und in den Morgenmantel, dessen Bindegürtel er zuknotete, ehe er sich selbst anzog und die Kerzen ausblies. „Ich gehe zuerst runter und bitte den diensthabenden Bodyguard, mal eine Pause einzuschieben. Leg dich nicht wieder hin."
„Ja, Dad."

Seine gespielt verärgerte Miene war das Letzte, was sie sah, ehe er im vollen Vizepräsidenten-Modus die Treppe hinunter verschwand, um den Secret-Service-Mann auf dem Gang wegzuschicken. Gleich darauf rief er zu ihr herauf: „Die Luft ist rein, Liebste. Auf geht's."

Herzhaft gähnend erhob sich Sam und lief auf unsicheren Beinen zur Treppe, an deren Fuß er auf sie wartete.

„Sollte ich damit rechnen, dich auffangen zu müssen?", fragte er, als sie mit der Eleganz eines betrunkenen Matrosen nach unten stolperte.

„Durchaus möglich."

Er hielt sie im Arm, bis sie in ihrem Schlafzimmer waren und die Tür hinter sich geschlossen hatten.

Sam ging direkt zum Bett und fiel quer über die Matratze.

„Samantha."

Seine Stimme war das Letzte, was sie hörte, ehe der Schlaf sie übermannte.

~

NACHDEM NICK SAM ZUGEDECKT HATTE, LAG ER LANGE WACH, starrte an die Decke, dachte über Alden und Aubrey nach und fragte sich, was wohl aus ihnen werden würde – und was aus Sam, ihm und ihrer Familie geworden war, seit die Kinder vor etwas mehr als vierundzwanzig Stunden in ihr Leben getreten waren.

Vor einem Tag.

An einem Tag konnte so viel passieren.

Einige der bedeutendsten Ereignisse seines Lebens hatten nur einen Tag gedauert. Als er in Harvard John O'Connor getroffen und innerhalb kürzester Zeit eine lebenslange Freundschaft mit ihm geschlossen hatte. Als er nach der Begegnung mit Johns Vater, Senator Graham O'Connor, seine Berufung gefunden hatte. Als er Sam kennengelernt und sich unwiderruflich in sie verliebt hatte – ein Gefühl, das sechs lange Jahre Bestand gehabt hatte, bis sie einander wiedergesehen und festgestellt hatten, dass sich in der langen Zeit nichts verändert hatte. Als John ermordet worden und er selbst dadurch ironischerweise ins politische Rampenlicht getreten war – wenn auch zögernd. Seine erste Begegnung mit Scotty, als er fast sofort gewusst hatte, dass dieser Junge sein Leben verändern würde. Ein weiteres Beispiel war, wie Präsident Nelson ihn gefragt hatte, ob er Vizepräsident werden wolle.

Einzelne Tage, die sein Leben verändert hatten.

Seltsamerweise hatte er es als ähnlich tiefgreifende Veränderung empfunden, als er Aubrey und Alden getroffen hatte. Vielleicht waren sie eine Art kurzzeitige Lektion, die ihn daran erinnern sollte, wie gut es ihm ging. Aber er wurde das Gefühl nicht los, dass es nicht bei diesem kurzen Zwischenspiel bleiben würde, selbst wenn es im Moment so aussah.

Er hatte es ernst gemeint, als er zu Sam gesagt hatte, dass es im Interesse der Kinder sei, wenn sie bei Verwandten unterkamen, und im Augenblick schien es sich ja auch in diese Richtung zu entwickeln. Doch genauso ernst hatte er es gemeint, als er gesagt hatte, er wolle die Kinder gerne behalten. Bei ihnen würden sie ein gutes Leben haben, umgeben von Menschen, die sie wie ihre eigenen Kinder lieben und für sie sorgen würden.

Würden ihre Tante und ihr Onkel das auch tun? Wie gut kannten Alden und Aubrey sie überhaupt?

Er hörte ein Geräusch auf dem Gang und stieg aus dem Bett, um nachzusehen, was da los war. Draußen trug Elijah gerade den herzzerreißend schluchzenden Alden Richtung Treppe zum Erdgeschoss.

„Es tut mir furchtbar leid, wenn wir Sie gestört haben", sagte Elijah. „Ich hatte gehofft, wir würden es nach unten schaffen, bevor er Aubrey weckt."

„Kein Problem", antwortete Nick. „Ich mache Ihnen mal Licht."
Er ging vor den beiden her und legte den Schalter um.

In der Küche setzte sich Elijah an den Tisch, während Alden sich noch immer an ihn klammerte und sich die Augen ausweinte. Unsicher, was er als Nächstes tun sollte, goss Nick drei Gläser Wasser ein und stellte sie auf den Tisch.

Elijah sah ihn dankbar an, dann wandte er seine Aufmerksamkeit wieder Alden zu. „Hast du schlecht geträumt?"

Alden schüttelte den Kopf.

„Möchtest du darüber reden?" Elijah wischte seinem Bruder mit einem Papiertaschentuch, das Nick ihm reichte, die Tränen ab.

Alden nickte.

Nick fragte sich, ob er besser gehen sollte, aber etwas hielt ihn zurück – er fürchtete sich davor, sich zu bewegen, als könnte selbst die kleinste Ablenkung Alden am Reden hindern.

„Was ist denn?", fragte Elijah sanft. „Bist du traurig wegen Mommy und Daddy?"

„Mhm", bestätigte Alden.

Es war das erste Wort, das Nick seit seiner Ankunft von ihm hörte. Seines Wissens hatte Alden bisher mit niemandem hier gesprochen.

„Ich ... ich habe sie gesehen."

Nick blieb fast das Herz stehen, während er darauf wartete, was das Kind sonst noch zu sagen hatte.

„Wen?", fragte Elijah.

„Die bösen Männer." Er vergrub sein Gesicht im T-Shirt seines Bruders und begann wieder zu weinen.

Nick erwiderte Elijahs panischen Blick.

„Lasst mich Sam holen." Nick eilte die Treppe hoch. Er setzte sich auf Sams Bettseite. Zwar hasste er es, sie zu stören, doch wer wusste, ob Alden zweimal darüber würde sprechen können? „Sam." Er rüttelte sie sanft. „Samantha."

„Mmm, was?"

„Es geht um Alden. Er hat in der Tatnacht etwas gesehen und redet mit Elijah darüber."

Sie riss die Augen auf. „Jetzt gerade?"

„In diesem Moment. Unten in der Küche."

Sie setzte sich auf, und er rückte beiseite, damit sie aufstehen konnte.

„Tut mir leid, dass ich dich geweckt habe, aber ich dachte, das willst du wissen."

„Definitiv." Sie knotete sich den Bindegürtel ihres Bademantels um die Taille. „Ich muss kurz ins Bad, dann komme ich runter. Versuch mal, ob du ihn dazu bringen kannst, zu warten, bis ich da bin."

„Mach ich."

25

Nick ging zurück in die Küche, wo Elijah Alden gerade einen Schluck Wasser zu trinken gab. „Sam kommt gleich."

Elijah nickte, nahm seinen Bruder in die Arme und wiegte ihn sanft, während vereinzelte Schluchzer Aldens kleinen Körper erschütterten.

Sam trat in die Küche und nahm mit einem scharfen Blick die Szene in sich auf, ehe sie sich an den Tisch setzte.

„Hey, Alden", begann Elijah, ohne Sam aus den Augen zu lassen. „Du hast gesagt, du hast die bösen Männer gesehen. Kannst du mir erzählen, was genau du gesehen hast?"

„Sie ... sie haben uns gezwungen, im Auto zur Bank zu fahren, und ... sie haben Mommy wehgetan. Mommy hat geschrien, aber als Daddy mich gesehen hat, hat er den Kopf geschüttelt."

Unter dem Tisch griff Sam nach Nicks Hand und hielt sie fest.

„Was hast du dann getan?"

„Ich bin wieder nach oben, aber ich konnte sie immer noch hören." Alden schniefte und wischte sich mit dem Ärmel die Nase ab.

„Was haben sie gesagt?"

„Sie wollten Geld von Daddy. Er hat gesagt ..."

„Was hat Daddy gesagt, Alden?", fragte Elijah, in dessen Augen Tränen schimmerten.

„Dass er ihnen Geld gibt, wenn sie aufhören, Mommy wehzutun."

Sam hob einen Finger, dann zwei, dann drei und hoffte, Elijah würde ihr Signal verstehen und fragen, wie viele Männer es gewesen waren.

Er nickte. „Wie viele Fremde waren es denn?"

„Zwei."

„Bist du sicher?"

„Mhm."

„Und wie haben sie ausgesehen?"

„Der eine war groß und dick und hatte braunes Haar, und der andere war dünn. Er hatte blondes Haar, wie ich. Der dicke Mann hat auf Mommy gelegen, und sie hat geschrien." Wieder schluchzte er auf. „Er hat ihr wehgetan. Ich wollte ihr helfen, doch Daddy hat den Kopf geschüttelt. Hätte ich ihr helfen sollen, Lijah?"

„Nein, Kumpel", antwortete Elijah, dem die Tränen jetzt übers Gesicht liefen. „Du hast das Richtige getan. Was Daddy dir signalisiert hat. Er wäre so stolz auf dich."

„Ich wollte Mommy helfen. Sie hilft mir immer."

„Ja, aber Daddy wollte nicht, dass du auch verletzt wirst."

„Als ich den Rauch gerochen habe, hab ich Aubrey geholt, und wir haben uns im Schrank versteckt."

„Das war wirklich klug. Du hast sie gerettet."

Alden steckte sich den Daumen in den Mund, seine Lider wurden schwer. Der arme Kerl war wahrscheinlich erschöpft, weil er das alles so lange für sich behalten hatte.

„Ich bringe ihn wieder ins Bett", sagte Elijah.

„Wir warten hier", erwiderte Nick.

Nachdem Elijah mit seinem Bruder auf den Armen den Raum verlassen hatte, saßen Sam und Nick eine volle Minute lang still da.

„Er hat alles mit angesehen", brach Sam schließlich das Schweigen. „Er hat gesehen, wie sie vor den Augen seines gefesselten, hilflosen Vaters seine Mutter vergewaltigt haben."

Nick holte tief Luft und seufzte dann voller Mitleid für das Kind, das etwas so Entsetzliches beobachtet hatte, und für den Mann, der die Vergewaltigung der Frau, die er liebte, hatte mit ansehen müssen. Die Sinnlosigkeit von alldem schlug über ihm zusammen.

Sam zückte ihr Handy, das sie seit der Nacht von Arnolds Ermordung, die sie verschlafen hatte, immer bei sich trug. Sie rief Captain Malone an. „Sam hier. Wir haben einen Durchbruch im Fall Beauclair."

~

„ICH MUSS ZUR ARBEIT", VERKÜNDETE SAM, ZEHN MINUTEN nachdem Elijah mit Alden den Raum verlassen hatte.

„Du musst vor allem mal schlafen."

„Ich habe mich mit Malone im Hauptquartier verabredet."

„Ruf ihn noch mal an, und sag ihm, du kommst um sechs." Als sie widersprechen wollte, legte Nick seine Hand auf ihre. „Eine Stunde Schlaf reicht einfach nicht. Verleg das Treffen auf sechs."

„Okay", schnaubte sie verärgert. „Aber glaub nicht, dass ich mir von dir Vorschriften machen lasse."

„Süße", erwiderte er mit einem kleinen Lachen, „du lässt dir von niemandem Vorschriften machen."

Sam lächelte, obgleich sie innerlich vor Mitgefühl für den armen Alden ganz aufgewühlt war. „Irgendwie schon, oder?"

Nick hob seine Braue auf die Art und Weise, die ihn besonders sexy aussehen ließ. „Irgendwie?"

Sam rief Malone an. „Mein nerviger Ehemann, der sich in alles einmischen muss, sagt, ich muss mehr als eine Stunde schlafen, bevor ich zum Spielen rausdarf."

Malone lachte laut. „Wollen wir uns dann um sechs treffen?"

„Das passt. Bis dahin erteile ich Carlucci und Dominguez ihre Marschbefehle."

„Klingt gut."

„Bist du jetzt zufrieden?", wandte sich Sam an Nick, nachdem sie ihr Handy zugeklappt hatte.

„Zufrieden bin ich erst, wenn du wieder im Bett bist."

„Einen Moment." Sie rief Detective Carlucci an und bat sie, Fotos von allen Personen zu besorgen, die mit dem Fall zu tun hatten, damit sie sie notfalls Alden zeigen konnten. Sam hoffte, dass das nicht nötig sein würde. Wenn sie die Täter anderweitig dingfest machen konnten, wollte sie ihn lieber ganz aus den Ermittlungen heraushalten.

„Ein fünfjähriger Augenzeuge eines Mordes", sagte Carlucci. „Wie soll er darüber je hinwegkommen?"

„Keine Ahnung", antwortete Sam. „Aber eins nach dem anderen. Erst müssen wir mal die Drecksäcke kriegen, die seine Eltern getötet haben."

„Wir sind dran. Doch erst mal besorgen wir die Fotos."

„Danke." Sam legte ihr Handy weg, stützte das Kinn in die Hand und sah Nick an. „Wie soll ich denn überhaupt schlafen? Ich muss ständig an das denken, was er gesagt hat."

„Du kannst vielleicht nicht schlafen, aber du kannst dich zumindest ausruhen. Komm."

Sam nahm seine Hand und ließ sich von ihm nach oben bringen. Auf dem Gang blieb sie vor dem Gästezimmer stehen, in dem die Kinder und ihr Bruder schliefen, und wünschte, sie könnte irgendetwas für sie tun.

Nick legte ihr eine Hand auf den Rücken und schob sie weiter Richtung Bett. Er deckte sie zu, schmiegte sich an sie und nahm sie in den Arm.

Sam versuchte, ihre rasenden Gedanken zu beruhigen und sich zu entspannen, während sie die Mosaiksteinchen des Falles Stück für Stück durchging.

„Stopp", flüsterte Nick. „Das kann alles bis morgen warten. Mach die Augen zu, und ruh dich aus, Samantha."

Sie hätte nicht geglaubt, dass sie einschlafen würde, doch dann klingelte ihr Wecker, und sie stöhnte auf. Fünf Stunden waren etwa vier weniger, als sie brauchte, aber mehr war gerade nicht drin.

„Ich koch dir Kaffee", murmelte Nick.

„Du musst meinetwegen nicht aufstehen. Schlaf noch ein Stündchen."

„Die Stunde verbringe ich lieber mit dir."

„Du bist verrückt. Wenn ich nicht arbeiten müsste, würden mich keine zehn Pferde aus diesem Bett kriegen."

„Gut zu wissen", antwortete er mit einem leisen Lachen und kniff sie spielerisch in den Hintern.

„Ich gehe duschen. Wenn ich in zehn Minuten nicht unten bin, schau mal nach mir."

„Vielleicht komme ich auch gleich mit."

„Erst nachdem du die Kaffeemaschine angestellt hast."

„Natürlich."

Sam nickte unter dem heißen Wasser ein und wachte erst auf, als Nick die Arme um sie legte und seine Lippen ihre Schulter berührten. „Falls ich es zu erwähnen vergessen habe, du bist der beste Ehemann, den ich je hatte."

„Das ist nicht besonders schwierig", erwiderte er wie immer. Aber seit ihr Ex-Mann Peter im Rahmen eines Komplotts, das Präsident Nelsons Sohn geschmiedet hatte, ermordet worden war, war es nicht mehr so lustig wie früher, darüber zu scherzen, was für ein mieser Ehemann er gewesen war.

Sam drehte sich in Nicks Armen um und gönnte sich fünf weitere Minuten, die sie eigentlich nicht übrig hatte, um die Kraft zu sammeln, die sie für einen weiteren schweren Tag bei der Arbeit brauchen würde. „Wirst du bleiben können, bis Shelby übernimmt?"

„Ja, auf jeden Fall. Ich habe Terry wissen lassen, dass ich diese Woche eine gewisse Flexibilität brauche."

Sam verschränkte die Hände in seinem Nacken und zog seinen Kopf zu sich herunter, um ihn zu küssen. „Danke. Für alles. Für jede einzelne Sache, die du für mich tust. Und vor allem für den Kaffee."

Langsam breitete sich ein Lächeln auf seinem attraktiven Gesicht aus.

„Ich werde zusammen mit Malone nach einem Weg suchen, dich nächste Woche zu begleiten."

„Wirklich?"

„Da Gonzo und Freddie beide ausfallen, wird das wirklich schwer zu bewerkstelligen sein, also freu dich nicht zu früh."

„Zu spät. Ich hab schon jede Menge aufregende Ideen."

„Hältst du es noch zwölf bis vierzehn Stunden aus?"

„Das ist medizinisch bedenklich. In der Werbung heißt es immer, nach vier Stunden sollte man einen Arzt aufsuchen."

Sam lachte, küsste ihn und verließ die Dusche. Als sie eine

Viertelstunde später im Erdgeschoss eintraf, wartete Nick mit Kaffee und Toast auf sie.

„Glaubst du, andere Vizepräsidenten machen sich auch selbst Kaffee und Toast?", erkundigte sie sich bei ihm, nachdem sie den alles entscheidenden ersten Schluck heißen Kaffees intus hatte. Sie sehnte sich für die morgendliche Dosis Koffein immer noch nach Cola light. Die schlimmen Magenschmerzen, die sie früher immer davon bekommen hatte, fehlten ihr allerdings kein bisschen.

„Keine Ahnung. Ich glaube, im Naval Observatory gibt es einen Koch."

„Wir könnten einen Koch haben, wenn wir wollten?"

„Ich glaube schon. Wollen wir?"

Sam biss in ihren Toast mit Erdnussbutter. „Eigentlich nicht, aber wenn es eine der Vergünstigungen des Jobs ist, könnte man das ja mal ausprobieren."

„Ich würde mich ungern an diese Vergünstigung gewöhnen und sie dann wieder aufgeben müssen, wenn ich aus dem Amt ausscheide."

„Auch wieder wahr." Sie schaute auf die Uhr am Herd und stellte fest, dass sie in zwanzig Minuten ihren Termin mit Malone hatte. „Wieso reist eigentlich Harry mit dir?"

„Ich hatte Goodings Arzt geerbt", erklärte ihr Nick. Der frühere Vizepräsident war unlängst an einem Gehirntumor gestorben. „Aber der setzt sich jetzt zur Ruhe, und ich hatte die freie Auswahl."

„Also nur, damit das klar ist: Ich mache mir nicht gerade weniger Sorgen, jetzt, wo ich weiß, dass du mit einem Leibarzt reisen musst."

„Lass deine Fantasie nicht mit dir durchgehen."

„Zu spät." Sam trank ihren Kaffee aus und stellte den Becher in die Spüle. „Und nach diesem fröhlichen kleinen Exkurs werde ich mich jetzt mal den Ermittlungen zuwenden, um rauszukriegen, wer die Eltern dieser süßen Kinder, die da oben schlafen, gefoltert und ermordet hat." Sie beugte sich vor und küsste ihn.

Er saß am Tisch und las die Morgenzeitung, auf deren Titelseite die Meldung über den Brand im Haus der Beauclairs prangte. Sie überflog den Artikel, der aber viel weniger enthielt, als sie bereits wusste, was ihr sehr recht war.

„Dabei viel Erfolg", wünschte er ihr und sah zu ihr hoch. „Ruf mich an, wenn du mich brauchst."

„Danke gleichfalls."

Als sie gerade gehen wollte, nahm er ihre Hand und küsste sie.

„Pass da draußen gut auf meine Frau auf. Sie ist für mich das Wichtigste auf der Welt."

„Werde ich. Mach dir keine Sorgen."

„Ha. Als Nächstes wirst du mir sagen, ich soll nicht atmen."

Sam entzog ihm sanft ihre Hand, obwohl sie das eigentlich gar nicht wollte. Doch die Pflicht rief, wie eigentlich immer. Die Vorstellung, mit ihm zusammen der Tretmühle für eine ganze Woche zu entkommen, wurde minütlich verlockender. Ganz zu schweigen von der Gelegenheit, die Königin von England zu treffen!

Als Sam die Rampe zum Bürgersteig hinunterlief, kam ihr Brant in einem eleganten grauen Anzug mit blau-rot gestreifter Krawatte entgegen.

„Guten Morgen, Mrs Cappuano."

„Morgen, Brant." Sie war fast schon an ihm vorbei, als sie stehen blieb und sich umdrehte. „Brant ..."

„Ma'am?"

„Warum braucht der Vizepräsident einen Leibarzt?"

„Damit er immer ärztlichen Beistand hat, wenn er ihn benötigt."

„Er ist vollkommen gesund. Warum sollte er ärztlichen Beistand benötigen?"

„Wie Sie genau wissen, kann alles Mögliche passieren."

„Was heißt das?"

„Möchten Sie spezifische Szenarien hören?"

„Ja."

„Er könnte beispielsweise einen Unfall haben oder einen Infekt kriegen. Es ist im Interesse des Vizepräsidenten, immer einen loyalen Arzt an seiner Seite zu haben."

„Wäre es möglich, dass jemand versucht, ihn zu vergiften?"

Brant riss die Augen auf.

„Nur rein hypothetisch. Man sagt mir nach, ich hätte eine lebhafte Fantasie."

„Unser Vorbereitungsteam arbeitet eng mit den Hotels und anderen Etablissements zusammen, das wäre also höchst unwahrscheinlich."

„Es könnte aber passieren."

Brant rieb sich den Nacken. „Möglich ist alles. Unsere Aufgabe ist es, die Wahrscheinlichkeit, dass ihm etwas passiert, zu minimieren, und ich versichere Ihnen, wir nehmen das sehr ernst. Deswegen konnte ich auch nicht anders, als mich gegen die Unterbringung der Kinder hier auszusprechen, Ma'am."

„Das verstehe ich, und es tut mir leid, dass ich Ihren Job noch schwerer gemacht habe, als er ohnehin schon ist."

„Vergessen Sie nie, dass wir beide dieselben Ziele verfolgen."

„Das stimmt. Danke, dass Sie sich Zeit für mich genommen haben. Schönen Tag noch."

„Ihnen auch, Ma'am."

26

Auf dem Weg zum Hauptquartier dachte Sam über Brants Aussage nach, sie verfolgten beide dieselben Ziele. Das war richtig. Nichts war ihr wichtiger als die Sicherheit der Menschen, die sie liebte.

Ihr Handy klingelte, und sie nahm den Anruf entgegen, weil sie sah, dass es Gonzo war. „Wie geht es dir?"

„Ganz gut, ich muss dir allerdings leider mitteilen, dass ich eine Weile nicht zur Arbeit kommen werde."

„Trulo hat schon erwähnt, dass er dir zu einer Auszeit geraten hat."

„Das ist es aber nicht." Er hielt inne und erklärte dann: „Ich mache einen Entzug, Sam."

Verblüfft fragte sie: „Wovon?"

„Sam, ich, äh, bin offenbar schmerzmittelabhängig. Ich habe die Dinger genommen, um über die Runden zu kommen, und das ist, nun ja, aus dem Ruder gelaufen."

Diese Info konnte sie nicht verarbeiten und sich gleichzeitig auf den Verkehr konzentrieren, also fuhr sie rechts ran. „Du bist tablettensüchtig?"

„Ja."

„Bitte sag mir, dass wir nicht auch noch über Beschaffungskriminalität reden."

„Ich wünschte, das könnte ich", seufzte er.

„O Gott, was für ein Mist, Gonzo." In ihrem Kopf überschlugen sich die Gedanken zu den möglichen Folgen dieser Enthüllung.

„Es tut mir so leid, Sam", beteuerte er. „Seit Arnolds Tod bin ich völlig daneben und habe jede Menge Scheiße gebaut, doch ich krieg das wieder hin. Ich schwöre bei Gott, ich krieg das wieder hin. In der Klinik werden auch Leute mit PTBS behandelt."

„Ich weiß nicht, was ich dazu sagen soll."

„Sag mir einfach, dass ich noch einen Job habe, wenn ich wiederkomme."

„Du weißt, ich stehe voll hinter dir, aber wenn sich das herumspricht ..."

„Das wird es schon nicht."

Sam wünschte, sie könnte seine Zuversicht teilen. „Bist du noch im GW?"

„Ja."

„Ich schau nachher mal bei dir vorbei."

„Okay."

„Ich hoffe, du weißt, wie wichtig du uns allen bist, Tommy."

„Ja", flüsterte er, „und das bedeutet mir unsagbar viel."

„Bis dann."

Erschüttert beendete sie das Gespräch, fädelte sich wieder in den Verkehr ein und versuchte zu begreifen, was er ihr da erzählt hatte. Wenigstens unternahm er etwas, um die Sache unter Kontrolle zu bekommen, trotzdem ... er war schmerzmittelabhängig. Und sie hatte nichts davon bemerkt. Was verriet das über sie als Freundin und Vorgesetzte?

Im Hauptquartier lief sie in der Lobby als Erstes dem Chief über den Weg. *Na toll.* Sie hatte gehofft, noch zwei Stunden zur Vorbereitung auf diese Begegnung zu haben.

„Auf ein Wort, Lieutenant", bat er mit strenger Miene. Möglicherweise auch mit genervter. Sie blickte genauer hin. Definitiv genervt.

Sie hätte sich gerne mit ihrer Besprechung mit Captain Malone herausgeredet, aber der Chief stand im Rang einfach höher als der Captain.

Farnsworth, der Mann, den sie als Kind „Onkel Joe" genannt hatte, führte sie von der Lobby durch sein Vorzimmer, wo seine treue Sekretärin Helen bereits Dienst schob und viel wacher aussah, als ein Mensch um sechs Uhr morgens aussehen sollte.

„Schließ die Tür", befahl der Chief, als Sam ihm in sein Büro gefolgt war.

Er setzte sich hinter seinen Schreibtisch und deutete auf einen der Besucherstühle. „Immer wenn ich glaube, endlich zu begreifen, wie du tickst, tust du was, das dem völlig zuwiderläuft, und machst mir einen Strich durch die Rechnung. Da bin ich einen Tag lang mit Besprechungen im Rathaus beschäftigt, und als ich zurückkomme, muss ich hören, dass du die Beauclair-Kinder angeblich einfach bei euch zu Hause untergebracht hast. Natürlich denke ich bei mir, dass das gar nicht sein kann, weil du ja die Ermittlungen im Fall des Mordes an den Eltern dieser Kinder leitest." Er faltete die Hände auf dem Tisch und richtete seinen stählernen Blick auf sie. „Würdest du mir bitte erklären, wie die Beauclair-Kinder bei dir gelandet sind, während du den Mord an ihren Eltern untersuchst?"

„Also, das hat sich irgendwie einfach so ergeben", erwiderte Sam und bemühte sich, nicht nervös auf ihrem Stuhl herumzurutschen. „Es war sehr spät, und sie mussten irgendwo unterkommen. Nick und ich haben die Zulassung als Pflegeeltern. Ganz einfach."

„Wie wir beide wissen, ist nichts daran einfach, denn es stellt einen Interessenkonflikt für dich dar, wenn du dich um die Kinder deiner Mordopfer kümmerst."

„Das verstehe ich ja ..."

„Du wirst die Kinder sofort aus deiner Obhut entlassen."

„Aber ..."

Er hob die Hand, um sie zum Schweigen zu bringen. „Oder ich ziehe dich von dem Fall ab. Eins von beidem, Sam. Beides geht nicht."

„Dann wähle ich die Kinder", sagte sie, ohne zu zögern.

Er hob die Brauen und öffnete den Mund, um ihn gleich darauf geräuschvoll wieder zu schließen. „Nun gut. Dann bist du hiermit von dem Fall abgezogen."

„Ehe du eine Entscheidung triffst – ich habe gestern mitten in der Nacht erfahren, dass eins der Kinder, die sich derzeit in meiner Obhut befinden, mit angesehen hat, wie jemand seine

Eltern gefoltert und möglicherweise ermordet hat. Ich wollte heute herausfinden, wie wir diese Zeugenaussage am besten nutzen können, um die Täter zu ermitteln und dingfest zu machen. Wenn es jetzt aber so ist, dass ich abgezogen werde, nehme ich mir lieber spontan einen Tag frei, um mich um meine Pflegekinder zu kümmern, die mich im Augenblick dringend brauchen." Sam erhob sich und bereitete sich auf einen dramatischen Abgang vor. „Tut mir leid, dich so hängen zu lassen, gerade jetzt, wo Sergeant Gonzales im Krankenhaus ist, doch ich bin sicher, Captain Malone kann die Ermittlungen in meiner Abwesenheit leiten."

„Du glaubst, ich wüsste nicht, was für ein Spielchen du treibst, aber so leicht lasse ich mich nicht täuschen, Lieutenant."

„Ich befolge Ihre Befehle. Sir."

„Setz dich."

Sie nahm Platz.

„Was hat das Kind erzählt?"

„Nur damit das klar ist: Fragst du mich das als zuständige Leiterin der Mordkommission oder als Pflegemutter des betreffenden Kindes?"

„Sam", knurrte er mit zusammengebissenen Zähnen, „ich schwöre bei Gott ..."

Also berichtete sie ihm, was Alden beobachtet hatte.

Als sie fertig war, starrte der Chief lange auf die Wand hinter ihr. Er saß so reglos da, dass sie sich fragte, ob er noch atmete. Dann schaute er sie an. „Wie willst du seine Zeugenaussage nutzen?"

„Mein Ziel ist, alles in meiner Macht Stehende zu tun, um ihn nicht als Zeugen zu brauchen. Wenn wir den Fall irgendwie anders abschließen können, dann werden wir das tun. Ich habe jetzt eigentlich ein Treffen mit Malone, um unsere nächsten Schritte abzusprechen." Sie sah auf die Uhr. „Seit zehn Minuten." Dann räusperte sie sich und setzte hinzu: „Sir."

„Ich gehe davon aus, dass Dr. Trulo wegen einer Therapie und der weiteren Versorgung des Kindes hinzugezogen wird?"

„Das steht als Nächstes auf meiner Liste für den heutigen Tag."

Nach einem weiteren längeren Schweigen verkündete der Chief: „Weitermachen."

„Sir?"

„Arbeite weiter an dem Fall."

„Zu diesem Zeitpunkt wäre ein Ortswechsel für die Kinder eine zusätzliche Belastung. Ihr großer Bruder ist inzwischen eingetroffen, und möglicherweise übernehmen eine Tante und ein Onkel die Vormundschaft. Sie werden nicht mehr lange bei uns sein." Alles in Sam sträubte sich dagegen, doch sie hatte aktuell so viel um die Ohren, dass sie sich weigerte, sich damit auch noch auseinanderzusetzen. Jedenfalls jetzt gleich. Wenn die Kinder erst weg waren, konnte sie immer noch zusammenbrechen. Im Moment musste sie die Männer finden, die die Eltern der Kleinen ermordet und ihr behütetes Leben zerstört hatten. Vielleicht würde es ihnen eines Tages helfen, zu wissen, dass sie dafür gesorgt hatte, dass die Schuldigen gefasst wurden.

Der Chief erwiderte ihren aufsässigen Blick mit einem, der ihrem in nichts nachstand. „Du musst mir versprechen, dass es nie wieder zu einem solchen Interessenkonflikt kommen wird."

„Das würde ich gern, aber ich kann es nicht garantieren."

„Vielleicht solltest du dann mal deine Prioritäten neu ordnen."

Sam war über diese Aussage so schockiert, dass sie beinahe zurückzuckte. „Wow. Echt jetzt?"

„Ja, echt jetzt! Du kannst nicht einfach die Kinder von Mordopfern bei dir zu Hause aufnehmen, wenn du die Ermittlung im betreffenden Fall leitest!"

„Warum nicht?" Sie wusste, sie überschritt eine Grenze, doch sie konnte nicht anders. „Die beiden können für all das nichts. Sie sind unschuldige Opfer, und wenn ich sie nicht aufgenommen hätte, wüssten wir vielleicht noch immer nicht, dass Alden die Morde beobachtet hat. Vergiss das nicht."

Er rieb sich mit beiden Händen das Gesicht, und als er wieder aufschaute, sah sie die Erschöpfung in seinen Augen. „Weißt du, warum ich nicht in Pension gegangen bin, obwohl ich das schon seit einiger Zeit könnte?"

Verblüfft von dem plötzlichen Themenwechsel schüttelte sie den Kopf.

„Ich kann es in einem Wort zusammenfassen: deinetwegen. *Deinetwegen! Du* bist der Grund, warum ich nicht in Pension kann."

Sam hatte keine Ahnung, was sie darauf antworten sollte.

„Jeder andere hätte dich schon nach einer Woche suspendiert und dir vorher ordentlich die Leviten gelesen. Weißt du, was man sich bei der Polizei über dich erzählt? Dass du dir im Rahmen deiner Ermittlungen *alles* erlauben kannst." Er beugte sich vor und sagte: „Das stimmt ja auch. So ist es. Nach Abschluss dieses Falles möchte ich, dass du eine Woche unbezahlten Urlaub nimmst und dir überlegst, ob du diesen Job in Zukunft weitermachen möchtest, Lieutenant. Und ich warne dich: Ich werde nicht mehr ewig hier sein, um für dich die Kastanien aus dem Feuer zu holen."

Seine Worte schockierten sie zwar, aber nach „eine Woche unbezahlten Urlaub" hörte sie nicht mehr viel. Wenn sie den Fall Beauclair vor dem Wochenende abschließen konnte, würde sie Nick nach Europa begleiten und dort „überlegen" können, ob sie als Mitglied des MPD eine Zukunft hatte. Das würde ihr ausgezeichnet in den Kram passen, doch das würde sie dem Chief nicht unter die Nase reiben.

Sie sah ihn trotzig an. „Tut mir leid, wenn du mit meiner Leistung nicht zufrieden bist."

„Niemand zweifelt an deiner Leistung, aber deine Methoden sind manchmal etwas fragwürdig."

Es folgte ein Blickduell, bis der Chief schließlich wegschaute. „Mach dich an die Arbeit, und häng die Tatsache, dass die Kinder bei dir sind, nicht an die große Glocke. Ich will das nicht in der Zeitung lesen. Habe ich mich klar genug ausgedrückt?"

„Jawohl, Sir." Sam beeilte sich, sein Büro zu verlassen, ehe er sie doch noch von dem Fall abzog. Auf dem Weg zum Großraumbüro der Ermittler ließen ihr seine Worte keine Ruhe. *Du bist der Grund, warum ich nicht in Pension gehen kann.* Verdammt. Das tat weh. Fand er wirklich, dass sie sich im Rahmen ihrer Ermittlungen alles erlauben konnte? Auch das war ihr neu. Ihrer Auffassung nach tat sie, was sie tun musste, um ihren Job zu erledigen, und wenn er glaubte, dass es jemanden gab, der das besser konnte, konnte diese Person es gerne versuchen.

Okay, nun ja, eigentlich nicht, aber ihr Job war kein Spaß, und sie gab ihr Bestes. Später, wenn sie mal Zeit zum Durchatmen hatte, würde sie mit ihrem Vater über die Dinge reden, die der

Chief ihr vorgeworfen hatte, und ihn nach seiner Meinung dazu fragen. Was, wenn er Farnsworths Auffassung teilte, nur nie etwas gesagt hatte? Das wäre total furchtbar.

Sam schüttelte die unangenehmen Gedanken ab, als sie Malone allein in seinem Büro vorfand. „Tut mir leid, dass ich so spät dran bin. Der Chief hat mich aufgehalten."

„Er war überhaupt nicht glücklich darüber, dass Sie die Beauclair-Kinder bei sich untergebracht haben."

„Ich weiß. Mir klingen noch die Ohren."

„Er will, dass ich jemand anders mit dem Fall betraue."

„Das hat er gesagt – bis er gehört hat, dass einer meiner Schützlinge uns möglicherweise tatsächlich helfen kann. Dann schien er nicht mehr so entschlossen, mich von dem Fall abzuziehen."

„Sie wandeln auf einem sehr schmalen Grat, Sam. Er hat absolut recht. Es handelt sich hier um einen eindeutigen Interessenkonflikt, und das wissen Sie auch."

„Ja, mag sein, doch in dem Augenblick habe ich nur zwei kleine Kinder gesehen, die etwas gebraucht haben, das ich ihnen geben konnte. Sie werden mir verzeihen, dass meine ersten Gedanken nicht der Arbeit gegolten haben."

„Sie wissen so gut wie ich, dass unsere ersten Gedanken *immer* der Arbeit gelten müssen."

„Wenn Sie alle glauben, ich hätte einen Klaps auf die Finger verdient, dann nur zu." Sie hatte sich bereits mit der Tatsache abgefunden, dass sie vermutlich nie einen höheren Rang als Lieutenant bekleiden würde. „Kein Problem. Tun Sie, was Sie tun müssen, aber ich würde es jederzeit wieder so machen."

„Niemand stellt infrage, dass Sie emotional richtig gehandelt haben. Darum geht es hier nicht."

„Mir ist durchaus klar, worum es geht, und wie gesagt, ich bin bereit, die Folgen zu tragen, die Sie und der Chief für angebracht halten, um mich zu maßregeln. Trotzdem habe ich im Moment zu einem Doppelmord zu ermitteln und habe zwei traumatisierte Pflegekinder. Außerdem muss ich mich noch mit einem Sergeant im Krankenhaus und einer Hochzeit herumschlagen. Sie müssen schon entschuldigen, wenn ich nicht die Zeit habe, meine zahlreichen Verstöße in aller Tiefe auszuloten."

Malone verdrehte die Augen. „Sparen Sie sich das Drama, und erzählen Sie mir, was mit Gonzo los ist."

„Das haben Sie doch gehört. Er ist bis auf Weiteres krankgeschrieben."

„Was hat er?"

„Dazu darf ich nichts sagen, und ich glaube, rein dienstrechtlich dürfen Sie es mich auch nicht fragen."

„Ich frage Sie nicht als Captain, sondern als sein Freund und Kollege."

„Der zufällig auch sein Vorgesetzter ist."

„Auch wieder wahr. Wie lange fällt er aus?"

„Ich habe vor, ihn heute Vormittag noch zu besuchen. Dann weiß ich mehr."

„Richten Sie ihm meine besten Wünsche aus, und lassen Sie ihn wissen, dass wir hier schon klarkommen."

„Ich werde es ihm ausrichten." Sie senkte den Blick und sah dann wieder ihn an. „Der Chief hat angedeutet, wenn der Fall Beauclair abgeschlossen ist, soll ich eine Woche unbezahlten Urlaub nehmen, um über meine privaten und beruflichen Ziele sowie über meine Impertinenz nachzudenken."

Malone hob die Brauen. „Ach ja?"

„Mhm. Das bedeutet, wenn wir diesen Fall in den nächsten Tagen abschließen können, haben Sie nächste Woche bloß noch drei Leute in der Mordkommission – nur für den Fall, dass Sie Notfallpläne schmieden möchten."

„Gut zu wissen", brummte er.

„Ich muss Kontakt mit Hill aufnehmen, um herauszufinden, was es Neues von Piedmont gibt, dem früheren Geschäftspartner, der die letzten drei Jahre abgetaucht war. Das FBI hat ihn am Dulles Airport erwischt, als er sich gerade davonmachen wollte, und kann beweisen, dass er in der Mordnacht in der Hauptstadt war."

„Das klingt wie eine Steilvorlage zum Abschluss des Falles", meinte Malone.

„Vielleicht, aber Aldens Beschreibung passt nicht auf Piedmont."

„Ein so reicher Mann könnte jemanden dafür angeheuert haben."

„Zweifellos, trotzdem müssen wir die Typen erwischen, die das eigentliche Verbrechen begangen haben."

„Sehe ich auch so."

„Ich muss mir überlegen, wie ich mit Aldens Aussage umgehe. Carlucci und Dominguez haben auf mein Geheiß hin Fotos von allen am Fall Beteiligten zusammengestellt, damit wir sie haben, wenn wir sie Alden zeigen müssen, auch wenn mein Ziel ist, nach Möglichkeit ohne seine Hilfe auszukommen. Ich werde Trulo zu Rate ziehen und mich erkundigen, wie man so etwas am besten mit einem traumatisierten Fünfjährigen anstellt."

„Danach wollte ich gerade fragen."

„Ich muss mit Carlucci und Dominguez reden, ehe sie gehen, und dann will ich zu Trulo, bevor der seine ersten Termine hat. Danach statte ich Gonzo einen Besuch ab."

„Halten Sie mich auf dem Laufenden. Über alles."

„Mach ich."

Sam verließ sein Büro und begab sich in ihres, wo sie zuerst Avery Hill anrief.

„Morgen", meldete der sich.

„Wie läuft's mit Piedmont?"

„Sie werden es nicht glauben."

„Ich höre."

„Er und Jameson Armstrong hatten wieder Kontakt."

Sam ließ sich auf ihren Bürostuhl fallen. „Wie bitte, was?"

„Ja, krass, oder? Mir wollte es auch nicht in den Kopf, doch Piedmont hat ausgesagt, er habe vor etwa drei Monaten mit Armstrong Kontakt aufgenommen und ihm mitgeteilt, wenn er bereit sei, ihm zu helfen, etwas Geld zu verdienen, würde er die Drohungen gegen seine Familie zurücknehmen. Offenbar war Piedmont völlig pleite und hatte keine andere Möglichkeit mehr."

„Konnten Ihre Leute das irgendwie nachprüfen?"

„Tatsächlich ja. Er hat uns seine Finanzunterlagen vorgelegt, und auf keinem seiner Konten befinden sich mehr als tausend Dollar."

„Und es gibt keine weiteren?"

„Das prüfen wir gerade, aber er hat unseren Ermittlern alles gezeigt, auch die Auszüge der Offshore-Konten, und sie sind alle praktisch leer. Außerdem hat Armstrongs Assistentin aus seinem

Büro in D. C. bestätigt, dass er Kontakt mit Piedmont hatte und sich am Mordtag mit ihm getroffen hat."

„Das ist ein zu großer Zufall. Wie kann er nicht an der Tat beteiligt sein?"

„Das habe ich auch gesagt, bis wir ihm vom Mord an Jameson und Cleo Armstrong erzählt haben. Nachdem er das gehört hatte, war er total geschockt."

„Hat er das nur vorgespielt?"

„Den Eindruck hatten wir nicht. Er schien wirklich erschüttert und traurig."

„Jetzt bin ich restlos verwirrt. Der Typ, der Armstrongs Familie so massiv bedroht hat, dass sie das Gefühl hatten, umziehen und unter falschen Namen leben zu müssen, kriecht Jahre später unter irgendeinem Stein hervor, und Jameson nimmt seinen Anruf entgegen und ist bereit, wieder mit ihm Geschäfte zu machen?"

„So einfach war es nicht. Jameson hat die Bedingung gestellt, dass er nach D. C. kommt, um sich das Geld abzuholen, damit er ihm in die Augen sehen und ihm sagen konnte, dass das alles war, das einzige Geld, das Piedmont je von ihm dafür erhalten würde, dass er alle Drohungen zurücknimmt. Piedmont hatte bei seiner Festnahme einen Barscheck über zwanzig Millionen Dollar bei sich. Mit Auszahlung zulasten der Konten von JAE in Delaware."

„Das passiert am selben Tag, an dem jemand Armstrong und seine Frau foltert und brutal ermordet? Wie kann da kein Zusammenhang bestehen?"

„Das fragen wir uns auch. Piedmonts Entsetzen und Bestürzung über die Nachricht haben allerdings aufrichtig gewirkt. Diesen Eindruck hatten alle Augenzeugen."

Sam seufzte tief. „Wollen Sie ihn als möglichen Komplizen bei den Morden ausschließen?"

„Ich glaube schon."

„Beantworten Sie mir eine Frage. Wenn sie ihm so wichtig waren, warum hat er ihnen dann nach der Implosion der Firma jahrelang das Leben zur Hölle gemacht?"

„Er sagt, ein Großteil davon entsprang einer ‚spontanen Wut' darüber, herausfinden zu müssen, dass sein langjähriger Freund und Partner ihn praktisch an die Behörden verraten hatte. Er gibt zu, sauer gewesen zu sein und Dinge gesagt zu haben, die er später bereut hat, doch er hatte nie vor, Jameson oder seiner Familie etwas zuleide zu tun. Behauptet er zumindest."

„Mir schwirrt der Kopf."

„Das kann ich verstehen. Geht mir genauso, aber wie ja bereits erwähnt wurde, manchmal ist die naheliegende Antwort eben doch nicht die richtige."

Sam seufzte tief. „Wir haben heute Nacht einen Durchbruch erzielt." Sie berichtete ihm, was Alden ihnen erzählt hatte.

„Ach du lieber Gott. Wie wollen Sie das mit ihm als Zeugen handhaben?"

„Am liebsten gar nicht, wenn es nicht unbedingt nötig ist."

„Sagen Sie Bescheid, wenn wir irgendwie helfen können. Was immer Sie brauchen, kriegen Sie."

„Alles klar. Danke für das Update, und lassen Sie es mich wissen, wenn Piedmont noch irgendetwas Hilfreiches liefert."

„Sie erfahren es als Erste."

Sam bedankte sich und beendete das Gespräch. Danach saß sie lange einfach nur da und versuchte, das von Avery Gehörte einzuordnen und sich ihren nächsten Schritt zurechtzulegen. Sie blätterte die Mappe mit den Fotos durch, die Carlucci und Dominguez zusammengestellt hatten. Daran klebte eine Haftnotiz von Dominguez, der sie entnahm, dass Detective Lucas die beiden zur Unterstützung bei einer Ermittlung der Sondereinheit für Sexualdelikte herangezogen hatte.

Die Fotos zeigten Jameson Beauclairs frühere Partner, Piedmont und Dave Gorton, mehrere seiner derzeitigen Geschäftspartner, die Green und McBride befragt hatten, und Victor Klein, den Mann, der am zurückliegenden Freitag in einen Unfall mit Cleo Beauclair verwickelt gewesen war.

Laut dem Geburtsdatum auf seiner Akte war er neunundzwanzig. Sam sah sich Kleins Profilbild an. Ein beleibter Typ mit dunklem Haar und kalten braunen Augen, was Aldens Beschreibung eines der beiden Männer, die seine Eltern angegriffen hatten, entsprach. Kleins Gesicht war ausdruckslos, seine Miene unmöglich zu deuten.

Sam nahm den Hörer ab und rief einen ihrer Lieblingsregierungsbeamten schlechthin an – Brendan Sullivan, der Sam im Fall der Ermordung ihres Ex-Mannes eine große Hilfe gewesen war.

Brendan war Peters Bewährungshelfer gewesen. Er nahm beim zweiten Klingeln ab.

„Brendan Sullivan", meldete er sich und klang gehetzt.

„Sam Holland hier."

„Oh, hey. Was gibt's?"

„Ich habe eine Frage an Sie. Sagt Ihnen der Name Victor Klein etwas?"

„Er ist einer meiner Klienten. Warum? Was hat er angestellt?"

„Vielleicht gar nichts, vielleicht aber doch. Was können Sie mir über ihn erzählen?"

„Er ist ein arroganter Kleinkrimineller, der der Auffassung ist, die Welt schulde ihm etwas, und wenn er es nicht kriegt, hat er kein Problem damit, es sich zu nehmen."

„Glauben Sie er wäre fähig zu Vergewaltigung, Folter und Mord durch Brandstiftung?"

„Sprechen wir von dem Einbruch in Chevy Chase?"

„Das kann ich weder bestätigen noch dementieren."

„Ist dies eine offizielle oder eine inoffizielle Anfrage?"

„Momentan eine inoffizielle."

„Ich kann Ihnen sagen, dass er in privilegierten Verhältnissen aufgewachsen ist – eine intakte Familie, gute Schulen, College und so weiter. Aber er hat immer irgendwelche Pläne und Ideen, um auf die Schnelle reich zu werden. Im Knast ist er wegen seiner Mitgliedschaft in einer Bande gelandet, die sich auf brutale Raubüberfälle spezialisiert hatte und dafür verantwortlich war, dass mehrere Menschen mit schweren Verletzungen ins Krankenhaus gekommen sind."

„Was für Verletzungen?"

„Knochenbrüche, Platzwunden, Gehirnerschütterungen. Wenn er eine Gelegenheit sieht, schnelles Geld zu machen, schreckt er vor nichts zurück."

„Nehmen wir mal an, ich spräche von dem Einbruch in Chevy Chase – halten Sie ihn, natürlich rein hypothetisch gesprochen, für in der Lage, eine Frau zu vergewaltigen, während ihr Mann gefesselt und hilflos danebenliegt, und sie dann beide zu fesseln, ehe er sie in Brand steckt, nachdem er ihnen ein paar Zähne ausgeschlagen hat, um die Identifikation der Leichen zu erschweren?"

Nach langem Schweigen antwortete Brendan: „Ich nehme an, sie waren wohlhabend."

„Stinkreich."

„Ja, dann halte ich es für möglich, dass er so etwas tut oder jemand anderem dabei behilflich ist."

Sam spürte, wie ihr ein Schauer über den Rücken lief, was bei ihren Ermittlungen fast immer ein gutes Zeichen war. „Kennen wir sein Umfeld?"

„Wenn es Ihnen hilft, könnte ich ein bisschen herumtelefonieren und schauen, was ich herausfinden kann."

„Das wäre sogar sehr hilfreich."

„Wodurch ist er ins Raster geraten?"

„Er hatte ein paar Tage vor der Tat einen Bagatellunfall, in den die Ehefrau verwickelt war."

„Ich setze mich dran und rufe Sie an, wenn ich was habe."

„Danke, ich weiß Ihre Hilfe zu schätzen."

„Gern."

Sam wählte anschließend Carluccis Nummer. „Seid ihr beiden noch bei Lucas?"

„Nein, wir sind auf dem Rückweg zum Hauptquartier."

„Könnt ihr unterwegs Victor Klein abholen?" Sie nannte den beiden die Adresse, die Sullivan ihr gegeben hatte und die mit der auf dem Unfallbericht übereinstimmte.

„Wir sind unterwegs", erwiderte Carlucci.

„Fordert Verstärkung an, ehe ihr reingeht."

„Machen wir."

27

Sam schob sich ihr Handy in die Tasche und machte sich auf den Weg zu Trulos Büro eine Treppe höher. Als sie das Großraumbüro verließ, trat Freddie gerade in Begleitung eines gut gekleideten, ängstlich wirkenden Paars und eines weiteren Mannes ein, der wie ein Anwalt aussah. Sam erinnerte sich, dass er die arrogante Elternbeiratsvorsitzende vorgeladen hatte, und hob verstohlen den Daumen in seine Richtung. Als die Frau sie erblickte, fielen ihr fast die Augen aus dem Kopf, was Sam eine gewisse Befriedigung verschaffte.

Freddie grinste und zwinkerte ihr zu, während er die drei zum Verhörraum führte, wo er der Dame ein bisschen Demut beibringen würde.

Sam ging weiter und begegnete ausgerechnet Sergeant Ramsey. Sie hatte gehofft, er würde ihr nie wieder ausgerechnet im Treppenhaus über den Weg laufen, damit sie nicht in Versuchung geriet, ihn erneut die Stufen hinunterzustoßen. Da sie beim ersten Mal nur knapp einer Anklage wegen Körperverletzung entgangen war, eilte sie weiter und vermied jeden Blickkontakt.

„Na, wenn das nicht Mary Poppins ist, die arme, hilflose Kinder aufnimmt und damit ihre Ermittlungen gefährdet. Was für ein Gutmensch. Wissen die Leute, die regelmäßig Pflegeeltern überprüfen, eigentlich, dass Sie sich der Körperverletzung schuldig gemacht haben?"

Sam blieb nicht einmal stehen. „Weiß Ihre Familie eigentlich, dass Sie sich der kompletten Idiotie schuldig gemacht haben? Ach ja, natürlich weiß sie das. Dumme Frage." Sie lief schnell weiter und widerstand dem Drang, sich nach ihm umzudrehen. Erst vor Trulos Büro blieb sie stehen. Ihr Herz raste, als hätte sie jemand verfolgt. Sie hatte keine Ahnung, ob Ramsey ihr tatsächlich nachgekommen war, und gedachte auch nicht, nachzusehen.

Trulos Bürotür öffnete sich. „Lieutenant. Was kann ich für Sie tun?"

„Haben Sie eine Minute Zeit für mich?"

Er trat zurück, ließ sie ein und schloss die Tür hinter ihr.

Sie atmete erleichtert auf.

„Alles in Ordnung?", fragte Trulo.

„Ja."

„Sie wirken angespannt."

„Das kommt davon, wenn man dem Drang widersteht, einem Kollegen eine zu verpassen und ihn noch mal die Treppe runterzustoßen."

Trulos Lippen verzogen sich, während er versuchte, nicht zu lachen. „Gratuliere, dass es Ihnen gelungen ist."

„Es war nicht leicht. Ich fürchte, ich werde langsam erwachsen."

Er tat bestürzt. „Bitte versichern Sie mir, dass das nicht stimmt!"

„Ja, ich weiß – eine unerträgliche Entwicklung."

„So amüsant das alles auch ist, irgendetwas sagt mir, dass Sie heute Morgen etwas anderes zu mir führt."

Sam ließ sich auf den Sessel fallen, auf dem sie nach der Geiselnahme durch Stahl so viele Stunden hatte zubringen müssen. Sie hatte sich zwar zuerst gegen Trulos Therapieversuche gewehrt, war ihm heute allerdings dankbar, dass er sie wieder auf die Beine gestellt und es ihr ermöglicht hatte, in ihren Beruf zurückzukehren. „Ich brauche einen Rat, wie ich einem fünfjährigen Augenzeugen eines Mordes am besten durch den Prozess der Identifizierung der Mörder seiner Eltern helfe."

„Ah", sagte er, setzte sich ihr gegenüber hin und schlug die Beine übereinander. „Eines der Kinder hat also etwas gesehen?"

Sam nickte. „Der Junge, Alden. Er hatte kein Wort gesagt, seit er unser Haus betreten hatte, aber als sein großer Bruder dann da war, ist es aus ihm hervorgesprudelt." Sam berichtete ihm, was Alden ihnen bei seinem nächtlichen Ausbruch erzählt hatte.

Als sie fertig war, seufzte Trulo tief. „Eines Tages, in vielen Jahren, wird Alden begreifen, dass das Letzte, was sein Vater in seinem Leben getan hat, darin bestand, ihm das Leben zu retten."

Diese sachliche Feststellung wirbelte Sams ohnehin aufgewühlte Gefühle restlos durcheinander. „Sehr richtig." Sie räusperte sich. „Also, wie machen wir das, wenn es nötig werden sollte?"

„Vorsichtig", antwortete Trulo und strich sich über das Kinn. „Zunächst einmal gehen wir zu ihm. Er kommt nicht hierher."

Sam nickte. „Wir müssen ihm die Fotos zeigen."

„Ja."

„Irgendwann wird er aussagen müssen."

„Auch das ist richtig. Wenn Sie gezwungen sind, auf ihn als Zeugen zurückzugreifen, würde ich danach gern etwas Zeit mit ihm verbringen, um herauszufinden, was er langfristig braucht. Ich kann dann seinen neuen Pflegeeltern einige Tipps geben."

„Wird er sich immer daran erinnern?", fragte Sam.

„Möglicherweise, aber vielleicht verblassen die Erinnerungen auch mit der Zeit. Oder sie bleiben für den Rest seines Lebens sehr plastisch. Das ist schwer vorherzusagen."

„Danke", meinte Sam und erhob sich aus dem Sessel. „Jetzt gehe ich Gonzo im Krankenhaus besuchen."

„Er wird wieder, Sam. Früher oder später."

„Was mich umtreibt, ist, dass ich davon so gar nichts mitbekommen habe, obwohl ich ihn jeden Tag um mich hatte. Wie konnte ich das nicht bemerken?"

„Gonzo wollte es Sie nicht sehen lassen. Er wollte es niemanden sehen lassen. In der Macho-Umgebung, in der wir arbeiten, sind emotionale Probleme schwer zu verarbeiten. Wenn wir unsere inneren Konflikte nicht vor allen verbergen, gelten wir leicht als schwach. Sie wissen, wie das ist. Sie haben es am eigenen Leib erlebt."

„Ja."

„Er steht das durch. Es wird nur dauern."

„Ich hoffe, Sie haben recht."

„Wann habe ich das je nicht?"
Lachend ging Sam zur Tür. „Das hätte von mir sein können."
„Soll ich auf den Gang rausschauen, ob die Luft rein ist?"
„Das wäre nett."
Sie trat zurück, sodass er nach draußen spähen konnte. „Niemand weit und breit, aber stecken Sie sicherheitshalber die Hände in die Taschen, und lassen Sie sie dort, bis Sie wieder auf Freundesland sind."
„Mach ich, Doc", versprach sie, von seiner Bemerkung amüsiert. „Ich werde es Sie wissen lassen, wenn wir Alden hinzuziehen müssen."
„Ich habe den ganzen Nachmittag frei."
„Danke, ich weiß Ihre Hilfe zu schätzen." Die Hände tief in den Hosentaschen, eilte Sam die Treppe hinunter und seufzte tief, als sie die Sicherheit des Großraumbüros, ihrer zweiten Heimat, erreicht hatte. Carlucci und Dominguez waren wieder da, weswegen Sam zu ihnen ging, um sich zu erkundigen, wie es mit Klein gelaufen war.

„Unter seiner Adresse gab es keine Spur von ihm", erwiderte Dominguez. Während Carlucci groß und blond war, hatte die zierliche Dominguez einen olivfarbenen Teint und dunkles Haar. „Die Nachbarn sagen, sie haben ihn schon seit ein paar Tagen nicht mehr gesehen."

„Schreiben wir ihn zur Fahndung aus", schlug Sam vor.

„Das übernehme ich", erbot sich Dominguez.

„Hast du die Fotos gefunden, Lieutenant?", fragte Carlucci.

„Ja, danke. Was hat es mit diesem Fall der Sondereinheit für Sexualdelikte auf sich?"

„Das hat nichts mit uns zu tun. Sie haben nur kurz Unterstützung gebraucht."

„Gute Antwort." Sie hatten schon genug um die Ohren. „Treffen wir uns doch alle kurz im Besprechungsraum, ehe ihr geht. Ich bin gleich drüben." Sie trat in ihr Büro, holte die Fotos und ihre Notizen und beschwor ihren legendären Spürsinn. Dies war der entscheidende Tag für diesen Fall, den sie im Interesse Aldens, Aubreys und Elijahs so schnell wie möglich abzuschließen gedachte. Außerdem wollte sie ihn gern vom Tisch haben, ehe am Wochenende Freddies Hochzeit anstand.

Breit lächelnd betrat dieser gerade ihr Büro. „Verdammt, war das befriedigend."

Sam lachte. „Dann lass uns jetzt, wo du deinen Spaß für heute gehabt hast, abklären, wie wir weitermachen."

Sie begaben sich in den Besprechungsraum, wo die anderen bereits zusammen mit Malone und Farnsworth warteten, die einen Beobachtungsposten an der Rückwand bezogen hatten. „Zunächst einmal: Das FBI hat Duke Piedmont als Verdächtigen für den Einbruch und die Morde ausgeschlossen." Sie gab kurz wieder, was sich seit Piedmonts Festnahme am Dulles Airport am Vortag ergeben hatte.

„Es fällt mir sehr, sehr schwer, zu glauben, dass er in der Stadt war, aber nichts mit alldem zu tun hatte", gestand Freddie.

„Ging mir auch so, doch Hill hat gemeint, er und die anderen Beteiligten hätten Piedmonts Schreck und seine Trauer über den Tod seines ehemaligen Geschäftspartners und von dessen Frau als echt und glaubwürdig empfunden. Außerdem hatte er ja bekommen, was er gewollt hatte – zwanzig Millionen, mit denen er für den Rest seines Lebens komfortabel leben kann."

„Was nun?", fragte Green.

„Wir suchen diesen Mann", antwortete sie und hielt das Foto von Victor Klein hoch, bevor sie den anderen weitergab, was ihr Brendan Sullivan über ihn berichtet hatte. Sie hängte Kleins Foto ins Zentrum des Whiteboards. „Ich glaube, es ist folgendermaßen abgelaufen: Drei Tage vor den Morden hat Klein Cleo im Straßenverkehr geschnitten. Sie hat einen Riesenaufstand gemacht, von wegen, er hätte sie und ihre Kinder umbringen können. Er hat sich ihren Audi-SUV angesehen, möglicherweise auch ihren Diamantring bemerkt und Geld gewittert. Bis zur Anklageverlesung am Montagmorgen saß er danach aber erst mal wegen eines offenen Haftbefehls im Untersuchungsgefängnis. Als er herauskam, konnte er im Unfallbericht ihre Adresse nachlesen. Dann hat er einen weiteren Drecksack als Unterstützung angeworben, dem er ein nettes Sümmchen versprochen hat, und gemeinsam haben sie den Beauclairs einen Besuch abgestattet."

„Wo waren die Kinder in dieser Zeit?"

„Wir wissen, dass sie im Auto waren, als er sie gezwungen hat, zur Bank zu fahren und hundert Riesen abzuheben."

„Glauben Sie wirklich, es war Klein, obwohl Piedmont Drohungen gegen die Familie ausgestoßen hatte und am Mordtag in der Stadt war?", hakte Farnsworth skeptisch nach.

„Agent Hill und sein Team sind überzeugt, dass Piedmont nichts damit zu tun hat. Piedmont stand schon seit Monaten wieder mit Armstrong in Kontakt. Die Beauclairs haben sich vor aller Augen hier in Washington aufgehalten, während Armstrong weiter die von ihm entwickelte Software vertrieb. Wenn Piedmont ihn hätte töten wollen, hätte er dazu schon früher jede Menge Gelegenheiten gehabt. Es ist Zeit, uns neu zu orientieren. Finden wir Klein."

„Das klingt ziemlich weit hergeholt, Sam", wandte Freddie ein. „Wir spekulieren hier nur."

„Zugegeben, doch ich habe mit Kleins Bewährungshelfer gesprochen, der seinem Klienten eine solche Tat zutraut. Klein hat eine echte kriminelle Karriere hingelegt, hat sich von Bagatellvergehen bis zu Körperverletzung hochgearbeitet und wegen Einbruchs gesessen. Den Berichten zufolge hat Cleo ihn nach dem Unfall ordentlich zur Schnecke gemacht, und das hat ihn möglicherweise so geärgert, dass er sie aufgesucht hat, um ihr eine Lektion zu erteilen und klarzumachen, dass sie so nicht mit ihm reden kann. Beim Anblick der Hütte in Chevy Chase hat er dann wahrscheinlich die Kasse klingeln gehört."

„Wir wissen, dass sie am Nachmittag des Einbruchs hundert Riesen abgehoben hat", sagte Green. „Ich fahre gleich mal zu der Filiale."

„Hundert Riesen haben Klein nicht gereicht", spann Sam den Gedanken weiter, überzeugt, mit ihrer Theorie auf der richtigen Spur zu sein. Dieses Gefühl hatte sie bisher noch nie getrogen. „So hoch waren allein seine Unterhaltsschulden. Ich möchte wissen, wen Jameson angerufen hat, um mehr Geld zu besorgen. Solche Summen holt man ja nicht einfach vom Girokonto. Die lagen sicher auf Brokerkonten, die nicht so ohne Weiteres zugänglich sind. Besorgt mir die Nummer eines Brokers, eines Anlageberaters, von irgendwem, der bestätigen kann, dass sie weiteres Geld angefragt haben."

„Ich kann noch ein paar Stunden dranhängen", erbot sich Carlucci. „Wenn das hilft."

„Jede Form von Hilfe ist willkommen."

„Ich werde auch bleiben", fügte Dominguez hinzu.

„Danke euch beiden. Leute, ich bin mal kurz außer Haus, aber ich bin sofort zurück. An die Arbeit. Cruz, du begleitest mich."

Sam betrat ihr Büro und schnappte sich Jacke, Schlüssel und Funkgerät.

„Wo fahren wir hin?", fragte Cruz.

Leise antwortete sie: „Gonzo besuchen, bevor er einen Entzug macht."

Freddie schaute sie geschockt an. Dann seufzte er tief. „Oh, Mist."

„Das bedeutet auch, dass er nicht zu deiner Hochzeit kommen wird. Ich weiß, dass das enttäuschend für dich ist, doch für ihn ist es wirklich besser."

„Ist mir klar."

„Könntest du Will bitten, ihn bei der Hochzeit zu vertreten?"

„Ich denke schon. Er ist sicher dazu bereit."

„Ja, und es wäre ihm eine Ehre. Es tut mir wirklich leid, dass das ausgerechnet diese Woche passieren musste, Freddie."

„Mir auch, aber wenn er dadurch wieder gesund wird, soll's mir recht sein."

„Du bist ein guter Freund. Es wird ihm viel bedeuten, das von dir zu hören. Deshalb wollte ich, dass du mitkommst."

Sie begaben sich zum Ausgang durch die Gerichtsmedizin, wo Lindsey sie aufhielt. „Dich wollte ich gerade anrufen. Wen von der Familie Beauclair soll ich denn wegen der Begräbnisformalitäten kontaktieren?"

„Ich werde die Frage später an Mr Beauclairs Sohn Elijah weitergeben." Sie erzählte Lindsey, dass der jüngere Sohn der Beauclairs Zeuge des Verbrechens gewesen war.

„O Gott, wie furchtbar."

„Ich sorge dafür, dass Elijah sich bei dir meldet."

„Das hat keine Eile. Er kann sich Zeit lassen."

„Geb ich so weiter. Danke, Lindsey."

„Ich habe gehört, Nicks Reise ist auf eine Woche verkürzt worden. Hast du da deine Finger im Spiel?"

„Vielleicht." Sam lächelte geheimnisvoll. „Vielleicht auch nicht."

„Von mir wirst du jedenfalls keine Klagen hören."
„Du von mir auch nicht. Bis später."
Sam und Freddie fuhren in einträchtiger Stille zum GW. Beide waren angespannt, weil sie nicht wussten, was sie bei Gonzo erwartete. Sie parkten vor der Notaufnahme, und Sam schaltete den Motor aus. „Was geht dir durch den Kopf?"
„Ich frage mich, wie mir nicht auffallen konnte, dass er so durch den Wind ist. Jeden Tag habe ich Gonzo gesehen. Er ist einer meiner besten Freunde."
„Die Frage habe ich Trulo heute Morgen auch gestellt – mich betreffend. Was bin ich für eine Vorgesetzte, was bin ich für eine Freundin, dass ich nicht bemerkt habe, in was für einer schlechten Verfassung er war? Trulo hat erwidert, Gonzo habe offenbar nicht gewollt, dass wir etwas merken. Es bringt nichts, wenn wir uns mit Selbstvorwürfen quälen. Wir können lediglich ihn und Christina von jetzt an unterstützen."

Freddie nickte, aber Sam merkte, dass er sich immer noch Gedanken darüber machte, wie er so etwas hatte übersehen können.

Verdammt, ihr ging es doch genauso.

Bei der Information zeigten sie ihre Dienstmarken, und man nannte ihnen Gonzos Zimmernummer. Auf dem Flur und im Aufzug wurde Sam zwar erkannt, aber sie ignorierte das, denn sie hatte im Moment andere Sorgen und keine Lust, die umgängliche Frau des Vizepräsidenten zu spielen.

Vor Gonzos Zimmer warf sie Freddie einen Blick zu, dann klopfte sie.

„Herein."

Sie betraten das Zimmer, und nach dem hell erleuchteten Korridor mussten sich Sams Augen erst an das hier herrschende Dämmerlicht gewöhnen. Die Jalousien waren zu, und es brannte nur ein kleines Nachtlicht.

Gonzo sah entsetzlich aus. Seine Augen waren verquollen und blutunterlaufen, er war unrasiert, und sein dunkles Haar stand in alle Richtungen ab. „Hey", begrüßte er sie und wandte beschämt das Gesicht ab.

Das traf Sam hart. „Wie geht es dir?"

„Nie besser", antwortete er und lächelte gequält. „Im Moment läuft der Entzug von den Schmerzmitteln. Voll super."

Sam fiel der Spuckeimer neben dem Bett auf.

Gonzo sah Freddie an. „Tut mir leid, dass das ausgerechnet jetzt passieren muss."

„Das muss es nicht. Deine Gesundheit ist wichtiger als alles andere."

„Ich bedaure wirklich, dass ich eure Hochzeit verpasse."

„Wir werden für dich extra viel fotografieren."

„Das wäre schön."

„Was können wir für dich tun, Tommy?", fragte Sam.

„Kümmert ihr euch um Christina, solange ich fort bin?"

„Klar, auf jeden Fall."

„Das mit der Arbeit tut mir auch leid. Ich weiß, das bringt euch in die Bredouille, weil dieser Flitterwöchner hier die nächsten beiden Wochen ebenfalls weg ist."

„Mach dir um uns keine Sorgen", sagte Sam. „Malone lässt dir ausrichten, wir haben das im Griff." Sie erwähnte ihre ungeplante Woche Urlaub nicht, weil ihn das nur noch mehr gestresst hätte. Unter normalen Umständen hätte er in ihrer Abwesenheit das Team geleitet. Jetzt würde Malone das übernehmen müssen.

„Wie steht es mit dem Fall?"

Sam erzählte ihm von dem Durchbruch dank Alden.

„Mein Gott, und da denke ich, ich hätte Probleme", seufzte er. „Der arme Junge."

„Wir kümmern uns gut um ihn."

Die Tür öffnete sich, und Christina trat mit Alex auf dem Arm ein, der beim Anblick seines Vaters fröhlich quietschte.

„Wir lassen euch dann mal allein", verabschiedete sich Sam und drückte Gonzo den Arm. „Ruf an, wenn du etwas brauchst, und lass es uns wissen, wenn du Besucher empfangen darfst."

„Mach ich. Danke." Gonzo streckte Freddie die Hand hin, der sie nahm, sich dann aber vorbeugte, um seinen Freund zu umarmen. „Hab am Samstag einen wunderbaren Tag. Ich werde an dich und Elin denken und wünsche euch alles Glück der Welt."

„Pass auf dich auf, Kumpel. Wenn du uns brauchst, wir sind da."

„Das bedeutet mir viel."

„Ich melde mich", versprach Sam Christina, die nickte.

Freddie wandte sich mit zusammengebissenen Zähnen zur Tür.

Als sie zum Aufzug gingen, legte Sam Freddie eine Hand auf den Rücken, entschlossener denn je, dafür zu sorgen, dass er am Samstag einen perfekten Tag haben würde. Selbst wenn ihr hektisches Leben niemals einfach sein würde: *Einen* perfekten Tag hatten er und Elin verdient.

∼

CHRISTINA NÄHERTE SICH DEM BETT ZÖGERND, SCHOCKIERT, WIE schlimm Tommy aussah.

Er streckte die Arme aus, und sie legte Alex hinein.

„Hey, Kumpel", sagte Tommy und küsste Wangen und Hals des Jungen, bis der vor Lachen quietschte.

Etwas, das sie schon eine Million Mal mit angeschaut hatte, trieb Christina die Tränen in die Augen, weil sie wusste, dass sie Gonzo frühestens in einem Monat wiedersehen würden. Das schien ihr eine Ewigkeit zu sein.

Sie hatte Alex erzählt, Daddy gehe es nicht gut und er müsse vorsichtig sein, deshalb schmiegte sich der Junge in die Arme seines Vaters, statt wie sonst zu versuchen, mit ihm zu raufen.

Tommy streckte die Hand nach ihr aus.

Christina ergriff sie, weil sie ihn auch nach allem, was er ihr angetan hatte, noch immer liebte.

„Es tut mir leid", flüsterte er, und ihm traten ebenfalls Tränen in die Augen. „Ich weiß, ich habe schon so viel von dir verlangt, aber wenn du mir noch ein bisschen Zeit dafür gibst, meinen Mist auf die Reihe zu kriegen, verspreche ich, dass alles wieder gut wird."

„Ich geh nicht weg, Tommy", versprach sie und wischte sich die Tränen ab.

„Babe, ich verdanke dir so viel. Was du für mich und für Alex getan hast ..."

„Habe ich getan, weil ich euch beide liebe. Ich will dich zurück. Meinen Tommy."

„Ich werde mir alle Mühe geben, ihn zu finden."

„Daddy krank?", fragte Alex.

„Ja, Kumpel. Mir geht es gerade nicht gut, doch ich setze alles daran, wieder gesund zu werden. Versprochen."

Alex tätschelte Tommy das Gesicht, und als Christina das sah, schnürte es ihr die Kehle zu.

„Daddy traurig. Daddy nicht traurig sein."

„Ich möchte das auch nicht", pflichtete Tommy seinem Sohn bei und drückte ihn an sich, während ihm die Tränen übers Gesicht liefen.

Christina weinte um sie beide. Um sie alle. Um A. J. und das Leben, das ihm geraubt worden war, aber auch wegen seiner Eltern, seiner Schwestern, seiner Kollegen und seines getreuen Partners, der sich die Schuld an seinem Tod gab.

Dr. Anderson trat ein und blieb abrupt stehen, als er Christina und Alex erblickte. „Ich komme später noch mal wieder."

„Nein, nicht nötig", versicherte Tommy. „Das sind meine Verlobte Christina Billings und unser Sohn Alex."

Zu hören, dass er Alex als ihrer beider Kind vorstellte, tröstete Christina sehr.

„Ich habe mit der Entzugsklinik in Baltimore gesprochen", berichtete Anderson. „Sie können Sie dort heute noch aufnehmen. Ich möchte, dass Sie sich direkt dorthin begeben. Wenn nötig, bringe ich Sie persönlich hin."

„Das müssen Sie nicht", beteuerte Christina. „Ich kann ihn fahren. Eine Tasche für ihn habe ich dabei. Ich muss nur Alex bei der Babysitterin absetzen, dann können wir los."

„Dann tun Sie das", forderte Anderson sie auf. „Ich sorge dafür, dass er aufbruchsbereit ist, wenn Sie wiederkommen."

„Mein Anwalt wird noch aufkreuzen", informierte ihn Tommy. „Ich muss mit ihm sprechen, bevor ich wegfahre, damit Christina die Vormundschaft für Alex hat. Er müsste jeden Augenblick hier sein."

„Gut", erwiderte Anderson und ging zur Tür. „Ich kümmere mich mal um die Entlassungspapiere, damit Sie loskönnen, sobald Ihre Verlobte zurück ist."

„Der scheint echt nett zu sein", sagte Christina.

„Er war einfach großartig. Anderson hat mich überhaupt erst davon überzeugt, den Entzug zu machen."

„Dann schätze ich, wir sind ihm zu Dank verpflichtet."

„Hey, Kumpel", wandte sich Tommy an Alex. „Daddy muss für eine Weile verreisen, damit er wieder gesund wird. Würdest du mir in meiner Abwesenheit einen Riesengefallen tun?"

Alex nickte ernst und schaute mit großen Augen seinen Vater an, dem er so ähnlich sah, bis hin zum Grübchen am Kinn.

„Du musst lieb zu Mommy sein, okay?"

„Okay, Daddy."

„Tu, was sie sagt, und wenn du ein wirklich braver Junge bist, habe ich eine Überraschung für dich, wenn ich heimkomme."

„Alex brav, Daddy."

Tommy schluchzte leise und umarmte seinen Sohn.

Alex versuchte nicht wie sonst, sich aus seinen Armen zu winden. Stattdessen ließ er sich von Tommy halten, solange dieser das brauchte. Als Tommy ihn schließlich losließ, wischte Alex seinem Vater die Tränen aus dem Gesicht und küsste ihn. „Hab dich lieb, Daddy."

„Ich dich auch, Kumpel."

Christina wischte sich ebenfalls die Tränen ab, bevor sie ihm das Kind abnahm. „Ich komme gleich wieder", versprach sie.

„Ich werde hier sein."

28

Als die örtliche Filiale der National Deposit Bank & Trust um neun öffnete, warteten Cameron und Jeannie bereits vor der Tür. Green hatte in der Zwischenzeit Anlageberater angerufen, mit denen Jameson Beauclair gearbeitet hatte, in der Hoffnung, er hätte vielleicht einen von ihnen am Tag des Einbruchs angerufen, um Geld zu beschaffen.

Sie zeigten dem Filialleiter ihre Dienstmarken, doch der hob die Hände, um sie am Betreten der Bank zu hindern. „Ich darf nicht mit Ihnen sprechen. Sie müssen Kontakt mit unserer Zentrale in New York aufnehmen."

„Worüber wir mit Ihnen sprechen möchten, ist hier geschehen", betonte Cameron. „Deshalb werden Sie mit uns reden, sonst nehmen wir Sie wegen Behinderung einer Mordermittlung fest."

„Wir wissen nichts über irgendwelche Morde", sagte der Filialleiter mit hochrotem Kopf.

„Ich möchte mit demjenigen sprechen, der Cleo Beauclair am Montagnachmittag hunderttausend Dollar ausgezahlt hat." Damit wandte sich Cameron an die Bankmitarbeiter, die das Gespräch besorgt verfolgten. „Wer von Ihnen hat diese Auszahlung vorgenommen?"

Eine dunkelhaarige junge Frau hob die Hand. „Ich."

Cameron und Jeannie schoben sich an dem protestierenden Filialleiter vorbei, um mit ihr zu reden.

„Wie heißen Sie?", fragte Cameron.

„Sarah Braxton", antwortete sie und reichte ihm ihre Visitenkarte.

„Sarah, halten Sie den Mund", befahl der Filialleiter. „Wir dürfen ohne Zustimmung der Zentrale mit niemandem sprechen."

„Wenn sie nicht mit uns redet, werden wir Sie beide festnehmen", verkündete Jeannie. „Wir können uns hier unterhalten oder auf dem Revier. Ihre Entscheidung."

„Lieber hier", beschloss Sarah und sah ihren Filialleiter trotzig an. „Ich habe gleich gesagt, dass mit dieser Auszahlung etwas nicht stimmt, doch er hat gemeint, ich sei nicht hier, um unsere Kunden zu analysieren, und solle lieber die Klappe halten und meine Arbeit machen."

„Er wollte sich nicht damit befassen, weil er dann die Zentrale hätte einschalten müssen, und das ist immer ein Riesenaufwand", erklärte einer der anderen Mitarbeiter.

„Das wird Sie Ihren Job kosten", tobte der Filialleiter.

Cameron warf Jeannie einen Blick zu, die daraufhin zu dem Filialleiter trat. „Ich nehme Sie wegen Behinderung einer Mordermittlung fest." Jeannie hatte ihm die Hände mit Handschellen auf den Rücken gefesselt, ehe er wusste, wie ihm geschah. „Sie haben das Recht, zu schweigen. Alles, was Sie sagen, kann und wird vor Gericht gegen Sie verwendet werden."

Die Bankmitarbeiter beobachteten verblüfft und zum Teil auch mit schlecht verhohlener Schadenfreude, wie der Filialleiter abgeführt wurde.

„Das trifft keinen Falschen", bemerkte Sarah. „Ich habe gewusst, dass mit dieser Auszahlung etwas nicht stimmt, aber er hat mir verboten, die Polizei zu verständigen. Beinahe hätte ich es trotzdem getan, doch ich hatte Angst, dass er mich feuert." Ihre Augen füllten sich mit Tränen. „Ich bin alleinerziehend und brauche diesen Job."

„Erzählen Sie mir alles ganz genau, von dem Augenblick an, in dem Mrs Beauclair an den Schalter getreten ist. Lassen Sie nichts aus."

„Sie war völlig verängstigt. Ihre Hände haben gezittert, und beim ersten Eingeben ihrer Geheimzahl hat sie sich vertippt."

„Kannten Sie sie?"

„Nein, ich hatte sie noch nie gesehen."

„Können Sie ihren Begleiter beschreiben?"

„Er war groß und hatte dunkles Haar. Bekleidet mit einem schwarzen Mantel und einer verspiegelten Sonnenbrille, sodass ich seine Augen nicht erkennen konnte. Er hat kein Wort gesagt, aber ich habe gemerkt, dass sie Angst vor ihm hatte. Sie hat ständig nach draußen geschaut. Das war alles sehr seltsam, und das habe ich auch Lenny gemeldet, doch er hat bloß gemeint, ich solle die Klappe halten und mich um meinen eigenen Kram kümmern: Sie und ihr Mann seien wichtige Kunden, in deren Angelegenheiten wir nicht herumzuschnüffeln hätten." Wieder füllten sich ihre Augen mit Tränen. „Dann habe ich in den Nachrichten gesehen, dass ihr Haus abgebrannt ist und sie tot sind. Ich habe gewusst, dass da etwas nicht stimmt. Warum habe ich nur nicht die Polizei verständigt?"

Cameron hatte Mitleid mit ihr. Die Schuldgefühle, weil sie nichts unternommen hatte, würde sie ihr restliches Leben lang mit sich herumschleppen. „Das ist sehr hilfreich. Danke."

Sarah reichte ihm eine Visitenkarte mit einer kostenfreien Service-Nummer darauf. „Das ist unsere Zentrale in New York. Wenn Sie das Überwachungsvideo wollen, müssen Sie mit denen reden."

„Ich glaube, das FBI hat sich schon darum gekümmert, aber ich überprüfe das."

„Es tut mir wirklich leid, dass ich nicht angerufen habe", versicherte sie ein weiteres Mal und wischte sich die Tränen ab. „Das werde ich für immer bereuen."

Cameron reichte ihr wiederum seine Visitenkarte. „Wenn Ihnen noch etwas einfällt, rufen Sie mich bitte an. Da steht auch eine Handynummer drauf."

„Werde ich." Sie blickte nach draußen, wo Jeannie den Filialleiter gerade in Handschellen zu Camerons Auto führte. „Was wird aus ihm?"

„Wir nehmen ihn mit ins Hauptquartier, behandeln ihn

erkennungsdienstlich, und dann kriegt er eine Anzeige wegen Behinderung polizeilicher Ermittlungen. Wahrscheinlich ist er vor dem Abendessen wieder auf freiem Fuß. Es sei denn, wir finden so schnell keinen Richter, der ihn zu der Anklage vernimmt. Dann wird er die Nacht als Gast der Stadt verbringen."

„Das würde mir gefallen. Er ist so ein arroganter Widerling. Wenn er mich hätte telefonieren lassen, würden diese Leute vielleicht noch leben."

„Ich fürchte fast, die Richter sind heute alle besonders beschäftigt."

Unter Tränen lächelte sie ihn an. „Hoffen wir's mal."

⁓

Brendan Sullivan rief an, als Sam und Freddie gerade auf dem Rückweg zum Hauptquartier waren. „Ich habe Sie laut gestellt, damit mein Partner mitschreiben kann", sagte Sam.

„Ist mir recht. Ich habe Klein angerufen, der mich besser so schnell wie möglich zurückrufen sollte, wenn er nicht festgenommen werden möchte, und ich habe Namen und Adressen einiger Leute aus seinem Umfeld."

„Legen Sie los", bat Sam und lenkte den Wagen durch den morgendlichen Verkehr, während sich Freddie alles notierte.

Keiner der Namen, die Sullivan nannte, sagte Sam etwas. „Ist davon jemand vorbestraft?", fragte sie.

„Alle."

Sam spürte das verheißungsvolle Kribbeln, das diesen Job so verdammt aufregend machte, üblicherweise wenn sie kurz davor standen, ein oder zwei mörderischen Monstern das Handwerk zu legen. „Das ist sehr hilfreich, vielen Dank."

„Gerne doch. Lassen Sie es mich wissen, wenn Sie noch etwas brauchen."

„Geht klar, und falls ich es noch nicht gesagt habe: Sie sind mein allerliebster Lieblingsstaatsdiener."

„Das ist ein großes Lob", ergänzte Freddie. „Vertrauen Sie mir."

Sullivan lachte. „Vor allem in Anbetracht des Amtes, das Ihr Mann innehat."

„Okay, sagen wir, der zweitliebste", korrigierte sich Sam.
Die beiden Männer lachten.
„Schönen Tag noch", verabschiedete sich Sullivan.
„Danke gleichfalls." Sie klappte ihr Handy zu. „Ich liebe diesen Mann."
„Das hast du ihm ja gerade auch praktisch gestanden."
„Wie häufig kriegen wir denn sonst solche Hilfe?"
„Eigentlich nie."

Sams Handy klingelte erneut, diesmal war es Darren Tabor vom *Washington Star*. „Ich bin heute in außergewöhnlich guter Stimmung, Darren. Was kann ich für Sie tun?"

Er schwieg.

„Darren?"

„Ich bin noch dran. Aber ich versuche gerade, mit der Tatsache klarzukommen, dass Sie gut gelaunt sind."

Freddie lachte laut.

„Was wollen Sie?"

„Eine Stellungnahme zum Fall Beauclair. Der Brandinspektor lässt nur verlauten, dass der Verdacht auf Brandstiftung besteht, doch angesichts der Tatsache, dass Sie und das FBI an dem Fall arbeiten, gehe ich mal von Mord aus. Können Sie das bestätigen oder dementieren?"

„Bestätigen. Jameson und Cleo Beauclair wurden definitiv ermordet."

„Wow, das war außergewöhnlich leicht."

„Wie gesagt, ich bin heute großzügig."

„Können Sie mir verraten, wie sie ermordet wurden oder wie weit Sie mit den Ermittlungen sind?"

„Wie es passiert ist, kann ich Ihnen nicht sagen, aber wir kommen gut voran."

„Stimmt das Gerücht, dass die beiden jüngeren Kinder der Familie bei Ihnen wohnen?"

„Ich werde Ihnen die Wahrheit sagen, Darren, allerdings inoffiziell, okay?"

Sein Stöhnen tönte aus dem Lautsprecher des Handys. „Na gut", stimmte er zu.

„Mein Mann und ich springen derzeit als ihre Pflegeeltern ein, doch Familienmitglieder aus einem anderen Staat sind bereits hierher unterwegs, um sie abzuholen. Das war nur ein vorübergehendes Arrangement." Diese Worte zu sagen versetzte ihr einen Stich. Auf den Abschied von diesen wunderbaren Kindern freute sie sich wirklich nicht.

„Warum darf ich das nicht veröffentlichen?"

„Weil ich ein paar rote Linien überschritten habe, indem ich sie bei mir aufgenommen habe, was derzeit polizeiintern Probleme verursacht. Es besteht außerdem die Möglichkeit, dass sie sich in Gefahr befinden, weil der Mörder ihrer Eltern noch auf freiem Fuß ist. Meine Aufgabe ist es, ihre Sicherheit zu garantieren, und das gedenke ich zu tun."

„Alles klar. Das gefällt mir zwar nicht, aber ich verstehe es. Gut, dass Sie für die beiden da waren."

„Versuchen Sie mal, das meinen Vorgesetzten zu erklären. Die sehen das nicht ganz so."

„Wegen des Interessenkonflikts."

„Genau."

„Ich habe gerüchteweise gehört, Gonzo läge im Krankenhaus. Stimmt das?"

„Hässlicher Magen-Darm-Infekt", antwortete Sam. „Er war völlig dehydriert, aber ich bin sicher, das würde er lieber nicht in der Zeitung lesen."

„Wird er nicht."

„Danke, Darren."

„Es war wie immer ein Vergnügen, mit Ihnen zu sprechen, Sam."

„Das war glatt gelogen", erklärte Freddie, und beide lachten.

„Mein kleiner Freddie ist schon ganz erwachsen und heiratet bald", verkündete Sam und tat, als tupfe sie sich eine Träne ab.

„Ja, und offenbar hat er keine Angst mehr vor Ihnen."

„Das ist ein echtes Problem", räumte Sam ein.

„Gratuliere, Freddie", rief Darren. „Ich hoffe, Ihr großer Tag wird unvergesslich."

„Danke."

„Ende der Durchsage." Sam klappte ihr Handy zu. Zu Freddie meinte sie: „Das haben wir jetzt von deinen frechen Bemerkungen."

„Ich habe von den Besten gelernt."

„Oje, ich habe dich wirklich ruiniert, oder?"

„Nein, du hast mir geholfen, zum Mann zu werden."

„O Gott", murmelte Sam. „Wenn du das in der Nähe des Reviers wiederholst, zerreißen sich alle über uns das Maul."

„Das wird nicht passieren, und was habe ich dir über den Missbrauch des Namens des Herrn gesagt?"

„Wann habe ich das denn schon wieder getan?"

„Vor etwa fünf Sekunden!"

„Tut mir leid", entschuldigte sie sich.

„Das sagst du doch bloß so."

„Findest du wirklich, ich hätte einen Mann aus dir gemacht?"

„Du hast auf jeden Fall deinen Beitrag dazu geleistet. Als man mich dir als Partner zugeteilt hat, hatte ich noch viel zu lernen. Du hast mir alles beigebracht, was ich über den Job wissen musste – und über das Leben."

„Hmm, nun ja, man tut, was man kann."

Er verdrehte bei ihrer Antwort nur die Augen.

„Besuchen wir ein paar der Drecksäcke, die sich Victors Freunde schimpfen, ehe wir zum Hauptquartier zurückfahren. Vielleicht können die uns verraten, was er in den letzten Tagen getrieben hat."

Die erste Adresse, die sie anfuhren, war ein Wohnhaus in einer Seitenstraße der Massachusetts Avenue, in einer üblen Gegend voller heruntergekommener Reihenhäuser, kleiner Läden und Pfandleihhäuser.

„Brauchen wir Verstärkung?", fragte Freddie und betrachtete das Gebäude argwöhnisch.

„Wäre vermutlich besser. Mach mal Meldung."

Ein Streifenwagen reagierte und war drei Minuten später vor Ort.

„Was für ein Tag", erklärte Sam und sah im Rückspiegel zu, wie der Streifenwagen hinter ihrem Auto einparkte. „Heute klappt einfach alles."

„Meine Partnerin hat mir beigebracht, solche Dinge nicht zu sagen. Das bringt Unglück."

„Deine Partnerin ist eine sehr, sehr kluge Frau", entgegnete Sam, während sie ausstiegen und den beiden Streifenbeamten entgegengingen.

„Das behauptet sie auch immer."

Anthony Jenkins wohnte im dritten Stock, und während sie die Treppe hochliefen, zogen Sam und Freddie ihre schusssicheren Westen über. Die Streifenbeamten blieben hinter ihnen, um ihnen Rückendeckung zu geben. Als alle mit gezogenen Waffen vor der Tür von Wohnung 3D standen, hämmerte Sam mit der Faust dagegen. „Metro PD. Aufmachen."

Sie hörten aus der Wohnung Schritte.

Sam nickte einem der Streifenpolizisten zu, der die Treppe wieder runterlief, falls der Gesuchte die großartige Idee hatte, aus dem Fenster zu flüchten. Sie klopfte erneut. „Polizei. Aufmachen."

Weitere hektische Geräusche, die sie nur noch mehr nervten.

„Wenn Sie nicht öffnen, schlagen wir die Tür ein."

Durch das billige, dünne Holz hörte sie das unverkennbare Geräusch, mit dem eine Waffe durchgeladen wurde, und handelte instinktiv, indem sie Freddie aus der Schusslinie stieß, während die Tür zersplitterte. Es klingelte in ihren Ohren, und ihre linke Schulter brannte, doch sie reagierte blitzschnell, indem sie das Feuer erwiderte, wobei sie tief zielte, um den Gegner auszuschalten, aber nicht zu töten.

„Lieutenant!", schrie der Streifenpolizist hinter ihr. „Sie sind getroffen."

In der Wohnung heulte der Schütze vor Schmerz und Wut. Durch die kaputte Tür konnte Sam erkennen, wie er schreiend sein blutiges Knie umklammerte.

„Was zum Teufel sollte das, Sam?", fragte Freddie und half ihr auf. „Warum hast du das getan?"

„Weil du in zwei Tagen heiratest und deshalb nicht von einer Kugel getroffen werden darfst. Nicht diese Woche."

„Ich hasse es, dir das sagen zu müssen, aber es sieht ganz so aus, als hätte sie stattdessen dich getroffen."

Sie schaute zu ihrer Schulter, die wie Feuer brannte, und als sie dort einen großen roten Fleck erblickte, verschwamm der sofort vor ihren Augen. „Verdammt. Das wird man auf den Fotos sehen."

Freddie schüttelte den Kopf, nahm das Funkgerät von ihrer Hüfte und rief einen Krankenwagen.

„Ich brauche keinen gottverdammten Krankenwagen."

„Doch, und er auch." Freddie nickte in Richtung der Wohnung, wo der Streifenpolizist dem Verdächtigen inzwischen Handschellen angelegt hatte, bedeckte ihre Wunde mit einer Hand und übte Druck aus, bis sie aufschrie.

„Was zur Hölle soll das? Lass das!"

„Halt den Mund, Sam. Wenn du das Gefühl hast, das Bewusstsein zu verlieren, lehn dich an mich."

„Ich habe heute keine Zeit für solchen Scheiß."

„Dann hättest du mich nicht aus dem Weg stoßen sollen."

„Ich habe auch keine Zeit für einen angeschossenen Partner. Du musst auf deiner eigenen Hochzeit ja schließlich hübsch aussehen." Sie riss sich von ihm los. „Ich will mit dem Kerl reden, solange ich noch kann."

„Sam."

Sie ignorierte ihn und marschierte in die Wohnung, wo ein Mann mit dunklem Haar und gebräunter Haut in Handschellen auf der Seite auf dem Boden lag und sich vor Schmerzen wand. Er war vielleicht früher einmal attraktiv gewesen, aber jetzt wirkten seine Züge hart und bitter. „Hören Sie auf zu jammern", befahl Sam. „Hätten Sie nicht auf uns geschossen, wäre das nicht passiert."

„Sie haben mir das Knie zertrümmert, Sie blöde Schlampe!"

„Aaah, Stock und Stein brechen mein Gebein, und Kugeln offenbar auch. Wer hätte das gedacht? Oh, Moment mal, jeder hätte das gedacht." War es heiß in dieser Wohnung? Ihr war wirklich heiß, und der Boden kam ihr ein bisschen wie Pudding vor. Sam schüttelte das seltsame Gefühl ab. „Wo ist Victor Klein, Anthony?"

„Ich kenne keinen Victor."

Sam sah den Streifenbeamten an und nickte in Richtung des blutigen Knies, und der Polizist tat, als wolle er es berühren.

Anthony kreischte auf. „Stopp!"

Sam ging dicht neben ihm in die Hocke – auch, um im Ernstfall nicht so tief zu fallen. „Wo ist er?" Sie streckte drohend die Hand nach seinem blutigen Knie aus.

„Finger weg, verdammt!"

„Dann verraten Sie mir, wo er ist, und behaupten Sie nicht, ihn nicht zu kennen. Wir wissen, dass Sie miteinander bekannt sind.

Wenn Sie uns nicht die Wahrheit sagen, kommt zu den Anklagepunkten, die Sie jetzt bereits gesammelt haben, noch Behinderung einer Mordermittlung hinzu."

Am Eingang tauchten Sanitäter auf, doch Sam hob die Hand, damit sie warteten.

Wutbebend, was unter den gegebenen Umständen ziemlich witzig wirkte, stieß Anthony hervor: „Ich weiß nicht, wo er ist, und ich weiß nichts von einem Mord. Er hat gemeint, er müsse für eine Weile verschwinden, würde aber zurückkommen."

„Wer könnte uns denn Auskunft darüber geben, wo er ist?"

„Woher soll ich das wissen?"

„Ich wette, Sie hätten gerade gern ein paar Schmerzmittel, oder?", erkundigte sich Sam, deren Schulter inzwischen höllisch wehtat. „Das Problem ist – ich kann den ganzen Tag hier abwarten, während Sie verbluten." Sie wechselte in eine sitzende Position und stützte den verletzten linken Arm auf ihr Bein, was ihr etwas Linderung verschaffte. „Ich habe heute nichts mehr vor."

Freddie funkelte sie von der Tür aus an.

Sie pfiff eine fröhliche Melodie vor sich hin, um sich zu unterhalten und hoffentlich Jenkins zu nerven. In Richtung der im Türrahmen stehenden Sanitäter fragte sie: „Wie lange dauert es denn, an einer Beinverletzung zu verbluten?"

„Wenn die Kugel die Oberschenkelschlagader gestreift hat", antwortete einer der beiden, „gar nicht lange. Wenige Minuten."

„Reden Sie mit Danny Baker", stieß Anthony mit zusammengebissenen Zähnen hervor. „Er ist Victors bester Freund."

„Sehen Sie, war doch ganz einfach." Als die Sanitäter die Wohnung betreten wollten, hielt Sam sie erneut zurück. „Wo finden wir Baker?"

„Er arbeitet in einer Pizzeria namens ‚Rolling in Dough' im Südosten der Stadt. Wo er wohnt, weiß ich nicht."

Sie winkte die Sanitäter heran. „Ich kann Ihnen gar nicht genug für Ihre Hilfe und Kooperation danken." Zu dem Streifenbeamten sagte sie: „Bleiben Sie bei ihm, und behandeln Sie ihn erkennungsdienstlich, sobald das medizinisch möglich ist."

„Jawohl, Ma'am."

Einer der Sanitäter wandte sich ihr zu. „Sie bluten stark, Lieutenant."

Ehe sie erwidern konnte, er solle sie in Ruhe lassen, übte er Druck auf die Wunde aus, und sie verlor das Bewusstsein.

29

Freddie rief Nick an, während er dem Krankenwagen durch den Mittagsverkehr folgte und sich dabei um andere Autos herumschlängelte, die ihm ums Verrecken keinen Platz machen wollten.

„Hey, Freddie. Was gibt's?"

„Sam hat einen Streifschuss an der Schulter abbekommen, aber es geht ihr gut. Zumindest glaube ich, dass es sich nur um einen Streifschuss handelt. Sie hat viel Blut verloren."

„Ein Streifschuss? Ist das nicht ein Euphemismus für ‚Sie ist von einer Kugel getroffen worden'?"

„Zunächst hat es sie nicht weiter behindert, und sie hat sich den Typen, hinter dem wir her waren, zur Brust genommen, doch dann ist sie ohnmächtig geworden, und im Augenblick ist sie in einem Krankenwagen auf dem Weg zum GW."

„Ich fahre sofort hin. Danke für den Anruf."

„Gern. Wir treffen uns dort." Danach rief er Elin an, die sich klugerweise die Woche freigenommen und ihn ermutigt hatte, dasselbe zu tun. Das nächste Mal würde er auf sie hören.

„Hey, Babe", meldete sie sich atemlos.

„Was machst du gerade?"

„Sport."

Freddie liebte es, ihr beim Sport zuzusehen – und hinterher, wenn sie ganz verschwitzt war, mit ihr zu schlafen –, aber daran durfte er jetzt nicht denken.

„Freddie? Bist du noch dran? Was ist denn los?"

„Sam hat eine Kugel abgekriegt. Es geht ihr gut, trotzdem wird sie ins GW gebracht."

„O Gott. Was für eine Woche!"

„Das ist noch nicht alles. Gonzo kann nicht zu unserer Hochzeit kommen."

„Was? Warum?"

„Er macht einen Entzug."

„Wovon?"

„Offenbar hat er die Trauer über Arnolds Verlust mit Schmerzmitteln betäubt."

„O Gott, Freddie."

„Ich weiß, das ist viel wichtiger als die Hochzeit, doch wir brauchen einen Ersatz. Sam hat vorgeschlagen, Will zu fragen."

„Er würde bestimmt einspringen."

„Ich weiß, aber tatsächlich habe ich jemand anderen im Sinn."

„Wen?"

„Nick."

„Wie in ‚Nick, der Vizepräsident'?"

„Wie in ‚Nick, der schon mein Freund war, lange bevor er Vizepräsident geworden ist'."

„Trotzdem – glaubst du, er würde das tun?"

„Ja."

„Wirst du ihn fragen?"

„Wenn sich die Gelegenheit ergibt. Er hat gerade viel um die Ohren."

„Soll ich ins Krankenhaus kommen? Das wäre kein Problem."

„Nein, nicht nötig. Ich werde nicht lange dortbleiben, denn der Fall tritt gerade in die heiße Phase ein."

„Okay, lass mich wissen, was mit Sam ist."

„Mach ich. Und du hattest recht, Babe – ich hätte mir diese Woche freinehmen sollen."

„O Freddie, weißt du noch immer nicht, dass ich grundsätzlich recht habe?"

„Oje, das war eine Steilvorlage, oder?"

Ihr Lachen entlockte ihm ein Lächeln. „Wie geht es deiner Hand?"

„Sie tut weiter ziemlich weh, aber nicht mehr so schlimm wie gestern."

„Das höre ich gern. Ich sag dir noch Bescheid, wann ich heimkomme."

„Ich kümmere mich inzwischen um den Sitzplan."

„Das klingt nach Spaß."

„Nicht wirklich, trotzdem wird unsere Hochzeit schön. Das steht mal fest."

„Ich kann's kaum erwarten."

„Geht mir genauso. Freddie, ich liebe dich."

„Ich dich auch." Er hatte kaum aufgelegt, da rief ihn Captain Malone an. „Hey, Cap."

„Was zum Teufel ist passiert?"

Freddie erzählte ihm, was sich bei Jenkins' Wohnung zugetragen hatte.

„O Mann, sie könnte tot sein."

Freddie umfasste das Lenkrad von Sams Auto fester, während er versuchte, nicht darüber nachzudenken, was alles hätte passieren können. „Sie hat ihn dazu gebracht, einen anderen Mann aus Kleins Umfeld zu nennen. Sobald ich mir sicher bin, dass es ihr gut geht, mache ich mich wieder auf die Suche nach Klein."

„Green und McBride sind auf dem Weg zum GW, um nach Lieutenant Holland zu schauen und sich mit Ihnen zu treffen. Sie drei bleiben ab jetzt zusammen. Die Spurensicherung hat DNA auf Geschirr in der Spüle gefunden, die nicht von den Opfern oder ihren Kindern stammt. Das hilft uns vielleicht, den Kerl hinter Gitter zu bringen."

„Ich hoffe es sehr." Freddie sah das wie Sam – Hauptsache, sie mussten Alden nicht in den Zeugenstand rufen.

„Halten Sie mich auf dem Laufenden über Lieutenant Hollands Zustand und über das, was Sie unternehmen."

„In Ordnung."

In der Notaufnahme des GW bedeutete ihm dieselbe Schwester, die vorgestern Dienst gehabt hatte, ihr in den Untersuchungsraum zu folgen, wo Sam behandelt wurde.

„Verdammte Scheiße", fluchte Sam gerade, „das brennt wie die Sau."

Ein Glück, dachte er. *Es geht ihr gut – Gott sei Dank.* Freddie betrat den engen Raum, in dem Anderson und eine weitere Schwester die Wunde an Sams linkem Arm versorgten.

Sams blickte ihn an. „Raus hier, geh Klein suchen! Auf der Stelle!"

„Sobald ich sicher bin, dass bei dir alles in Ordnung ist."

„Hier ist alles super. Los jetzt. Wir sehen uns in einer halben Stunde. Lass mich wissen, wo du bist."

„Das muss genäht werden, Lieutenant", seufzte Anderson leidgeprüft. „Dafür brauchen wir länger als eine halbe Stunde."

„Kommt nicht infrage", verwahrte sich Sam. „Klammern Sie es. Ich muss arbeiten, und am Wochenende steht eine Hochzeit auf dem Programm. Da kann ich keine große, hässliche Wunde am Arm brauchen."

„Ich freue mich, dass Ihre Prioritäten wie immer klar gesetzt sind, Lieutenant", bemerkte Anderson trocken.

„So langsam habe ich die Nase voll von Leuten, die mir etwas über meine Prioritäten erzählen wollen", knurrte Sam.

„Ich, äh, ich habe Nick angerufen", gestand Freddie vorsichtig. „Er ist auf dem Weg hierher."

Sam stöhnte auf und ließ ihren Kopf in die Kissen sacken.

„Ich dachte, es wäre dir lieber, wenn er es von mir erfährt statt aus den Nachrichten."

„Ja, ich schätze, du hast recht. Danke, dass du gepetzt und dafür gesorgt hast, dass ich mir eine Gardinenpredigt anhören muss, bevor ich weiterarbeiten darf."

„Sorry."

„Und jetzt los. Wenn du mir Klein bringst, ist alles verziehen."

„Schon dabei." Freddie wandte sich ab, um den Raum zu verlassen, und just als er aus der Notaufnahme trat, fuhr Nicks Wagenkolonne vor. Freddie wartete, um kurz mit dem Vizepräsidenten zu sprechen.

Nick stieg vor seinem persönlichen Bodyguard Brant aus, der seinem Rücken deswegen einen verärgerten Blick zuwarf. „Wie geht es ihr?"

Fatal Invasion – Wir gehören zusammen

„Sehr gut, sie ist mies gelaunt und kommandiert den Arzt herum."

Nick lächelte und atmete erleichtert auf. „Also wie immer."

„Ja. Sie hat mir befohlen, weiterzuermitteln."

„Danke für den Anruf, Freddie. Ich weiß das im Gegensatz zu ihr sehr zu schätzen."

„Woher weißt du, dass sie deswegen sauer auf mich ist?"

Nick lachte. „Ich kenne meine Frau."

„Sie hat mich weggestoßen", erklärte Freddie.

„Wie meinst du das?"

„Die Kugel hätte mich getroffen, doch sie hat mich aus dem Weg gestoßen, deshalb hat sie sie erwischt. Sie hat gesagt, sie habe nicht zulassen können, dass ich in der Woche, in der ich heirate, angeschossen werde."

Nick starrte ihn ungläubig an. „Also ist stattdessen dann sie angeschossen worden."

„Zum Glück war es nur ein Streifschuss."

„Ja, zum Glück."

„Ich weiß, du willst so schnell wie möglich zu ihr, aber kann ich dich ganz schnell etwas fragen?"

„Klar."

„Ich brauche einen Ersatz-Trauzeugen, und da du wahrscheinlich einen Smoking besitzt, dachte ich, ich könnte dich vielleicht fragen, ob es dir etwas ausmachen würde …"

Nick lächelte breit. „Es wäre mir eine Ehre, Freddie. Wirklich."

„Echt? Vielen Dank. Das weiß ich sehr zu schätzen, genau wie die Überlassung des Naval Observatory, der coolsten Location aller Zeiten."

„Gern geschehen. Du weißt doch, dass Sam und ich dich als einen unserer engsten Freunde betrachten."

„Das beruht ganz auf Gegenseitigkeit", versicherte ihm Freddie. Mit einem eigenartigen Gefühl der Rührung streckte er Nick die Hand hin, die der schüttelte. „Danke noch mal."

„Dann bis spätestens Samstag."

∼

Nick betrat den Wartebereich der Notaufnahme, und die Köpfe aller wandten sich ihm zu. Man hätte meinen sollen, er wäre inzwischen daran gewöhnt, überall, wo er hinkam, wie ein Fisch in einem Aquarium bestaunt zu werden, doch das war nicht der Fall.

„Mr Vice President", hauchte die Schwester an der Rezeption. „Hier entlang, Sir."

Nick folgte ihr, blieb aber drei Türen vor Sams Untersuchungszimmer stehen, um kurz zu lauschen, wie sie von dem Arzt verlangte, sich „verflucht noch mal zu beeilen", weil sie einen Mörder zu jagen und überhaupt verdammt viel zu tun habe. Nick lächelte kopfschüttelnd und betrat das Untersuchungszimmer.

Sie war so mit Schimpfen beschäftigt, dass sie ihn zunächst gar nicht bemerkte, was ihm Gelegenheit gab, sie kurz einfach nur anzusehen – was zu seinen Lieblingsbeschäftigungen gehörte. Vielleicht gab es tatsächlich nichts, was er lieber tat, selbst wenn sie wütend war.

„Samantha."

Dieses eine Wort von ihm brachte sie zum Schweigen.

„Machst du diesen netten Leuten hier das Leben schwer?", fragte er und trat an die Seite ihres Bettes, an der kein medizinisches Personal stand.

„Würde sie uns je das Leben schwer machen?", wollte Dr. Anderson von Nick wissen.

„Nicht unsere Sam", antwortete Nick. „Sie ist stets der Inbegriff von Zurückhaltung."

Anderson räusperte sich und hustete, so sehr bemühte er sich, nicht zu lachen.

„Ich bin anwesend, das ist euch schon klar?", meinte Sam.

„Babe, deine Anwesenheit ist kaum zu übersehen." Nick nahm ihre Hand, beugte sich vor und küsste Sam auf die Stirn, dann schaute er sich die Wunde genauer an, die Anderson gerade säuberte. Sie befand sich an ihrem Trizeps, war etwa fünf Zentimeter lang und vielleicht einen tief. Das Trägerhemdchen, das sie unter dem Pulli getragen hatte, war blutgetränkt, ein Anblick, der ihm kurz den Magen umdrehte.

„Nur ein Kratzer", versicherte Sam und sah mit Augen, die aufgrund des Schocks größer wirkten als sonst, zu ihm hoch.

Nick setzte sich vorsichtig auf die Bettkante, wobei er darauf achtete, sie nicht anzustoßen. „Ich habe gehört, du hast Freddie aus der Schusslinie befördert und dir dabei die Kugel eingefangen."

„Er heiratet in zwei Tagen. Bis dahin möchte ich ihn eigentlich am Leben halten, aber wenn er mich weiter bei dir verpetzt, muss ich ihn vielleicht doch vorher noch erwürgen."

„Mein Ziel ist, dich am Leben zu halten, bis du neunzig bist, allerdings scheinen unsere Ziele unvereinbar zu sein."

Sie warf ihm einen vernichtenden Blick zu, der einen weniger unerschrockenen Mann eingeschüchtert hätte. Dankenswerterweise war er ziemlich tapfer, und ihr vernichtender Blick führte nur dazu, dass er sie noch mehr liebte. Doch aus Respekt für ihre mutige Tat ließ er das Thema auf sich beruhen, bis Anderson die Wunde genäht und das Zimmer verlassen hatte, um ihre Entlassungspapiere fertig zu machen.

„Ich weiß, was du sagen willst, und bevor du mir jetzt einen Vortrag über unnötige Risiken hältst – ich würde es wieder tun. Er heiratet. In zwei Tagen. Er und Elin haben diese Woche schon genug Mist erlebt. Da brauchen sie nicht noch mehr."

Nick führte ihre Hand an seine Lippen. „Du hast vergessen, dass du ihn liebst wie einen kleinen Bruder und lieber selbst sterben würdest, als zuzulassen, dass ihm etwas zustößt."

„Richtig", räumte sie in versöhnlicherem Tonfall ein.

„Das verstehe ich. Es gefällt mir nicht, aber ich verstehe es."

„Dann halt mir jetzt bitte den Vortrag, damit wir weiterkommen." Sie machte eine auffordernde Geste.

„Kein Vortrag. Ich möchte eigentlich nur sagen, dass ich froh bin, dass es euch beiden gut geht. Außerdem hat er mich gebeten, bei der Hochzeit für Gonzo einzuspringen. Ich hoffe, das ist dir recht."

„Hat er? Wie schön."

„Finde ich auch."

„Siehst du, unsere Ziele sind sehr wohl vereinbar, und du solltest so etwas nicht in der Öffentlichkeit sagen, es sei denn, du möchtest morgen etwas über unsere Eheprobleme in der Zeitung lesen."

Er hob amüsiert eine Augenbraue. „Haben wir Eheprobleme?"

„Wir kriegen welche, wenn du mich zwingst, nach einem Streifschuss nach Hause zu fahren. Wir stehen kurz vor zwei Festnahmen. Ich hab's im Urin: Wir werden unsere Täter jeden Moment festnageln. Den Abschluss möchte ich auf keinen Fall verpassen."

Nick verzog das Gesicht. Sams Urin war ein Thema, über das er auf keinen Fall diskutieren wollte. „Das sollst du ja auch gar nicht. Ich möchte dich lediglich fragen, ob du sicher bist, dass du das schaffst. Ich hatte den Eindruck, als hättest du jede Menge Blut verloren."

„Mir geht es gut. Ich schwöre es."

„Dann werde ich dir wohl deinen Willen lassen müssen."

„Was ist mit den Kindern?"

„Sie sind sehr schweigsam. Elijah und Shelby sind bei ihnen."

„Vielleicht kriegen wir das alles auch ohne Alden hin."

„Das wäre wohl das Beste."

Sam schaute an ihm vorbei. „Wo ist Anderson? Ich will hier raus. Kannst du mich auf dem Heimweg im Hauptquartier absetzen?"

„Klar."

„Gehst du heute ins Büro?"

Er schüttelte den Kopf. „Ich habe heute Morgen schon von zu Hause aus ein paar Besprechungen abgehalten. Ich wollte da sein, falls mit den Kindern etwas ist."

„Das ist gut. Danke."

„Gern. Ich hatte vergessen, wie schön Homeoffice ist. Früher habe ich das manchmal gemacht, wenn ich für John etwas schreiben musste. Das scheint ewig her zu sein."

Dr. Anderson kam mit den versprochenen Entlassungspapieren zurück. „Die habe ich für Sie anfertigen lassen", sagte er und reichte ihr eine Karte mit einem Stanzloch darin.

Nick musste lachen, als er den Text darauf las. *Rabattkarte für Notaufnahme-Stammkunden im GW.*

„Sehr witzig", knurrte Sam. „Lachen Sie nur, Doc. Immerhin sorge ich dafür, dass Sie nicht arbeitslos werden."

„In der Tat, Verehrteste. In der Tat."

Nick begleitete Sam durch den Wartebereich, wo er wieder merkte, dass ihn alle anstarrten. Draußen ließ er zuerst Sam einsteigen und teilte Brant mit, dass sie sie auf dem Heimweg am Hauptquartier absetzen würden.

„Jawohl, Sir", antwortete sein treuer Schatten.

Nick mochte Brant so gern, wie man einen Mann eben mögen konnte, dessen Aufgabe es war, einen auf Schritt und Tritt zu überwachen.

Nick hob den Arm, und Sam schmiegte sich an ihn, zuckte aber zusammen, als ihr verletzter Arm seine Seite berührte. „Wie dicht steht ihr wirklich vor einer Festnahme?"

„Sehr dicht. Wir haben heute mehrere wichtige Ermittlungserfolge erzielen können. Ich hoffe auf einen baldigen Abschluss." Wie immer brachte dieser „Abschluss" die unschöne Erkenntnis mit sich, dass sich, selbst wenn die Überlebenden vielleicht Genugtuung empfanden, weil die Täter bestraft wurden, dadurch nichts daran änderte, dass die Menschen, die sie liebten, unwiederbringlich tot waren. Sie gab Nick die neuesten Informationen zum Thema Piedmont.

„Es ist schwer zu glauben, dass er nichts damit zu tun hatte."

„Finde ich auch, doch Hill und seine Leute sind davon überzeugt."

„Es wäre schön, wenn ihr vor der Hochzeit den Sack zumachen könntet."

„Das ist mein Ziel", bestätigte sie.

„Du hast Freddie wirklich aus der Schusslinie gestoßen?"

„Ja, und ich würde es jederzeit wieder tun."

„Das wird noch zum Problem werden, Sam."

„Inwiefern?"

„Du hast komplett die Perspektive verloren, was ihn betrifft. Vergiss nicht, dass er selbst auch ein hochdekorierter Polizeibeamter ist, von den besten Ausbildern optimal auf seinen Beruf vorbereitet. Er würde nicht wollen, dass du dich für ihn opferst."

„Ich glaube, diese Woche kann er damit leben. Aber ich

verstehe, was du meinst, und werde es auf die Liste der vielen Dinge schreiben, über die ich während des unbezahlten Urlaubs nachdenken werde, zu dem der Chief mich zwingt, damit ich meine Prioritäten neu ordnen kann."

„Wirklich?"

„Ja. Er ist sauer, weil ich die Beauclair-Kinder aufgenommen habe, obwohl ich den Mord an ihren Eltern untersuche – und er hat recht. Das ist ein totaler Interessenkonflikt, doch auch das würde ich jederzeit wieder tun. Ich habe Kinder in Not gesehen und gehandelt. Dafür werde ich mich niemals entschuldigen."

„Das kann ich zwar nachvollziehen, verstehe allerdings auch seinen Standpunkt."

„Ja, klar, aber ich kann mich an der Stelle nicht verbiegen. Ich hätte gar nicht anders handeln können."

„Zum Glück liebe ich dich genau so, wie du bist, und finde es ganz wunderbar, dass du eine Woche Zeit bekommst, um deine Prioritäten zu überdenken. Ich freue mich schon darauf, dir auf unserer gemeinsamen Reise dabei behilflich zu sein."

„Vorausgesetzt, wir können den Fall vorher abschließen."

„Darauf würde ich wetten, Babe. Du schaffst das, damit du danach eine ganze Woche damit zubringen kannst, mich zu schaffen."

„Du hast ja tatsächlich ein paar sehr ansprechende Anreize", sagte sie, legte ihm die rechte Hand auf den Schritt und küsste ihn.

Viel zu schnell bog die Fahrzeugkolonne auf den Parkplatz des Hauptquartiers ab. „Zurück in die Wirklichkeit." Sie küsste ihn noch einmal lange. „Danke, dass du ins Krankenhaus gekommen bist."

„Ich würde ja behaupten, es sei mir ein Vergnügen gewesen, doch du weißt, wie sehr ich es hasse, dass du wieder mal in die Mündung einer Waffe geschaut hast."

„Es ist alles in Ordnung", versicherte sie ihm und küsste ihn erneut. „Halt mich über die Heimatfront auf dem Laufenden."

„Geht klar. Jetzt beeil dich, und mach diese Typen dingfest, damit wir das Wochenende und eine unerwartete freie Woche genießen können."

„Schon dabei. Ich liebe dich."

„Ich dich auch."

30

Als Sam aus dem SUV stieg, wogte eine ganze Traube von Reportern auf sie zu, die Neuigkeiten zum Fall Beauclair wollten. Sie schrien auch Fragen zu Nicks Europareise und wollten wissen, ob sie ihn begleiten würde. Sam nahm sich eine Minute Zeit, die sie eigentlich nicht hatte, um die Pressemeute ins Bild zu setzen.

„Im Fall Beauclair kommen wir voran, und ich rechne damit, Ihnen später mehr sagen zu können."

„Begleiten Sie den Vizepräsidenten nach Europa?", fragte einer der Fernsehreporter.

„Informationen über seinen Staatsbesuch erhalten Sie von seinem Büro. Fragen zu ihm, seinem Amt oder seinen Reisen beantworte ich nicht, also sparen Sie sich den Atem. Schönen Tag noch."

„Lieutenant! Warten Sie!"

Sam ignorierte ihre Forderung nach mehr Informationen und eilte ins Hauptquartier, wo sie erleichtert aufatmete, als sie die relative Sicherheit der Lobby erreicht hatte. Doch die Erleichterung währte nur kurz, denn vor ihr lieferte sich Malone gerade eine lautstarke Auseinandersetzung mit Ramsey, der mit dem Rücken zu ihr stand. Dieser Tag wurde minütlich interessanter. Sam hätte gern Popcorn gehabt und dann fasziniert zugehört, wie Malone Ramsey zur Sau machte.

„Finden Sie sich damit ab, Sergeant. Der Staat verzichtet darauf, Anklage zu erheben."

„Weil sie mit dem Scheißvizepräsidenten verheiratet ist, nicht, weil sie es nicht war!"

„Ich sag's noch mal: Wenn Sie Ihre Probleme nicht am Eingang abgeben können, können Sie hier nicht mehr arbeiten. Habe ich mich klar ausgedrückt?"

„Ja, und das überrascht mich ebenfalls nicht. Wahrscheinlich lutscht sie auch Ihnen den Schwanz."

„Das reicht. Raus."

„Ich kenne meine Rechte. Sie können mich nicht einfach rausschmeißen."

„Raus!", wiederholte Malone in einem Tonfall, den Sam noch nie bei ihm gehört hatte. „Sonst lasse ich Sie verhaften. Ihre Entscheidung."

„Sie hören von meinem Gewerkschaftsvertreter."

„Ich freue mich schon darauf."

Ramsey wirbelte herum, um das Gebäude zu verlassen, und stand direkt vor Sam.

Sie lächelte und winkte ihm zum Abschied zu.

Wie ein Stier, der rotsah, stürmte er auf sie los.

Sie wich gerade noch rechtzeitig aus, sonst hätte er sie umgerannt, aber er hatte so viel Schwung, dass er mit voller Wucht gegen die Glasfront neben der Tür prallte, die prompt zerbrach. Scherben regneten auf den rotgesichtigen Sergeant herab, der rasch in den Fokus des Interesses der vor der Tür versammelten Reporter und Fotografen geriet.

„Das wird der Aufmacher in den Abendnachrichten", meinte Sam zu Malone.

„Gehen Sie, Lieutenant", knurrte der mit zusammengebissenen Zähnen. „Gehen Sie einfach."

Ausnahmsweise tat Sam, wie ihr geheißen, und begab sich, fröhlich vor sich hin pfeifend, ins Großraumbüro der Mordkommission. Der Tag war bereits großartig, und sie war sehr zuversichtlich, dass er noch besser werden würde.

FREDDIE, CAMERON UND JEANNIE ERREICHTEN DEN PIZZA-IMBISS „Rolling in Dough", vor dessen Tür Menschen in einer Schlange auf ihre Bestellung warteten.

„Wie machen wir's?", fragte Cameron.

„Rufen wir Verstärkung", schlug Freddie vor. „Bevor wir reingehen, will ich jemanden an der Hintertür positioniert haben."

Jeannie erledigte das, und während sie auf das Eintreffen der Streifenpolizisten warteten, behielten sie den Imbiss genau im Auge. „Das ist unser Mann", sagte sie und rief auf ihrem Handy das Bild eines dünnen Mannes mit blondem Haar auf. „Danny Baker. Er hat eine lange Vorstrafenliste, meist Bagatelldelikte, arbeitet sich aber seit einer Weile die kriminelle Nahrungskette empor."

„Das hat er mit seinem Kumpel Klein gemein", stellte Freddie fest.

Als die Streifenpolizisten eintrafen, bat Freddie sie, die Hintertür des Imbisses zu bewachen, für den Fall, dass Baker dumm genug war, den Versuch zu unternehmen, ihnen auf diesem Weg zu entkommen. Freddie hoffte darauf, damit sie ihn verhaften und zum Verhör mitnehmen konnten. Eine Festnahme, gefolgt von einer erkennungsdienstlichen Behandlung und einem Verhör auf dem Revier, brachte fast jeden zum Reden.

Als alle in Position waren, gab Freddie das Startzeichen. Er betrat den Imbiss zuerst und entschuldigte sich, als er sich an den Wartenden vorbeidrängelte, die ungehalten murmelten. Seine Dienstmarke brachte sie zum Schweigen. Er wandte sich an die Frau an der Kasse. „Detectives Cruz, Green und McBride, Metro PD. Wir suchen Danny Baker."

Die Frau hinter dem Tresen drehte sich um und schaute zu einem schlaksigen Typen im hinteren Bereich des Raumes, der Teig knetete. „Danny!"

Er richtete den Blick auf sie, sah Polizisten mit Dienstmarken, ließ den Teig auf den Boden fallen und rannte Richtung Hintertür.

Innerhalb von zehn Sekunden sprang Freddie über den Tresen, stieß gegen eine Frau, die große Gläser mit Softdrinks auf einem Tablett balancierte, und riss Baker zu Boden.

Als die Streifenpolizisten den Lärm drinnen hörten, öffneten sie die Hintertür und wurden so Zeuge, wie Freddie, der auf Bakers Rücken kniete, ihm Handschellen anlegte und ihn über seine Rechte belehrte.

„Hübsche Festnahme", lobte Cameron, als er und Jeannie dazukamen.

„Was hat er angestellt?", fragte ein älterer Mann mit Bierbauch und über die Glatze gekämmtem Haar. Er trug eine mehlbestäubte rote Schürze, auf der das Logo des Restaurants prangte.

„Gar nichts!", beteuerte Baker, während Freddie ihn hochriss, ihm seine Rechte zu Ende vortrug und ihn dann den Streifenpolizisten übergab.

„Bringen Sie ihn aufs Revier, und geben Sie mir Bescheid, wenn er im Verhörraum sitzt."

„Hat er größere Schwierigkeiten?", wollte der Mann wissen.

„Das wird sich zeigen, aber es ist nie eine gute Idee, beim Anblick der Polizei das Weite zu suchen." Freddies Magen knurrte lautstark. „Haben Sie eine große Pizza fertig, die ich kaufen könnte?"

Der Mann nahm eine Pizza aus dem Ofen, schob sie in eine Schachtel und reichte sie Freddie. „Geht aufs Haus, wenn Sie aus meiner Küche verschwinden."

„Klar. Danke."

Sie verließen den Imbiss durch die Hintertür und kehrten zu Camerons Wagen zurück, der makellos sauber war. Freddie hoffte, er würde im Auto essen dürfen, denn er wollte mit der Pizza nicht warten, bis sie im Hauptquartier waren. Er brauchte auf der Stelle Nahrung.

„Das war ein Hammersprung", erklärte Jeannie, als sie wieder im Auto saßen.

„Ich will den Fall unbedingt vor meiner Hochzeit zum Abschluss bringen." Freddie machte sich über die Pizza her und merkte, dass er die Servietten vergessen hatte. Egal, wofür gab es schließlich T-Shirts? „Möchtest du auch was?"

„Liebend gern."

Freddie reichte ihr ein Stück nach vorn. „Cam?"

„Danke, ich warte, bis wir wieder im Hauptquartier sind." Er warf einen Blick in den Rückspiegel. „Sau mein Auto nicht ein."

„Ich versuch's." Auf dem Weg einmal quer durch die

Innenstadt verschlang Freddie drei Stücke Pizza. Als sie noch zwei Häuserblocks vom Hauptquartier entfernt waren, rief seine Mutter an. „Hey, was gibt's?"

„Ich habe in den Nachrichten gehört, Sam habe einen Streifschuss abbekommen. Geht es ihr gut? Und was ist mit dir?"

„Es geht uns beiden gut."

„O Gott sei Dank. Glaub mir, manchmal habe ich Angst, Nachrichten zu schauen, weil ich weiß, dass du da draußen inmitten all dieses Wahnsinns bist."

„Im Moment stärke ich mich nach einer sehr befriedigenden Festnahme auf dem Rücksitz des Autos eines Kollegen mit Pizza. Es ist alles gut."

„Noch zwei Tage, Freddie. Ich kann es kaum erwarten, auf deiner Hochzeit zu tanzen."

„Ich auch nicht. Hey, Mom, kannst du mir einen Gefallen tun und meinen Smoking abholen? Ich bin bisher nicht dazu gekommen, und Elin bringt mich um, wenn ich es nicht bald erledige."

„Klar, ich kümmere mich darum, Schatz. Sag Bescheid, wenn ich euch sonst noch irgendwie helfen kann."

„Mach ich, danke."

„Ich hab dich lieb."

„Ich dich auch."

„Ist Mama Cruz nervös?", erkundigte sich Jeannie.

„Nur ein bisschen." Aus dem Augenwinkel fiel ihm etwas vor dem Haupteingang auf. „Was ist denn da los?"

„Finden wir es heraus", meinte Green und nahm den nächsten freien Parkplatz.

„Heilige Scheiße", fluchte Freddie, als er Ramsey inmitten eines Scherbenhaufens liegen sah. „Ich hoffe wirklich, da hatte nicht Sam die Finger im Spiel." Die Pizzaschachtel noch immer in der Hand, ging er, gefolgt von Jeannie und Cameron, ums Gebäude herum zum Eingang der Gerichtsmedizin.

Sie fanden Sam in ihrem Büro, wo sie fröhlich Papierkram erledigte. Ihre Fröhlichkeit empfand Freddie als alarmierend. „Was hast du jetzt schon wieder angestellt?"

„Wovon redest du?"

„Von Ramsey und den Glasscherben. Und behaupte nicht, dass du damit nichts zu tun hattest."

„Du bist so was von misstrauisch." Sam erzählte ihnen, was geschehen war.

Freddie lachte schallend. „Ich wusste doch, es hat was mit dir zu tun!"

„He, ich habe nichts getan. Ich bin nur ganz zufällig dazugekommen."

Freddie lachte Tränen.

„Hör auf zu lachen, und sag mir, dass ihr Baker habt."

„Wir haben ihn, er wird jeden Augenblick in den Verhörraum gebracht."

„Hervorragend. Bringen wir's zu Ende. Aber gib mir erst ein Stück Pizza."

~

SAM SORGTE DAFÜR, DASS HOPE MILLER, EINE VON DEN EINEIIGEN Drillingen, die in der Hauptstadt als stellvertretende Staatsanwältinnen arbeiteten, zusammen mit Captain Malone das Verhör verfolgte.

Baker war so nervös, dass seine Hände zitterten und ein Muskel in seiner blassen Wange zuckte.

Gut, dachte Sam. *So ist das viel einfacher als bei den Arroganten, die vor gar nichts Angst haben.* Sie gedachte, Bakers Angst zu ihrem Vorteil zu nutzen.

Sie stieß die Tür auf, trat mit Cruz ein und sagte laut: „Danny Baker."

Baker zuckte vor Schreck zusammen.

Der Streifenpolizist, der ihn bewacht hatte, verließ den Raum.

Während Freddie den Rekorder einschaltete, stellte sich Sam vor: „Ich bin Lieutenant Holland. Detective Cruz kennen Sie ja bereits."

Als Baker Freddie sah, verfinsterte sich seine Miene.

Nachdem sie fürs Protokoll aufgezählt hatte, wer alles anwesend war, fragte sie: „Man hat Sie über Ihre Rechte belehrt?"

„Ja."

„Ich habe gehört, Sie haben versucht, vor meinen Beamten zu fliehen. Warum?"

Baker verschränkte die Arme und erwiderte ihren stählernen Blick mit einem ebensolchen. „Ich will einen Anwalt."

Sam und Freddie erhoben sich. „Dann reden wir mal mit Victor und fragen ihn, was er zu den Vorgängen im Haus der Beauclairs zu sagen hat", verkündete Sam. „Andererseits wissen wir schon, dass er einen Verkehrsunfall mit Cleo Beauclair hatte und beschlossen hat, der reichen Dame einen Besuch abzustatten. Mal schauen, was er über Ihre Beteiligung zu erzählen hat. Wenn er mit uns kooperiert, sieht es für Sie schlecht aus, aber das kann uns ja egal sein. Wir wollen bloß herausfinden, was in jener Nacht in Chevy Chase passiert ist."

„Warten Sie."

Sam hatte die Hand bereits auf dem Türknauf. Sie verkniff sich ein Lächeln, wandte sich wieder um und stellte fest, dass Baker jetzt nicht mehr nur bleich, sondern tatsächlich weiß wie die Wand war. Sie hob eine Augenbraue und wartete.

„Was wollen Sie wissen?"

„Sie haben einen Anwalt verlangt. Wir können nicht weiter mit Ihnen reden."

„Vergessen Sie es, ich will keinen Anwalt. Ich werde Ihnen sagen, was Sie wissen wollen."

Sam und Freddie kehrten zum Tisch zurück.

„Detective Cruz, bitte halten Sie fest, dass Mr Baker seine zuvor geäußerte Forderung nach einem Anwalt zurücknimmt."

„Ist notiert."

„Würden Sie Mr Baker bitte noch einmal über seine Rechte in Kenntnis setzen?"

Während Freddie genau das tat, starrte Sam den Mann an, der unter ihrem durchdringenden Blick unruhig wurde.

„Fangen Sie damit an, wie Sie in die Sache hineingeraten sind", verlangte sie.

„Victor. Er hat mich angerufen und gesagt, es gäbe leichtes Geld zu verdienen, doch er bräuchte Hilfe. Ich hatte nichts Besseres vor, also bin ich mit ihm mit." Baker schluckte schwer, sein Adamsapfel hüpfte an seinem dürren Hals auf und ab.

„Haben Sie gewusst, dass er vorhatte, diese Leute auszurauben, zu foltern und zu ermorden?"

„Nein! Davon war nie die Rede. Er hatte mir leicht verdientes Geld versprochen."

„Sagen Sie mir, wie es gelaufen ist, von Ihrem Eintreffen bis zum Verlassen des Hauses, und lassen Sie nichts aus."

„Wir sind gegen halb vier dort angekommen, und Victor hat sofort seine Waffe auf die reiche Lady gerichtet. Er hat gefragt, wer noch alles im Haus ist, und sie hat geantwortet, ihre Kinder und die Haushälterin. Dann hat er gesehen, dass sie einen dieser Panikknöpfe umhängen hatte, und hat ihn ihr abgenommen. Er hat ihr befohlen, die Frau wegzuschicken, sonst würde er sie beide umlegen. Sie hat der Haushälterin mitgeteilt, sie sei gefeuert, weil sie geklaut habe, und hat sie aus dem Haus geworfen. Die Frau war ganz außer sich, aber die reiche Dame hat ihr gesagt, sie solle verschwinden, sonst werde sie die Polizei rufen."

„Wo waren Sie zu diesem Zeitpunkt?"

„Ich habe an der Küchentür gelauscht. Die Haushälterin ist gegangen, und die reiche Lady hat gesagt, sie sei jetzt weg. Victor hat gemeint, er will Geld. Sie hat gesagt, sie habe keins, könne allerdings ihren Mann bitten, auf dem Heimweg welches mitzubringen. Victor hat geantwortet, er will nicht auf ihren Mann warten. Da hat sie gesagt, die Kinder seien oben und die könne sie nicht allein lassen. Victor hat ihr befohlen, sie zu holen. Wir würden sie mitnehmen. Sie hat gemeint, das will sie nicht, er soll sie da raushalten. Er hat wiederholt, sie soll sie holen, sonst würde er sie und die Kinder umlegen. Da hat sie gehorcht."

„Wie sind Sie zu der Bank gekommen?", fragte Sam.

„Mit ihrem Auto, Victor saß auf dem Beifahrersitz. Sie wollte ohne die Kinder, die geweint haben, nicht in die Bank, aber Victor hat gesagt, sie hätte keine andere Wahl und würde nur Zeit verschwenden. Die beiden sind dann in die Bank, und ich bin bei den Kindern geblieben. Sie waren lange da drin, und die Kinder haben mich wahnsinnig gemacht, weil sie ständig nach ihrer Mutter gefragt haben. Schließlich sind die beiden wieder rausgekommen, und Victor war sauer, weil sie bloß hundert Riesen hatte abheben können. Wir sind wieder zurückgefahren und haben auf den Mann gewartet. Victor hat gemeint, der sei der dicke Fisch. Sie hat die Kinder nach oben geschickt und gesagt, sie dürften auf keinen Fall wieder runterkommen."

Sam bereitete es Magenschmerzen, wenn sie daran dachte, was die Kinder durchgemacht hatten, als zwei bewaffnete Fremde ihre Mutter in ihrem eigenen Haus herumkommandiert hatten.

„Was ist dann passiert?"

„Victor fand, wir sollten ein bisschen Spaß haben, während wir auf den Mann warteten." Baker wischte sich den Schweiß von der Oberlippe. „Er hat mich gezwungen, sie zuerst zu vergewaltigen."

„Sie gezwungen?", wiederholte Sam ungläubig.

„Ja, mit vorgehaltener Waffe."

„Hat er Sie auch gezwungen, eine Erektion zu kriegen?", fragte Sam zutiefst angewidert.

„Die reiche Dame war heiß", antwortete er achselzuckend.

„Was ist dann geschehen?", forderte ihn Sam mit zusammengebissenen Zähnen auf, weiterzuerzählen.

„Victor hat sie ebenfalls vergewaltigt. Er war gerade dabei, als der Mann heimkam und total durchgedreht ist. Sie hat geschrien und geweint." Baker schüttelte den Kopf, als wolle er Bilder loswerden, die ihn für den Rest seines Lebens verfolgen würden. „Victor hat mir befohlen, ihn zu fesseln. Der Mann hat gesagt, er gibt uns alles, was wir wollen, wenn wir seine Frau in Ruhe lassen. Victor hat ihm mit der Waffe ins Gesicht geschlagen und gesagt, er habe hier gar nichts zu melden und solle die Fresse halten."

Sams drehte sich der Magen um, als sie hörte, was zwei Idioten, die sich Cleo und Jameson als Ziel auserkoren hatten, nur weil sie reich waren, ihnen angetan hatten.

„Der Typ hat ihn angefleht, ihr nicht wehzutun. Er hat gemeint, er gibt uns eine Million Dollar, wenn Victor aufhört. Da hat Victor aufgehört und gesagt, er hat vier Stunden, um das Geld zu besorgen. Der Mann hat erwidert, er braucht mehr Zeit. Vier Stunden, hat Victor gesagt. Der Typ hat telefoniert, und wir haben gewartet. Das Geld ist nicht eingetroffen, also hat Victor den Kerl zusammengeschlagen, ihm die Finger gebrochen und sich noch mal über seine Frau hergemacht. So ging das immer weiter, bis Victor das Warten irgendwann satthatte und erklärt hat, wir sollten das Geld nehmen, das wir schon hatten, und die Bude abfackeln, um keine Spuren zu hinterlassen."

Sam lachte. „Sie haben vergessen, das Geschirr zu verbrennen, von dem Sie gegessen hatten. Ich schätze, Victor ist doch nicht so clever, wie Sie gedacht haben. Also, wo ist er?"

Baker blieb der Mund offen stehen. „Sie haben gesagt, Sie hätten ihn schon."

„Das war gelogen. Wo ist er?" Als er nicht antwortete, sprang Sam auf und knallte die Handflächen auf den Tisch. „Wo zur Hölle ist er?"

Baker zuckte zurück, und wieder hüpfte sein Adamsapfel an seinem dürren Hals auf und ab. „Er versteckt sich bei mir zu Hause."

„Ist er bewaffnet?"

Baker nickte.

Sam schob ein Notizbuch samt Stift über den Tisch. „Notieren Sie die Adresse, zeichnen Sie mir Ihre Wohnung auf, und zeigen Sie mir den Raum, in dem er sich wahrscheinlich aufhält. Denken Sie nicht einmal daran, uns reinzulegen. Ihnen droht bereits eine Anklage wegen vorsätzlichen Mordes, Brandstiftung, Entführung und Vergewaltigung, und das ist noch nicht alles."

„So war das nicht! Victor hat mich gezwungen ..."

„Erzählen Sie das dem Richter." Sie erhob sich, um den Raum zu verlassen.

„Warten Sie! Sie haben gesagt, Sie würden mir helfen, wenn ich Ihnen erzähle, was passiert ist!"

„Das war auch gelogen." Nachdem sie den Raum verlassen und die Tür hinter sich zugeschlagen hatte, atmete Sam auf dem Gang ein paarmal tief durch.

Hope und Malone kamen aus dem Beobachtungsraum.

„Das war brutal", stellte Hope unumwunden fest. „Gehen Sie Victor festnehmen, damit wir die beiden für den Rest ihres Lebens wegsperren können."

„Wir brauchen ein Sondereinsatzkommando", sagte Malone nachdrücklich. „Dieser Hurensohn darf uns auf keinen Fall entwischen."

„Dann hänge ich mich mal ans Telefon", verkündete Freddie.

31

Wenn ein Sondereinsatzkommando involviert war, ging alles langsamer, und es dauerte fast zwei Stunden, bis alle Beteiligten bei dem Reihenhaus in Marshall Heights, wo Baker wohnte, eingetroffen waren. Sie sperrten den ganzen Block ab, sodass niemand versehentlich in die Schusslinie geraten konnte, evakuierten die Häuser unmittelbar neben ihrem Ziel und wiesen die weiter entfernten Anwohner an, ihre Wohnungen nicht zu verlassen. Das alles geschah fast lautlos, um Klein nicht vorzuwarnen.

Da der sich versteckte, rechneten sie nicht mit einem Fluchtversuch. Sie ließen sich Zeit, um alles richtig zu machen und die Sicherheit der Nachbarn zu garantieren.

Captain Nickelson, der Leiter des Sondereinsatzkommandos, trat zu Sam. „Wir sind so weit."

„Dann los."

Da sie wussten, dass sich Klein im Haus befand, hatten sie beschlossen, das Sondereinsatzkommando durch alle Fenster und Türen gleichzeitig stürmen zu lassen, um das größtmögliche Überraschungsmoment zu erzielen und die Wahrscheinlichkeit zu verringern, dass er das Feuer auf sie eröffnete. Sie hofften, ihn neutralisieren zu können, ehe er überhaupt nach einer Waffe greifen konnte. Das war jedenfalls das Ziel, aber dieser Plan hatte eine Million mögliche Schwachstellen.

Nickelson gab den Befehl, und Sam beobachtete mit angehaltenem Atem, wie das Sondereinsatzkommando in einer komplexen Choreografie vorrückte. Das Splittern von Glas zerriss die Stille.

Der Reihe nach meldeten Teammitglieder einzelne Bereiche des Hauses als gesichert, bis schließlich die Meldung kam, auf die sie alle so dringend gewartet hatten: „Ziel lokalisiert und neutralisiert."

„Wir haben ihn", rief Nickelson und ging zur Haustür, um da zu sein, wenn sein Team Klein in Handschellen abführte.

Kleins dunkles Haar stand wirr von seinem Kopf ab, er war unrasiert und trug nur Boxershorts. Den Kopf hatte er gesenkt.

„Wir haben ihn aus dem Bett geholt, Sir", meldete einer der Beamten und reichte dem Captain eine große Kühltasche mit Schulterriemen. „Die hatte er mit im Bett."

Sam zog Handschuhe an, öffnete die Kühltasche und fand darin Geldbündel, die sich vermutlich auf ungefähr hunderttausend Dollar summieren würden.

„Gut gemacht", lobte Nickelson.

„Jetzt übernehmen wir", sagte Sam und nickte Cruz und Green zu. „Danke für die Hilfe, Cap."

„Wir helfen immer gerne, die Straße von solchen Drecksäcken zu säubern", antwortete Nickelson.

„Der da ist besonders übel", erklärte Sam und beobachtete, wie Cruz und Green den Verhafteten auf den Rücksitz eines Streifenwagens verfrachteten, der ihn zum Polizeirevier bringen würde.

Sie hatten ihn. Alles andere war Sam egal, aber gleichzeitig brachte das die Erkenntnis mit sich, dass sie nun keinen Grund mehr hatte, Aubrey und Alden in ihrer Obhut zu behalten. Man konnte sie jetzt gefahrlos Familienmitgliedern übergeben, was die Erleichterung etwas schmälerte, die sie normalerweise nach Abschluss eines schwierigen Falles empfand.

Sie lief langsam zu ihrem Auto zurück, wo sie eine ganze Weile schweigend auf dem Fahrersitz saß, ehe sie ihr Handy aufklappte, um Ms Finklestein anzurufen. Als die Frau abnahm, sagte Sam: „Ich wollte Sie wissen lassen, dass wir den Fall abgeschlossen haben und sicher sind, den Mörder der Beauclairs gefasst zu haben. Die Familie wird auch wissen wollen, dass Mr Beauclairs früherer Geschäftspartner Duke Piedmont ebenfalls in Haft ist und einem Prozess wegen Insiderhandels und anderer Vergehen entgegensieht. Er hat allerdings nichts mit dem Tod der Beauclairs zu tun."

„Gratuliere, Lieutenant. Die ganze Stadt wird ruhiger atmen, wenn sie weiß, dass die Männer, die dieses grässliche Verbrechen begangen haben, gefasst sind."

„Danke", erwiderte Sam, doch der Sieg fühlte sich hohl an.

„Mrs Beauclairs Schwester und ihr Schwager müssten am frühen Abend eintreffen. Wie Sie sich vorstellen können, brennen sie darauf, die Kinder zu sehen."

Darauf hatte Sam keine Antwort. Nach dem Tod der Eltern hatten sie nicht darauf gebrannt, die Kinder zu sehen, aber jetzt, wo die Gefahr beseitigt war, waren sie zur Stelle, was sicher überhaupt nichts damit zu tun hatte, dass die Kinder milliardenschwer waren. Sam war bereit, diese Menschen ansatzlos zu hassen. „Das ist gut", meinte sie schließlich. „Wie heißen sie? Ich sage dem Secret Service Bescheid, dass Sie sie mitbringen."

„Monique und Robert Lawson."

Sam notierte sich die Namen.

„Ich weiß, es fällt Ihnen schwer, sich von den Kindern zu trennen", fuhr Ms Finklestein fort, „aber unserer Erfahrung nach sind Kinder unter solchen Umständen bei Familienmitgliedern besser aufgehoben."

Sam hätte am liebsten gefragt, welche Belege sie für diese Aussage hatte. Was hieß „besser aufgehoben"? Besser als was? Doch sie stellte die Fragen nicht, die ihr auf der Zunge lagen. Stattdessen versicherte sie lediglich: „Wir werden dafür sorgen, dass sie aufbruchsbereit sind."

~

Eine Stunde später stand sie vor dem Haupteingang des Polizeigebäudes und gab eine improvisierte Pressekonferenz über die Vorgänge am Montagnachmittag und -abend im Haus der Beauclairs in Chevy Chase und über die Schritte, die sie unternommen hatten, um die beiden Mörder von Jameson und Cleo Armstrong festzunehmen. Zum ersten Mal nannte Sam den richtigen Namen des Paares und fasste kurz zusammen, warum die beiden umgezogen waren und ihren Namen geändert hatten.

„Zusätzlich zu unserer Festnahme von Mr Baker und Mr Klein hat das FBI Mr Armstrongs früheren Geschäftspartner verhaftet. Duke Piedmont war mehr als drei Jahre auf der Flucht, seitdem man ihn des Insiderhandels und anderer Verbrechen im Zusammenhang mit APG, der Firma, die die beiden Männer früher gemeinsam besaßen, beschuldigt hatte."

Nachdem sie die Details des Falles zusammengefasst hatte, überschütteten die Reporter sie mit Fragen über die Ermittlungen sowie über die Männer, die dank ihrer Arbeit des Mordes, der Brandstiftung, der schweren Körperverletzung, der Vergewaltigung, der Entführung und anderer Verbrechen angeklagt werden konnten. Sie beantwortete sie alle und gab der Presse so viele Informationen wie möglich, ohne dass die gerichtliche Aufarbeitung des Falls in Gefahr geriet.

„Was wird aus den beiden minderjährigen Kindern der Armstrongs?", fragte Darren Tabor.

„Das Jugendamt ist auf der Suche nach einer Pflegestelle für die beiden im familiären Umfeld von Mrs Armstrong." Sam sagte diese Worte ganz distanziert, als hätte sie kein persönliches Interesse daran, was aus den Kindern wurde. Es war Zeit, einen Schritt von den „Kleinen", wie Nick sie genannt hatte, zurückzutreten.

Nachdem sie mit der Presse fertig war, ging Sam wieder nach drinnen, um sich um den Papierkram zu kümmern. Während sie die Berichte las, die ihr Team verfasst hatte, verschwammen ihr die Wörter vor den Augen, wie sie es so oft taten, wenn sie müde oder zu gestresst war. Sie schloss die Augen und rieb sich die Schläfen, als die Erschöpfung sie übermannte.

Was für eine Woche – und es war erst Donnerstag.

Sie holte tief Luft und atmete langsam wieder aus, ehe sie den Hörer abnahm und Nick anrief.

„Hey, Babe", meldete er sich. „Ich habe deine Pressekonferenz gesehen."

„Tut mir leid, dass du so erfahren musstest, dass wir den Fall abgeschlossen haben. Es war alles so schnell vorbei."

„Kein Problem. Ich freue mich für alle Beteiligten, dass es vollbracht ist."

„Ja."

„Geht es dir gut?"

„Es ging mir nie besser. Ms Finklestein kommt irgendwann heute Abend mit der Tante und dem Onkel der Kinder vorbei, um sie abzuholen. Kannst du ihre Namen auf die Liste des Secret Service setzen? Monique und Robert Lawson."

„Ich kümmere mich darum."

„Das tut weh", seufzte sie.

„Ja, aber wir schaffen das, Samantha. Vielleicht werden die Tante und der Onkel uns gestatten, Kontakt zu den beiden zu halten."

„Das wäre schön", flüsterte sie. Sie wurde von Minute zu Minute trauriger. „Ich komme bald heim. Muss hier nur noch ein paar Dinge erledigen."

„Wir warten auf dich."

„Dieses Wissen ist das Einzige, was mir hilft, diesen Tag zu überstehen. Bis dann." Als sie auflegte, tauchte Lindsey an der Tür auf.

„Gute Neuigkeiten aus dem Labor", vermeldete die Gerichtsmedizinerin. „Sie haben Bakers DNA auf einem Glas und einer Gabel vom Tatort gefunden."

„Das sind sehr gute Neuigkeiten."

„Ich habe einen Abstrich von Klein genommen und mit einem Eilvermerk ins Labor geschickt."

„Danke, Lindsey."

„Nachdem ich weiß, was er diesen armen Leuten angetan hat, hatte ich Mühe, ihm bei der Gelegenheit nicht ein Skalpell ins Auge zu rammen."

„Das kann ich nachempfinden."

„Lieutenant!"

Bei dem Ruf aus dem Großraumbüro sprang Sam auf und eilte zu Cameron Greens Arbeitsplatz, dicht gefolgt von Lindsey. Über Greens Schulter hinweg schaute sie sich das lange erwartete Überwachungsvideo aus der Bank an, wo Klein Cleo gezwungen hatte, das Geld abzuheben. Sie konnte beobachten, wie er neben ihr stand, während die Frau am Schalter das Geld zählte und Cleo ein Bündel nach dem anderen reichte, die die Scheine in die beiden mitgebrachten Einkaufstaschen packte. Es rührte Sam sehr, sie auf dem Bildschirm hübsch, lebendig und furchtbar verängstigt vor sich zu sehen.

Klein stand so dicht neben ihr, dass Sam davon ausging, dass er die ganze Zeit eine Waffe an ihren Rücken gepresst hatte.

Etwa alle dreißig Sekunden reckte Cleo den Hals, um auf den Parkplatz hinauszublicken, zweifellos, um nach ihren Kindern zu schauen, die bei Baker im Auto waren.

„Wie kann die Frau am Schalter nicht gemerkt haben, dass da etwas nicht stimmte?", fragte Sam kopfschüttelnd.

„Sie hat es gemerkt", erklärte Green. „Der Filialleiter hat ihr verboten, die Polizei zu benachrichtigen, weil er keinen Stress mit der Zentrale haben wollte. Die Frau ist alleinerziehend und braucht den Job, deshalb hat sie ihm gehorcht, aber jetzt tut ihr das furchtbar leid."

„Ich möchte, dass wir den Filialleiter wegen Nichtanzeige einer Straftat belangen", sagte Sam.

„Diese Anzeige würde ich gern formulieren", erbot sich Green.

Sam sah zu Jeannie, die sich das Video unter Tränen anschaute. Bei Jeannie als Vergewaltigungsopfer hatte dieser Fall zweifellos einige schwierige Erinnerungen wachgerufen.

Sam umarmte sie.

„Sorry."

„Du musst dich nicht entschuldigen. Niemals." Zu den anderen meinte sie: „Das war hart, Leute. Wenn ihr Hilfe braucht, bitte zögert nicht, euch zu melden. Ihr habt alle wie immer gute Arbeit geleistet. Detective Cruz, das war's für diese Woche. Fahr nach Hause, und genieß jede Minute deines Hochzeitswochenendes. Wir freuen uns darauf, dir und Elin beim Feiern zu helfen."

„Danke, Lieutenant", antwortete er mit einem Lächeln.

„Sobald die Berichte geschrieben sind, können alle anderen dann ebenfalls gehen. Bringen wir es zu Ende."

Fatal Invasion – Wir gehören zusammen

Sam war schon fast zu Hause, als Ms Finklestein anrief.

„Es gibt Neuigkeiten", begann die andere Frau bedrückt.

„Welcher Art?", fragte Sam, augenblicklich beunruhigt.

„Mr und Mrs Armstrongs Anwalt hat mich angerufen und mich über die Vormundschaftsvorkehrungen informiert, die das Paar für den Fall seines Ablebens für die Kinder getroffen hat."

Sam wartete atemlos auf ihre nächsten Worte.

„Sie haben alle Entscheidungen über Vormundschaft und Sorgerecht für die minderjährigen Kinder in die Hände von Mr Armstrongs älterem Sohn Elijah gelegt."

Sam fühlte, wie sie eine Welle aus Hoffnung, Verzweiflung und Unsicherheit überrollte.

„Ich glaube, davon weiß er gar nichts", sagte sie. „Er hat jedenfalls nichts Derartiges erwähnt."

„Der Anwalt, der in Kalifornien sitzt und erst seit Ihrer Pressekonferenz heute von den Morden weiß, hat bestätigt, dass Elijah keine Ahnung hat. Offenbar wollten sein Vater und seine Stiefmutter ihn mit dieser potenziellen Verantwortung nicht belasten, solange er aufs College geht. Sie wollten, dass er sein Leben nach seinen Wünschen führen kann, haben jedoch laut dem Anwalt keinen Zweifel daran gelassen, dass er – und nur er – entscheiden soll, was aus den Kindern wird. Er schickt mir gerade eine Kopie dieser Willenserklärung zu."

„Ich bin fast zu Hause und sage ihm Bescheid." Die Secret-Service-Leute am Kontrollpunkt am Ende der Ninth Street winkten Sam durch, und sie fuhr auf ihren persönlichen Parkplatz, während sich die möglichen Folgen des Gehörten in ihrem Kopf überschlugen.

„Die Lawsons haben für die gesamte nächste Woche Hotelzimmer für sich und die Kinder gebucht, damit sie ausreichend Zeit haben, deren Sachen zusammenzupacken und an dem für Freitag geplanten Begräbnis teilzunehmen."

„Auch darüber werde ich Elijah informieren."

„Ich bin bald da, zusammen mit den Lawsons, die glauben, sie kämen, um die Kinder abzuholen."

Nicht so schnell, hätte Sam am liebsten gesagt, aber sie weigerte sich, über die nächsten zehn bis fünfzehn Minuten hinauszudenken. Eins nach dem anderen, genau wie bei Ermittlungsarbeiten.

Als sie die Rampe hochging, ließ sie Lieutenant Holland zurück und schlüpfte in ihre Lieblingsrolle als Mrs Cappuano, Nicks Frau und Scottys Mutter. „Guten Abend, Nate", begrüßte sie den Bodyguard an der Tür.

„Guten Abend, Mrs Cappuano."

Hinter der Tür, die er ihr aufhielt, erwartete sie ungezügeltes Chaos. Nick, Scotty und Elijah lagen auf dem Boden und wurden von Aubrey und Alden bestürmt, deren fröhliches Lachen das ganze Haus erfüllte.

Shelby stand mit Noah daneben und lächelte über das ausgelassene Treiben.

Während Sam dastand und zusah, überkam sie ein tiefes Gefühl der Erfüllung.

„Oh, oh", rief Scotty, als Alden ihn zu Boden drückte. „Mom ist da! Mom! Rette mich vor diesem kleinen Monster!"

„Ich komme, mein Sohn! Halte durch!" Sie beugte sich über Scotty und zog Alden von ihm weg. „Ich habe ihn", sagte Sam und bedeckte Aldens Gesicht mit Küssen.

Er kicherte und wand sich, bis sie ihn absetzte. Sobald seine Füße den Boden berührten, sprang er wieder hoch, diesmal auf Elijah zu, der ein lautes „Uff" von sich gab, als sein Bruder gegen ihn prallte.

„Schön, sie lachen zu hören", meinte Shelby, als Sam zu ihr und Noah trat. Das Baby strampelte wild und wollte eindeutig mitmachen.

„Absolut." Sam ließ sie noch ein paar Minuten spielen, ehe sie Elijah fragte, ob sie ihn mal kurz sprechen könne. Sie bedeutete Nick, ebenfalls dazuzukommen.

„Scotty, sie gehören ganz dir", verkündete Nick und rappelte sich vom Boden auf.

„Die jagen mir keine Angst ein", verkündete Scotty prahlerisch, während sich die beiden kleinen Kinder wieder auf ihn stürzten.

Nick und Elijah folgten Sam in die Küche.

„Ich bin völlig platt", gestand Nick.

„Jetzt haben Sie sie mal erlebt, wie sie normalerweise sind."

Elijah lächelte traurig. „Wenn ich heimkomme, gibt es üblicherweise sofort einen großen Ringkampf. Das lieben sie."

„Offenbar mögen die Kinder Sie sehr", stellte Sam fest.

„Das beruht auf Gegenseitigkeit. Als Kind habe ich mir immer Geschwister gewünscht, und mit fünfzehn habe ich dann zwei auf einen Streich bekommen. Das war der beste Tag meines Lebens." Er strich sich das Haar aus dem vor Anstrengung geröteten Gesicht.

„Es gibt Neuigkeiten", sagte Sam.

„Nick hat mir erzählt, dass Sie die Typen festgenommen haben, die meinen Vater und Cleo ermordet haben."

„Ja."

„Haben die ihr Motiv genannt?"

„Wir glauben, es ging um Geld."

Elijah seufzte und blickte zu Boden. „Mein Vater hätte ihnen sein gesamtes Vermögen überlassen, wenn er damit Cleo und die Kinder hätte retten können."

„Ihren Aussagen zufolge hat er ihnen eine große Summe angeboten, doch es hätte zu lange gedauert, sie zu besorgen."

Elijahs Augen füllten sich mit Tränen, und er schüttelte ungläubig den Kopf. „Was denken diese Leute denn? Dass wir das Geld im Tresor zu Hause rumliegen haben?"

„Es gibt noch etwas", erklärte Sam zögernd. „Eigentlich sogar zwei Dinge. Das FBI hat Duke Piedmont in Gewahrsam." Sie teilte ihm mit, warum Piedmont nach Washington gekommen war.

„Ich würde gerne behaupten, ich sei überrascht, dass mein Vater wieder Kontakt mit ihm hatte, aber das schockiert mich weniger, als es vielleicht sollte. Sie standen einander früher so nahe. Auch nach den ganzen Geschehnissen und Piedmonts Drohungen bedauerte mein Vater den Verlust ihrer Freundschaft. Sie hatten so viel zusammen durchgemacht, und mein Vater hat nie verwunden, was er Duke antun musste, um sich selbst vor Strafverfolgung zu schützen. Er hat sich sicher über die Gelegenheit gefreut, mit Duke ins Reine zu kommen – und die Bedrohung aus der Welt zu schaffen, die in den letzten Jahren wie ein Damoklesschwert über unser aller Leben gehangen hat."

„Falls Ihnen das hilft, die in dem Fall ermittelnden FBI-

Agenten haben gemeint, seine Trauer, als er vom Tod Ihres Vaters und Cleos gehört hat, sei echt gewesen", erzählte Sam.

„Für mich war er immer ein Monster. Es ist gut, zu wissen, dass er seine Menschlichkeit vielleicht doch noch nicht ganz verloren hatte." Elijah sah Sam an. „Sie haben von zwei Dingen gesprochen."

„Bei der zweiten Sache geht es um das Sorgerecht für Ihre Geschwister."

„Was ist damit?", fragte er, sofort hellwach.

„Offenbar haben Ihr Vater und Cleo für den Fall, dass ihnen etwas zustoßen sollte, Sie als den Vormund der Zwillinge eingesetzt."

„Mich?", flüsterte er schockiert.

Sam nickte.

Elijah ließ sich auf einen Stuhl sinken. „Warum das denn? Ich habe ja Mühe, die Verarbeitung für mich selbst zu übernehmen."

Sam setzte sich neben ihn. „Wahrscheinlich, weil sie gewusst haben, dass Sie die beiden ebenso lieben wie sie selbst."

Elijah stützte die Ellbogen auf die Knie und legte den Kopf in die Hände. „Ich weiß nicht, ob ich das schaffe. Schließlich bin ich selbst erst zwanzig und noch am College. Sie brauchen so viel."

Nick legte dem jungen Mann eine Hand auf die Schulter. „Ich glaube, niemand erwartet, dass Sie sich persönlich um sie kümmern, wenn Sie sich dazu nicht bereit fühlen. Es gibt andere Optionen."

„Zum Beispiel?", fragte Elijah und blickte Nick an.

„Sie können Vormunde einsetzen, die das übernehmen, bis Sie bereit sind, die Verantwortung für die beiden zu tragen."

„Cleos Schwester und Schwager sind gerade auf dem Weg hierher", sagte Sam. „Ms Finklestein wird gleich mit ihnen hier sein."

Elijah dachte darüber eine Minute lang schweigend nach, dann sah er zu Sam. „Als ich Cleos Eltern angerufen habe, um ihnen zu erzählen, was passiert war, hat niemand nach den Kindern gefragt. Sie wollten nicht wissen, wo sie sind, ob es ihnen gut geht oder was aus ihnen wird. Alle haben nur gemeint, sie hätten Cleo vor genau so etwas gewarnt und sie hätte meinen Vater verlassen sollen, als sie ihr dazu geraten haben." Er wischte sich die Tränen ab. „Cleo hat meinen Vater geliebt. Sie hätte ihn niemals verlassen. Wie kann ich meinen Bruder und meine Schwester bei Menschen leben lassen, für die es wichtiger zu sein scheint, recht zu behalten, als wie es zwei plötzlich verwaisten Kindern geht?"

„Die beiden können gern bei uns bleiben, solange es nötig ist", bot Nick an.

Mit angehaltenem Atem wartete Sam auf Elijahs Antwort.

„Sie beide haben so viel für die Kinder und mich getan, doch wir haben Ihre Großzügigkeit jetzt genügend in Anspruch genommen. Darum kann ich Sie nicht bitten. Das Ganze ist ja nicht Ihr Problem."

„Wir möchten es aber zu unserem machen", erklärte Nick und sah Sam an, die seine Hand nahm und festhielt. „Sam und ich haben uns darüber unterhalten, wie sehr wir die beiden ins Herz geschlossen haben, und wir würden alles tun, um ihnen durch diese schwierige Phase hindurchzuhelfen."

„Ich weiß nicht, was ich sagen soll. Das ist gerade alles so überwältigend."

„Sie müssen gar nichts sagen", beruhigte ihn Sam. „Tun Sie, was Sie für richtig halten. Sie wissen auf jeden Fall, dass Sie unsere volle Unterstützung haben. Nick und ich werden für Sie und die Kinder da sein, egal wo sie am Ende landen. Tut mir leid, so schnell werden Sie uns nicht mehr los."

Elijah schenkte ihr ein schwaches Grinsen. „Sie waren so unglaublich nett. Alle. Ich weiß nicht, wie wir ohne Sie beide, Shelby und Scotty diese Woche hätten überstehen sollen. Selbst die Mitarbeiter des Secret Service waren super zu uns."

„Sie sollten mit Cleos Schwester und deren Mann sprechen", schlug Nick vor. „Verbringen Sie Zeit mit den beiden, und schauen Sie mal, wie sich das anfühlt. Sie müssen ja nicht heute oder morgen entscheiden."

Sam hätte am liebsten gerufen: *Nein, nein, nein! Verbringen Sie keine Zeit mit so gefühllosen Menschen. Lassen Sie die Kinder einfach hier bei uns, wo sie sicher sind, geliebt werden und wo ihnen kein Schaden droht!*, aber das konnte sie natürlich nicht. Sie musste es sich verkneifen und den Dingen ihren Lauf lassen.

„Ich denke, das wäre nur fair, nachdem sie jetzt den ganzen weiten Weg auf sich genommen haben", stimmte Elijah zu.

„Dann gebe ich Ihnen noch einen Ratschlag mit auf den Weg, von dem ich mich selbst oft bei Ermittlungen leiten lasse", sagte Sam. „Eins nach dem anderen. Nehmen Sie die Dinge, wie sie kommen, und lassen Sie sich selbst ausreichend Zeit, um sie zu verarbeiten, ehe Sie den nächsten Schritt tun. Ihre Stieftante und Ihr Stiefonkel haben für die gesamte nächste Woche Hotelzimmer gebucht, um Zeit zu haben, die Habseligkeiten der Kinder zu packen und Freitag an der Beerdigung teilzunehmen. Wussten Sie das schon?"

Er nickte. „Einige Geschäftspartner meines Vaters haben sich erboten, die Trauerfeier für uns zu organisieren. Mir war das recht, weil ich keine Ahnung habe, wie man so etwas macht. Ich habe ihnen die Telefonnummer von Cleos Eltern gegeben, damit sie die Familie an den Planungen beteiligen konnten."

„Das verschafft Ihnen Zeit, die bestmögliche Entscheidung für die Kinder zu treffen", sagte Nick.

„Sie kennen uns überhaupt nicht und waren trotzdem für uns da. Ich kann Ihnen gar nicht genug danken."

„Wenn Sie uns brauchen, sind wir für Sie da." Nick drückte Elijahs Schulter. „Dieses Angebot hat kein Ablaufdatum."

„Danke", flüsterte Elijah.

32

Kurz darauf traf Ms Finklestein mit den Lawsons ein, einem attraktiven Paar Mitte oder Ende dreißig, schätzte Sam. Monique war groß, blond und ähnelte ihrer verstorbenen Schwester. Ihre Augen waren rot und verquollen von tagelangem Weinen. Robert, ihr dunkelhaariger Mann, war Sam mit seiner übertrieben sachlichen Art auf Anhieb unsympathisch. Das Letzte, was Aubrey und Alden jetzt brauchten, war ein gestrenger Vormund.

„Es freut mich, Sie kennenzulernen", eröffnete Robert das Gespräch, der eindeutig überfordert davon wirkte, sich im Haus des Vizepräsidenten zu befinden und ihm die Hand zu schütteln. „Ich bin ein großer Freund und Unterstützer Ihrer Politik und von Ihnen persönlich."

„Danke", sagte Nick.

Sam entging nicht, wie wenig dieser Typ, dessen erster Gedanke nicht seiner trauernden Nichte und seinem am Boden zerstörten Neffen galt, Nick beeindruckte.

„Aubrey und Alden", mischte sich Elijah ins Gespräch ein, „ihr erinnert euch doch noch an Tante Monique und Onkel Robert, oder?"

Die Kinder flüchteten sich in die Arme ihres Bruders.

„Mein Gott, seid ihr groß geworden!", rief Monique und setzte sich neben die drei aufs Sofa. „Eure Mutter hat mir Bilder geschickt, aber sie sind euch nicht gerecht geworden."

Sam fragte sich, ob Fünfjährige überhaupt begriffen, was sie damit meinte.

„Sie sind ein bisschen überfordert", erklärte Elijah und streichelte den beiden den Rücken.

„Völlig verständlich", antwortete Monique. „Wollen wir ins Hotel fahren?"

Alden wimmerte und klammerte sich an Elijah, während Aubrey in Tränen ausbrach.

Auch Sams Augen füllten sich mit Tränen, doch nach dem Rat, den sie Elijah gegeben hatte, beschloss sie, ihm behilflich zu sein, statt alles noch schlimmer zu machen. „Hey, Leute", wandte sie sich an die Kinder. „Eure Tante und euer Onkel sind ganz weit gereist, um euch zu sehen. Sie möchten euch helfen. Wir haben schon all eure Spielsachen, die neuen Klamotten und Aldens Decke eingepackt."

„Ich will nicht weg", schluchzte Aubrey. Ihr klägliches Weinen brach Sam das Herz.

Das kleine Mädchen warf sich in Sams Arme und klammerte sich an sie, als hinge sein Leben davon ab. „Alles wird gut, Süße", tröstete Sam sie und hasste sich selbst dafür, dass sie das Kind anlog. Für die Kleine würde nichts wieder richtig gut werden. „Deine Tante und dein Onkel wollen dir und deinem Bruder nur helfen."

„Ich will aber bei euch bleiben", beharrte Aubrey, immer wieder von Schluchzern unterbrochen. Sie schlang die Arme eng um Sams Hals. „Bitte schickt uns nicht weg."

Elijah wirkte tief erschüttert.

„Wer hat denn hier das Sagen?", fragte Robert und stemmte die Hände in die Hüften. „Die Kinder oder die Erwachsenen?"

Sam hätte ihm am liebsten eine gelangt, doch weil sie das nicht konnte, streichelte sie Aubrey beruhigend den Rücken und atmete den frischen, sauberen Duft ihres weichen Haars ein.

„Es tut mir leid, dass ihr von so weit angereist seid ...", begann Elijah so leise, dass aufgrund des herzzerreißenden Schluchzens der Kinder nur Sam ihn hörte.

„Du nimmst Aubrey, Monique", befahl Robert. „Ich nehme Alden."

„Nein!", brüllte Elijah plötzlich so laut, dass seine weinenden Geschwister abrupt verstummten. „Nein."

„Wie bitte?", erwiderte Robert mit verärgert hochgezogenen Brauen.

„Es tut mir leid, dass ihr von so weit angereist seid, aber ihr könnt sie nicht mitnehmen."

Als Sam das hörte, wäre sie am liebsten jubelnd aufgesprungen.

Robert starrte ihn schockiert an. „Moment mal ..."

Sam wiegte Aubrey in ihren Armen, während sich Elijah um Alden kümmerte.

„Keine Sorge", beruhigte Elijah die beiden. „Ihr müsst nicht mit ihnen gehen. Wir lassen uns etwas anderes einfallen."

„Ich glaube das nicht", empörte sich Monique. „Es hieß, sie brauchen eine Bleibe. Wir sind bereit, sie aufzunehmen."

„Nein", wiederholte Elijah und begegnete ihrem wütenden Blick mit vorgerecktem Kinn. Sam sah Entschlossenheit und Mut in seinen Augen. „Mein Vater und Cleo haben mich zu ihrem Vormund eingesetzt, und sie kommen nicht mit euch."

„Mein Gott, du bist wirklich genau wie dein Vater", erklärte Monique mit schriller Stimme. „Der wollte auch immer bestimmen, was passiert."

„Wenn du glaubst, du könntest mich durch einen Vergleich mit meinem Vater beleidigen, dann irrst du dich", konterte Elijah. „Er war der tollste Mann, den ich kannte."

„Dieser tolle Mann ist schuld daran, dass meine Schwester ermordet wurde!"

„Tatsächlich", korrigierte Sam, „war der Auslöser für den Mord an den beiden ein Verkehrsunfall, an dem Ihre Schwester beteiligt war."

„Sie geben tatsächlich ihr die Schuld?", fragte Monique, die erstaunt schien, dass Sam sich dazu erdreistete.

„Nein", entgegnete Sam. „Ich gebe den Tätern die Schuld. Aber durch den Autounfall sind Ihre Schwester und deren Mann den beiden erst aufgefallen – nicht durch Ihren Schwager. Dieses Gespräch sollten wir besser nicht vor den Kindern führen, oder?"

„Gehen wir, Monique. Wir werden hier offensichtlich nicht gebraucht."

Seine Frau warf verzweifelte Blicke zu ihrer Nichte und ihrem Neffen. „Aber ..."

„Gehen wir!"

Aubrey zuckte zusammen, weil er so wütend klang.

„Ganz ruhig", murmelte Sam. „Keine Angst. Er geht jetzt."

„Falls du es dir anders überlegen solltest, wir sind im W", informierte Monique Elijah.

„Danke, aber ich rechne nicht damit."

„Du bist gar nicht imstande, diese Kinder großzuziehen", zischte sie gehässig.

„Auf jeden Fall besser als ihr. Bitte geht. Ihr werdet hier tatsächlich nicht gebraucht und macht im Moment alles nur noch schlimmer."

Monique schnappte sich ihre Handtasche vom Couchtisch und folgte ihrem Mann nach draußen.

Nachdem sich die Tür hinter ihnen geschlossen hatte, sagte über zwei Minuten lang niemand etwas.

Schließlich brach Aubrey das Schweigen. „Danke, dass du sie weggeschickt hast, Lijah. Ich mag sie nicht."

„Mir geht es genauso, Süße. Keine Sorge, du musst sie nie wiedersehen." Er hatte gerade die erste von zahllosen Entscheidungen für seine Geschwister getroffen, doch als Sam ihm in die Augen blickte, las sie dort Verzweiflung.

∽

Stunden später, als die Kinder im Bett waren, saßen Sam und Nick mit Elijah in der Küche.

„Ich werde das College aufgeben und ein Haus für uns drei kaufen. Dann stelle ich Milagros wieder ein. Sie kann mir helfen, mich um die Kinder zu kümmern. Sie hat sie genauso lieb wie ich. Ich schaffe das. Mein Vater hat mir die nötigen Mittel hinterlassen. Ich kann die Kleinen nicht im Stich lassen. Dafür brauchen sie mich zu sehr."

„Sie könnten an ein College in D. C. wechseln", schlug Nick

vor. „Vielleicht Georgetown? Ich könnte ein bisschen herumtelefonieren und mal schauen, was sich machen lässt."

„Vielleicht. Ich überlege es mir."

„Ich hätte noch einen anderen Vorschlag", sagte Sam zögernd.

„Nämlich?", fragte Elijah.

Sams Herz schlug so schnell und so heftig, dass sie fast Atemnot bekam, aber sie wusste, sie würde es auf ewig bereuen, wenn sie den Vorschlag nicht äußerte. „Lassen Sie sie bis nach dem College bei uns. Sie können jedes lange Wochenende, alle Ferien und alle Feiertage hier verbringen. Wir würden uns um Ihre Geschwister kümmern, bis Sie mit dem College fertig sind. Dann können wir neu nachdenken und die nächsten Schritte beschließen."

„Das wäre zu viel verlangt."

„Sie verlangen doch gar nichts." Sam sah Nick an, der zustimmend nickte. „Wir bieten etwas an. Unser Leben ist verrückt und unvorhersehbar, aber wir sind umgeben von einem unglaublichen Netzwerk von Leuten, die uns unter die Arme greifen. Die Kinder hätten täglich eine liebevolle Großfamilie um sich. Außerdem könnten sie dann weiterhin in ihren Kindergarten gehen, was eine gewisse Normalität in ihrem Leben bedeuten würde."

„Wenn wir das Sorgerecht für die Kinder bekämen", fügte Nick hinzu, „stünden sie auch unter dem Schutz des Secret Service. Wir könnten das so gestalten, dass Sie alle wichtigen Entscheidungen treffen und wir uns ums Tagesgeschäft kümmern, bis Sie das selbst übernehmen können."

„Warum wollen Sie das für drei Menschen tun, die Sie erst vor ein paar Tagen kennengelernt haben?"

„Ich weiß nicht, ob es Ihnen aufgefallen ist", erwiderte Sam mit einem Lächeln, „aber alle in diesem Haus haben die beiden furchtbar lieb."

Elijah lächelte schwach. „Es ist schwer, sie nicht lieb zu haben."

„In der Tat", pflichtete ihm Sam bei. „Beide brauchen im Übrigen so bald wie möglich eine Therapie. Wenn Sie möchten, kann ich Ihnen ein paar Namen von Leuten nennen, die sich auf

Trauerbegleitung und Traumatherapie für Kinder spezialisiert haben."

„Das wäre sehr hilfreich."

„Sie müssen das nicht jetzt entscheiden", sagte Nick. „Am Samstag heiratet Sams Partner, und am Sonntag fliegen wir für eine Woche nach Europa. Sie und die Kinder dürfen in unserer Abwesenheit gerne hier wohnen, und Shelby hilft Ihnen sicher mit Aubrey und Alden. Lassen Sie sich Zeit, um die beste Entscheidung für alle Beteiligten zu treffen. Wir werden jede Entscheidung Ihrerseits respektieren und Sie in jedem Fall unterstützen."

„Ich wünschte, mein Vater wäre jetzt hier und könnte mir einen Rat geben. Er wusste immer, was zu tun ist."

„Er und Cleo haben großes Vertrauen in Sie gesetzt und Sie deshalb zum Vormund der Kinder gemacht", erinnerte ihn Sam. „Sie werden das Richtige tun, Elijah."

„Ich hoffe, da haben Sie recht."

∼

DIE NÄCHSTEN TAGE WAREN VOLLGESTOPFT MIT DETAILARBEIT, Papierkram und Pressekonferenzen, während die gesamte Geschichte der Morde landesweit die Nachrichten bestimmte und Sam und ihr Team ins Rampenlicht rückte, was sie verabscheute. Sie erledigte Routinearbeiten und achtete pedantisch darauf, dass kein Schlupfloch blieb, durch das Klein und Baker einer lebenslänglichen Haft entgehen konnten. Dabei versuchte sie, nicht daran zu denken, was wohl aus den Kindern werden würde.

Aktuell befolgte Elijah ihren Ratschlag und ließ sich Zeit, um die bestmögliche Entscheidung für die Kinder zu treffen. Am Freitag besuchten die drei die Gedenkfeier für Jameson und Cleo Armstrong, wobei sie sich größte Mühe gaben, mit der Tante und dem Onkel, über die sie sich so geärgert hatten, möglichst wenig zu tun zu haben.

In der Nacht von Freitag auf Samstag lag Sam stundenlang wach, was nichts Gutes für die Fotos bei Freddies Hochzeit am nächsten Nachmittag verhieß.

„Worüber grübelst du nach?", fragte Nick.

„Ich dachte, du schläfst."

„Heute Nacht werde ich wohl keinen Schlaf finden. Mich beschäftigt so vieles. Ich muss dauernd an dieses schreckliche Paar denken, das keine Ahnung hatte, wie man mit traumatisierten Kindern umgeht. Nicht, dass wir das so genau wissen, doch schlechter können wir es gar nicht machen."

Sam erschauerte. „Die beiden waren furchtbar."

„Ich bin froh, dass Elijah ein Machtwort gesprochen hat und ich ihn nicht bitten musste, ihnen die Kinder nicht mitzugeben."

„Ja, ich auch."

Sam drehte sich zu ihm um und schmiegte sich an ihn. „Es steht uns eigentlich nicht zu, ihm anzubieten, sie aufzunehmen."

Er legte den Arm um sie. „Vielleicht nicht, aber wenn sie uns brauchen, dann kriegen wir das hin. Irgendwie. Vergiss nicht – unsere Familie war perfekt, bevor wir sie kennengelernt haben, und das wird sie auch bleiben, egal, wie Elijahs Entscheidung ausfällt."

„Ich weiß, trotzdem wäre sie mit ihnen noch ein bisschen perfekter."

„Samantha."

„Keine Sorge. Ich bin vernünftig."

„Versprochen?"

„Ja." Sie sagte, was er hören wollte, mochte jedoch gar nicht daran denken, dass Aubrey und Alden – oder auch nur Elijah – wieder aus ihrem Leben verschwinden könnten.

Obwohl sie mit einer schlaflosen Nacht gerechnet hatte, erwachte sie um neun aus tiefem, traumlosem Schlummer. Sie drehte sich um, fand Nicks Betthälfte leer vor und zwang sich, sich zu entspannen, solange es noch ging. Um zwei würden eine Friseurin und eine Visagistin eintreffen, um sie für die Hochzeit um vier hübsch zu machen. Sie schickte Freddie eine Textnachricht.

Wie fühlst du dich?
Gut.
Brauchst du mich?
Bloß nicht.
Sam lachte über seine Antwort.
Jetzt hast du mich gekränkt.

Habe ich nicht. Du bist heute viel lieber bei deiner Familie.
Hast recht. Aber wenn du mich brauchst, sag Bescheid.
Ich brauche dich um halb vier am Observatorium.
Ich werde pünktlich sein. Die Liliputaner-Stripperinnen kommen auch.

Vor seinem Junggesellenabschied hatte sie ihn mit Hinweisen auf ihre Planungen gequält, dabei war es dann tatsächlich auf eine elegante Dinnerparty für ihn und Elin hinausgelaufen.

Hör auf damit, Sam.
Das könnte dir so passen.
Ich heirate heute. Lass mich in Ruhe.

Sie lachte über die Antwort und schrieb zurück: *Warum sollte es heute anders laufen als sonst?*

Ihr geliebter Freddie heiratete. Bei dem Gedanken traten ihr Tränen in die Augen, wahrscheinlich die ersten von vielen an einem Tag, der sehr emotional zu werden versprach.

Sam hörte Geflüster vor der Tür und fragte sich, was da los war. Es klopfte leise, und sie setzte sich im Bett auf und strich sich die Haare aus der Stirn.

Nick streckte den Kopf herein. „Wir haben Frühstück gemacht. Hast du Hunger, und vor allem: Bist du angezogen?"

„Mehr oder weniger." Sie hatte in einem seiner T-Shirts geschlafen, zog aber trotzdem die Decke etwas höher.

„Dann mal los", sagte Nick.

Scotty trug das Tablett herein, und Aubrey und Alden „halfen" ihm.

„Was gibt es denn?", fragte Sam.

„Pfannkuchen, Eier und Speck", antwortete Aubrey.

Alden war wie immer stiller als seine Schwester, beobachtete jedoch alles interessiert. „Das sieht lecker aus", lobte Sam und strahlte Scotty an, als er ihr das Tablett auf den Schoß stellte. „Hast du das gemacht?"

„Ich habe geholfen", entgegnete Scotty, „aber das meiste hat Dad beigesteuert."

„Wir haben auch geholfen", verkündete Aubrey.

„Klar." Sam lachte und verwuschelte ihr das Haar. „Willst du ein Stück Speck?"

„Wir dürfen mit Scotty und Lijah in den Park", erzählte

Aubrey. „Wir müssen nur noch warten, bis ..." Sie blickte Scotty an. „Wer muss noch mal mitkommen?"

„Meine Personenschützer vom Secret Service", erwiderte Scotty.

„O ja, genau", rief Aubrey. „Die müssen mitkommen. Was ist der Secret Service noch mal, Scotty?"

„Mein Vater ist der Vizepräsident, deshalb passen die auf uns auf."

„Ich wünschte, mein Vater wäre Vizepräsident gewesen", sagte Aubrey ernst.

Ehe sie auf diese herzzerreißende Aussage reagieren konnten, erschien Debra Nixon, die Scottys Personenschutztrupp leitete, an der Tür. „Entschuldigen Sie die Störung, aber wir sind aufbruchsbereit. Wenn ihr so weit seid, Scotty ..."

„Sind wir", antwortete Scotty. „Auf geht's, Leute. Wir müssen los."

Aubrey und Alden hüpften vom Bett und folgten Scotty aus dem Schlafzimmer.

„Es wird ihnen guttun, ein bisschen an die frische Luft zu kommen. Sie waren jetzt ein paar Tage eingepfercht", meinte Nick, schloss die Schlafzimmertür und streckte sich neben Sam auf dem Bett aus.

„Definitiv." Sie nahm ein Stück Speck und hielt es ihm hin, damit er abbeißen konnte. „Danke für das Frühstück im Bett."

„Gut, dass du ausschlafen konntest."

„Hast du überhaupt geschlafen?"

„Ein bisschen."

„Das wird ein langer Tag, eine richtige Gefühlsachterbahn, und ich bin jetzt schon völlig ausgelaugt." Das Warten auf Elijahs Entscheidung darüber, wie mit den Kindern verfahren werden sollte, hatte von beiden in den letzten Tagen seinen Tribut gefordert, aber sie ließen ihm Zeit und Ruhe zum Nachdenken.

„Ich weiß, Babe. Geht mir genauso, doch wir schaffen das – für Freddie und Elin."

Sie verschränkte ihre Finger mit seinen. „Natürlich tun wir das."

33

Die Braut und der Bräutigam hatten Sam freie Hand bezüglich ihrer Garderobe als Freddies Trauzeugin gelassen. Wie immer prägte Sam ihren eigenen Stil – mit einem Neckholder-Cocktailkleid in derselben Farbe und Länge wie die Kleider von Elins Brautjungfern. Um anzuzeigen, dass sie für den Bräutigam den Platz eines der männlichen Trauzeugen einnahm, trug Sam dazu eine schwarze Fliege.

Ihr Haar war zu langen Korkenzieherlocken frisiert, und ihr Make-up war zurückhaltend, aber effektiv genug, um die Hochzeitsbilder nicht zu ruinieren. Die Wunde von dem Streifschuss an ihrem linken Arm war mit einem hautfarbenen Pflaster abgedeckt. Beim Blick in den Spiegel fand sie, sie sähe aus wie neu.

Nick betrat das Schlafzimmer im Smoking, und bei seinem Anblick wurde Sam der Mund trocken. Sie fand ihn ja immer extrem attraktiv, der Smoking stand ihm allerdings wirklich außergewöhnlich gut.

„Schön siehst du aus, Babe."

„Witzig, das wollte ich auch gerade sagen."

Lächelnd fragte er: „Bist du so weit?"

„Gleich." Sie steckte sich ihren Verlobungsring an, den sie nur zu besonderen Gelegenheiten trug, und betrachtete wie immer glücklich die Kette mit dem Diamantanhänger in Schlüsselform, den Nick ihr zur Hochzeit geschenkt hatte. Normalerweise hätte sie ihn an einem solchen Tag getragen, doch er hatte der Fliege weichen müssen. Dann schlüpfte sie in die schwarzen, hochhackigen Louboutins, die sie zu Weihnachten von Nick bekommen hatte, und war fertig.

Sie nahm seinen Arm und ging mit ihm die Treppe hinunter, wo Scotty in seinem neuen Blazer und der Stoffhose, die sie ihm für die Hochzeit gekauft hatten, auf sie wartete. Er war in den letzten paar Monaten so in die Höhe geschossen, dass er bald größer sein würde als seine Mutter, aber bis er seinen gut eins neunzig großen Vater einholte, war noch etwas Zeit.

„Ihr seht wirklich gut aus", lobte Scotty.

„Du auch", entgegnete Sam und strich ihm das Haar aus der Stirn. „Wo sind Elijah und die Kinder?"

„In der Küche."

Sam und Nick gingen nach ihren Gästen schauen, ehe sie aufbrachen.

Elijah saß mit den Kindern am Tisch und sah zu, wie sie Candy Land spielten.

„Wir fahren jetzt zu der Hochzeit", informierte ihn Sam. „Wenn was ist, schick Scotty eine Textnachricht, er sagt uns dann Bescheid." Er hatte all ihre Telefonnummern, um sie jederzeit erreichen zu können.

Als Elijah nickte, bemerkte Sam seine dunklen Augenringe. „Viel Spaß, und macht euch keine Sorgen um uns. Wir kriegen das schon hin. Milagros kommt zum Abendessen, damit sie die Kinder besuchen kann."

„Das wird bestimmt schön."

„Du siehst hübsch aus", erklärte Aubrey mit einem schüchternen Lächeln.

„Danke", antwortete Sam, erwiderte das Lächeln und bückte sich, um sie und Alden zu küssen. „Bis morgen früh."

Sam, Nick und Scotty traten ins Freie, wo die Wagenkolonne auf sie wartete.

Ein Stück die Straße entlang entdeckte Sam, wie ihrem Vater von Celia in den speziell für Rollstuhlfahrer ausgestatteten Van geholfen wurde, den die Polizeigewerkschaft nach seiner Verletzung für ihn angeschafft hatte. Sam nickte den beiden zu.

„Wir sehen uns dort", rief Celia ihr zu.

Die Wagenkolonne verließ die Ninth Street nach Nordwesten Richtung Observatory Circle 1, wie die offizielle Adresse des Naval Observatory, des traditionellen Wohnsitzes des Vizepräsidenten, lautete.

„Hast du gewusst, dass das Naval Observatory eines der ältesten Forschungsinstitute des Landes ist und eine Atomuhr beherbergt?", fragte Nick unterwegs.

„Willkommen zur Geschichtsstunde mit Vizepräsident Nick Cappuano", verkündete Scotty grinsend.

„Sag schon, hast du das gewusst?", bohrte Nick nach, von seinem Sohn amüsiert.

„Nein, Dad." Scotty blickte Sam an und verdrehte die Augen.

„Was genau macht diese Atomuhr?"

„Ich bin so froh, dass du fragst." Nick las von seinem Handy ab. „Wikipedia sagt: ,Das Observatorium verbreitet einen hochgenauen Zeitdienst für militärische Nutzer.'" Er informierte sie über hochpräzise Zeitmessung, Erdorientierung, Astronomie und die Beobachtung von Himmelskörpern, die im Observatorium vorgenommen wurden, und ließ auch die weltgrößte Sammlung astrophysischer Zeitschriften nicht unerwähnt.

„Nun, ein paar von diesen Dingen habe ich tatsächlich noch nicht gewusst, als ich heute Morgen aufgewacht bin", meinte Sam trocken.

„Ich bin rund um die Uhr im Dienst des amerikanischen Volkes", behauptete Nick.

„Das ist eigentlich ihr Spruch", erwiderte Scotty und deutete mit dem Daumen auf Sam.

„Genau, der ist urheberrechtlich geschützt", warf Sam ein.

„Was du eigentlich sagen wolltest", wandte sich Scotty wieder an seinen Vater, „ist, dass wir am coolsten Ort der Erde wohnen könnten, unser Dasein stattdessen aber in einem langweiligen Doppelhaus in Capitol Hill fristen."

„Das halte ich für eine sehr passende Zusammenfassung", versetzte Nick grinsend.

„Gut zu wissen."

Sam ersparte sich den Hinweis, dass sie dort wohnten, um so

nah wie möglich bei ihrem Vater sein zu können, denn das wusste Scotty natürlich, da er Skip häufig besuchte.

„Wieso herrscht denn heute so wenig Verkehr?", fragte Sam. „Sind die Außerirdischen gelandet, und mir hat keiner Bescheid gesagt?"

„Heute ist einer der seltenen Samstage, an denen unsere heimischen Mannschaften alle Auswärtsspiele haben und es keine größeren Demonstrationen gibt", antwortete Nick.

„Freddie und Elin haben sich für ihre Hochzeit also einen guten Tag ausgesucht", fasste Scotty zusammen.

Es herrschte nicht nur deutlich weniger Verkehr als sonst, auch das Wetter zeigte sich kooperativ: Es waren über zwanzig Grad, die Sonne schien, und der Himmel war wolkenlos. „Ich liebe diese Jahreszeit", verkündete Sam.

„Ich hasse sie", murrte Scotty. „Sommer ist viel besser."

„Ach, komm schon! Der Herbst ist so schön, mit dem bunten Laub, dem warmen Wetter, aber eben ohne zu große Hitze."

„Bla, bla, bla ... Herbst bedeutet Schule. Sommer bedeutet Freiheit. Mir ist der Sommer wesentlich lieber", antwortete Scotty.

Nick lächelte Sam an, die amüsiert den Kopf schüttelte. Sie konnte ihrem Sohn nicht widersprechen. So hatte sie in seinem Alter auch empfunden, denn die Schule war eine Tortur für sie gewesen, weil sie unter noch nicht diagnostizierter Dyslexie gelitten hatte.

„Hey, mein Freund", begann Sam zögernd. „Neulich abends hast du etwas gesagt, was mir seither ständig durch den Kopf geht."

„Was denn?"

„Dass nicht alle Pflegestellen gleich sind ..."

„Das wusstest du doch schon."

„Ja, aber seither frage ich mich, ob du an schlimmen Orten warst, bevor du zu Mrs Littlefield gekommen bist." Sam hatte tagelang nach einer Gelegenheit gesucht, ihn darauf anzusprechen. Hier in der Wagenkolonne konnte er ihr nicht ausweichen.

Er zuckte die Achseln. „Die meisten waren gut. Nur manchmal ist den Leuten das Geld vom Staat wichtiger als die Kinder."

Nick drückte Sams Hand. „Seit Mom mir erzählt hat, dass du

das gesagt hast, habe ich Angst, jemand wäre unfreundlich oder vielleicht sogar grausam zu dir gewesen."

„Ich war noch recht jung, ich erinnere mich also an das meiste nicht mehr, doch sie waren nicht fies. Eher gleichgültig. Nicht wie ihr." Grinsend fügte er hinzu: „Manchmal wünschte ich, ihr wärt ein bisschen gleichgültiger. Ich käme auch ohne den ganzen Hausaufgabenquatsch klar, der bei uns zu Hause abgeht."

Nick lachte. „Dein Pech. Leider musst du dich mit mir und meinem festen Entschluss, dich nach Harvard zu schicken, irgendwie arrangieren."

Scotty verdrehte die Augen. „Können wir die Messlatte ein bisschen niedriger hängen?"

„Kommt nicht infrage. Ich habe keinen Zweifel daran, dass du dazu imstande bist."

„Die Wahrscheinlichkeit würde deutlich steigen, wenn du Mathematik in jeder Form verbieten würdest."

Nick lachte. „Ich glaube, das kann nicht einmal ich."

„Ich hoffe, du weißt, dass du mit uns über alles reden kannst", brachte Sam das Gespräch auf das eigentliche Thema zurück.

„Ja, das weiß ich. Keine Sorge. Es geht mir gut."

„Das ist die Hauptsache."

„Ihr seid tolle Eltern, auch wenn ihr mich zwingt, meine Mathe-Hausaufgaben zu machen, und mich ständig küsst." Er sah Sam an. „Darf ich etwas fragen?"

„Was immer du möchtest."

„Werden Aubrey und Alden bei uns bleiben?"

„Das wissen wir noch nicht." Sie hatten ihm von ihrem Angebot erzählt, die Kinder zu behalten, und dass die Entscheidung nun bei Elijah liege. „Und es könnte ein bisschen dauern, bis wir Gewissheit haben. Elijah muss Entscheidungen treffen, und wir haben gesagt, er kann sich dafür Zeit lassen."

„Es wäre cool, Geschwister zu haben."

„Ich weiß", meinte Sam, die von seiner Aussage gerührt war. „Aber warten wir es erst mal ab, denn ich will nicht, dass es einem von uns das Herz bricht, wenn sie gehen müssen."

„Wenn das passiert, wären wir alle schon jetzt ziemlich traurig, glaube ich", antwortete Scotty.

„Ja", pflichtete ihm Sam bei. „Da hast du wahrscheinlich recht."

Kurz darauf erreichten sie das Observatorium, und Nick deutete auf die digitale Atomuhr vor dem Tor.

„Wie oft bin ich daran vorbeigefahren, ohne sie zu bemerken?", fragte Sam.

„Du solltest solches Zeug eigentlich wissen, Mom. Schließlich bist du hier aufgewachsen."

„Getadelt von meinem dreizehnjährigen Sohn."

Scotty lachte. „Wir sollten einen Wettbewerb veranstalten, wer mehr über diese Stadt weiß – du oder ich."

„Den würdest du vermutlich gewinnen", räumte Sam ein.

„Definitiv", bestätigte Scotty.

Sein Vater nickte.

Doch als Sam ihm einen drohenden Blick zuwarf, schüttelte er den Kopf. Sie lachte, als er versuchte, es beiden Seiten recht zu machen – ganz der aalglatte Politiker.

Eine Minute später hielten sie vor dem Haupteingang an. Zuerst begegneten sie Shelby Faircloth, die ein todschickes, sexy pinkfarbenes Kostüm und gleichfarbige Pumps mit hohen Absätzen trug. Sie war mit Headset und Funkgerät ausgerüstet.

„Der Vizepräsident, seine Frau und Scotty Cappuano sind eingetroffen", meldete sie in das Gerät.

„Shelby", staunte Scotty mit weit aufgerissenen Augen. „Du siehst wunderhübsch aus!"

„So habe ich früher jeden Tag ausgesehen, Kumpel", antwortete sie. „Möchtest du mir behilflich sein?"

„Klar."

„Komm dann später wieder zu uns, damit ich dir das Gebäude zeigen kann", sagte Nick.

„Für einen Rundgang haben wir doch den ganzen Tag noch Zeit", meinte Scotty und hakte sich bei Shelby unter.

Diese rief über die Schulter: „Freddie ist schon oben. Geht ruhig hoch."

Sam stieg, gefolgt von Nick, die Stufen hinauf. Er nutzte die Gelegenheit, um die Hand an ihrem Bein emporgleiten zu lassen.

„Hör auf!", flüsterte sie lachend.

„Ich will aber nicht."

Sie fanden Freddie und seine Eltern in einem der kleineren Schlafzimmer. Dem Stimmengewirr nach zu urteilen, das über den Gang hallte, hatten Elin und ihre Brautjungfern das Hauptschlafzimmer mit Beschlag belegt.

Beim Anblick ihres Partners im Smoking legte sich Sam eine Hand aufs Herz, überwältigt vom ersten von sicherlich vielen emotionalen Momenten im Laufe dieses Tages. Sie ging zu ihm hinüber und umarmte ihn, während Nick ihm die Hand schüttelte.

„Danke, dass ihr da seid", begrüßte Freddie sie.

„Um nichts in der Welt hätten wir heute woanders sein wollen", erwiderte Sam.

Juliette Cruz umarmte sie beide. „Es ist eine solche Ehre, dass Sie beide hier sind und dass unser Freddie in Ihnen so gute Freunde gefunden hat."

„Wir lieben ihn", entgegnete Sam schlicht. Dieser Tag erlaubte keine andere Antwort. Heute würden sie mit ihrem besten Freund feiern, ihrem Partner, dem kleinen Bruder, den sie nie gehabt hatte.

~

Ein paar Minuten nach ihrer Ankunft wurde Nick in die Pflicht genommen und musste helfen, die Hochzeitsgäste zu ihren Plätzen zu geleiten. Die Trauung würde im Garten stattfinden. Für den anschließenden Sektempfang stand ein großes Zelt bereit. Der Secret Service hatte jeden einzelnen der hundertfünfzig Gäste unter die Lupe genommen. Nicks und Scottys Wachmannschaften hatten versprochen, den Tag über diskret aufzutreten, doch sie waren allgegenwärtig. Nachdem Sam den Fall Beauclair abgeschlossen hatte, war sie für ihre Anwesenheit dankbarer denn je, selbst wenn sie manchmal störend wirkte. Solange der Secret Service auf sie aufpasste, konnte ihrer Familie niemals etwas so Grauenhaftes zustoßen wie den Beauclairs.

„Versuch, nicht zu vielen Damen den Kopf zu verdrehen", bat Sam Nick und legte ihm kurz die Hände auf die Brust, ehe er nach unten ging.

„Du übertreibst mal wieder schamlos."

„Nein, du hast keine Vorstellung von deiner Wirkung auf die weibliche Bevölkerung. Ich möchte, dass du deine Pflichten ernst nimmst und auf allen Selfies lächelst, verstanden?"

Er verdrehte kurz die Augen, küsste Sam und verließ das Zimmer.

„Die Leute werden ausflippen, wenn sie kapieren, wer sie da zu ihren Plätzen geleitet", lachte Freddie.

„Das habe ich ja gerade zu sagen versucht." Sie widmete Freddie jetzt ihre volle Aufmerksamkeit und musterte ihn kritisch von Kopf bis Fuß.

„Was denn?", fragte er.

„Ich vergewissere mich, dass du wie aus dem Ei gepellt aussiehst." Sie wischte ein imaginäres Stäubchen von seinem Ärmel und richtete seine bereits perfekt sitzende Fliege.

„Hör auf, mich zu bemuttern. Das tut meine Mom schon den ganzen Tag."

Seine Eltern saßen auf der anderen Seite des Zimmers und unterhielten sich mit Juliettes Schwester und ihrem Mann.

„Solange keiner zuhört, möchte ich dir mitteilen, dass ich wirklich froh bin und mich geehrt fühle, deine Trauzeugin zu sein, auch wenn ich es dich jeden Tag habe bereuen lassen, mich gefragt zu haben."

„Ich möchte noch loswerden, dass du mich das zwar tatsächlich jeden Tag hast bereuen lassen, dass ich heute aber niemanden lieber an meiner Seite hätte als dich."

Sam sah ihn an. „Nick hat neulich etwas gesagt, das mir ganz schön zu denken gegeben hat."

„Was denn?"

„Nachdem Jenkins auf uns geschossen hatte, hat er gemeint, wir sollten besser keine Partner mehr sein, weil ich völlig die Perspektive verloren hätte, was dich angeht."

Freddies bestürzter Gesichtsausdruck war genau das, worauf sie gehofft hatte. „Wir werden keine Partner mehr sein?"

„O doch, verdammt. Wer sonst würde denn meinen ganzen Mist aushalten?"

„Niemand", pflichtete er ihr bei und seufzte sichtbar erleichtert auf. „Kein Mensch auf der ganzen weiten Welt könnte dich so klaglos ertragen, wie ich es tue."

„Genau. Ich sage immer, wenn es nicht kaputt ist, soll man es nicht reparieren. Wobei Nick nicht ganz unrecht hat."

„Stimmt. Du darfst mich nicht aus der Schusslinie stoßen und dabei dein eigenes Leben riskieren, Sam. Das erwarte ich nicht von dir."

„Ich weiß. Allerdings habe ich das vorher auch nicht ausführlich mit mir selbst ausdiskutiert. Ich habe es einfach getan."

„Genau das meint Nick."

„Ich setze es auf die lange Liste von Dingen, über die ich in der Woche unbezahlten Urlaubs, die ich nehmen muss, um meine Prioritäten zu sortieren, nachdenken werde."

„Deine Prioritäten sind völlig in Ordnung. Verbring nicht zu viel Zeit damit, sie neu zu sortieren. Wir verschaffen den Leuten Gerechtigkeit, die es am dringendsten brauchen. Wir üben einen Beruf aus, für den die meisten Menschen ungeeignet sind, und zwar nach bestem Wissen und Gewissen. Vergiss das nie."

„Das werde ich nicht, mein weiser junger Padawan."

„So jung ist der Padawan gar nicht mehr."

„Er wächst zwar vielleicht heran und heiratet, aber er wird immer mein junger Padawan sein." Sam umarmte ihn, so fest sie konnte, wobei sie sorgfältig darauf achtete, seinen perfekten schwarzen Smoking nicht mit Make-up zu beschmieren.

„Damit kann dein Padawan leben."

34

Genau um vier Uhr führte Freddie seine Mutter die Treppe hinunter, während Sam am Arm seines Vaters auf die rückwärtige Veranda hinausschritt. Shelby trat zu ihnen und wartete mit ihnen auf den exakt richtigen Augenblick, um sie zu dem blumenbekränzten Torbogen am Ende des Weges zu schicken. Als alle saßen, ging die Musik des Streichquartetts in ein Stück über, das Sam von ihrer eigenen Hochzeit kannte: „Jesu, meine Freude".

„Los", befahl Shelby.

Sams Assistentin hatte an alles gedacht, selbst an einen Bodenbelag unter dem weißen Läufer, der verhinderte, dass Sams hohe Absätze im Gras einsanken. Sie hielt sich an Miguel Cruz' Arm fest und war froh, dass er gekommen war. Er hatte im Kampf gegen seine bipolare Persönlichkeitsstörung zwanzig Jahre keine Rolle im Leben seines Sohnes gespielt.

Juliette war wie ausgewechselt, seit ihr Mann gesund und entschlossen, die Familie wieder zusammenzubringen, zu ihr zurückgekehrt war. Die beiden strahlten vor Stolz, während sie zuschauten, wie ihr attraktiver Sohn dem Pfarrer der Gemeinde, in der er aufgewachsen war, die Hand schüttelte und dann mit Sam rechts vom Mittelgang Aufstellung nahm. Weil Elin nicht religiös war, hatten sie einen Kompromiss gefunden: Die Zeremonie fand im Freien statt, aber unter Leitung des Geistlichen aus Freddies Kindheit.

Neben Sam stand Nick als Ersatz für Gonzo. Diskret nahm er ihre Hand, während sie zusammen mit Freddie Elins beiden Schwestern entgegensahen, von denen eine ihre Tochter, Elins sechsjährige Nichte, an der Hand führte, die als Blumenmädchen fungierte.

Während sie auf die Braut am Arm ihres Vaters warteten, ließ Sam den Blick über die Versammelten schweifen und entdeckte in den hinteren Reihen ihren Vater und Celia neben ihren Schwestern Tracy und Angela und deren Ehemännern Mike und Spencer. Cameron Green war in Begleitung einer Frau gekommen, die Sam nicht kannte. Sie sah Jeannie und ihren Mann Michael, Captain Malone und seine Frau, Avery Hill, Will Tyrone und seine Freundin, Lindsey McNamara und Terry O'Connor, Lieutenant Archelotta von der IT-Abteilung, Dominguez und Carlucci sowie Harry und Lilia.

Christina Billings stand am Rand und wartete auf die Braut, ehe sie Platz nahm. Sam war froh, dass sie gekommen war, obgleich Gonzo nicht da war. Sie gehörte genauso hierher wie alle anderen, und Sam freute sich, sich später mit ihr unterhalten zu können.

Als Elin und ihr Vater auf die rückwärtige Veranda traten, stimmten die Streicher die „Ode an die Freude" an.

Sam mochte diese Betonung von Freude. Zuerst hatte sie geglaubt, Elin habe Freddie nicht verdient, doch mit der Zeit hatte die junge Frau bewiesen, wie sehr sie ihn liebte, und Sam war für beide überglücklich.

Freddie atmete beim Anblick seiner unsagbar schönen Braut scharf ein, die ein elegantes, sexy Brautkleid trug, das ihren von der jahrelangen Tätigkeit als Personal Trainerin geformten Körper betonte.

Sam sah zu ihm auf und bemerkte die Tränen in seinen Augen, während er darauf wartete, dass Elin ihn erreichte. Sam nahm Freddies Arm und hielt ihn fest.

Er verfolgte jeden Schritt der Frau seines Herzens, die auf ihn zuging, an der Seite ihres Vaters, der sie umarmte, küsste und

Freddie die Hand schüttelte, ehe er sich in der ersten Reihe neben Elins Mutter setzte.

Nick reichte Sam ein Taschentuch, damit sie sich die Tränen abtupfen konnte.

Als Freddie und Elin ihr Ehegelöbnis sprachen, war Sam dankbar, dass sie sich für wasserfeste Wimperntusche entschieden hatte.

„Nun, da Freddie und Elin die traditionellen Worte gesprochen haben, werden sie ein paar eigene Worte an Sie richten", sagte der Pfarrer. „Elin, wenn Sie möchten?"

„Und wie ich möchte", entgegnete Elin unter allgemeinem Gelächter. „Ich habe das Gefühl, als hätte ich diesem Tag seit unserer ersten Begegnung entgegengefiebert. Einer der traurigsten Tage in meinem Leben wurde zu einem der schönsten, als ich dir begegnet bin", berichtete sie in Anspielung auf die Ermordung von John O'Connor. „Ich erinnere mich noch sehr gut an diesen ersten Tag, genau wie an den, an dem du mich das nächste Mal aufgesucht hast. Seither kommt mir jeder Tag wie ein Traum vor. Na ja, außer dem, an dem meinetwegen auf dich geschossen wurde, aber davon reden wir heute nicht."

Freddie lachte und wischte sich mit dem Smokingärmel die Tränen ab.

Nick zog ein Paket Papiertaschentücher aus der Innentasche seines eigenen Smokingjacketts. Er reichte Sam eins davon, die es an Freddie weitergab. Typisch Nick – er erfüllte ihre Trauzeuginnenpflichten besser, als sie selbst es je gekonnt hätte.

„Ich habe mir früher immer meinen zukünftigen Mann vorzustellen versucht und geglaubt, es würde wahrscheinlich einer der Muskelprotze aus dem Fitnessstudio werden, in dem ich den Großteil meiner Zeit verbringe. Nie hätte ich gedacht, dass ein süßer, sanfter Kerl mit einem Herzen aus Gold der Mann meiner Träume sein würde. Ich liebe dich sehr, Freddie, und kann es kaum erwarten, den Rest meines Lebens mit dir zu verbringen."

Freddie beugte sich vor und küsste sie unter den Pfiffen und dem Applaus der Gäste.

„Du bist dran, Freddie", forderte ihn der Pfarrer lächelnd auf.

„Ich war", begann er, „sofort in dich verschossen, seit ich zum ersten Mal in deine wunderbaren blauen Augen geblickt habe. So blaue Augen hatte ich zuvor noch nie gesehen, und obwohl mir schmerzlich klar war, dass du in einer völlig anderen Liga spieltest als ich, musste ich noch einmal zu dir kommen. Ich hatte fest damit gerechnet, dass du mich auslachst und zum Teufel jagst, aber das hast du nicht getan, und niemand war davon überraschter als ich."

„Doch, ich", warf Sam ein und hob unter allgemeinem Gelächter die Hand.

Grinsend fuhr Freddie fort: „Sam hat mich gewarnt, ich hätte bei dir keine Chance, aber ich musste es probieren. Ich bin froh, dass ich ausnahmsweise nicht auf sie gehört habe. Wir haben schon so viel zusammen durchgemacht, Elin, und alles, was geschehen ist, hat uns nur stärker und entschlossener werden lassen, zusammen zu sein und zu bleiben. Ich liebe dich von ganzem Herzen und kann es kaum erwarten, die Ewigkeit mit dir zu verbringen."

Nachdem sie sich erneut geküsst hatten, folgte der Ringtausch, ehe der Pfarrer sie zu Mann und Frau erklärte.

„Mr Cruz, Sie dürfen Mrs Cruz jetzt küssen."

„Mrs Cruz!" Freddie grinste wie ein Honigkuchenpferd. „Wie cool klingt das denn?"

„Endlich", seufzte Elin und zog ihn zu einem heißen Kuss an sich, während die Menschen, die sie liebten, applaudierten.

Sie machten Fotos auf dem Rasen, verspeisten ein köstliches Hochzeitsmahl und hatten teil an der Freude zweier Menschen, die einander gefunden und beschlossen hatten, ihr restliches Leben gemeinsam zu verbringen.

Sam erinnerte sich nicht, wann sie das letzte Mal so viel Spaß gehabt hatte, und dass Nick beim Essen direkt neben ihr saß, trug erheblich dazu bei. „Schade, dass Gonzo das verpasst, aber ich bin froh, dass ich neben meinem Mann sitzen darf."

Er nahm ihre Hand und küsste sie, und der Apparat des Hochzeitsfotografen klickte.

Sam wollte unbedingt einen Abzug von diesem Foto.

Freddie und Elin wurden für den Hochzeitstanz auf die Tanzfläche gebeten. Sie hatten sich für „Perfect" von Ed Sheeran entschieden, und wieder kämpfte Sam mit den Tränen, als sie ihnen zusah und an die vielen Erlebnisse mit Freddie in den letzten Jahren dachte.

„Die Braut und der Bräutigam möchten Lieutenant Holland und Vizepräsident Cappuano zu sich auf die Tanzfläche bitten."

Donnernder Applaus erschütterte das Zelt.

Sam, die sich sehr freute, mit ihrem Polizeirang aufgerufen worden zu sein, ließ sich von Nick auf die Tanzfläche führen, wo sie zusammen mit dem Brautpaar und Elins Schwestern und deren Männern tanzten.

„Ich glaube, man darf davon ausgehen, dass diese Leute hinter dir stehen", meinte Sam zu Nick.

„Hinter uns. Das sind unsere Leute."

Sam schob einen Arm unter seinen Smoking und hielt sich an ihm fest, fürchtete sich jetzt schon vor seiner Abreise am nächsten Morgen. Sie hatte noch nichts zu ihm gesagt, doch da die Sache mit den Kleinen bisher nicht entschieden war, konnte sie ihn nicht begleiten. So gerne sie das auch getan hätte, es war einfach nicht der richtige Zeitpunkt. Es würden sich andere Gelegenheiten ergeben, gemeinsam zu reisen, aber sie hätte keine ruhige Minute, weil sie sich ständig Sorgen um die Kinder machen würde – und um Elijah, der in den letzten Tagen ebenfalls Teil ihrer Familie geworden war.

Seltsam, wie sich solche Dinge ergaben. Sie hatte sich danach gesehnt, schwanger zu werden, ein Baby zu kriegen, Nick die Familie zu schenken, die er als Kind so vermisst hatte. Jetzt schien sich mehr oder weniger zufällig ihre eigene, auf vollkommene Weise unvollkommene kleine Familie zu bilden, die aus Kindern bestand, die sie brauchten. Am Rand der Tanzfläche sah sie Scotty zwischen ihrem Vater und Celia sitzen. Er unterhielt sich mit Tracy, Mike, Angela und Spencer. Scotty gehörte jetzt so sehr zu ihnen, dass es schwer war, sich eine Zeit vorzustellen, in der das anders gewesen war.

„Woran denkst du, Babe?", fragte Nick.

„An so viele Dinge."

„Dinge, die mir gefallen würden?"

„Auch."

„Oh, oh."

Sie klammerte sich noch fester an ihn. „Lass uns einfach den heutigen Abend genießen, okay?"

„Ich genieße grundsätzlich jede Sekunde mit dir."

～

NACH DEM ABENDESSEN KAM SHELBY MIT EINEM MIKROFON IN DER Hand auf Sam zu, und diese hatte sofort Angst, weil ihr klar war, dass es jetzt Zeit für die traditionelle Ansprache des Trauzeugen war. Sie nahm das Mikrofon von Shelby entgegen, erhob sich und räusperte sich, bis im Zelt Stille einkehrte.

„Ich bin Sam Holland Cappuano, Freddies *andere* Partnerin."

„Das wissen, glaube ich, alle hier, Babe", warf Nick unter allgemeinem Gelächter und Applaus ein.

Mit gespielter Verärgerung sah Sam ihn an. „Wie ich schon erwähnt habe, ehe mich jemand unglücklicherweise unterbrochen hat, ich bin Freddies Kollegin und hatte das Vergnügen, in der ersten Reihe zu sitzen, als er sich Hals über Kopf in Elin verliebt hat. Dazu könnte ich jetzt Verschiedenes erzählen, wenn ich Freddie gnadenlos bloßstellen wollte."

„Bitte nicht", rief Freddie unter erneutem allgemeinen Gelächter.

„Doch ich beschränke mich darauf, zu sagen, dass der Tag, an dem du mein Partner wurdest, Freddie Cruz, einer der besten in meinem Leben war, so wie es einer der besten in deinem Leben war, als du Elin getroffen hast. Ich wünsche euch beiden ein Leben voller Liebe, Freude und Glück und viele, viele Kinder." Letzteres fügte sie mit einem vielsagenden Blick zu ihrem Partner hinzu, der ihr jüngst noch anvertraut hatte, er wolle angesichts all des Mists, den sie im Job täglich erlebten, keine Kinder.

Sam hatte geantwortet, dass das gar nicht infrage kam.

Er erhob sich und umarmte sie. „Danke für deine Zurückhaltung."

„Sie ist mir nicht leichtgefallen, aber wenn die Liliputaner-Stripperinnen erst einmal hier sind, kannst du was erleben."

Freddie stöhnte. „Du sollst sie doch nicht so nennen", wiederholte er eine alte Ermahnung.

„Aber sie nennen sich selbst so!"

Nachdem die Formalitäten erledigt waren, setzten sich Sam und Nick zu Skip und dem Rest ihrer Familie. Während Nick mit seinen Schwägern plauderte, nutzte Sam die erste sich bietende Gelegenheit für einen Abschlussbericht zu dem Fall für ihren Vater.

„Ich kann nicht glauben, dass ein Verkehrsunfall der Auslöser für all das war", meinte Skip.

„Ganz ähnlich wie bei dir."

„Stimmt."

„Ich habe ab morgen eine Woche unbezahlten Urlaub, in der ich meine Prioritäten überdenken soll."

„Autsch. Wer hat das gesagt? Joe?"

„Ja. Er ist sauer, weil ich während der Ermittlung die Kinder bei uns aufgenommen habe. Bevor du mich darauf hinweist – ich weiß, das war ein Interessenkonflikt, trotzdem würde ich es jederzeit wieder tun."

„Das verrät einiges über deine Prioritäten."

„Ich weiß, und sie sind nicht kompatibel mit meinem Job."

„Meistens schon, und ich hoffe, Joe erkennt das auch."

„Er hat gesagt, ich sei der Grund, warum er nicht in den Ruhestand gehen kann, weil jeder Nachfolger mich nach spätestens einer Woche zur Sau machen und mir die Dienstmarke abnehmen würde."

„Der spinnt doch", erwiderte Skip. „Er will gar nicht in den Ruhestand. Marti versucht ihn schon seit Jahren dazu zu bewegen, aber er meint immer, ohne etwas zu tun würde er wahnsinnig werden. Lass dir das nicht in die Schuhe schieben."

„Ich glaube, es war sein Ernst. Er hat behauptet, es stimme, was die Leute über mich sagen – dass ich bei meinen Mordermittlungen mit allem durchkomme."

„Du erledigst einen fürchterlichen Job besser als jeder vor dir. Das weiß er genauso gut wie du und ich. Nimm den Anschiss und die Woche Urlaub, ansonsten mach genau so weiter. Vermeide es vielleicht zukünftig, die Kinder deiner Mordopfer bei dir aufzunehmen."

„Nick und ich behalten sie vielleicht." Es war das erste Mal, dass sie es laut ausgesprochen hatte.

Er hob eine Augenbraue. „Ernsthaft?"

Sie nickte und brachte ihn auf den neuesten Stand über Elijah und die Kinder. Sie und Nick hatten darüber bisher nur mit Scotty und Shelby geredet, weil es noch nicht spruchreif war und sie nichts zurücknehmen müssen wollten.

„Wow. Das mit der Tante und dem Onkel hat nicht geklappt?"

„Die waren furchtbar. Elijah hat ihr Angebot dankend abgelehnt. Allerdings haben wir gemerkt, dass er keine Ahnung hatte, wie es weitergehen sollte, deshalb haben wir vorgeschlagen, dass sie bei uns bleiben könnten." Sie zuckte die Achseln und versuchte, so zu tun, als sei dies nicht einer der wichtigsten Schritte, die sie in ihrem Leben je unternommen hatten. Zweifellos war es eine größere Sache als Nicks Amtsantritt als Vizepräsident. Das stand fest.

„Willst du diese Kinder, Kleines?", fragte er leise.

„Ich glaube schon, aber ich versuche, meine Hoffnungen nicht zu hoch zu schrauben."

„Schon euer Hilfsangebot an ihren Bruder war unglaublich. Ich bin sicher, das weiß er sehr zu schätzen."

„Ja. Er ist auch sehr nett. Jedenfalls", fuhr Sam in gezwungen fröhlichem Ton fort, „haben wir ihm gesagt, dass er uns jetzt am Hals hat. Wir haben sie lieb gewonnen."

„Die beiden haben großes Glück, dass ihr und Scotty sie ins Herz geschlossen habt."

„Sie haben mehr Geld, als sie in ihrem ganzen Leben ausgeben können, doch letztlich sind sie ganz allein auf der Welt. Elijah hat seine Mutter, der er aber nicht besonders nahezustehen scheint, und außerdem wird sie wohl kaum die Kinder ihres Ex-Mannes mit seiner zweiten Frau aufnehmen, oder?"

„Ja, das ist übel, und du hast recht – Geld kann eine Familie nicht ersetzen."

„Nein, trotzdem verschafft es ihnen eine gewisse Sicherheit, die sie ohne nicht hätten."

„Ich erinnere mich noch an einen Jungen, den ich bei einem meiner Fälle kennengelernt habe. Seine Eltern wurden getötet, und ich habe keine Ahnung, was danach aus ihm geworden ist. Es ist gut, dass du dir nicht vorwerfen musst, dich nicht weiter um sie gekümmert zu haben, denn irgendwann hättest du das bedauert, und du hättest dich immer gefragt, was wohl aus ihnen geworden ist."

„Ja."

Christina trat zu ihnen. „Entschuldigt die Störung, aber könnte ich kurz mit dir sprechen, Sam? Ich muss nach Hause zu Alex. Eine Nachbarin passt netterweise auf ihn auf, sonst hätte ich gar nicht herkommen können."

„Natürlich", antwortete Sam, küsste ihren Vater auf die Stirn und erhob sich.

Sie und Christina verließen das Zelt, das von Leuten des Secret Service umstellt war, die sich ohne großen Erfolg bemühten, unauffällig zu sein.

„Wie geht es dir?", fragte Sam.

„Tatsächlich etwas besser. Es ist eine große Erleichterung, zu wissen, dass Tommy die Hilfe kriegt, die er braucht, selbst wenn Alex und ich ihn schrecklich vermissen."

„Wann darfst du ihn sehen?"

„Erst in ein paar Wochen. Die sagen mir Bescheid."

„Wenn wir etwas für dich tun können, melde dich bitte. Wir können gerne mal auf Alex aufpassen. Was immer du brauchst."

„Danke, Sam."

„Wir haben uns am Anfang nicht gut verstanden, doch ich hoffe, du weißt, dass du, Tommy und Alex ... dass ihr für Nick und mich zur Familie gehört."

„Das weiß ich, und Tommy weiß es auch. Es bedeutet uns beiden sehr viel."

Sam umarmte sie. „Wir helfen ihm da durch, und dann überlegen wir uns, wie es weitergehen soll."

Christina erwiderte die Umarmung, nickte und schaute wehmütig in Richtung Zelt. „Vielleicht werden wir eines Tages auf unserer Hochzeit tanzen."

„Den Tanz werde ich sogar eröffnen. Hältst du mich auf dem Laufenden?"

„Auf jeden Fall. Pass auf dich auf, Sam."

„Du auch auf dich."

Als Sam zum Zelt zurückkehrte, in Gedanken bei Gonzo und dem, was er im Entzug durchmachte, traten Harry und Lilia Arm in Arm heraus, ganz aufeinander konzentriert. Sam war froh, sie zusammen zu sehen. Sie hatte sich so lange gewünscht, dass Harry jemanden finden würde. Es freute sie, dass er Lilia durch sie kennengelernt hatte – und außerdem konnte sie ihre Beziehung so ganz und gar als ihren eigenen Erfolg verbuchen.

„Haut ihr schon ab, ihr Turteltäubchen?", fragte sie, und die beiden zuckten zusammen.

„Ich muss noch packen", sagte Harry. „Die Air Force Two startet um acht morgen früh."

Das erinnerte Sam an Nicks baldige Abreise, und ihre gute Laune verflog. „Nick hat schon vor einer Woche gepackt."

„Wir wissen alle, dass er nicht ganz normal ist", entgegnete Harry.

„Das ist üble Nachrede gegenüber dem Vizepräsidenten", ermahnte ihn Lilia.

„Er ist tatsächlich nicht normal", bekräftigte Sam, was beide zum Lachen brachte. „Er ist total pingelig und eindeutig in der analen Phase stecken geblieben."

„Ich weiß erst seit gestern offiziell, dass du auch fliegst", klagte Lilia. „Ich bin furchtbar unvorbereitet, was deine Unterstützung angeht."

Sam sah zum Zelt hinüber, wo Nick mit Celia tanzte, dann wandte sie ihre Aufmerksamkeit wieder Harry und Lilia zu. „Nick weiß es noch nicht, aber ich komme nicht mit. Es gibt Probleme zu Hause."

„Mit Scotty?", fragte Harry.

„Nein, nicht mit Scotty. Seit Kurzem gibt es zwei weitere Kinder in unserem Leben, und einer von uns beiden muss für sie da sein." Sie stellte fest, dass das Muttersein ihr Opfer abverlangte, die sie zuvor für undenkbar gehalten hätte. Sam war nicht Aubreys oder Aldens leibliche Mutter, doch solange die beiden es brauchten, würde sie für sie sorgen, als wäre sie es.

„Wird das irgendwann Schlagzeilen machen?", erkundigte sich Lilia freundlich lächelnd.

„Möglicherweise", räumte Sam ein. Sie hatte so vieles im Kopf gehabt, dass sie über das Schlagzeilenpotenzial der Aktion mit den Kindern noch gar nicht nachgedacht hatte.

Lilia streckte die Hand aus und drückte ihr den Arm. „Wenn es so weit ist, helfen wir dir da durch."

„Vielleicht kommt es gar nicht so weit, aber wenn, erfährst du es mit als Erste."

„Ich stehe dir wie immer zu Diensten", versicherte Lilia mit dem Pflichteifer, den Sam schon von Anfang an so an ihr geschätzt hatte. Es erschien ihr jetzt albern, dass sie ursprünglich entschlossen gewesen war, diese Frau nicht zu mögen.

Sam umarmte Harry. „Pass auf eurer Reise gut auf meinen Mann auf."

„Darauf kannst du dich verlassen."

„Ich werde ruhiger schlafen, weil ich weiß, dass du an seiner Seite bist."

„Wir werden wieder da sein, bevor ihr uns richtig vermisst", versprach Harry.

Sam sah Lilia an, und im Chor erwiderten sie: „Nein."

35

Sie tanzten, tranken viel Champagner, aßen Kuchen und vertilgten auch die Burger mit Pommes frites, die irgendwann nach zehn serviert wurden.

„Shelby betreibt die Planung von Hochzeiten wie eine Wissenschaft", stellte Scotty fest, der den Mund voller Cheeseburger hatte.

„Definitiv", gab ihm Sam recht, tunkte Pommes in Ketchup und hoffte, der späte Snack würde die großen Mengen Champagner aufsaugen, die sie intus hatte. „Weißt du, was das Beste am Personenschutz durch den Secret Service ist?"

„Was denn?", fragte Nick stirnrunzelnd.

„Man muss nicht selber fahren."

„Ich glaube, es ist Zeit, dich nach Hause zu schaffen, Samantha."

„Kippt sie sonst um oder wird ohnmächtig oder etwas anderes Peinliches in der Art?", wollte Scotty wissen.

„Noch nicht, aber sie verwandelt sich gleich in einen Kürbis."

„Gar nicht wahr!", protestierte Sam, deren Augen sich unbedingt für mindestens acht Stunden schließen wollten.

„Verabschieden wir uns", schlug Nick vor.

Sie fanden Freddie und Elin an einem Tisch voller Freunde der Braut aus dem Fitnessstudio, die allesamt verstummten, als sich der Vizepräsident mit Frau und Sohn näherte.

„Wir hauen ab", sagte Nick und umarmte zuerst Elin und dann Freddie. „Glückwunsch noch mal, und danke, dass wir dabei sein durften."

„Danke, dass wir die einzigen Menschen sein durften, die wir kennen, auf deren Hochzeit der Vizepräsident zu Gast war", antwortete Elin.

„Apropos", begann Nick und wirkte fast ein wenig verlegen. „Hättet ihr was dagegen, wenn Terry ein Foto von uns vieren für die Presse freigibt?"

„Überhaupt nicht", erwiderte Freddie. „Nur zu."

„Danke. Offenbar besteht Interesse daran, wenn der Vizepräsident und seine Gattin eine Hochzeit besuchen."

„Ich kann mir gar nicht vorstellen, warum", scherzte Sam, und alle anderen lachten. Sie umarmte Elin. „Mach ihn glücklich."

„Habe ich vor."

Dann umarmte sie Freddie und brachte kein Wort heraus.

„Danke, dass du meine Trauzeugin warst."

„Es war mir eine Ehre und ein Vergnügen."

„Versuch, dich aus Ärger herauszuhalten, solange ich weg bin."

„Das scheint mir ein bisschen viel verlangt", sagte Nick.

„Genießt eure Hochzeitsreise!", rief Sam, während Nick sie über den Rasen führte. Okay, vielleicht war sie tatsächlich ein klein wenig angeschickert. „Schickt mir Bilder!"

„Besorg dir ein Smartphone, dann mach ich das."

Sam streckte ihm die Zunge heraus, ehe ihr einfiel, dass der Fotograf schon den ganzen Abend ein bisschen zu interessiert an ihr und Nick gewesen war. Hoffentlich würde morgen früh nicht das Foto der Frau des Vizepräsidenten, die die Zunge herausstreckte, auf der Titelseite aller Zeitungen prangen.

∽

Auf dem Heimweg schlief Sam ein, und vor der Haustür küsste Nick sie wach.

„Wir sind da, Süße. Komm." Er nahm ihre Hände, half ihr aus dem SUV und führte sie, gefolgt von Scotty, die Rampe hoch.

„Wie spät ist es?"

„Nach Mitternacht", antwortete Scotty.

„Dann aber ab ins Bett mit dir, Mister", ordnete Sam an.

„Warum habe ich nur gewusst, dass du das sagen würdest? Werdet ihr weg sein, wenn ich aufwache?"

Sam sah Nick an und wandte dann den Blick ab.

„Ich schon, mein Freund", erwiderte Nick. „Mom bleibt bei dir und den Kleinen."

Scotty strahlte. „Ehrlich?"

Sam nickte. „Ich fürchte, mich hast du am Hals."

„Komm schnell zurück", bat Scotty seinen Vater. „Sie ist unerträglich, wenn du nicht da bist."

Nick lachte und versetzte seinem Sohn einen Knuff. „Ich komme so schnell zurück, wie ich nur kann. Bis dahin hast du hier das Sagen."

„Hey!" Sam hatte kaum die Kraft, zu protestieren.

„Keine Sorge", versicherte Scotty seinem Vater. „Ich habe alles im Griff."

„Umarm deinen alten Herrn mal."

Scotty trat zu Nick und drückte sich fest an ihn.

Nick küsste ihn auf den Scheitel und ließ ihn dann zögernd los. „Ich hab dich lieb, Großer."

„Ich dich auch, alter Herr", sagte er grinsend. „Grüß die Queen von uns."

„Mach ich. Nächstes Mal nehme ich euch mit."

„Das wäre gut, am liebsten zu einem Zeitpunkt, wo ich so viel Schule wie möglich verpasse."

„Das merke ich mir. Jetzt ab ins Bett, und versuch, leise zu sein. Elijah und die Kinder schlafen."

„Alles klar. Ich bin so froh, dass sie noch hier sind." Scotty beeilte sich, ins Bett zu kommen.

Als er die Treppe hochrannte, lief Elijah in Princeton-T-Shirt und Schlafanzughose herunter. Im Vorbeigehen begrüßte er Scotty per Gettofaust.

„Gute Hochzeit?", fragte Elijah Sam und Nick.

„Eine fantastische Hochzeit mit viel zu viel Champagner", antwortete Sam, die das Hochgefühl genießen wollte, solange sie konnte.

Elijah fuhr sich nervös mit den Fingern durchs Haar. „Ich weiß, es ist spät, und ihr fliegt morgen früh ..."

„Lasst uns das in die Küche verlegen", schlug Nick vor, der schneller als Sam begriff, dass Elijah dringenden Redebedarf hatte.

Er schob Sam vor sich her in die Küche, wo sie sich praktisch ohne Gegenwehr auf einen Stuhl setzen ließ.

Sam, die noch wenige Minuten zuvor im Halbschlaf gewesen war, war jetzt hellwach und brannte darauf, zu erfahren, was Elijah ihnen zu sagen hatte.

„Ich habe lange über euer Angebot nachgedacht", begann Elijah zögernd. „Die Kinder ... sie ... Das war alles so schwer für sie, aber ihr, ihr alle, habt es ihnen ein Stück leichter gemacht."

Unter dem Tisch nahm Nick Sams Hand. Sie hielten beide den Atem an.

„Als ihr gesagt habt, sie könnten bei euch bleiben, bis ich mit dem College fertig bin ... Seid ihr sicher ..."

„Ja", bekräftigte Nick. „Hundertprozentig."

Elijah stützte den Kopf in die Hände. „Ich habe keine Ahnung, was ich tun soll, doch das ... mit euch ... das fühlt sich irgendwie richtig an."

Sam legte ihm die Hand auf den Arm. „Für uns auch. Wir werden alles in unserer Macht Stehende für euch tun, solange ihr uns braucht."

„Das könnte eine ganze Weile sein."

„Ist uns recht", versicherte Nick. „Du und deine Geschwister, ihr gehört jetzt zur Familie. Gemeinsam schaffen wir das."

„Ich werde niemals die richtigen Worte finden, um euch für alles, was ihr getan habt und noch tun werdet, angemessen zu danken."

„Lass dir von mir aus tiefstem Herzen versichern", entgegnete Nick, „dass es uns eine Freude ist."

∽

ALS ELIJAH IM BETT WAR, SCHLÜPFTE SAM AUS IHREN PUMPS UND ging mit Nick nach oben, wobei sie Darcy, dem Bodyguard, der auf dem Gang Wache schob, zunickte.

Nick schob sie ins Schlafzimmer und schloss die Tür.

Sam drehte sich zu ihm um. „Ist das gerade wirklich passiert?"

„Ja", bestätigte er und lächelte sie so glücklich an, wie auch ihr zumute war. „Es tut mir furchtbar leid, dass ich dich jetzt mit alldem allein lasse."

„Keine Sorge. Ich habe eine ungeplante freie Woche, die ich dafür nutzen werde, ihnen einen regelmäßigen Tagesrhythmus zu geben, sie wieder in den Kindergarten zu schicken und einen Therapeuten für sie zu suchen."

„Wenn die juristischen Fragen geklärt sind, werde ich mit Brant über Personenschutz für sie durch den Secret Service sprechen. Mit Terry werde ich eine Strategie ausarbeiten, wie wir den Medien beibringen, dass wir zwei weitere Kinder aufgenommen haben."

„Seit wann weißt du, dass ich nicht mitkomme?", fragte sie.

„Seit dem Abend, an dem Elijah die Lawsons weggeschickt hat. Ich habe gewusst, dass du nicht mitkommst, wenn die Kleinen noch hier sind."

„Dann war dir das vor mir klar."

„Ich habe mir die ganze Zeit einzureden versucht, die beiden gingen uns nichts an. Aber jetzt ..."

„Ja", stimmte sie ihm breit grinsend zu. „Jetzt gehen sie uns komplett etwas an, und wir hängen voll in der Sache drin."

„Genau so, wie wir es uns gewünscht haben."

Sam legte ihren Kopf an seine Brust. „Ich wollte wirklich unbedingt mitkommen."

„Ich wollte dich auch wirklich unbedingt mitnehmen."

„Beim nächsten Mal. Versprochen."

„Ach, Babe, versprich mir nichts, was du nicht halten kannst. Wenn es eines gibt, das wir mittlerweile wissen sollten, dann, dass in unserem Leben nichts garantiert oder vorhersehbar ist."

„Das stimmt nicht ganz", widersprach sie und rieb sich höchst aufreizend an ihm. Sie schob es auf den Champagner, der sie immer enthemmte. „Manche Dinge sind total vorhersehbar und garantiert."

Er lachte: „Weißt du, was das Beste daran ist, total pingelig und eindeutig in der analen Phase stecken geblieben zu sein, sodass man eine Woche vor jeder Reise packt?"

„Was denn?"

Er küsste sie zärtlich auf den Hals. „Ich habe bis morgen früh um sieben nichts anderes zu tun, als meine schöne Frau zu lieben."

„Deine Frau schläft vielleicht dabei ein, aber lass dich nicht aufhalten, Tiger."

Er lachte. „Du schläfst schon nicht ein."

„Und du bleibst wirklich nur eine Woche weg?"

„Keine Minute länger."

Sie schlang ihm die Arme um den Hals. „So lange kann ich ohne dich überleben, doch keine Minute länger."

DANK DER AUTORIN

Vielen Dank allen Fans der Fatal-Reihe, die sich so leidenschaftlich für diese Serie interessieren und jedes neue Buch mit so viel Begeisterung für Sam, Nick und den Rest der Charaktere verschlingen. „Fatal Invasion – Wir gehören zusammen" war ziemlich heftig, und ich hoffe, Sie haben beim Lesen so viel Spaß wie ich beim Schreiben. Ich hatte immer gehofft, Sam und Nick würden eines Tages noch mehr Kinder haben, und ich freue mich schon darauf, zu sehen, was das Schicksal für sie in petto hat, wenn Aubrey, Alden und Elijah Teil ihrer Familie werden.

Mein besonderer Dank gilt meinem Freund Russ Hayes, dem pensionierten Captain der Polizei von Newport, Rhode Island, der jedes Buch der Fatal-Reihe kritisch gegenliest. Ich weiß sein Engagement und seinen Enthusiasmus für die Serie sehr zu schätzen. Dank auch an meine Hausärztin Sarah Spate Morrison, die mir meine medizinischen Fragen beantwortet hat.

Weiterhin danke ich meinem Team bei Harlequin und HQN, vor allem Dianne Moggy, Allison Carroll und Alissa Davis, und den Leuten, die mich Tag für Tag unterstützen: Julie Cupp, Lisa Cafferty, Holly und Isabel Sullivan sowie meinem Mann Dan und unseren Kindern Emily und Jake, die eigentlich keine Kinder mehr sind, aber verraten Sie es ihnen nicht!

Dies war der dreizehnte Band der Reihe, und ein Ende ist

nicht in Sicht. Danke, dass Sie mich, Sam und Nick auf dieser unglaublichen Reise bis hierher begleitet haben!

Dieses Buch ist in ehrenvollem Gedenken Sergeant Sean Gannon gewidmet, der am 12. April 2018 nicht weit von meinem Wohnort entfernt im Dienst getötet wurde. Sergeant Gannons Tod erinnert uns an die Opfer, die Polizisten überall auf der Welt bringen. Ihnen allen gilt mein Dank.

XOXO
Marie

WEITERE TITEL VON MARIE FORCE

Die Fatal Serie

One Night With You – Wie alles begann (Fatal Serie Novelle)

Fatal Affair – Nur mit dir (Fatal Serie 1)

Fatal Justice – Wenn du mich liebst (Fatal Serie 2)

Fatal Consequences – Halt mich fest (Fatal Serie 3)

Fatal Destiny – Die Liebe in uns (Fatal Serie 3.5)

Fatal Flaw – Für immer die Deine (Fatal Serie 4)

Fatal Deception – Verlasse mich nicht (Fatal Serie 5)

Fatal Mistake – Dein und mein Herz (Fatal Serie 6)

Fatal Jeopardy – Lass mich nicht los (Fatal Serie 7)

Fatal Scandal – Du an meiner Seite (Fatal Serie 8)

Fatal Frenzy – Liebe mich jetzt (Fatal Serie 9)

Fatal Identity – Nichts kann uns trennen (Fatal Serie 10)

Fatal Threat – Ich glaub an dich (Fatal Serie 11)

Fatal Chaos – Allein unsere Liebe (Fatal Series 12)

Fatal Invasion – Wir gehören zusammen (Fatal Serie 13)

Fatal Reckoning – Solange wir uns lieben (Fatal Serie 14)

Fatal Accusation – Mein Glück bist du (Fatal Serie 15)

Fatal Fraud – Nur in deinen Armen (Fatal Serie 16)

Fatal Serie Bände 1-6

Fatal Serie Bände 7-11

First Family

State of Affairs – Liebe in Gefahr, Band 1

Die McCarthys

Liebe auf Gansett Island (Die McCarthys 1)

Mac & Maddie

Sehnsucht auf Gansett Island (Die McCarthys 2)
Joe & Janey
Hoffnung auf Gansett Island (Die McCarthys 3)
Luke & Sydney
Glück auf Gansett Island (Die McCarthys 4)
Grant & Stephanie
Träume auf Gansett Island (Die McCarthys 5)
Evan & Grace
Küsse auf Gansett Island (Die McCarthys 6)
Owen & Laura
Herzklopfen auf Gansett Island (Die McCarthys 7)
Blaine & Tiffany
Rückkehr nach Gansett Island (Die McCarthys 8)
Adam & Abby
Zärtlichkeit auf Gansett Island (Die McCarthys 9)
David & Daisy
Verliebt auf Gansett Island (Die McCarthys 10)
Jenny & Alex
Hochzeitsglocken auf Gansett Island (Die McCarthys 11)
Owen & Laura
Gansett Island im Mondschein (Die McCarthys 12)
Shane & Katie
Sternenhimmel über Gansett Island (Die McCarthys 13)
Paul & Hope
Festtage auf Gansett Island (Die McCarthys 14)
Big Mac & Linda
Im siebten Himmel auf Gansett Island (Die McCarthys 15)
Slim & Erin
Verzaubert von Gansett Island (Die McCarthys 16)
Mallory & Quinn
Traumhaftes Gansett Island (Die McCarthys 17)

Victoria & Shannon
Schneeflocken auf Gansett Island
Geliebtes Gansett Island (Die McCarthys 18)
Kevin & Chelsea
Blütenzauber auf Gansett Island (Die McCarthys 19)
Riley & Nikki
Sommernächte auf Gansett Island (Die McCarthys 20)
Finn & Chloe
Verführung auf Gansett Island (Die McCarthys 21)
Deacon & Julia
Magie auf Gansett Island (Die McCarthys 22)
Jordan & Mason
Sonnige Tage auf Gansett Island (Die McCarthys 23)

Andere Bücher
Sex Machine – Blake und Honey
Sex God – Garret und Lauren
Five Years Gone – Ein Traum von Liebe
One Year Home – Ein Traum von Glück
Mein Herz für dich
Nicht nur für eine Nacht
Take-off ins Glück
The Fall – Du und keine andere
Dieses Mal für immer
Helden küsst man nicht
Küsse für den Quarterback

Miami Nights
Bis du mich küsst
Bis du mich berührst
Bis du mich liebst

Die Green Mountain Serie

Alles was du suchst (Green Mountain Serie 1)
Endlich zu dir (Green Mountain Serie 1/Story *1*)
Kein Tag ohne dich (Green Mountain Serie 2)
Ein Picknick zu zweit (Green-Mountain-Serie/Story 2)
Mein Herz gehört dir (Green Mountain Serie 3)
Ein Ausflug ins Glück (Green-Mountain-Serie/Story 3)
Schenk mir deine Träume (Green-Mountain Serie 4)
Der Takt unserer Herzen (Green-Mountain-Serie/Story 4)
Sehnsucht nach dir (Green-Mountain Serie 5)
Ein Fest für alle (Green-Mountain-Serie 5/Story 5)
Öffne mir dein Herz (Green-Mountain-Serie 6/Story 6)
Jede Minute mit dir (Green-Mountain-Serie 7)
Ein Traum für Uns, (Green-Mountain-Serie 8)
Meine Hand in Deiner, (Green-Mountain-Serie 9)
Mein Glück mit dir, (Green-Mountain-Serie 10)
Nur Augen für dich, (Green-Mountain-Serie 11)
Jeder Schritt zu dir, (Green-Mountain-Serie 12)

Die Neuengland-Reihe

Vergiss die Liebe nicht (Neuengland-Reihe 1)
Wohin das Herz mich führt (Neuengland-Reihe 2)
Wenn das Glück uns findet (Neuengland-Reihe 3)
Und wenn es Liebe ist (Neuengland-Reihe 4)
Für immer und ewig du (Neuengland-Reihe 5)

Die Quantum Serie

Tugendhaft (Quantum-Serie 1)
Furchtlos (Quantum-Serie 2)
Vereint (Quantum-Serie 3)
Befreit (Quantum-Serie 4)
Verlockend (Quantum-Serie 5)
Überwältigend (Quantum-Serie 6)

Unfassbar (Quantum-Serie 7)

Berühmt (Quantum-Serie 8)

Gilded Serie

Die getäuschte Herzogin

Eine betörende Braut

ÜBER DIE AUTORIN

Marie Force ist die New-York-Times-Bestseller-Autorin von über fünfzig zeitgenössischen Liebesromanen, unter anderem den beliebten Romanserien »Gansett Island«, »Green Mountain« und der erotischen Quantum-Serie. Sie hat unterdessen weltweit über sechs Millionen Bücher verkauft. Die Autorin lebt zusammen mit ihrem Mann, zwei fast erwachsenen Kindern und zwei Hunden in Rhode Island.

Tragen Sie sich in Maries Mailingliste ein, um alles Wichtige über neue Bücher und Veranstaltungen zu erfahren. Folgen Sie ihr auf Facebook und auf Instagram.

Made in United States
Orlando, FL
09 July 2025